《五百年老字号太安堂》

中国中药协会嗣寿法皮肤药研究中心

中华中医药学会皮肤病药物研究中心

《太安大典》编纂委员会

编纂

复兴太安堂

陈保华 主编

上海科学技术出版社

图书在版编目(CIP)数据

复兴太安堂/陈保华主编. —上海:上海科学技术出版社,
2012.2

(太安大典)

ISBN 978－7－5478－1035－4

Ⅰ.①复... Ⅱ.①陈... Ⅲ.①制药厂－经济史－潮州
市 Ⅳ.①F426.7

中国版本图书馆 CIP 数据核字(2011)第 217732 号

上海世纪出版股份有限公司
上 海 科 学 技 术 出 版 社 出版、发行
(上海钦州南路 71 号 邮政编码 200235)
新华书店上海发行所经销
苏州望电印刷有限公司印刷
开本 787×1092 1/16 印张:14.75 插页:3
字数:240 千字
2012 年 2 月第 1 版 2012 年 2 月第 1 次印刷
ISBN 978－7－5478－1035－4/R·335
定价:30.00 元

太安堂药业上市

太安堂药业上市酒会

纪念柯玉井诞辰 500 周年暨太安堂中医药文化科普公益活动启动仪式

复兴太安堂

太安堂中医药博物馆

太安堂皮宝园

广东太安堂药业股份有限公司

心系社会，奉献爱心

《太安堂·玉井传奇》开机仪式

博物馆落成庆典暨《太安大典》编纂启动

2006年4月，集团在上海召开2006年发展战略研讨会

2007年，金皮宝集团发展战略研讨会

2010年2月，集团召开誓师大会

2011年，集团召开全国经销商大会

第二卷

复兴太安堂

陈保华　主编

太安大典

第三部　史　第七类　复兴

上海科学技术出版社

《太安大典》编纂委员会

总 主 编　柯树泉

副总主编　陶广正　陈鸿雁

总 顾 问　房书亭

编　　委　柯少彬　杨扬震　胡晓峰　柯少芳

　　　　　兰　玲　丁一岸　柯少炜　卞正锋

　　　　　孙晓江　陈保华　杨义芳　邱少枫

内 容 提 要

要了解500年中医药老字号太安堂复兴崛起的秘密，本书是一部不容错过的作品。

本书从太安堂的创建开始详述太安堂的发展历程，撷取历史上各个独特的发展时期，展现给了读者一幅精彩纷呈的太安堂和中医药文化发展史的瑰丽画卷。

本书所总结、提炼出来的太安堂管理理论与实践经验，对于探索适合太安堂复兴的管理之路，自主创新、顺利实现企业战略转型，提升太安堂核心竞争能力，构建和谐企业具有很强的现实意义，也是时代赋予太安堂的责任和历史使命。

《太安大典》
总　序

　　盘古开天，莽莽昆仑，三皇集天地之灵气，随日月而出东方；鸿蒙初始，滔滔沧海，五帝摄亘古之悠远，载厚德而治天下。

　　昔神农尝百草，黄帝著《内经》；仲景《伤寒论》，思邈《千金方》；时珍纂《本草》，万氏撰《医贯》；扁鹊察声色，华佗疗疮伤；太安积《大典》，神州存紫气，神医药圣，济世救民，缔造中医，功德昭日月，千秋永垂！

　　明隆庆元年，吾祖柯玉井精研经史，荣登仕途，鼎政之际，辞官归里，创"太安"书"堂记"，得"真言"定"堂训"，施仁术济苍生，迄今相传十五代，历时五百载矣。据潮州《柯氏族谱》记载："太安堂世代相传，名医辈出，达官显贵、庶民百姓求医问药者络绎不绝，村前院后时常车马相接，人声鼎沸，救活民命，何止万千，秉德济世，造福万方，功德无量，有口皆碑。"然太安积《大典》，圣殿存《瑰宝》，虽价值连城而未得编纂济世，遗憾不已！

　　《大典》何物？《瑰宝》何方？此太安堂十三代验方，五百年医案，累世纪行医心得，几经兵火，风雨飘摇；几经劫难，浴血奋战，幸存之。巍巍书山，浩浩学海，何人奋笔挥毫？医药神技，柯氏心得，何时整理成书奉献世人？

　　《左传》曰："太上有立德，其次有立功，其次有立言，虽久不废，此之谓不朽。"

佛经云：心在当下，当下即心。一切事相，均为心迹之末缘，存有为之端，泥事相之偏。余弱冠之际，已承先祖医业厚土，悬壶济世；不惑之年，太平盛世，顺天承运，励精图治，复兴太安。

人世间先有心，后有迹，言为心声，言以载道，愚为柯玉井公十三代孙，责无旁贷，义不容辞，虽昧愿以一片丹心，一腔热血，承太安堂"遵古重拓、方经药典、精微极致、大道无形"十六字真言之精髓，与群英一道，专心致志，预历时五载将其编纂成书，名曰《太安大典》，弘扬国粹，立言济世。

《太安大典》，太安者，中医药圣殿也，太安者，天安、地安、人安也；大典者，甲骨文"大册也"，《后汉书》"典籍也"；太安大典者，太安堂之大册也，太安大典者，太安堂中医药之典籍也。

《太安大典》按医、药、史、鼎、新五部十五类编排，其中"医部"分"经典、秘典"二类；"药部"分"药苑、名药"二类；"史部"分"渊源、传奇、复兴"三类，"鼎部"分"基石、讲坛、文治"三类；"新部"分"立德、立功、画卷、立业、立言"五类，共一百零八卷。书中以《黄帝内经》中医药经典理论为核心，以中医的整体观念等为基本原则，秉太安堂近五百年中医药传世秘方之精华，遵循"天人合一""天地相遇，品物咸章"等的自然规律与社会规律，分类论述，旨在弘扬中医药文化，振兴中医药产业，以医药强身提高人口素质，实现弘扬国粹，秉德济世，造福人类之心愿。

鉴于学术疏浅，工程浩大，不足之处，请示教，祈谅之。

柯树泉

2010年1月19日

序　言

　　千古风流，浪花淘尽。百年老字号是我国商业的宝贵财富，是中华民族的恒久记忆和独具魅力的文化代表，不仅属于历史，更属于未来。

　　中医药是中华文明的结晶，为中华民族的繁衍昌盛做出了不可磨灭的贡献。中医药老字号，底蕴深厚、技术精湛、历久弥新，承载的是中华医药的历史脉动和文化精髓。中医药企业只有将自己置身于中医药文明发展演进中，才能理解它的意义；只有将自己置身于中华民族复兴伟业征程中，才能理解它的价值；只有将自己置身于未来现代化求索中，才能更加明晰它的追求。

　　"太安堂"自明隆庆元年（1567年）创建以来，500年的岁月长河，太安堂与中华民族同舟共济，与中华医药如影随形，在波澜壮阔的历史洗礼中，医理浩瀚，名家辈出，从经验走向科学，从传统走向现代，演绎了传统中医药企业自强不息的传奇。如今，随着中国经济繁荣，国力昌盛，在国家振兴中医药政策的大潮推动下，太安堂发展成为极具竞争力和成长性的高新技术上市公司，迎来了继往开来、飞跃发展的新时期，迎来了复兴崛起的灿烂曙光。

　　太安堂传承体系脉络清晰，完好地保存了大量弥足珍贵的中医药财富，并不断完善，不断总结，为我国中医药事业的发展做出积极的贡献。正是基于此，太安堂投资拍摄弘扬中医药文化的电视连续剧《太安堂·玉井传奇》，建太安堂中医药博物馆，编纂中医药宏篇巨著《太安大典》系列丛书，为弘扬中医药国粹、振兴中医药事业、挖掘保护中医药文化遗产、普及中医药知识不遗余力，在传承历史、开创未来征途中大放异彩。

　　中国企业的管理实践植根于中国的经济实践和文化土壤，具有鲜明的中国特色。《复兴太安堂》是太安堂

创业史、奋斗史、励志史，记录了太安堂近500年的发展轨迹和管理精华；《复兴太安堂》是太安堂成功的解码，将太安堂的成功历程按主题逐一提炼，引导读者行走在太安堂的行进轨迹之中；《复兴太安堂》是中国中药制药工业创业、传承、发展、复兴的一个缩影，是一个历史文化积淀深厚的民族企业的管理思考与实践，是历经岁月积累的自我超越与不凡。

国务院《关于扶持和促进中医药事业发展的若干意见》指出："做好中医药继承工作，整理研究传统中药制药技术和经验，形成技术规范。挖掘整理民间医药知识和技术，加以总结和利用；繁荣中医药文化，将中医药文化建设纳入国家文化发展规划。" 我相信，兼具核心技术优势、文化品牌优势和渠道营销优势的太安堂，将具有广阔的发展空间，在现代工业文明标定的发展框架中实现自强，继续在未来的发展过程中，继续弘扬中医药传统文化，发展中药制药核心技术，普及中医药健康理念，这是太安堂的责任，更是历史的责任，民族的责任。

太安堂堂训"秉德济世，为而不争"为太安堂人树立了追求真理、不断进取的精神丰碑。"创建世界一流的中药现代化制药企业"则不可逆转地开启了太安堂发展壮大、走向复兴的历史进程，将具有500年中医药文明史的太安堂推达前所未有境界。

历史的长河中，5个世纪并不遥远。在前一个500年和下一个500年的交界处，太安堂发展的蓝图已经展开，希望太安堂能够继续在未来的发展过程中，继续弘扬中医药传统文化，发展中药制药核心技术，普及中医药健康理念，进一步促进中医药事业的发展。

太安堂复兴，是不断深化、永无止境的进程，同志仍需努力！

中华民族复兴，是人类发展史上惊天地的壮丽史诗，我辈当浩然前行！

国家中医药管理局副局长　李大宁

2011年10月

目　录

引　言 …………………………………………………1

第一章　复兴使命 ……………………………………3

第一节　太安堂渊源 ……………………………… 3
第二节　太安堂史话 ……………………………… 9
第三节　太安堂沉浮 ………………………………29
第四节　太安堂轶事 ………………………………31
第五节　太安堂使命 ………………………………40

第二章　复兴历程 ……………………………………48

第一节　缔造大军团 ………………………………48
第二节　鼎立大产品 ………………………………51
第三节　开拓大市场 ………………………………54
第四节　复兴大品牌 ………………………………68
第五节　实施大跨越 ………………………………72

第三章　复兴指南 ……………………………………78

第一节　立公司法规 ………………………………78
第二节　驾皮宝之路 ………………………………88

第三节　驭金光大道 ………………… 93

第四节　扬太安航程 ………………… 120

第五节　为天地立心 ………………… 124

第四章　复兴硕果 …………………… 130

第一节　现代太安堂 ………………… 130

第二节　太安堂荣誉 ………………… 133

第三节　实现五个"一" ……………… 135

第四节　太安堂上市 ………………… 140

第五节　五百年盛典 ………………… 149

第五章　复兴解密 …………………… 156

第一节　鼎绝技根基 ………………… 157

第二节　汇天地灵气 ………………… 189

第三节　运哲学规律 ………………… 191

第四节　行改命造运 ………………… 201

第五节　奉赤诚丹心 ………………… 213

结语　太安经略 …………………… 217

引　言

五百年中医药老字号太安堂多姿多彩，然随国运几多风雨、几多沉浮，亦曾淹没于岁月烟尘。第十三代传人柯树泉乘中华复兴之东风，创立皮宝制药，复兴太安堂。在随后的10多年中，柯树泉带领公司致力弘扬中医药国粹，将公司打造成集生产、研发、销售高效中药皮肤药和治疗不孕不育症、心血管、妇儿科用药的上市公司，致力"创建世界一流的中药现代化大型制药企业"。

太安，象征着盛世、盛况、盛景，国家大治，民众泰安，众乐升平，上下交济。大典，为盛世之典藏，为生民之重礼，为古今之智慧结晶，为中医药之奇葩，为大众之福祉，为生灵之庇佑，为精神之皈依，为光辉思想之凝结，为民众之信仰。

太安堂，流淌着一个世代中医药家族500年来的浓重血液，血浓于水，情聚于药，汇聚精华传奇；世医、御医、儒医，神秘莫测；秘方、验方、秘技、秘法济世绝活数之不尽，谱写了一部刻苦创业、催人奋进的创业史。

俱往矣！看今日神州大地，今日的太安堂作为一家充满生机和活力的中药企业，既传承着五百年的精粹血脉，又处处散发着作为一家现代化企业与世界接轨的广阔视角和活力因子，经霜而不败，历久而弥新，雕琢而愈润，古朴与现代，传统与时尚，儒释道哲学与现代尖端的管理经营理念，民族医药精湛的制药技术与现代的高科技，太安堂完美的融合，既是古典的，又是时尚的，这就是太安堂的气质，这就是太安堂人的风范。

求变图强，是事物发展的规律，新事物孕育于旧事物之中，即是从旧事物中发展出来的。太安堂集团作为一个有着500年底蕴的千年种子，有着优良的基因，结合时间的裂隙，与时偕进的太安堂不断优化着自己的基因。永不停顿，是太安堂发展的箴言。昨日太安堂，今日太安堂，明日太安堂，昨日是厚重的历史画卷，今日是蒸蒸日上、永不停歇的发展征程，明日是璀璨夺目的强盛之旅。

《复兴太安堂》，就是见证历史太安堂的昨天，今天，明天。彰显着太安堂的智慧火花，明丽着太安堂的百年沉淀，集成着太安堂的管理智慧，滴沥着太安堂的制药精粹，回响着太安堂的庄严堂训，荟萃着千百年来儒释道传统哲学与传统中医学的最强劲的生命结晶。

改革开放是中国走向繁荣富强的起点，中医药圣殿太安堂乘着改革与开放的大潮，在商海风云中尽情演绎复兴的旋律与韵味。在不同年代、不同舞台上展现太安堂普济苍生、奉献社会的美德，折射出太安堂从产品经营到产业经营，从品牌经营到资本运作的发展脉络，展现太安堂全面复兴，走向辉煌的发展历程。

第一章　复兴使命

第一节　太安堂渊源

"《萧韶》九成，凤凰来仪。"——《尚书·益稷》

在中国人的心里，凡有凤凰栖息的地方，都被视作风水宝地。

"潮州山川，钟灵毓秀，海滨邹鲁，岭海名邦"。登临笔架山顶峰，眺望韩江如玉带，正如一位诗人吟言"塔似笔，仰写天上文章；船如梭，横织江中锦绣"，美不胜收。韩江分九流，九流奔南海，九流便是九龙。就这笔架山而言，那笔架山和潮州府城，乃是雌雄彩凤交颈，八只小凤分栖陆海脉气之地。驰名华夏的中医药圣殿——"太安堂"就诞生在这个山海祥和的风水宝地。

500年前，"太安堂"刚刚诞生时，可能根本没想到，她会成为全国现存最古老的中药企业之一；500年后的今天，当慢慢梳理太安堂500年历史时，我们发现"太安堂薪火相传500年"是一个必然——一家百年老字号企业所应拥有的完美素质，"太安堂"皆一应俱全。

16世纪中叶，是我国古代史上中药资源开发利用和本草理论发展的鼎盛时期，医药界人文荟萃，名著迭起，把古代中药资源开发利用推向了顶峰。"太安堂"在这样一个中医药极度繁荣的历史环境下诞生并得到长足发展，在明清时期盛极一时，享誉四方。明清两代，"太安堂"传人均历经太医院系统学习，尽得太医院核心技术之精华；太安堂孕育了大量的传世奇方，形成了熔炼百家自成一体的太安堂医药学体系，至今流传不衰；明清时期"太安堂"字号已遍及南国，医事之盛，冠绝岭南，驰名遐迩，其医术医德屹立于时代潮流之端，赢得"医风蔚然，为粤东冠"之盛誉。

潮州中医世家柯氏从医历史可追溯至三世祖柯逸叟公(1454～1523年)。元末明初，柯氏始祖辛吾公从福建莆田县南迁进入潮州井里，以务农为生。至三世祖柯逸叟公，家道渐殷实。明永乐年间，"虱母仙"何野云云游桑浦山，与逸叟公结下忘年之交，为柯家择定吉宅宝地。精通风水和医术的何野云，曾经是陈友谅的军师，后来陈友谅兵败，朱元璋一统天下。何野云潜于民间，埋名隐姓，云游岭南，来到潮州桑浦山，为人建寨立墓，替人看风水建宅居，帮助

百姓医治病症，为民众做过许多好事，被人们奉为"虱母仙"。

井里村柯族从此根基永固，繁衍甚盛。

柯氏三世祖逸叟公识诗书懂医学，设立了柯氏药堂。明代制度规定，凡医家后裔必须子承父业，至少一人承继医术，其余者才可参加科举，中举出仕。"凡医家子弟，择师而教之"（《明史志第五十·职官三》）。柯玉井由儒入医，在考中举人之后，嘉靖十七年（1538年）考入太医院进行医学深造，师从名医万邦宁。万邦宁，字咸斋，湖北黄州黄冈人。祖上五代均业医，幼年即从父习医，18岁独立应诊于乡里，20岁即名震黄冈，其医术精湛，达到了出神入化、玄机曲运、炉火纯青的境界，不仅精通内、妇、儿科和老年病之诊治，尤擅治各种疑难杂症。很多当时在别人那里的不治之症而到了万邦宁的手中却是药到病除，因此名扬湖广。后经湖广提督学道官薛大人推荐于朝廷，"善医国者，惟万氏一人而已"。于是钦召万邦宁入宫听用，准为御前侍直御医，食六品俸职。后来升任太医院院使，掌印院务事，食四品服俸加一级。

柯玉井的勤奋聪颖深得万邦宁的赏识与爱护。在太医院，柯玉井为人耿直，行医正道，朝政的腐败和浊流的侵袭，反而练就了他善于进取的锵锵骨气，他孜孜不倦地钻研医道，奠定了太安堂技术根基。

嘉靖三十二年（1553年），柯玉井任云南楚雄县令，当时的楚雄社会动荡、瘟疫横行，正需要像他这样集医、仕为一身的官员去治理、去治病。楚雄境内高山大川，景色雄浑多姿，但当柯玉井踏上这块神奇而美丽的土地时，却为黎民的深重灾难痛心疾首，他废寝忘食带领黎民修水利、开荒改土，山山水水、村村寨寨都留下他的身影。柯玉井在那里为官超过了4年，创下流官在云南任职的最长纪录。在与土司的较量中，他展现了其独特的政治品格和人格魅力；在治疗流行瘟疫中，他爱民如子赢得民心。秀逸连绵的山脉、曲折蜿蜒的河流，见证了柯玉井的勤政励绩，被百姓称为"清官"。业绩传到朝廷，升任柯玉井为广西梧州知府同知署理正堂。

柯玉井治理梧州府期间，敢于兴利除弊，为民造福。为铲除梧州人自古居住竹木房屡起火灾的根源，他带领百姓兴建砖瓦房，使民安居乐业。人民感恩戴德，后广西梧州知府李大钦立《肇造全镇民居碑记》，永志纪念，碑文详载在《梧州府志》。柯玉井又在梧州藤县创办"友仁书院"，传道授业，振兴教育，培养人才，这一义举也在《广西藤县志》中有记载。

当年，御医万邦宁受"太医朱林案"株连被流放到梧州，幸逢故交柯玉井相救，并予厚待，并协力设医办药，救死扶伤，被颂为佳话。3年后，御医万邦宁回朝升任太医院院使，编撰御医宝典《万氏医贯》，奏请皇帝恩准赠予柯玉井。

《万氏医贯》汇集了宫廷御方、家传祖方、亲治医案和药方药法等而成，分为天、地、人三卷，前二卷论述胎原、初生诸病及五脏主病、兼症等，各病之后多附亲治医案；末卷罗列上述二卷中的治疗方剂。在医学史上具有重要历史价值，是中医古籍中的重要典籍和珍贵文献。万邦宁在《万氏医贯·序》中写到："是书传送大人，大人不以拙作而弃之，珍而藏之高阁，异日贤裔，不鄙小技为业，一学即成名医。本书了了朗朗，明而约，约而验，可以济世，可以保赤。"这段话清楚地描述了他与梧州柯玉井的相交渊源以及将这本价值连城的宝书赠给柯玉井的缘由。

　　明隆庆元年（1567年），柯玉井恭接皇帝御赐太医院院使万邦宁惠赠御医宝典《万氏医贯》和太医院钦造的"太安堂"牌匾，回故里潮州继承祖传医业，创建中医药圣殿太安堂，创建太安堂医馆，立"秉德济世，为而不争；医道即人道，尊德性而道学问，药理亦哲理，致广大而尽精微"之堂训。写下《太安堂记》，其中写道："堂名太安，祈天安地安人安也；堂名太安，求普救众生，秉德济世，为而不争也；堂名太安，施医道即人道，尊德性而道学问，行药理亦哲理，致广大而尽精微也。"

　　胸载天文地理、貌似仙风道骨的"虱母仙"何野云对柯家说过："柯家因尊长者，必以'德'发迹，以'德'兴旺，'德尊老者'，后世牢记。"一个"德"字奠定了家风的质朴基调，勤奋执着加上天分悟性，使柯家子孙成为名门望族，百世流芳。

　　自柯玉井后，柯家后裔人才辈出，前后共7代进士，族望炽昌。太安堂历代传人皆成名医，医林荟萃。12代传人分别是柯醒昧、柯翔凤、柯隆、柯元楷、柯振邦、柯黄氏、柯仁轩、柯春盛、柯廷贵、柯如枝、柯廷炎。明清时期，赴井里求医问药者络绎不绝，太安堂救死扶伤，功德皆碑。中华人民共和国成立前后，柯族内柯如枝、柯子芳、柯荣清、柯廷炎、柯炳合等数十位名医先后于潮安沙溪、浮洋、登塘、潮州、汕头、惠州、海南等地创办医寓、诊所、医院，悬壶济世，以医术高超和医德高尚而载入史册，备受世人尊敬。而井里村也因行医历史悠久、医学人才辈出、医药从业人员众多而被人们誉为"行医村"。

　　明末清初，抗倭时期，战乱连连。为逃避战祸，潮州井里村柯氏族人流落四处，"散乡"时只剩老人留村。有的漂洋过海到了东南亚一带谋生定居，太安堂中医药技术文化随之流入新加坡、马来西亚、泰国等地。据井里村柯氏族老传述，现居住新加坡的柯氏后裔共有300多人，不少从事中医药产业，颇有成就。

　　太安堂传承至今历15代，名医荟萃，成为著名的中医世家。井里村柯族医德医术，似一颗灿烂的明珠，闪烁着潮汕，荣耀着里程，激励着后贤。充满柯

氏太安堂核心技术的药品如"消炎癣湿药膏"、"麒麟丸"、"透疹散"、"解毒汤"、"断惊丸"、"疳积膏"、"祛痹舒肩丸"和"心宝丸"等已成为太安堂济世救人的良药。

"太安堂"风雨兼程5个世纪年，至今更是充满活力的中药企业，最叫人拍案叫绝的，莫过于它在皮肤科、心血管科和治疗不孕不育领域里的卓越贡献，堪称太安堂三大丰碑。其留下的大批经典医籍病案理论和学术思想，不但提供了许多宝贵的学术经验，更重要的是留下了他们中医药学的治学思想和方法，灿烂厚重的太安堂医药文化已经成为我国重要的非物质文化遗产，历代太安堂名家以弘扬中医药国粹为宗旨，开馆行医，雕琢经方，详探秘要，博综方术，办刊著书，堪称我国中医药史上的奇葩。

太安堂治疗不孕不育特色专科肇始于明末清初，其突出代表人是太安堂第七代传人柯黄氏，这也是太安堂历代传人中唯一的女性传人。柯黄氏擅长中医药调治代谢障碍、内分泌失调、不孕不育等妇科顽疾，深得当时各方病患所爱，被誉为"送子圣母"。太安堂不孕不育专科揽中医孕育学之大成，而且辨证细腻、准确，用药轻灵平正，治法灵活，经太安堂妙手而喜降龙凤者无可胜数，一代一代太安堂人投入其中，既承家世学，又博学众长，立书著述，使太安堂不孕不育专科长期屹立于时代潮流之端，时人盛赞："麒麟送子，玉燕投怀。"

太安堂历经明清两代的辉煌，随着时代的变迁、战争和自然灾难的频发，又逢国难骤起，倭贼侵扰，太安殿堂毁于兵火，众医家流离失所，飘零大陆各省以及南洋等地。"太安堂"之百年老字号一度隐没岁月尘烟之中，有其实而未复其名，徙于海外的太安堂门人，多成良医，他们中许多为中华中医药文化在东南亚、欧美以及我国港台等地的发展做出了显著的贡献。

太安堂悠久历史多姿多彩，随国运几多风雨，几多沉浮，自玉井开立太安堂医药体系之先河，历代传人旷怀高蹈，寄托医业，拯生灵之性命，惠及万民，药济众生。待太平盛世，中华复兴，改革开放，经济腾飞，太安堂也迎来了再现辉煌的最好时机。

柯树泉，柯玉井公第十三代孙，太安堂第十三代传人。名医辈出的中医世家给予了他丰厚的中医药文化滋养，从小师从父辈研习中医药，加之天资聪颖，博览医书，深究医理，勤奋自励，少年成器。在潮州、汕头任中医师多年，医术日进，声誉日隆，是声名远扬的中医外科、儿科和妇科专家。

　　20世纪80年代，毗邻潮州的汕头被批为经济特区之后，经济发展迅速，同时也带动了周边地区的经济悄然振兴。1989年，享有盛誉的名医柯树泉继承父辈衣钵，在潮州创办太安堂诊所，主治妇儿科和皮肤科。在医治病患的过程中，他结识了许多药材药品供应商和顾客，以敏锐的商业意识发现药材、药品贸易具有较好的前景，开始尝试药品和名贵药材贸易。柯树泉带领一干人马首闯东北药材市场，深入大兴安岭、长白山等盛产红参、鹿茸等名贵中药材的林区，收购药材，千里迢迢运回南方销往各大药材市场。20世纪90年代初，凭着新一代潮商的干劲、魄力与高深的商业智慧，柯树泉凭借高瞻远瞩的战略眼光和果断的决策，把目光投向汕头特区，创办"汕头市卫生制品有限公司药品经营部"，正式从事药材药品贸易，同年取得3家著名制药厂的独家代理商资格，全权代理该公司产品。在代理该公司产品期间，柯树泉着手建设销售渠道，客户资源进一步得到拓展，在全国各地拥有了较为稳定的客户资源。在与客户的业务合作中，他系统学习并总结药品营销和企业管理知识，深入了解国内医药市场的发展状况。几年代理业务合作下来，为日后创办药业集团打下了坚实理论基础和物资基础。

　　柯树泉在药材贸易中如鱼得水，积累了丰富的经营销售经验，形成了前瞻性的商业思维，积攒了创业初期的第一桶金。遨游商海近十年，他越来越清晰地形成了自己的产业梦想，立志挖掘太安堂祖传秘方、验方之宝库，造福世人。

　　1995年，柯树泉创办"汕头特区皮宝卫生制品有限公司"，他深刻意识到：在技术推动型的医药产业领域中，拥有技术含量极高的独家品种，是企业核心竞争力的重要支点。他对家传中药秘方进行研究，成功研发中药皮肤外用药"皮宝霜"。这个产品配方独特，疗效神奇，年销售额超1亿多元，奠定了企业发展的坚实基础。

　　1997年，柯树泉带领企业冲出汕头挺进广州，完成了以广州为中心的华南地区的营销布局。

　　2000年，"广东皮宝制药有限公司"成立，柯树泉在主持多项科研项目的同时，充分整合资源，使科研成果迅速转化为生产力，走上了高新技术产业化发展道路。形成了"铍宝消炎癣湿药膏"、"肤特灵霜"、"铍宝解毒烧伤膏"等疗效显著的高效中药皮肤药产品群。其中公司拳头产品"铍宝消炎癣湿药膏"年销售额过亿。

　　2002年，成立"广东皮宝药品有限公司"，走上了专业化的药品营销之

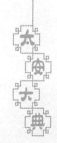

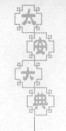

路，建立了覆盖广泛的营销网络和多元化的营销渠道，形成了辐射全国的6万多个OTC销售终端的营销网络，并逐步建成了以OTC零售终端和第三终端并行发展的全方位营销网络布局。

2004年，柯树泉将全部所属企业组建"广东金皮宝集团有限公司"。2005年，上海金皮宝制药股份有限公司成立，实现了以上海为中心，辐射全国的整体格局的升级。2007年，"广东金皮宝集团"更名为"广东太安堂集团"。2008年，经国家工商行政管理局核准，"广东太安堂集团有限公司"更名为"太安堂集团有限公司"。"太安堂"由此走上全面复兴之路。

2010年，太安堂集团旗下子公司广东太安堂药业股份有限公司成功登陆A股，插上了资本翅膀的太安堂，实施资本运作，叩响了又一个神奇之门，从此迈上了一个崭新的发展里程，实现了新跨越。

沐浴着博大精深中医药文化成长起来的太安堂以其顽强的凝聚力和隽永的魅力，创造了历史的辉煌鼎盛，太安堂对中医药文化的继承、创新、弘扬，给"太安堂"品牌带来了源源不断的发展动力和成长活力。

作为新经济时代"太安堂"的掌门人，柯树泉肩负的不仅仅是继承御方、秘方的技术精髓，更重要的是致力建立现代企业制度，肩负着振兴中医药国粹的神圣使命。为此，2003年柯树泉考入澳门科技大学并获得工商管理硕士学位，2010年，又获取工商管理博士学位，学习现代企业管理。他要致力谱写一个令人仰望的商业传奇，缔造一个享誉世界的中药现代化制药企业，将中华医药精髓推向世界。

如今太安堂集团已发展成为一家集科研、生产、销售中药皮肤内外用药、治疗不孕不育症用药、心血管药、妇儿科药等特殊疗效中成药于一体的专业化药业集团。集团总部设于上海，拥有广东、上海两大生产科研基地，多家医药营销公司，2个国家级药物研究中心，1个博士后工作站和1个省级技术研发中心。主导产品铍宝消炎癣湿药膏成为中国皮肤外用药的领军品牌，特效中成药麒麟牌麒麟丸和心宝丸分别成为国内治疗不孕不育和心血管药的知名品牌。集团载誉无数，荣获国家权威机构颁发的"烧伤外科发展贡献奖"、"皮肤科发展贡献奖"，并先后获得"中国皮肤科用药十大影响力品牌"、"广东省著名商标"、"广东省名牌产品"、"国家高科技企业"等数十项荣誉称号。

太平盛世，安泰祥和。中医药老字号纵横岁月500年，巍然复兴！"太安堂"，中国传统医药文化丰厚的内涵，浸润着一代又一代太安堂的情感和生存方式，灿烂的太安堂中医药文化，在中华文明的沃土中生根开花、发展壮大，并从儒、道、释及华夏文明的多个领域中吸取精华和营养，逐渐兴旺发达，流传五湖四海，为中医药文明增添了绚丽的色彩，为人类的健康做出贡献。作为中医药文化的传承者和实践者，是太安堂人义不容辞的使命和永续生存的根脉。太安堂堂训精神"秉德济世，为而不争"已成为现代太安堂集团企业文化的核心价值观。

一代代太安堂人推动了中华医药的前进巨轮，缔造了永恒不息的太安堂中医药文化，并在世界经济一体化的历史大潮之中重放光彩，再度光耀华夏。

第二节　太安堂史话

2009年5月1日，"太安堂中医药博物馆"正式开馆，并以"规模最大的中医药家族展示馆"获得"大世界基尼斯之最"证书。博物馆以柯氏家族历代传承中医药的历史渊源为线索，展示了百年老字号"太安堂"的发展轨迹，馆内共收藏和展出柯氏历代保存下来的6000余件珍贵的中医药文物，包括古旧医书、古代诊疗器具、丸散炮制器具、老药方、老照片等，给世人呈现出一幅医药历史发展长河的瑰丽画卷。

我国多部医药事业相关专著都有这样的表述：明代以后，随着商品经济的发展，中药商品生产随之兴起。民间商人开设药铺制售"熟药"，一些信誉好的老字号中医药堂一直沿袭至今。据《太安堂家谱》记载：太安堂创建于明隆庆元年，即1567年，由嘉靖年间进士柯玉井创办，其麒麟送子丸具有补肾填精、益气养血等作用，有"御用圣药"之美称，其组方配置人柯黄氏被誉为"送子圣母"。《广东潮州府志》、《云南楚雄州志》、《广西梧州志》、《广西藤县县志》等地方史志都记载了柯玉井的政绩等史实。

一、《万氏医贯》

《万氏医贯》成书于1567年，是明代太医院院使、著名医学家万邦宁汇集亲治验症、御方祖训、医案良方、药方药法的医学巨著。它是我国医药宝库中的一颗璀璨明珠，以其卓越的医学成就载入我国医药学史册。

本书分为"天"、"地"、"人"共3卷。前2卷列述胎原、初生诸病及五脏主病、兼证等，各病之后多附作者治案；末卷罗列上述2卷中的治疗方剂。《万氏医贯》全面系统地论述了人体内外各种病症、发病原因、症状及治疗方法，特别是在中医学领域提出了一些首创性的见解，《中国医籍大辞典》、《中医学术发展史》、《宋元明清医籍年表》、《中国医籍通考》、《中医人名辞典》、《中国历代医家传录》等均有明载。

《中国医籍通考》一书在按语中指出：该书论理简明，不落窠臼；效方验案有章可循，于临床实用可资参考。民国曹炳章所辑的《中国医学大成》

(1936年出版)称该书为"寿世宝藏，医林巨观"。它包括辨证、施治、御方、秘方、验方、医案等内容，资源得天独厚，不愧为"异日贤裔，不鄙小技为业，一学即成名医，本书了了朗朗，明而约，约而验，可以济世，可以保赤"的济世之宝。

《万氏医贯》现存多种清刻本。《中国医籍通考》一书特别刊载《万氏医贯》原序全文，并详细列明其现有版本：

清同治七年戊辰1871年鹭门微瑞堂叶清架校刊本；

清光绪十年甲申1884年鹭门文德堂刊本；

清光绪三十九年癸卯1903年香港中华印务公司铅印本；

清宣统二年庚戌1910年商务印书馆铅印本。

《万氏医贯》极高的研究与实用价值使得柯氏家族和太安堂代代相传，太安堂第十三代传人柯树泉，从医25年后携祖传秘本《万氏医贯》和太安堂代代相传所积累下来的医药学精华创建太安堂集团有限公司，立志做中国最好的皮肤药，做世界最好的中成药，使《万氏医贯》这部中华医药瑰宝在新时期再放异彩，造福人类，造福社会。

二、《井里乡志》序

国有史，方有志，家有谱。国无史，无以考一国之兴替；方无志，无以征一方之源流；家无谱，无以辨一族之血缘。史修万代，谱修一族，时光荏苒，岁月如流，历缆《柯氏太安堂家谱》年表，世系昭然，后裔蕃盛如瓜，瓞之绵绵，分迁兴旺，莫不丹桂有根。将柯氏主要传承脉络、原由经过作志以续祖德。

柯氏始祖自元末明初来自福建莆田，创乡至今历600余载，先贤何野云功不可没，为柯氏择吉地绘蓝图扩创家园，历经繁衍，日月经天，沧海横流，在岁月尘烟中，井里全族多姿多彩，荫佑后世千秋万代。

柯氏五世祖柯玉井，官讳文绍，台甫道光，鸿号玉井，少登明嘉靖丁酉科进士，奉政大夫，钦擢为广西梧州府正堂，政绩卓著，享誉朝野；身系御医传世，济世救人。

通过家谱，可以看到柯氏昔自玉井公起七代进士，名人辈出，辉煌鼎盛，如日中天。中华人民共和国成立后本乡柯均锡、柯广贞、柯益昭等数十位名人历任省、市等各级要职，出类拔萃于军政、商贾、经济等各界，秉德济世，功勋卓著,造福万方。井里威名如大鹏展翅,御水临风,扶摇直上。

自明代嘉靖至今,柯玉井得《万氏医贯》御医传承,孕育后代,名医辈出,医林荟萃。庶民百姓、达官显贵赴井里求医问药者络绎不绝,村前院后时常车马相接,人声鼎沸,救活民命,何止万千,功德无量,有口皆碑。近代先后以柯子芳(柯廷桂)、柯如枝(柯汉松)、柯荣清、柯廷炎、柯炳合等数十位名医分别在中华人民共和国成立前后于潮安沙溪、浮洋、登塘、潮州、汕头、惠州、海南等地创办医寓、医院、诊所,悬壶济世,救死扶伤,以高超的医术、深厚的造诣和崇高的医德而载入史册,备受世人崇敬。柯氏医德与医术,似一颗灿烂的明珠,照耀着南国,闪烁着乡史,荣耀着里程,激励着后贤。

《柯氏太安堂家谱》面世,上可告慰祖宗,下可昭示子孙,流芳万代,意义深远,为深入研究太安堂及其家族提供了弥足珍贵的历史资料。

三、太安堂传人

根据《柯氏族谱》、《太安堂家谱》、《井里乡志》等相关资料,太安堂历经5个世纪的薪火传承、发扬光大而到现代,历代传人是体现太安堂精神内核的根据。

太安堂创始人——柯玉井

柯文绍(1512~1570年),广东潮州井里村柯氏五世祖。少时勤学励志,深研儒学,怀修身、齐家、平天下之志。明嘉靖年间潮州人才辈出,文绍公如沐春风,于嘉靖十六年(1537年)丁酉科考中广东省第九名举人,时年25岁。文绍公登仕之后,怀着忠君报国之志,爱民如子之心,在治楚雄县、治宜山县中政绩辉煌,深得名望。

据《梧州府志》载,文绍公嘉靖四十三年(1564年)任梧州府同知署理梧州府正堂,在任期间勤整吏治,著有廉吏名。案无余牍,狱无余冤。

嘉靖甲子岁,内宫突发"太医朱林案",御医万邦宁无辜株连流放广西梧州府,文绍公为国惜才,以先生礼侍万老御医,逐结为万年之交,万老御医在梧州3年,深悟文绍公为官清正,高风亮节,时遇火烧梧州,水漫苍梧、藤县瘟疫,黎庶处于水深火热之中,柯玉井公与御医万邦宁鼎立设医办药,救死扶伤,治愈大批的烧伤、瘟疫和皮肤病人,并带领军民兴建砖瓦结构名宅,铲除梧州人自古住在竹庐屡遭火灾的根源,人民感恩戴德,立石碑永恒纪念,碑文详载在《广西梧州府志》。据《广西梧州府志》、《广西藤县县志》记载,柯文绍(玉井公)于隆庆元年(1567年)在藤县创办"友仁书院",至万历九年(1581年),专培养中医药人才,为民解除疾苦。

御医万邦宁回朝升任太医院院使(太医院院长),上疏隆庆皇帝奏明柯玉井政绩,皇帝御赐其亲著的中医药学瑰宝《万氏医贯》以及太医院准备授予"太安堂"牌匾于柯玉井公。

柯玉井公恭接御赐的《万氏医贯》及"太安堂"牌匾,回潮州府带领经御医万邦宁推荐于太医院培训、深造的子侄等创办"太安堂",为后人立"太安堂堂训"、"太安堂制药十六字箴言"等宝贵财富,至今近500年。

明万历十年(1582年)潮州知府郭子章为"大夫第"题字及送匾。匾文:赐进士广东潮州知府泰和郭子章为万历十年乡进士出身奉政大夫广西梧州府同知府事,前楚雄县事,历任宜山县事柯文绍,立"大夫第"。

在登仕离家前,柯玉井公亲手种下一棵榕树。此后几百年,这颗榕树枝繁叶茂,气象轩昂,生机勃勃;子孙后代,遮荫补凉,书声琅琅。养育了玉井公的韩江水,至今奔腾不息。

太安堂第二代传人——柯醒昧

柯醒昧(1538～1612年),柯玉井公之次子,明代外科、妇儿科名家。天资聪颖,自幼熟读《黄帝内经》、《伤寒杂病论》、《本草经》、《万氏医贯》等医籍,深得柯玉井公医术真传,15岁就会辨脉开方,十里八乡为之称奇。后考入太医院研习医术,专攻中医外科,成一代名医。返乡后继承太安堂医业,造福桑梓,编撰太安堂中医外科、妇儿科著作。现太安堂主要产品"消炎癣湿药膏"药理源自他中医外科核心技术。

太安堂第三代传人——柯翔凤

柯翔凤(1576～1653年),字起丹,号仪夫,明清外科、妇儿科和内科名家。幼承家学,万历二十八年(1600年)庚子科贡生,任广东龙门县教谕(《潮州府志·卷二十六·选举表上》)。卸任后回乡掌管太安堂,荟萃四方名医坐堂主诊,登门求医者举袂连天。柯翔凤在广州、佛山、福建等地开设分号,首创太安堂走出潮州,走向全国之先河。太安堂除了继续以外科扬名外,妇儿科和内科也逐渐发展成为其特色医科。

翔凤公育有五子二女,严于教育子女。清康熙年间王岱编纂《澄海县志·卷之十六·列女》载:"柯氏,海阳井头乡人龙门训导柯翔凤之女也,适冠山生员许何俞,何俞母老氏侍克孝。葵己逆镇郝尚久叛,九月大师克潮,何俞携妻子避乱,氏被兵执,骂不辍口,夺刀自杀。"

太安堂第四代传人——柯隆

柯隆(1604～1658年),字力自,翔凤公之长子,明末清初内科、儿科名家。

崇祯丙子科(1636年)乡试中式第二名副榜(《潮州府志•卷二十六•选举表下》)。他本立志仕途，后卸官从医。遍访名医，虚心求教，善于吸取各家之长，精心研究古方偏方，临证多有奇效。他创立了一整套心悸、怔忡病的诊断治疗理论和方法，成功研制专治心悸怔忡病之"救心丸"。时明末清初政局动乱，战火蔓延，太安堂医馆救民无数，以柯隆公为掌门的柯氏医生被民众称为"活菩萨"。

太安堂第五代传人——柯元楷

柯元楷(1629～1698年)，清代中医外科、妇儿科专家。他继承堂训堂规，治学严谨，品性高洁，开馆授医，好医者纷纷登门求教。他收徒谨慎，严格遴选，订立"不忠不孝者不传、不仁不义者不传、不勤不专者不传、贪酒好色者不传、轻露卖弄者不传"等"十不传"规矩。众多优秀弟子分赴太安堂各地分号，太安堂实力渐盛，美誉日隆。

太安堂第六代传人——柯振邦

柯振邦(1668～1746年)，字弘涛，中医内科、妇儿科名家。幼年聪明异常，过目不忘。医术精湛，精研伤寒温病诸法，善于治疗妇儿科急性热病，屡起危急于倾刻。他提出了妇科调肝九法、治脾五术、补肾五理等理论，广泛流传。

太安堂第七代传人——柯黄氏

柯黄氏(1697～1792年)，黄荔婉，柯弘涛长子之妻，妇儿科名家。其夫中年谢世，嗣子尚幼，柯黄氏出身医药世家，精通医道，毅然挑起太安堂大旗，成为太安堂第七代传人，也是唯一女传人。柯黄氏着力维营医馆，栽培后嗣，研习医术，擅长医治不孕不育症，其配制的"太安延宗丸"功效神奇，名扬四方，求医得子者何止千万，被世人誉为"送子圣母"，一直传颂至今。

太安堂第八代传人——柯仁轩

柯仁轩(1741～1839年)，字荣园，世人尊称柯半仙，中医外科、推拿名家。柯半仙公聪颖好学，其父亲授《黄帝内经》。柯半仙曾得异人传授推拿术，手法多样，有推、拿、按、摩、滚、揉、捻、搓、抄、缠、摇和抖等12种，其中一指禅推法最具特色。柯半仙公深谙"一指禅推拿"的真谛，主张"循经取穴，因人、因症、因部位而治"的治病原则，有同病异治者，有异病同治者，有上病下治者，有下病上治者，手随心转，法从手出，行云流水，挥洒自如，往往消沉疴于无形。

柯仁轩公悉心钻研岐黄之道，博采众长，师古不泥古，仁心仁术，医技神奇，故有"半仙"雅号。

太安堂第九代传人——柯春盛

柯春盛（1805～1899年），字君年，中医外科、妇儿科名家。柯春盛公掌舵太安堂时正值连年战乱，太安堂一度无从开业，在战乱中辗转迁徙，竭力保护太安堂历代珍贵医案秘方藏档。

太安堂第十代传人——柯廷贵

柯廷贵（1889～1943年），字子芳，擅长中医儿科、外科。他独创"透疹散"、"解毒汤"、"断惊丸"、"疳积膏"，疗效卓著，对儿科麻、痘、惊、疳四大症独有建树。后又专攻中医外科、伤科，擅长治疗刀枪箭伤与骨伤。精通《神农本草经》等书，能准确分辩其中正误和遗缺，对各种草药生长的过程、形貌特征、药性和归经等有独特研究。

太安堂第十一代传人——柯如枝

柯如枝（1896～1966年），字汉松，专攻中医小儿科。中华人民共和国成立初期在浮洋镇设中医诊所，用方用药奇特，药价低廉，效果特佳，药到病除，远近闻名，每日应诊不少于100号。他曾用3剂中药二角一分钱医好了一位身患绝症小儿，患儿父母感激不尽，送大旗一面，书"小儿救星"四个大字，此事在医界成为美谈。

太安堂第十二代传人——柯廷炎

柯廷炎（1922～2000年），字德亮，中医外科、儿科和妇科专家。幼承父兄施教，全心攻读《黄帝内经》、《伤寒杂病论》、《千金要方》、《本草纲目》、《医宗金鉴》和《易经》等中医学古籍，具备扎实的中医理论和传统哲学基础。

柯廷炎公承先祖秘传，遵古法制，擅长丹膏丸散、万捣吊膏、炼丹之术，配制太安灵药、白降丹等数十个品种，专用于中医外科的痈、疽、瘤、疬、烧伤、皮肤病等的治疗，疗效卓著。他深谙《万氏医贯》奥旨，主攻儿科麻、痘、惊、疳四大症，其研制的太安保儿丸等活儿无数。尤好交名医，博采众家之长，大胆创新，对妇科的经、带、胎、产、不孕等疑难杂症的治疗每有独到之处，承接七代传人"送子圣母"独家秘方"太安延宗丸"，研制成

14

"麒麟丸"贡献于世。柯廷炎公一生以太安堂堂训为人生宗旨，医德高尚，著述较多，留给太安堂的核心技术和价值思想是无价之宝。

太安堂第十三代传人——柯树泉

柯树泉，1948年出生于广东潮州儒医世家，系太安堂创始人柯玉井公第十三代孙，工商管理博士。现任太安堂集团有限公司董事长兼总裁、广东太安堂药业股份有限公司董事长、中医药巨著《太安大典》总编、太安堂中医药博物馆馆长、上海市潮汕商会名誉会长、广东药学院兼职副教授、汕头市药业商会副会长、中国中药协会嗣寿法及皮肤药研究中心主任、中华中医药学会皮肤病药物研究中心主任。

名医辈出的中医药世家——太安堂，以深厚的中医药文化环境熏陶、哺育、鞭策着柯树泉的成长。1970～1995年25年间他专心致志融会博大精深的中医学，荟萃吸取中国传统哲学的精髓，走向儒医领地，超越旧文化涵盖，进行价值转换，二十五年磨一剑，于1995年发明中药皮肤外用药——"皮宝霜"，年销售超亿元，成为中国中药皮肤药领导品牌，实现了价值观的第一次战略性飞跃，拉开太安堂第一次变革复兴序幕。

1995～2010年15年间，柯树泉以太安堂深厚独特核心技术，博采现代企业管理之精华，集成中国传统哲学的奥哲，以哲学家的理性思维和企业家的全局视野，建立太安堂团队，确立太安堂信仰，聚焦太安堂产品，锁定太安堂策略，从立功到立业，实现复兴太安堂目标，从股份到上市，实现了价值观的第二次战略性飞跃。柯树泉十年间(2001～2010年)撰写《皮宝之路》、《金光大道》、《太安航程》、《天地立心》、《生民立命》雄文五卷计72章100多万字；投巨资拍播28集电视连续剧《太安堂•玉井传奇》；创建"太安堂中医药博物馆"；编纂中医学巨著《太安大典》。分别获得3项上海大世界基尼斯证书。弘扬为天地立心，为生民立命，为往圣继绝学的民族精神，从立德到立言，实现了价值观的第三次战略性飞跃。从1995～2010年历15年，柯树泉诚聘、培养造就了太安堂核心人才团队，制订实施《太安堂基本法》，奠定了太安堂发展的坚实基础，成功实现了现代太安堂第一次变革。鸿鹄高飞，2011年，柯树泉谋划实施玉兔五运略，启动太安堂第二次变革，指引着全体太安堂同仁为创建世界一流的中药现代化中型药企，为股民创值、报效社会、造福人类而努力奋斗！

四、太安堂史迹

2009年5月1日，矗立在汕头市金园工业区内的"太安堂中医药博物馆"正

第一章 复兴使命

式开馆。太安堂中医药博物馆以"规模最大的中医药家族展示馆"获得"大世界基尼斯之最"证书。

大气磅礴的建筑格局，古色古香的装潢设计，独一无二的医学资料，跌宕起伏的传承历史，博物馆内的所有展品深深震撼着每一位参观者的心灵。太安堂从柯玉井公之后12代传人每人都有特殊的专长，有骨科，有外科，有妇产科，有内科，各代传人根据各自所学，治病救人的案例、验方，集中汇编，柯氏中医世家历代保留下来的中医书籍，藏在太安堂后座走廊屋檐双层瓦片的夹缝里，才得以保存至今。到了第十三代柯树泉把他们的成果总结起来，在博物馆展出柯氏历代名医的医案。医药界专家认为，这些医案因其真实详细和不可复制性显得弥足珍贵，"少了穿凿附会的东西，而更直接的是医疗实践"。每一张斑驳发黄的纸张都浸透着太安堂历代传人的心血。

太安堂集团董事长柯树泉感恩先祖，感恩社会各界，斥资建造"太安堂中医药博物馆"，旨在弘扬中医药文化，继承和发展中医药国粹，承接太安堂五百年中医药精髓，造福人类。

太安堂中医药博物馆以"格物致知、决策九重、阴阳太极、南国古榕、杏林春暖、橘井泉香、东风邀月、太安圣殿"的外八景和"杏林宗师、神医妙手、圣药灵丹、圣母送子、药王宝殿、瀚墨兰芳、玉井传奇、太安崛起"的内八景构成，在领略百年老字号"太安堂"横跨5个世纪传承发展历程中，感受历代医圣药王妙手回春的神奇魅力，洞察中华医药无穷无尽生命力的奇妙奥秘。

（一）皇封御赐"太安堂"（牌匾）

太安堂名号的匾额是时任太医院院使的万邦宁奏请皇帝恩准，亲自题写，由太医院钦造赠予柯玉井（1567年）。"太安堂"三字为隶书，为黑底金字，已毁于晚清战乱的炮火。目前悬挂的"太安堂"正匾为当代著名书法家陈丁所写，朱砂红石板刻金字，同为隶书，使"太安堂"三字更加熠熠生辉。

（二）大夫第——太安堂遗址

明代万历十年（1580年），广东潮州知府郭子章感念柯玉井悬壶济世的高洁志趣，亲手为柯玉井故居题下"大夫第"匾额，至今，这块石刻匾额仍然悬挂在"大夫第"的门楣上。门柱联写道："师风百世同山仰，祖泽千秋共水长。"

大夫第是三进厅、八火巷型局，风水学上叫"坐癸向丁兼丑未分金"，是富贵双全之吉宅。由前厅、主厅、东厢、西厢和两库房组成，中间隔着天井。主厅高大轩敞，裙板隔扇均精雕梅兰竹菊等图案，采用的工艺是著名的岭南漆画。槛梗窗花为明代格调，飞檐翘角，玲珑典雅。如今大夫第经过修饰补茸，丹垩彩绘，居制如旧，材料易新，引来各方游客驻足欣赏。

在太安堂近500年历史过程中，医馆几经破坏和兴建，曾经气宇轩昂的建筑静静地侧身于历史的帷幕之后。任后人在这些经历了百年风雨的砖瓦、廊柱之间，寻找它们充满传奇的辉煌历史。

第一座太安堂医馆由柯玉井于1567年创办太安堂时，兴建于大夫第东侧。整个遗址的面积在200平方米以上。清顺治十年(1653年)，靖南王耿精忠血洗潮州城，烧毁太安堂医馆。战乱结束后，第四代传人柯隆公立即在旧址上重修太安堂医馆，历时6年，到第五代传人柯元楷继任时，太安堂医馆在前代的基础上，规模又有了扩大。坐北朝南，面阔五间，纵深三间，贝灰墙面，灰瓦屋面，材饰鲜艳悦目，嵌瓷、彩画、木雕、石雕交错运用，显得既古朴典雅，又富丽堂皇。

1939年，日本侵略者的铁蹄踏进了千年古城潮州，疯狂掠夺太安堂中医药宝库，再次摧毁了太安堂医馆，拆卸砖石用于修筑军事工地。自此以后，太安堂医馆另外择地修建。

现在的太安堂医馆旧址北面墙体基本完好，墙体上清晰地留有日寇枪射的痕迹，西北角、东南角均清楚地保留着直角形状，西南角现为圆弧状，基本形状保持较好。太安堂遗址，不但印证了太安堂历史上的辉煌鼎盛，更重要的是为被誉为"中医药圣殿"的太安堂由来找到了有力的证据。同时，更进一步证实了太安堂在中医药史上的重要地位。

(三) 柯氏宗祠(东祠)

祠名"祀先堂"，柯玉井公于明代嘉靖四十年(1561年)始建，2006年再修建。分金"坐辛向乙"，供始祖及派下子孙神祖。

祠堂一进式建筑，进门为天井，堂内正中供奉祖先神位，祠内保存有神牌，明代青花瓷香炉和铜器多件，以及清代潮绣八仙图等文物。是同宗族人聚集和联系的场所。

(四) 柯氏家庙(西祠)

祠名"念修堂"，柯玉井公于明代隆庆三年(1569年)为始建，2006年修茸

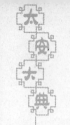

一新。分金"坐乙向辛"，祠中厅设有神龛一个，供柯玉井派下子孙神祖。

（五）太安堂药王宫

据《海阳县志》记载，潮州药王庙设于开元寺，清咸丰十年（1860年）分建于翁厝巷，南来北往万千商客，参拜药王祈求安康，时祭仪隆重，既为祭祀香火之会，亦成南北药材盛会，潮州药都名扬四方。然百年沧桑，战火频仍，药王庙濒临倒塌，几经修缮，几易其地，终湮没历史烟尘！

太安堂创始人柯玉井精研经史，荣登仕途，清正廉明；携宝典，创圣殿，立太安，施仁术，济苍生，"秉德济世，为而不争"，至今传承近500年矣。柯玉井第十三代孙柯树泉，幼承家学，从医历药40余载，欣逢中华盛世，创建药业集团，为弘扬国粹，振兴中医药，复兴太安堂，兴建药王宫，戊子年春月破土，经年告竣。太安堂药王局从易理，卦推元亨，梅开五福，飞檐勾角，雕梁画栋，玲珑剔透，步步异景。

药王宫分内外八景，药王殿中尊立伏羲、神农、黄帝及扁鹊、张仲景、李时珍等医圣药王塑像，皆以名贵黑檀木精琢而成，栩栩如生。杏林宗师、翰墨兰芳、《太安大典》、《万氏医贯》、柯氏针灸铜人为五大镇堂之宝。楹联牌匾，文韵萦绕，医药氤氲。诚为瞻仰圣贤感悟医道弘扬国粹传播文化之圣殿。

药济苍生，仁心仁术，青阳开国太；

王昭日月，圣典圣德，紫气佑世安！

（六）太安堂文物

1.针灸铜人 "柯氏针灸铜人"是自太安堂创建以后，柯氏历代名医所使用的针灸铜人。柯玉井公在嘉靖十六年（1537年）考中举人之后，第二年就考进太医院开始了数年的医学深造。柯玉井在太医院学习针灸时所使用的针灸铜人，是宋代著名针灸学家王惟德设计铸造的明堂针灸铜人。后来柯玉井辞官回乡创办太安堂之后，按照太医院的针灸铜人仿铸了一尊，供放在太安堂大药堂里面。柯氏后代做为传家之宝珍藏，历经几百年风雨战乱，最近在上海重新仿造，铜人的穴位由上海中医药大学的教授核准。原铜人穴孔处涂以黄蜡，里面是空的，可注水。如果按针灸分寸正确进针，里面的水，便可自孔穴流出，否则不能刺入。

2.太安堂藏书 太安堂集团董事长柯树泉出身于儒医世家，他的家里保存着大量的医药书籍，都是他的父亲、祖父以及上上辈祖先遗留给后世的，在博物馆的"藏书阁"里收藏和展示了柯氏13代珍藏、保留下来的珍贵医书、报刊，从《黄帝内经》到《万氏医贯》，多达3000余册，有些已经成为孤本。

太安堂还珍藏了我国最大的一部官修书《四库全书》及《续修四库全

书》。《四库全书》是中国乃至世界历史上规模最大的一套图书集成，它囊括了从先秦到清乾隆中国历代所有重要的典籍，涵盖了古代中国几乎所有的学术领域。太安堂珍藏的《四库全书》属于文渊阁本，32开本，包括目录在内共1501册，上海古籍出版社出版。

《续修四库全书》是《四库全书》的续篇，通过编纂、出版《续修四库全书》，既可为《四库全书》匡谬补缺，又能继往开来，对清代乾嘉至辛亥革命之间的学术文化发展进行新的归纳总结。该书用绿、红、蓝、赭四色装饰封面，16开本，精装1801册，上海古籍出版社出版。

太安堂中医药博物馆珍藏着太安堂历代传人留下的医案处方手稿和太安堂历代名医积累的秘方手抄本，有的处方成为现代太安堂研发中心研制新型产品的源头。

3.明代脉枕 脉枕是医生号脉时病人手腕下所垫之物。古人用瓷器做"脉枕"主要是考虑瓷器具有清凉去热的物理特性，对人体有保健作用。

太安堂中医药博物馆馆藏的这件青花脉枕长16.5厘米，宽9厘米，釉面光润老旧，绘画装饰清秀素雅，从独具特色的回青用料和道教色彩的纹饰，可以判断是明代嘉靖、隆庆年间的产物。作为私家收藏的标志，脉枕底部有"太安堂"堂名款。

4.药船 药船又有药捻子、药碾子、研船等许多名字，是中医用来碾药的传统工具，由船一样的碾槽和车轮状的碾盘组成，用来把药材碾细、脱壳，是传统中医不可缺少的工具。药碾子常见的材质有铜、铁、石、瓷。太安堂博物馆所藏明代铜质药床，长131厘米，高23厘米，重10千克。

（七）太安堂文哲

太安堂堂训

秉德济世　为而不争

医道即人道，尊德性而道学问

药理亦哲理，致广大而尽精微

太 安 堂 记

余蒙圣恩承祖训遵师谕立堂太安诚惶诚恐铭刻天地之功堂名太安祈天安地安人安也堂名太安求普救众生秉德济世为而不争也堂名太安施医道即人道尊德性而道问学行药理亦哲理致广大而尽精微也夫医无法则乱守法弗变则悖循法之功不足以高世法古之学不足以制今盖疾万变药也万变也医者虽救病不救命更难救心然必穷其因尽心辨证究其源尽力论治方能上不愧于天下不愧于地内不愧于

心非专不名馆内杏林才俊务须潜心岐黄而成一方名医堂中丹膏丸散定当尊古法制而成灵丹妙药浮华之辈庸俗之物焉能成器戒之和氏之璧不饰以五采而价值连城此桃李不言下自成蹊之理也夫聪者听于无声明者见于无形仰以观天文俯以察地理是故知幽明之故原始反终故知死生之说昔布射僚丸秸琴阮啸恬笔伦纸钧巧任钓太安堂异日贤裔应效其志而有树专其一而成名切莫志不高而平庸心太大而无成疾学在于尊师莫学御龙而学御马莫学治鬼而学治人剑一人敌不足学学万人敌不求易不避难不遇盘根错节何以别利器呼良相儒法道兵安邦治国良医悬壶济世救死扶伤孙思邈曰凡大医者必当安神定志无欲无求先发大慈恻隐之心誓愿普救含灵之苦凡馆内求医务须贫富一等堂中取药定是羸弱普同亲如一家盛而不骄劳而不矜盖国之兴也视民如伤是其福也其亡也以民为土芥失其祸也虽国大而堂微此非德不昌之哲也鸿鹄巢于高林之上暮而得所栖鼋鼍穴于深渊之下夕得而所宿余深怀为天下苍生福祉胞舆之心立堂施医于民继万氏续瑰宝愿学而珍之传而承之海不辞东流有容乃大大之至矣从水之道而不为私焉此吾所以蹈之也愿杏林春暖福荫万民橘井泉香普济众生

秉德济世为而不争立为堂训贻厥子孙万世永记

时皇明隆庆元年秋己酉月壬寅日柯玉井盥手拜撰

《万氏医贯》序

余少学尝读孔圣书，知人而无恒，不可以作医，医者恒也，缘也。宁平生业医，以医事父，以医事君，事父事君者，恒也，非缘也；至宁以医受患难而得安康，遇良朋而沐知交，缘也，非恒也。宁受庭训历医相传五代矣，宁方髫龄时有活人志，先君始教宁继医，祖述授受，以德为本，婆心为先。宁自十八岁行医，迄今七十余载，见信一方，未尝有一事愧也。适本省提督学道官薛，面受天子救寻方外山林奇才逸士，不论技艺，有关国家需用者，可访问其真实，特荐以备朝举。宁草莽下士，知识愚昧，学术疏浅，恭逢文宗薛老先生临荆州，持衡人才，拔荐多士，乃以宁姓名题表上达。曰：善医国者，惟万氏一人而已！臣审详最谨，不敢隐匿，上奏未几，君命煌煌，钦召微贱入宫听用，非臣陨首所能上报。臣匍匐奉诏奔候，蒙圣恩浩荡。自我太祖高皇帝首设医院，重建医学，沛仁心仁术于九有之中。臣伏愿皇帝陛下体仁守信，遵祖继志，守身以治四海，寿国以康万民。蒙圣主救赐臣万邦宁入太医院，准为御前侍直御医，食六品俸职。臣受命之日，战战兢兢，知有君不知有身，知有国不知有家，鞠躬尽瘁，不敢虚位，衔恩戴德，长祝天子万年，邦国之光，是缘也，非恒也。至嘉靖甲子岁，内宫皇妃甘娘娘，花朝飞熊投怀。司理太监官名光奏上，第六宫甘娘娘龙胎妊孕，皇上大喜。未几三个月，甘娘娘适冒虐疾，召太医院官朱林入宫跪脉，奏上知道，臣朱调进药，柴胡桂枝汤连服三剂，即瘵。忽至端午节，甘娘娘与宫娥步金桥，戏龙舟，触动龙胎下坠。匿情旷奏，归咎于医。龙颜大怒，不分皂白，削尽太医院官，一概着落六部九卿治罪，首事者取斩，值班者取绞，余皆流徒，宁亦列其中，受杖徒于广西梧州，为臣死职，何敢辞过。即日起解，途历七千里程之苦，餐霜眠雪，悲风萧条，中夜思之，不觉泪下潸潸也，身负国恩，为世所悲岂丈夫哉！死而已矣，此恒也，非缘也。及临梧州，解差文书投上。州司大人柯大夫初召，见宁老死钦犯，鹤发丝丝，气色奄奄，遂有怜悯之心。宁跪不起阶，声不启齿，大人亲手牵衣，赐坐款茶，即以宾礼待加，慰于美言，遂不以罪人视宁万氏，反以莫逆交万氏，且又沐先生春风高座，厚待宁日久矣，得见大人之政事廉明矣，大夫之风度，山高而水长矣。且大夫之爱人及物，不狭而且惠矣。案无余牍，修竹种果，政遇有间，酌酒吟诗，宁追随于花晨月夕之际。忘分普接，西窗夜话，把臂谈心，订交千古，岂非人生相逢一大快乐事哉！宁何幸耶？宁荒郊野侪，无一足取，落落老死，反以格外待之。大人恩功，靡有涯焉！于此则亦缘尔。我大人柯老先生，系出韩江雅望也，官讳文绍，台甫道光，鸿号玉井，少登嘉靖丁酉科广东第九名亚魁敕授云南楚雄县知县，官道邑长，著有廉吏名。再任宜山县附邑，邑尊清明播者，朝庭耳闻，钦擢为广西梧州府州事，即升黄堂。异日为宗伯，为冢宰，卜金瓯，垂青史是宁所翼望也！忽一日，诏书颁临梧州柯大夫整朝衣，恭迓旨意宣读知召罪臣宁入朝复职。诏内云云，罪非万臣所致，万臣老学素有奇方，登时起程。书曰"君命召，不俟驾而行"，今日之谓也。宁与大人契交三年，梦寐相依，何忍别耶？一旦宁勒马就道，泪泼襟衣，大人命吏人斧林望之。先生之待宁，何异蜀主之高风哉。宁将何以报之？宁至朝圣谢恩外，日坐医院，回想梧州官署与大夫言笑，依然耳目中也。宁岂能一日忘先生已乎？嗟嗟！岁岁而相见，不知同堂之欢也。经年而遥隔，乃识相思之苦也。不知可以继此而得见先生否？然宁老矣，无能为也。旧恩未获寸报，来生定效犬马之劳，固所愿也！宁正历修纂集所有御方祖训，亲治症验，医案良方、药方药法，一一刊刻，汇天地人三部，愚书其名曰《万氏医贯》。贯者万殊归一，一以贯之。宁窃慕圣训，可藏为旧贯也。余自入都门以及阙内，医效未齿及其一，何也？事君食禄，何敢言功哉？是书传送大人，大人不以拙作而弃之，珍而藏之高阁，异日贤裔，不鄙小技为业，一学即成名医。本书明朗朗，明而约，约而验，可以济世，可以保赤，方不负宁今日少报恩于万 也。冀先生为宁九十三岁老友，宁将缘恒为序，一经大人品题，声价百倍，遂为秘书不朽云。时皇明隆庆元年王春月望日，现任太医院院使掌印院务事食四品服俸加一级，前御前侍直御医食六品俸国予监监生，湖广黄州府黄岗县，治年家门世第九十三岁万邦宁咸斋氏盥手拜撰。男门世侄万永赖世德氏同校著。门人晚生甘大用朝望氏同评阅。

何野云序

历遍江湖阅尽千山万水驰驱顾盼收拾虎距龙蹯启口清淡谁识仙风道骨胜步闲游怀藏将相公侯知我者惟有清风明月以吾者骤见富贵荣华不为势交只在深情厚德不为利诱惟在积善行藏一饷公侯可得半酣宰相堪图今之东明之西无非济世奇方驻一步留一盼尽是救贫妙策花街柳巷半晔不接秦楼楚馆些无留恋国无介虑家不牵怀胱志于尘埃之外得趣于山水之间优为游焉公侯非侣道也遥也风月为侍适经水潮土颇厚水颇深骖停凤城寻龙聚择风藏富贵不止于百荣华何啻于千接遇多矣惟尔贤贤路连连水渊渊别怯人情各一天土人地号按图可见坐山对向照法无偏若遇此穴顶珍重收藏什什拊献善在福积祸在恶延受我此道宜保惜后世方显是神仙

肇造全镇民居碑记

梧州为东南重镇镇实两省裳之会三军所出四民聚焉然其他僻在西鄙非通都大郡其俗尚简朴无高堂华屋之观观盖自官府学宫之外率多竹卢，以蔽风雨每间旱烈辄焚烧数百间俄顷而尽居民常望见火荧荧从屋脊而起遂为天灾莫可幸免已复结竹环居如故以为常岁嘉靖乙丑六月城外火灾其明年丙寅六月又灾于是藩臬二使者患之因上书督抚兵部右侍郎兼都察院右金都御史洪都吴公自言奉识无状弗能宣扬德美致召天灾殃及于民宇民用惨戚请与吏二千石而下痛自修省以回天谴因发仓赈梧之被灾者不胜惶恐待罪是时吴公适以上命东征二源先移军于端州书至公方劳师军中为辍食泣下言我以东兵之故而遗西镇黔黎优谁大夫自引咎乃余罔豫图其亦何责之辞遂可其请且移檄镇中召父老而谕之曰顷余乃弗虞尔等弗戒用燔于尔宫余实甚悯焉然火之作不于秋冬而于盛夏此非必皆天灾也其居使之然也夫沧海之舟雪山之骑昏夜索火必无与者使童子操竹而磋之则其火立至由此观之竹以致火亦明验也而梧之民乃往往拆竹为椽编竹为户上栋下宇匪竹莫须环城远近鳞次而居井灶相续寝其中日气下暴地气上蒸欲求无火不可得已故火之起自屋脊也实暑盛竹热极之所致而反为天灾不亦误乎且夫惮费惜劳而安于陋习者贾之守而更化善治移风易俗者圣人之事是以豳风陶冗父契灶陶唐木处神禹龙故泰伯端冕以化吴仲尼弦歌而治鲁凡以承天之道相地之宜贻斯以久安长治之术者也故民罔携志士习而安马子孙世世守以勿失夫然后教化可兴而风俗可同也今梧人不窬乃欲为一切目前之计以苟岁时卒有不便于己即委而去之视弃其居如弁髦然甚非所以示民不迁之义也其令民自今皆易竹庐为瓦屋力不足者官为赍给助之能以义昌为凡民先者旌之有不如令者罚之甚者藉以地而墟之于是乃发徭戍千人命中军监制砖瓦凡累数十钜万恣贫民子复三过之然后使者乃始采掇其文而为之记使者为大恭刘君子兴与金事林大春也而记即大春为之明太之让也太守为谁晋江丁君自申也自友谊赛守而下若同知柯文绍通判陈绍文潘仕云推官李佐苍梧知县海鹏则均之与有经理劝相之劳者其辞曰于皇我明德覆六合翼翼苍梧雄镇是作彼江流宾旅杂沓民亦繁止修篁是托四月为夏六月徂暑连袪成帷挥汗成雨炎蒸载临烈焰为灾使者陈辞告我哀吴公曰咨尔群黎祸匪自天厥迁自贻我图尔居陶瓦攸宜曰止曰时筑室于兹乃资尔财乃佐尔力庶无后难以永今夕百工趋事庶僚祗式二劳费其究安宅于惟我公泽普鸿钧潜消点运大造我民御灾捍患户祝户陈君子万年正是国人

友仁书院在三元书院右隆庆元年，本府同知柯文绍署县事建

太安堂中医药博物馆序

走出洪荒的岁月，聆听遥远的生命呼唤，天地乾坤，阴阳五行，中华民族创造的医学科学，横空出世的千秋圣典，石破天惊的民族瑰宝，几千年来生生不息、绵延不断，展示着强大的生命力。中医药学不仅是一门治疗医学，更重要的是关于人体自身的养生、健康、保健的预防医学科学。

沿着历史的长河追根溯源，中华民族在社会发展进程中，在与自然、与疾病斗争的漫漫征途中，依靠聪明才智，书写着中华民族博大精深的中医中药历史。从神农尝百草到《黄帝内经》，从《本草纲目》到《万氏医贯》、《玉井瑰宝》，从扁鹊施治尸厥、华佗刮骨疗毒到万太医、柯大夫的烧伤皮肤病治疗；从养在深宫人未识的金匮秘诀，到飞入寻常百姓家的草药偏方，蕴育了无穷无尽的闪耀着文明光辉的医药学典故。

沐浴着博大精深的中医药文化成长起来的"太安堂"，是一座弘扬祖国传统医药文化、济世救人的中医药圣殿。

"秉德济世，为而不争"。太安堂自明代隆庆元年(1567年)创建初始，其堂训精神就显示了药济天下的韬伟胸怀；"医道即人道，尊德性而道学问；药理亦哲理，致广大而尽精微"。太安堂核心技术在不断继承、发展、创新中代代相传。

创始人柯玉井公(1512～1570年)，广东潮州人，官讳文绍，明嘉靖十六年(1537年)丁酉科第九名举人。承父业从医，考入太医院。后历任云南楚雄县事、广西宜山县事，嘉靖四十二年(1563年)升任梧州府同知署理梧州府正堂。为官清正廉明，政绩卓著。隆庆元年，柯玉井叩谢皇恩，恭接亦师亦友的太医院院使万邦宁撰编的《万氏医贯》及皇帝恩准太医院授予的"太安堂"牌匾，回故里潮州创建"太安堂"。

太安堂第十三代传人、柯玉井公第十三代孙柯树泉先生秉承太安堂堂训，从医历药30年后，接过祖传"法宝"，创办制药企业，复兴五百年老字号太安堂。如今，总部设在上海的太安堂集团，已发展成为拥有在广东、上海3家药厂、1家省级研发中心、博士后工作站和两家医药营销公司的药业集团，其产品中药皮肤药铍宝消炎癣湿药膏等成为国内皮肤外用药的领军品牌，年销售额

已逾数亿元；特效中成药麒麟牌麒麟丸、麒麟牌心宝丸成为国内治疗不孕不育及心血管药的第一品牌。

太安堂集团董事长柯树泉先生感恩先祖，感恩社会各界，斥资建造"太安堂中医药博物馆"，旨在弘扬中医药文化，继承和发展中医药国粹，承接太安堂五百年中医药精髓，造福人类。

太安堂中医药博物馆欢迎您！

太安堂药王宫碑记

中华医药，浩瀚无垠。神农尝百草，黄帝著内经；扁鹊察声色，华佗疗疮伤；仲景《伤寒论》，思邈《千金方》；时珍书《本草》，万氏撰《医贯》；神医药王，济世救民，缔造国医，功昭日月，千秋永垂！后世泽福祉建庙宇，感恩戴德，垂念传承。据《海阳县志》记载，潮州药王庙设于开元寺，清咸丰十年分建于翁厝巷，南北往来万千商客，参拜药王祈求健康，时祭仪隆重，既为祭祀香火之会，亦成南北药材盛会，潮州药都名扬四方。然百年沧桑，战火频仍，药王庙濒临倒塌，几经修缮，几易其地，终湮没历史烟尘！

吾祖柯玉井公精研经史，荣登仕途，清正廉明；携宝典，创圣殿，立太安，施仁术，济苍生，"秉德济世，为而不争"，至今传承十三代，近五百年矣。愚系玉井公第十三代孙，幼承家学，从医历药四十余载，欣逢中华盛世，创建药业集团，为弘扬国粹，振兴中医药，复兴太安堂，兴建药王宫。戊子年春月破土，经年告竣。太安堂药王宫整体布局，法从易理，卦推元亨，梅开五福，飞檐钩角，雕梁画栋，廊廊通透，步步异景。

药王宫分内外八景，外八景为"太安宝殿、圣母送子、东风邀月、南国古榕、决策九重、阴阳太极、金光大道、太平盛世"；内八景为"药王圣殿、杏林宗师、神医圣药、玉井传奇、翰墨兰芳、长廊碑林、麒麟玉燕、太安崛起"。药王殿中尊立伏羲、神农、黄帝及扁鹊、张仲景、李时珍等医圣药王塑像，皆以名贵黑檀木精琢而成，栩栩如生。雕像群、藏书阁、《太安大典》、《万氏医贯》、柯氏针灸铜人为五大镇堂之宝。楹联牌匾，文韵萦绕，医药氤氲。诚为瞻仰圣贤感悟医道弘扬国粹传播文化之圣殿。

药济苍生，仁心仁术，青阳开国太；

王昭日月，圣典圣德，紫气佑世安！

公元二〇〇九年岁次己丑年春月

太安堂第十三代传人柯树泉盥手拜撰

太安堂家训

太安堂创始人柯玉井公第十三代孙柯树泉承宗师壮志，接传承法宝，遵天地规律，循中医经典，拓济世前程，订立太安堂家训。

太安堂家训系太安堂人为人处事、修身立业的行为准则。

1. 举行太安堂堂庆　定于农历正月十四日为太安堂堂庆日，每年举行纪念，逢十周年举行庆典，逢百周年、千周年举行盛典。

2. 恪守太安堂信仰　为创建世界一流的中药现代化大型制药企业而奋斗！

3. 铭记太安堂堂训

秉德济世，为而不争。

医道即人道，遵德性而道学问；

药理亦哲理，致广大而尽精微。

4. 遵循太安堂真言

遵古重拓，方经药典，精微极致，大道无形。

5. 执行掌门人标准

法于阴阳，和于术数，医药精湛，通晓节律，

驾驭运气，坚毅奋进，济世救人，德才兼备。

或可塑者。

6. 遵从太安堂法则

儒表法里，道本兵用，医药产业，资本运作，融会济世。

7. 严守太安堂传规

不忠不孝不传，不仁不义不传，不勤不专不传，贪酒好色不传，欺世盗名不传。

8. 履行太安堂责任

淡泊明志，立德立业；宁静致远，立功立言；

传承文化，医药报国；弘扬国粹，奉献社会。

9. 实现太安堂宏愿

药济苍生仁心仁术青阳开国太，

第一章　复兴使命

医昭日月圣典圣德紫气佑世安。

中医药典籍《太安大典》

《太安大典》是太安堂十三代传人行医历药的心血凝聚，有太安堂创始人柯玉井公在太医院深造时积累的宫廷验方，有太安堂十三代御赐、祖传秘方验方医案，还有太安堂历代名医的手抄医方，太安堂产品核心技术、保密技术等等，非常珍贵。为弘扬中医药国粹、振兴中医药事业、挖掘保护中医药文化遗产，太安堂集团编纂出版《太安大典》中医药文化系列丛书，集成古今中医药理论精髓，聚焦太安堂五百年中医药核心技术，传承发扬优秀中医药文化。这是一部具有重要历史、学术、实用、典藏价值的中医药传世文献。

编纂、出版《太安大典》系太安堂集团"二五规划"之重大工程，由"太安大典编纂委员会"负责。

《太安大典》是一部由太安堂第十三代传人柯树泉和国家相关学术权威任主编，中国中医科学院博士生导师、中华中医药学会专家、太安堂文化品牌总监陈鸿雁等任副主编，各省相关专家和太安堂36位医学、药学、哲学等专家、博士、硕士任编委，再请国家中医药管理局、中国中药协会、国家图书馆、故宫博物院等相关专家任顾问而编纂的太安堂中医药丛书。

"太安大典编纂委员会"将太安堂近500年历13代传承下来的中医理、法、方、药等珍贵文化遗产、太安堂发展历程、传统哲学和各大名著等相关资料进行整理编纂，循木火土金水五行相生机制，按医、药、鼎、立、史等5部15类编排，其中"医部"分"经典、秘典"2类；"药部"分"药苑、名药"2类；"史部"分"渊源、传奇、复兴"3类；"鼎部"分"基石、讲坛、文治"3类；"新部"分"立德、立功、画卷、立业、立言"5类。历经5年，已编纂了108卷，出版奉献世人，第二期书目正在继续整理编纂。

太安堂对联

对联是我国人民喜爱和熟知的文学形式，它以简练的形式带给人们浓郁的美感，给人以丰富的启迪，是民族文化中的一朵奇葩。

深受传统文化熏陶的柯树泉经常用对联的形式来表示高洁的志趣、远大的抱负，抒发济世情怀。太安堂中医药博物馆内，珍藏了柯树泉创业以来亲自撰写的近30幅对联，这些对联意境高远，字句考究，道出太安堂500年之光辉历程和创业精神。

太平盛世，沐帝恩聚贤能，进医林潜药谷，纳五精运四气，荟天仙依瑶池炼就一代宗师，师风百世文山仰；仰观元象，祈橘井龙腾喜雨，俯察医馆，求树吐芳菲花似锦，灵椿少耸九霄福荫华夏。问茫茫南海，海滨新城，何处飞来圣药？

安泰祥和，尊儒法推易理，执道术出奇谋，集千法成一家，借地势建圣殿弘扬万年国粹，粹韵千秋绍苑弹!弹赏楷模，愿杏林虎啸雄风，品鉴药坊，望泉涌玉液浆如琼，丹桂彬彬还一愿康安万民。看滚滚韩江，江畔古邑，此间辈出神医!

这幅垂挂于太安堂圣殿外大门的长联由太安堂集团董事长柯树泉撰写，著名书法家陈丁书写。长联气势磅礴，意境辽远，寓深沉于豪放，道出太安堂500年之光辉历程和创业精神，全联180个字，想像丰富，感情充沛，用典考究，一气呵成，妙语如珠，抑扬顿挫，诵之琅琅上口，别具一格。

上联勾勒太安堂历史。"太平盛世"首句总起，宛若横空出世，继而追根溯源，从太安堂的渊源角度落笔，赞咏太安堂皇恩御赐、历久弥新、气度高贵。作者思接百年，展示出一幅太安堂人秉德济世、精研医术药理、励志创业的壮丽史诗：昔日柯玉井公博览经史，熟诵医药典籍，幸得太医院各名医悉心调教，伏蒙圣泽，受赐医药宝典《万氏医贯》，在体大思精、包罗万象的医林药谷中尽得中华医药之精华，成为一代杏林宗师，创办中医药圣殿太安堂。自此，太安堂纵横岁月500年，尽展千年医药之神韵，融贯古今智慧，玉井公千秋祖泽惠及万民，百世同仰。太安堂亦如日中天，名扬天下。仰观天象，太安堂旷怀高蹈，救死扶伤，药济天下，神医圣手立起沉疴，求得人间灵椿共茂，造福世人，福荫华夏。在新的历史时期，太安堂圣殿在海滨新城重现英姿，在发展中不断蜕变和创新，从南国海滨阔步走向神州大地，走向五洲四海。太安堂成长之路，是中国医药史上的典范。

下联突出太安堂宏愿。"安泰祥和"，安泽四方，祈求天安、地安、人安，表现太安堂立志弘扬中医药国粹的宏图大志。自玉井公开立太安堂医药体系之先河，历代太安堂人遵循国学精华，治理圣殿，儒表法里，尊崇易学，奇正用兵，集名家所长，博综方术，详探秘要，谨记"秉德济世，为而不争"，"医道即人道，尊德性而道学问，药理亦哲理，致广大而尽精微"之堂训，千年中医药国粹之医风药韵响彻神州大地，太安堂核心技术生香吐郁，千年不凋，如琼浆玉液一般润泽世间，太安堂精神与技术丹桂同芳，源远流长，康安万民。奔腾不息的滚滚韩江，孕育了灿烂的太安堂文化，古老的文化古城见证了太安堂神医辈出、品质珍贵的年轮，记录着光荣的足迹，又为太安堂开启了辉煌的明天。追溯过去，正视现在，展望未来，太安堂专注中医药事业，弘扬中医药国粹的理想在激荡的血脉中澎湃，太安堂复兴的洪流在"创建世界一流的中药现代化大型制药企业"的历史进程中汇集成潮，彼此激荡，蔚为大观。

长联抒情叙事，层次分明;对仗工整，字句精炼;内涵美质，外溢华彩，意境高远，气势非凡。浓缩了诗词歌赋的精髓，同时展现着文字艺术的魅力，是诗、是画、是历史的镜子，揭示了太安堂必然复兴、中医药必然光耀人间的信念，这种远见卓识，隐寓于联中的字里行间。

联文顾盼多姿，不同位置上添加不同数量的领衬字，呈现出短小、隽永、韵律优美等特点。并娴熟运用顶针、排比、拟人等多种修辞技巧，巧妙地将各个时期对太安堂发展有贡献的人名和其他事物名称嵌入联内的有关部位，使上下联相互对应，提高对联的趣味性和感染力。如：太安、文绍、元楷、树泉、少彬，等等；长联还取用"橘井泉乡"、"杏林春暖"等脍炙人口的典故，使人不能不细览胜景，浮想联翩。

圣药投怀玉燕，

神医送子麒麟。

俗话说，"天上麒麟儿，地上状元郎"，"麒麟送子"。朱红色大门上方的"太安堂中医药博物馆"9个遒劲有力的大字是由中共广东省委原书记吴南生所题。步入博物馆，当莲花完全绽放时，三尊用汉白玉精心雕刻而成的送子圣母雕像慢慢转动，圣母手持瓶中圣水洒向人间，寓意着送子圣母向全世界播撒温暖、关爱、团圆与幸福。柯树泉用这副对联希冀人们能被圣母保佑，得到吉祥，畅享好运，并受金莲滋润，喜得麒麟贵子。

药济苍生仁心仁术青阳开国太，

王昭日月圣典圣德紫气佑世安。

在药王宫两侧石柱上镌刻的这一副对联，由柯树泉改写，著名书法家王精书写。反映了太安堂感恩和平盛世，用高超医术、精制良药惠泽天下百姓的大医精诚之心。

东启明西长庚南箕北斗医乃摘星汉，

春牡丹夏芍药秋菊冬梅药为济生郎。

大门两侧的这副对联也是由柯树泉撰写，著名书法家苏华书写。太安堂中医药博物馆包含内外八景。外八景为"格物致知、决策九重、阴阳太极、南国古榕、杏林春暖、橘井泉香、东风邀月、太安圣殿"；内八景为"杏林宗师、神医妙手、圣药灵丹、圣母送子、药王宝殿、瀚墨兰芳、玉井传奇、太安崛起"。

品如岩上松历五百年风霜柱明堂顶太安杏林春暖；

书若璞中玉经十三代雕琢集瑰宝成大典橘井泉香。

太安堂集团制药的核心技术来源于明代的太医院。这副对联是太安堂真言，道出了太安堂集团制药的精髓。神医馆陈设太安堂历代传人的檀木雕像、柯氏铜人等珍宝文物，展示中医世家柯氏祖望的历史渊源与传承发展轨迹。柯玉井创立太安堂之后，由他的儿子继承和发扬。太安堂历代传人医学各有所长，皆有建树，太安堂以名医荟萃、妙手回春而名扬四方。

椿萱延年仁德垂涣，

蕙芷兴嗣礼乐弄璋。

这副对联悬挂于嗣寿堂门前。其中，椿萱是两种植物，椿就是香椿，《庄子•逍遥游》记载："大椿长寿。"由此用"椿龄"作祝寿辞，以"椿"为父亲的代称，也称父亲为"椿庭"。萱俗名金针菜或黄花菜。古人把萱草当作忘忧草看待。相传古人远行时为免母亲惦念，行前要在北堂阶下种一些萱草，所以又把母亲的居室称作"萱堂"，并把"萱"当作母亲的代称。因此把"椿萱"作为父母的代称。

蕙芷中的"蕙"指中国兰花的中心"蕙心"，"芷"是白芷，中国兰的根是为白芷，白芷象征人民百姓。蕙芷是蕙和白芷的合称，蕙芷是自古以来仁义与民政的传统美德精华，象征具有优良传统和优秀品格的中华儿女。

兴嗣中的"嗣"，指后代或者延续后代。兴嗣的意思是子孙兴旺。

弄璋中的"璋"是一种玉器，古人指生下男孩子把璋给男孩子玩，希望儿子将来有玉一样的品德，成为国家栋梁，后人因此称生男孩为"弄璋"，也叫"弄璋之喜"。

这副对联的上联意为父母老人家延年益寿，美好的品德代代流传，名扬四方。意思是延年益寿固然要强健的体质，还要仁慈之心、高尚的情操。

下联意为子孙世世代代繁衍兴旺，知书达礼，注重品行修养，才能成为国家栋梁之才。

第三节　太安堂沉浮

一个中医世家的沧桑巨变，折射出五百年历史长河的风云际会。

一页历史云烟的深沉脉动，牵连着五百年医药圣殿的悲欢激荡。

太安堂的历史，是一部经济与中医药文化交相辉映的发展史。自明隆庆元年太安堂创立，在漫长的岁月中，太安堂经历了种种社会变迁，屡遭劫难，三落四起，在一次次的腥风血雨中度过重重劫难，最终存活下来，成为中国最悠久的中医药世家之一，备受世人敬仰，足以证明太安堂作为中医药大家庭中的一份子，是中华人文精神、中医药智慧结晶的充分体现，太安堂文化也在不断丰富和发展。

拨开浸染着浓郁药香的太安堂的历史烟云，穿越时空的苍凉沉重，抵达太安堂刻骨铭心的记忆深处，可以在蕴涵着历史天机的中医药文化当中去感受时代的盛衰交替和太安堂前进之路的坎坷崎岖。

清初，太安堂延续到第四代传人——柯隆公，已经成为岭南地区最著名的中药老字号，是岭南文化的重要标志。这时的太安堂到了鼎盛时期。一方面在仕途上官运亨通，在药道医技上也是名震一方。在数代人中相继有20多人在朝为官或被皇廷封赠为官，在广东、北京、天津、山东等地开设了十余家分号，

成为潮州远近知名的名门望族。

据《潮州志》载，自清代以来，潮州城多次遭受战火劫难，太安堂也在血雨腥风中历经洗礼。

一、初历劫难

清顺治十年(1653年)，潮州总兵郝尚久举兵反清，清廷派靖南王耿精忠率军10万围攻潮州，由于叛将王安邦出卖，潮州城被清军攻破，郝尚久率残部退回金山营寨，后与子投林而死。清军进城后，屠城三日，死尸遍地。

潮州海风袭人，丛林茂密，闷热潮湿、蚊蝇孳生，又因连日恶战，靖南王10万大军中瘴疫流行，军中缺医少药，攻陷潮州城之后，第一件事就是收罗城中名医诊疗配药。耿精忠早知太安堂医家名扬四海，进城之后将太安堂细料库重兵把守，将太安堂医家如数掳掠到军中问诊，第四代传人柯隆公也在其列。

柯隆公目睹耿精忠致使潮州城生灵涂炭、山河染血的暴行，义正严辞提出只有耿精忠放下屠刀，才肯施治。耿精忠暴跳如雷，当即下令烧毁太安堂医馆，一时间，走过百年风雨的太安堂在即将迎来百岁华诞的时候被付之一炬，冲天的火光印红了太安堂医家痛心疾首的脸庞，更是坚定了要与暴徒誓死对抗的决心。

耿精忠见军中患瘴疫而亡者已达数千人，且蔓延之势愈加迅烈，无奈下令停止屠城，柯隆公才率领众医生巡视疫情，将传染病患者安置在临时指定的庵庐中，与健康的士卒隔离，控制流行，给予医药。

待柯隆公回到太安堂废墟，已满目疮痍。众医感慨万千，立志抢救太安堂百年来医学宝库，待柯元楷公继任第五代传人，太安堂已基本恢复前世规模，众多优秀弟子分赴太安堂各地分号，太安堂实力渐盛，美誉日隆，这已是后话。

二、清末炮火

太安堂遭受第二次危机在革命运动风起云涌的清代末期。

大革命期间，恰逢思想开明的第十代传人柯廷贵掌管堂事，在战乱的艰难时刻太安堂先后采购了大量的治疗药物，柯廷贵本人也施展擅长治疗刀枪箭伤与骨伤的技艺，在炮火连天的战争中救治了民众。后又被歹人诬陷，清代官员奉命查封，成为创办以来第一次停止营业，时间长达2年之久。

恢复营业后，又碰上兵变，被强行掠夺了太安堂大量珍贵的中草药材，并抓走了多名经验丰富的老中医随军服务，使得太安堂一时间元气大伤，风雨飘摇，在艰难中维系。后来叛乱被平定，太安堂才又开堂行医，拯救黎民。

太安堂在大革命时代，虽经世事浮沉，留下了沉痛的回忆，但另一方面，太安堂也历经炮火锤炼，炼就了一副大义凛然的铮铮铁骨，在历次危难中身负民族大义，忠勇奋斗，报效国家。

三、日寇侵略

1939年6月27日，日本侵略者的铁蹄踏进了千年古城潮州。广东历来是我国中医药发达地区，日军占领潮州城后，开始疯狂掠夺中药资源，威逼太安堂交出家传珍贵秘方。太安堂众医家浩然正气，身心似铁，以性命相搏，护卫旷世秘方，赤子之心，昭然可鉴。

日寇威逼利诱不成，又演变成对太安堂的有组织破坏，禁止患者入内、关押名医、查封医馆、掠夺名贵药材，后来又断然下令拆除太安堂前座、中座，300多年浪淘风袭的太安堂又一次被毁于战火。历经300多年传承下来的众多珍贵秘方在这期间遭受严重的破坏。幸好太安堂名医柯廷坤、柯廷典把太安堂珍贵资料，历经磨难，辗转运到了新加坡，得以保全。

日本投降后，太安堂终于结束了多年的战乱困扰，柯廷坤、柯廷典身负宝典回到祖国，将珍贵手稿交给太安堂第十二代传人柯廷炎，廷炎公奋然勉励，慷慨挑起对太安堂医药文化保存、整理、发扬、创造的责任，中华人民共和国成立后，第十三代传人柯树泉重设太安堂医馆，重建太安堂，经多年的编修整理，使得大部分的秘方得以重新延续，久经罹难的太安堂得以重新启动，焕发出勃勃生机。

百年风云，沧桑巨变，与其他传统民族品牌一样，太安堂的发展也几经沉浮，经历风雨。500年来，不知有多少字号化为历史的烟云，但太安堂却一路风雨，走过了近500年的光辉岁月，迈进了21世纪，迈进新经济时代，这是太安堂的骄傲和荣耀！

做百年企业是每一个有理想、有抱负的企业共同的梦想。它表达的是一种对生命的向往和虔诚，对事业的一份敬重与使命感。今天的太安堂以市场为导向，以科技求制高点，以质量求生存，以品牌求发展，在品牌化和规模化的道路上正逐步向世界一流的中药现代化制药企业的迈进。

太安堂，百年品牌，宏图新业！

一个见证历史沧桑，走过世纪风云的百年老号。

一个蜚声海内海外，巍屹东方药林的不朽传奇！

第四节　太安堂轶事

太安堂自明隆庆皇帝御赐匾额、由辞官从医的儒医柯玉井公创立以来，历

经沧桑，虽几经历史改朝换代、战乱纷仍，却在风雨飘摇中坚举弘扬医药、秉德济世大旗，近500年传承至今，代有发展。期间，几多名医轶事，几多进士举人，潮州浮洋镇井里村柯氏家族名医辈出，为国为民之贤哲能人涌现。太安堂医馆历代传承的行医制药的医疗故事、名医绝技可谓是百家争鸣、百花齐放，由始以来被人们津津乐道、争相传颂。

一、柯玉井公神药还妃颜

明嘉靖年间某夜，宫内嘉靖皇帝所宠李妃寝宫忽发大火，虽经侍卫及时扑灭，李妃免去性命之忧，但也被烧得遍体鳞伤，面目全非。嘉靖皇帝开始还不时探望问候，怎奈饱经烧伤的李妃实在面目可憎，而后宫其他粉黛美艳顾盼，嘉靖皇帝很快对李妃失去了兴趣，弃之不理，再不登门。被毁了容李妃痛不欲生，整日以泪洗面，自觉前程无望，但求一死。贴身宫女见其可怜，动了恻隐之心，求助太医院四方寻医问药，众太医轮番医治，用尽方法，李妃身上累累伤痕就是不见好转。

时任太医院太医的柯玉井一直研制烧伤医方，他仔细查看李妃伤情，确定"祛腐生肌"的医治方案，采用自己配制的药方，一日二次敷抹在李妃患处，7日之后，李妃坏死皮肤开始液化，继而出现瘙痒不堪的症状。正当众人乱成一团的时候，柯玉井泰然处之，他知道，李妃的烧伤就要痊愈了，瘙痒之症正是生肌之兆。柯玉井公配制的烧伤膏既清热解毒，又能化腐生肌，更能杜绝瘢痕增生。

2个月之后，李妃痊愈，不但烧伤之处并无丝毫瘢痕，而且新生之肤如胎儿般嫩滑，竟比当初更加美貌，嘉靖皇帝也连声称奇。柯氏烧伤膏也因此名扬四海，流传至今。

（根据民间传说记录整理）

二、柯玉井公望诊判生死

一日，柯玉井公坐诊太安堂，来了个昂头挺肚、脑满肠肥的公子哥。这肥头公子进来后吵吵嚷嚷，喧哗不止，说是有些心慌气短。玉井公气定神闲地把脉望诊，稍顷，柯玉井公说不用吃药，并拱拱手说，学问有限，已无力回天。这肥头急了，刨根问底要搞个究竟。柯玉井公竟说出一句惊人的话来：回去准备后事吧！众人一听愕然相顾，屋里一下冷了场。肥头哈哈地笑起来，说老先生真是说笑，以他这样一顿能吃半只乳猪、喝一斤烧酒的主儿却要准备后事，连点谱也没有。

柯玉井公又说肥头死于7日后夜间凌晨一时，这是定数，说罢闭了眼再不说话，众人觉得柯玉井公有时有点地说出这肥头之死有些神秘，暗自为玉井公的预言捏一把汗。这肥头站在屋中央，手舞足蹈地说：这样吧，7日后如若不死，我在老潮州名馆——醉香阁宴请老先生。说着走到西墙黄历前，在玉井公说的死日那一日重重画了一个圆圈。玉井公说：别画了，您来不了。肥头说：那不一定，我出门就去醉香阁预订席面。

但肥头仍坚持要开方子，说既然来看病，怎能空手而归。柯玉井公拗不过，难以推诿，说了几味药，无外乎是甘草、大枣什么的，以黄连、厚朴担纲，桂枝、甘草相佐，让徒弟写出2份，一份交肥头带走，一份自家留存。

7日之后，太安堂门庭若市，众人都来见证这场生死之赌。日渐午时，也不见那肥头到来，这时传来确切消息，说昨天夜里，肥头猝死。

一时太安堂静得出奇，大家说不出一句话，大家把目光转向柯玉井公。柯玉井公不露声色，朗声说道："柯氏医家是皇命御赐，要是连生死都算不出，这名号岂不是白当了！"

大家便问柯玉井公如何判断这人之生死。柯玉井公说，从医理上来说，心对应五行中的火，经为手少阴经。那日我见此人，表为夸夸其谈，动作夸张，实为心气盛而神有余，宜泻心火。号其脉，却沉濡虚滑，是肾来乘心，水克火，属大逆不治。观其色，面色虽赤，然额上发际起黑，下至鼻梁，延至两颧。这样的心病患者应死在与肾对应的壬癸日，于时辰中，当是丑时，推算来该是其周日凌晨二时至三时之间。柯玉井公又说，这类病若戒酒色，稍安毋躁，注意调养，以黄连泻心汤加厚朴猛攻，或许能有救，可惜此人来时已人在心死，使医者无回天之力了。

众人无不为柯玉井公出色的望诊技术而叹服，太安堂的医技有口皆碑，名气更加响亮。

柯玉井公不仅医术高明，疑难杂症手到病除，而且医德高尚，无论穷人和富人，他都认真施治，挽救了无数的性命。他淡泊名利，立志扶伤救人，足迹遍布中国许多角落，不辞艰辛，跋涉千山万水，深入民间，拯救疾苦。那种无私忘我的情操，更是最受后人追思怀念。

（根据《太安堂医案》整理）

三、柯黄氏妙法解产难

第七代传人柯黄氏妈精通妇科、儿科，是远近闻名的妇儿科名家。有一次，村里一位孕妇临盆难产，危险之际，其丈夫请来了柯黄氏妈。她望一望孕妇神态气色，便知七八分。摸一摸孕妇肚子，全然明白究竟。于是拿出2粒专

制药丸,让其家人合水送服。约过了一刻钟,她引导产妇运气用劲,婴儿脑袋慢慢露现。柯黄氏妈拿起药碗摔到地上,"嘭"的一声,产妇咋惊咋定,一使劲,一个大胖男婴顺利产出,呱呱落地。原来,产妇怀孕达11个月之久,婴儿头部较大,胎位偏离数厘米,由此引致难产。柯黄氏妈以两粒药丸帮助孕妇培元助气,软化宫颈以利扩张,

巧借击碗声,帮助产妇减轻痛苦,顺利分娩,家人万分感激。此事传开,被当地百姓戏称:柯黄氏妙法解产难,医术高明誉满潮州。

(根据《太安堂医案》整理)

复兴太安堂

四、柯黄氏延嗣称圣手

柯黄氏妈治疗不孕不育症的医术最令人传颂。她深入钻研宫廷医典《万氏医贯》及祖传不孕不育药方,结合亲自实践的经验研制出疗效更好的配方——"麒麟方",并配制了二十五味"延宗丸"。

当时,村里有几对育龄夫妇不能生育,在柯黄氏妈调治下,成功生育。周边乡里也有不少夫妇上门求医得子。一传十,十传百,柯黄氏妈擅治不孕症的名声越传越远。梅州、惠阳、增城、福建、江西等地的患者不远千里前来井里村求医,如愿以偿,不计其数。人们感念其功德,纷纷尊称她为"送子圣母"。

据老族长听族里上一代老人传述,清雍正年间,潮州有一位知府,名叫胡恂,浙江萧山人,曾主持重修《潮州府志》,全书共24卷,雍正十年刊印发行。胡知府有难言之隐,婚后多年未能得子,求医拜神,愁于未能如愿。来潮州任知府后,他获知柯黄氏妈擅医此疾,就带着太太一齐登门求医。4个月后,胡太太果然有喜了。怀胎十月,生下一个胖乎乎男婴,胡知府乐得成天笑呵呵。为表谢意,孩子满月时,胡知府特意派人将柯黄氏妈接到府里喝满月酒。在筵席开始之前,胡知府当众向柯黄氏妈赠送锦匾,上面写着"送子圣母"四个大字,系出自胡知府手笔。

"送子圣母"名声由此更加卓著,流传得更远。遗憾的是,百年沧桑,锦匾早已毁坏不存。尤为可贵的是,柯黄氏妈的"麒麟方"和"延宗丸"的核心技术在柯氏族内代代相传,保留了下来。

太安堂"麒麟丸"治疗不孕不育症有特别疗效，21世纪以来，太安堂麒麟丸已帮助20多万个不孕不育家庭圆了亲子梦。有很多家庭寄来可爱宝宝的照片，照片背面写着宝宝的姓名和感激之词，这些聪明健康的宝宝，被人们亲切地称为"麒麟宝宝"。

（根据民间传说整理）

五、柯黄氏巧用麒麟方

话说有一天，有一位30岁左右的女子在丈夫的陪同下慕名远道而来去往潮州太安堂医馆看病，原来这位女子自结婚后10余年未孕，曾多处求医未效，求嗣心切，这次是抱着最后一线希望前来求诊。

这位女子按次序等了半晌，到应诊时，柯黄氏妈细审女子面色，见她面色萎黯，眼眶黯黑，形体消瘦，神疲气怯，查其舌淡红苔薄白，询其平时稍劳累则头晕腰酸，夫妻生活也提不起劲，睡眠多梦易醒，平时性急易怒，胃口欠佳，16岁来潮，月经先后不定期，量较少，经期3～5日，行经时时有腹痛。切其脉沉细尺弱。

柯黄氏妈综合辨证，这位女子主要是因为先天肾气不足、冲任虚弱导致的不孕症，兼有脾虚肝郁，气血不足。应以滋补先天之肾，健运后天之脾，佐以疏肝理血调经为治。

柯黄氏妈在临床上诊治过不孕不育患者多例，早已总结出一套行之有效的治法，类似这位女子这种情况，正宜用她实践多年的经验方"麒麟方"来治疗，多年来"麒麟方"为无数不孕不育家庭送去了贵子。

"麒麟方"组成：制首乌，菟丝子，枸杞子……

柯黄氏妈为这位女子开了"麒麟方"原方，嘱其照方坚持服用，并告知其生活起居、饮食、情志调摄的注意事项。

该女诊治完后和其丈夫拿着成包的药满怀希望的回家了，按照柯黄氏妈的叮嘱服用，数月后怀孕，足月顺产一子。

从此，人间又多了一个"麒麟宝宝"。柯黄氏妈"送子圣母"的故事在潮州一带广泛流传。

（根据《太安堂医案》整理）

六、柯黄氏灵药救干儿

话说开粥店的周小三娘子周吴氏这日早上正在菜园子里翻土，忽然感觉一阵腰酸难耐，不觉蹲了下来，这时的她已劳作出一身细汗，本来就枯黄少泽的

第一章 复兴使命

脸变得煞白，更加缺少血色。她只觉伴着阵阵腰酸，下身也在滴血，量虽然不多，但一阵阵袭来的头眩乏力还是使她跌坐在地上……过了一会儿，前来觅她吃早饭的丈夫周小三把她扶到家里。

周吴氏自幼身子骨就比较差，干不得重活，平时吃得也少，人长得瘦巴巴的，虽说自去年嫁过来后，日日喝粥调理，身体有了不少改善，但或许是由于体质虚弱的原因，自结婚后一年多的时间里，她间断流产了3次，这给本来就弱不禁风的她的身体造成了更大的伤害。夫妻感情不错的丈夫倒是很体贴，不让她干重活，谁知今日她不过一时兴致好，想到菜园子里去看看，就出了这档子事儿……

附近乡里乡外的医生也看了几个，七七八八的中药也吃了不少，可就是调理不好她这个身子骨。周吴氏心里不禁一阵懊悔，还有一种深深的负罪感，伴着灰心和绝望。"不孝有三，无后为大"，小三是几代单传，家里几号人就盼着自己生个儿子呢，可自己这个样子，还能生吗？

怎么办？善良朴实的她除了继续烧香请菩萨保佑外，只能再去打听哪里有好的医生了。仓促间，她忽然想到，前些日子到潮州府里的送子观音庙去烧香许愿的时候，听那里不少人谈论井里村有一位妙手回春的女医生，最擅长治疗不生孩子，人称"送子圣母"，说得好多故事，人们传得神乎其神、沸沸扬扬。不如抱着死马当活马医的态度到那里去看看，或许还有一丝希望。

事不宜迟，赶紧雇辆马车和丈夫到女神医在的村子去寻医问药吧……

近百十里地的路程，一阵长途颠簸之后，本来就很虚弱的她更觉腰酸难忍、腹痛欲坠，在丈夫的搀扶下勉强走下马车。

古朴的"太安堂"匾额下的前厅里有数十位患者在有序候诊，负责接待的医馆的"实习医生"看到周小三夫妇的到来，马上问明情况，按"急诊"处理。片刻就得到了"送子圣母"柯黄氏妈的细心诊治。柯黄氏是一位面容慈祥、举止庄严的中年女子，给人以一种难以名状的信任感和安全感。看到她，周吴氏焦灼的心不由自主的安了下来。

四诊完毕，柯黄氏在诊籍上写道：周吴氏，女，20岁。自幼体弱，天癸来迟，月水不调，兼脾气素亏，纳少难消，饮食不为肌肤，先天不足，后天失养，无以系胎，自难免怀孕后屡孕屡坠，胎母不相安。四诊面黄肌瘦，舌淡瘦，脉虚弦无力，略有滑意，治以大培先后二天之本，使胞系强固，则胎牢不可坠也。刻下急煎固胎方一剂与服，另再与10剂每日一服，可望暂安，10日后复诊。方药：

| 炒党参五钱 | 黄芪二钱 | 焦白术三钱 | 淡芩炭二钱 |
| 白芍三钱 | 阿胶六钱 | 艾叶三钱 | 熟地黄四钱 |

淮山药四钱　　　川续断肉四钱　　　桑寄生五钱　　　菟丝子四钱

花蕊石六钱　　　炙甘草二钱

半个时辰后，周氏在医馆所属的药堂饮完浓煎的汤药，觉得精神力气好了许多，一颗心定了大半个……

10日后，复诊时，周吴氏举止行动已宛如正常人，下身出血已止，腰酸及小腹痛、下坠感亦减，胃纳增，面色也好了许多。柯黄氏在上次开的方剂基础上精心加减了一番，制成丸剂，嘱周氏连服数月，有不适情况随诊。

一年后的一日，周家高朋满座，喜气洋洋，粥店里粥香四溢，朋友和亲戚们争相去看周家那白白胖胖、一脸福气的儿子，周吴氏兴奋的脸红扑扑的，腰杆也挺得直直，忙里忙外张罗应酬的周小三更是乐得合不拢嘴……

据说这刚满月的小宝宝还认了柯黄氏做干妈，成了数千个"送子圣母"的干儿子中的一个。

（根据《太安堂医案》整理）

七、钱乙再世柯如枝

柯如枝，字汉松，祖辈从事医药事业。在浮洋镇设"雾滋堂"药铺济世营医。青少年时期，如枝在井里务农，授室后才走上医药的道路。有星士曰：此子命带四十年"天医"。从他一生行医之传奇性而论，带四十年天医并不是假说。柯氏大夫公所传《万氏医贯》也是柯如枝医学知识的必修课。他专攻中医小儿科，在医治小儿的用方用药上他的方药奇特，药价低廉，效果特佳，药到病除。中华人民共和国成立后的中医浮洋诊所，柯先生的挂号量每日都不低于100号。病者远近闻名，求医者只好排起长蛇阵。有一次浮洋公社吴某的儿子得病经多日多方医治无效，吴夫人请先生出诊，先生把脉观察一会说：儿无大病，只是受惊而已。开3剂中药，煎药时放下金器一件同煮，以作药引，但注意不要把金器和药渣一起倒掉即可。3日后小儿照常上学，书记夫妇喜出望外。三剂中药二角一分钱能医小儿"大病"，神奇得令人难解。

（根据《太安堂医案》整理）

八、医药双馨柯廷炎

柯廷炎（1921～2000年），字德亮，自幼天资聪颖，承父兄施教，全心攻读《黄帝内经》、《伤寒论》、《金匮要略》、《千金要方》、《本草纲目》、《医宗金鉴》、《万氏医贯》、《易经》等中医药、传统哲学典籍，奠下坚实

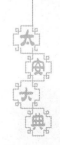

的中医理论和中国传统哲学基础。

柯廷炎承先祖秘传，尊古法制，擅长丹膏丸散、万搥吊膏、炼丹之术，配制太安灵药、白降丹等数十个内外用药专用于中医外科的痈、疽、瘤、疬、烧伤、皮肤病等的治疗，疗效卓著，对中医外科有特色的论著；又深谙《万氏医贯》之奥旨，主攻儿科麻、痘、惊、疳四大症，其研制的太安保儿丸等活儿无数；况又广交名医，博众家之长，遵循古法，大胆创新，对妇科的经、带、胎、产、不孕、慢性病等疑难杂症有独特研究，其研制的太安延宗丸造诣颇深；老先生从事中医外科、儿科、妇科等中医临床研究50余年，庶民百姓，达官显贵上门求医问药者络绎不绝，村前院后时常车马相接，人声鼎沸，救活民命，何止万千，有口皆碑，成为声名远扬的中医外科、儿科和妇科专家。

柯廷炎以太安堂堂训"秉德济世，为而不争"，"医道即人道，尊德性而道学问；药理亦哲理，致广大而尽精微"为其人生宗旨，生活清淡，精神饱满，才思敏捷，施医赠药，其传给子孙的是一笔价值连城的太安堂核心技术和做人的价值思想。

在广东潮州，有很多关于五叔医治疑难杂症的故事，下面这个真实的故事就是井里村的老书记、老族长、资深乡绅柯受昌讲述的。

村里有一位叫月华的小姑娘，刚出生不久就得了奇症，送医院医治也无能为力，月华的父母欲哭无泪，忍痛抛弃无治的女婴，村里的老书记得知此事后赶忙去找五叔，正在用餐的五叔放下碗筷直奔月华家拦住了她的父母。

五叔悉心为月华看病，研究她的病情：口腔内发现白色斑点已有数日，不能吮乳，时时啼哭；大便稀黄，日行五六次，且有酸臭气；曾患烂喉丹痧，经医治愈，继即发现面目浮肿，从目窠开始，渐次肿及全身，西医诊断系"猩红热继发急性肾炎"，迭用强心利尿等针药未效，而小便涓滴俱无，因此谢绝不治。

这孩子病情复杂，五叔沉着诊查：口腔内满布白点，舌红苔白，此证当由胎毒湿热上蒸，致成鹅口疮重症；又见其发欠光泽，面黄神委，腹胀见青筋，大便稀溏，此证由湿滞伤脾，积久郁热，致成疳证；最为严重的是其一身悉肿，两眼肿合不开，形成尿毒症，脉沉细滑，痧毒水湿蕴结，肺气未能宣肃，证势已入险途。

五叔本是中医儿科专家，治愈无数小儿各种病症，但像小月华这样集三种难症于一身的实属罕见，且已到了生命垂危之时，稍用药不慎即会送命归天。五叔静心回想自己多年研究的《万氏医贯》医书中所有治疗小儿的医案，并凭借自己多年行医所积累的经验，毅然开出治法处方：用发汗利水并行法治疗急性肾炎水肿；用清泄心脾、化湿解毒法治鹅口疮；用清热消疳法治疳证。

五叔亲自抓药、熬药：麻黄、商陆、赤苓皮、泽泻、赤小豆等，河水浓煎一小碗，和入砂糖少许，并亲自一小口一小口地为小女婴喂服药汤。此方在当晚七时许一次服下，即得安寐，一夜小便顺畅，次晨患儿周身肿胀全消；再予苓术、泽泻、陈皮等健脾化湿之药2剂而痊。

五叔谨慎下药：干蟾皮、五谷虫、神曲、鸡内金、茯苓、陈皮、胡黄连、人工牛黄等等，共研细末，开水调服，每日2次，连服6日，腹胀见减，乳食增进，精神好转。

五叔全心用在为小月华的治疗上，奔波于抓药、熬药中：川黄连、金银花、连翘、茯苓、陈皮、甘草等，亲自喂服2剂，并配合外治法，用天竺叶温水泡拭口，一日2次，又冰硼散一支，蜂蜜调涂口腔，日2次；内外兼治，口糜渐消。

半个多月，五叔的精心苦用没有白费，小月华逐渐痊愈。1个月后随访，完全痊愈。今年小月华刚好18岁，已长成水灵灵的大姑娘了。

把孩子从死亡线上拉了回来，月华父母自是感恩不尽。五叔却说，我用的都是先辈主张、祖传秘法，要说感谢，我们都得感谢咱祖国的传统中医药。

村里老人们说起五叔为人治病的事儿，几日几夜也说不完，人们都称他为"神医五叔"。

有位名叫传妍的30多岁的女子，生有奇病已近一年，每次经来除腹部胀痛外，兼发高热，并有胸满、胁胀，甚至呕吐的症状，更有一特殊现象，即是两手的掌背起泡发痒，经净后即退，每月如此，成为规律，诸多医生均诊不治。

五叔看诊后，认为可治：察其体格颇为结实，但精神不舒，胸闷胁胀，口鼻干燥，脉象弦数，纳谷不香，腰酸神疲，发作时瘙痒难堪，夜寐不安。

五叔根据她的证象，诊断为肝热型的经行发热，且肝木郁结，湿热内蕴；决定以一疏肝解郁、健脾清热法施治。

传妍按方抓药煎服后胸胁较宽，腰酸腹痛渐好，唯感食欲不振，小腹坠胀。五叔又加一味药，效果立见：经来腹痛现象好转，也不再发热，掌背起泡症状虽未发作，但仍旧有瘙痒，五叔送她自家研制的维肤膏涂抹掌背，瘙痒症状立消。

（根据《太安堂医案》整理）

从太安堂创始人柯玉井公、第二代传人柯醒昧到太安堂第十二代传人柯廷炎、第十三代传人柯树泉，胸怀祖国、弘扬国粹，一直是太安堂及柯氏家族施医赠药的宝贵精神传承。

> 师风百世同山仰，
> 祖泽千秋共水长。

这是400多年前广东潮州府知府郭子章为柯玉井公所立"大夫第"门头上的对联，现在"大夫第"依然矗立在井里村，柯树泉先生的故居就在"大夫第"的右边。这14个字道出的是太安堂源远流长、一脉相承、永恒不变的弘扬中医药国粹的坚定信念。

第五节　太安堂使命

作为中国最古老的中医药老字号之一，太安堂承递与延伸中医药文化中最为灿烂和经典的组成部分，无论过去、现在，还是将来，太安堂的血脉中都有弘扬中医药国粹的激情在沸腾，自始至终地体现着一种中华民族的气质和精神，穿越浩瀚时空，以其顽强的凝聚力和隽永的魅力，折射出中华医药学的瑰丽画卷。

太安堂发展植根于民族文化的大背景，致力将中华医药文化的千秋功绩凝聚成一座历史丰碑，坚定不移地承担起"弘扬中医药国粹"的重任，推动一个古老而伟大民族的复兴。只有这样，太安堂才不愧500年的光辉岁月，不愧太安堂血液中奔腾的中华医药复兴之魂。

如今，在振兴中医药、发展中医药的大背景下，太安堂以"做中国最好的皮肤药、做世界最好的中成药"为企业愿景，在中医药文化海洋中激浪远航，走向世界。

2007年3月，五百年老字号"太安堂"盛大光复，复名启用老字号使企业有了品牌文化的支撑点，在历史的传承中清晰了定位，也找到了企业创新的新思路，以此为契机走上品牌发展的康庄大道。太安堂人将全力弘扬中医药国粹，大批的秘传御方、秘方、验方等医药资源将研发陆续上市，焕发"太安堂"中医药青春，闪烁细分领域强势品牌群体，为民造福。

光复百年老字号并不是简单地挂牌匾、换商标，而是要真正擦亮老字号的品牌价值，宣传老字号产品和文化，持续发掘老字号的厚重的历史、灿烂的文化，矢志不渝的弘扬中医药国粹，在新经济时代重新焕发出绚丽的风采。

从2006年开始，太安堂筹划拍摄28集大型中医药题材电视连续剧《太安堂·玉井传奇》。该剧得到了国务院、国家药监局、国家中医药管理局、国家广电总局等中央部委以及各级地方政府的大力支持和鼎力相助，国内外各大媒体争相报道剧作创作进展。2008年3月，《太安堂·玉井传奇》在浙江横店杀青。这部以"医案最多的中医药题材电视连续剧"而获"大世界基尼斯之最"的宏篇巨作，是太安堂人的智慧结晶。本剧主要通过讲述太安堂创始人柯玉井公历经磨练，终成一代杏林宗师，向世人展示了中医药文化的瑰丽画卷，是一部弘扬祖国中医药国粹、弘扬潮汕优秀文化、表现太安堂近500年深厚中医药文化底蕴的经典作品。本剧2009年在大陆和台湾地区热播，屡创当地收视率高潮。在这场影视与中医药互动的盛宴中，以前所未有的冲击力掀起了展示太安堂500年风韵、弘扬中医药文化大风暴。

2009年5月1日，太安堂中医药博物馆正式落成庆典，中国中药协会房书亭会长应邀出席。他盛赞太安堂以高度的使命感和责任感大力弘扬中医药文化的义举，他坚信，在新的历史时期，太安堂在弘扬中医药之路上，必为中医药史增添浓墨重彩的新篇章。

这座以"中国最大的中医药家族博物馆"而记录在"大世界基尼斯之最"史册的中医药圣殿，既是弘扬国粹展示太安堂中医药文化的平台，也是中医药理论创新研究和学术交流的全国性基地，标志着太安堂在创建世界一流中药现代化大型制药企业的金光大道上树立了一座走向卓越的里程碑。博物馆以中华医药五千年灿烂文化为背景，以太安堂500年传承发展历史为主线，生动展示了中医药学从始创到成熟、从形成到繁荣、从继承到创新的发展轨迹。众多的文化景观与周围的环境和谐地融为一体，溢发出中医药文化古朴的芬芳，诉说着中国中医药的悠久与辉煌。目前，太安堂中医药博物馆作为旅游定点单位，来自世界各地游客络绎不绝。他们沐浴着博大精深的中医药文化的熏陶，感受着祖国医药宝库的丰饶，领略着集结中华百川精华、气吞山河的太安堂精神。太安堂中医药博物馆用匠心独具的方式和独特的魅力吸引了全世界的目光，架起了一座世人认同和了解中医药的桥梁。

太安堂中医药博物馆正式落成庆典同日，"太安堂《太安大典》编纂委员会"宣告成立！太安堂学说繁重，科目繁多，如今续修宝典，以昭祖遗志，将中华中医药国粹与太安堂500年祖传绝技于一炉，寿世寿民，重放家传珍籍之光芒，弘扬国粹。

2010年1月10日，中国中药协会嗣寿法、皮肤药研究中心落户太安堂。在中国中药协会的鼎力支持下，"中国中药协会嗣寿法、皮肤药研究中心"将充分挖掘祖国医学的宝库，发展和升华太安堂近500年的核心技术亮点，致力于优生优育、皮肤科用药领域的技术开发，推动学术理论向纵深发展，切实为中药产业的发展服务，为实现中药制药的规范化、标准化、产业化、现代化并最终走向世界做出贡献，为人类优生优育、健康美丽事业做出巨大贡献。

风雨兼程500年。太安堂传承了中华民族中医药的文化，传承了浓厚的地域文化，传承了文明的商业道德与价值观，传承了企业对社会的责任与义务，厚重的历史毋庸置疑地向人们证实了太安堂"老字号"的魅力，太安堂中医药文化已经成功申报广东省非物质文化遗产，这是对太安堂历史的肯定。但未来

仍需创造，我们有责任在传承的基础上创新太安堂中医药文化，发扬光大，使中医药走向世界。

百年沉浮，岁月如歌。当我们展开太安堂这个中医药老字号企业精彩的历史画卷，可以看到，百多年来，曾经历无数的磨难，有天灾人祸，更有朝代更替、制度变迁。期间，传统与新锐、守旧与变革、危机与突破的思潮风云际会，太安堂的发展之路，也是中国企业之创业、发展、辉煌、瓶颈、新生的缩影，浇铸了厚重文化底蕴的太安堂折射出中华民族不屈不挠的顽强的生命力，在现代科技文明和市场经济一次次强烈的冲击下，太安堂挺立在时代潮流的前沿，与时俱进，成为中国中医药老字号商业史中的一朵奇葩，并在改革开放的春天里，抓住振兴机遇，迎来了新生。

近现代中医事业有高潮，也有低谷。中华人民共和国成立之前，由于取缔中医、歧视中医的思潮泛滥，致使我国中医事业奄奄一息。1950年国家第一次提出"团结中西医"的卫生方针，中医药事业开始焕发生机，迎来了中医药事业发展的高潮。但好景不长，十年"文革"，中医药是重灾区，受到严重摧残和破坏。1978年9月，中共中央"56号文件"发布，这是"文革"以后党中央为中医工作专门颁发的一个文件，当时主持中央工作的邓小平同志亲笔为文件作批示"要为中医创造良好的发展与提高的物质条件"，1982年宪法规定"发展现代医药和我国传统医药"，1988年成立国家中医药管理局，中医药事业得到快速发展。这是中华人民共和国成立以后我国中医药事业发展的第二次高潮。

然而，20世纪90年代开始，中医药发展面临困境，表现为特色和优势淡化，服务领域缩小，继承不足，创新不够等。为坚定不移地推进中医药事业发展，2007年成立了由吴仪副总理任组长的国务院中医药工作部际协调小组，主要职责是协调决定中医药工作中的重大问题，加强宏观指导。2009年4月，国务院《国务院关于扶持和促进中医药事业发展的若干意见》出台，提出了推进

42

中医药医疗、保健、科研、教育、产业、文化全面发展的思路，并对发展中医医疗和预防保健服务、推进中医药继承与创新、加强中医药人才队伍建设、提升中药产业发展水平、加快民族医药发展、繁荣发展中医药文化、推动中医药走向世界作出了全面部署，为建设中国特色的医药卫生体制和中医药在新时期新阶段的科学发展指明了方向。《若干意见》如久旱甘霖、指路明灯，总结了几十年的中医药工作的得失，解决了中医药事业发展的根本方向性问题，是一份纲领性文件，具有里程碑意义，也预示着我国中医药事业又一次迎来了快速发展的高潮。

中医药是我国各族人民在几千年的生产生活实践和与疾病做斗争中逐步形成并不断丰富发展的医学科学，它为中华民族的繁衍昌盛作出了重要贡献，也对世界文明进步产生了积极影响。同时，中医药作为中华民族的瑰宝，蕴含着丰富的哲学思想和人文精神，是我国文化软实力的重要体现。其天地一体、天人合一、天地人和、和而不同的思想基础，整体观、系统论、辨证论治的指导原则，以人为本、大医精诚的核心价值，不仅贯穿于中医药对生命、健康和疾病的认知理论和防病治病、养生康复的临床实践，而且深刻地体现了中华民族的认知方式、价值取向和审美情趣，具有超前性和先进性，也体现了中华民族传统医学的博大精深和科学实践，是中华民族优秀传统文化的重要组成部分。随着健康观念变化和医学模式转变，中医药将越来越显示出独特优势和旺盛的生命力。

当前，我国中医药事业迎来了难得的发展战略机遇，站在了新的历史起点上，党中央、国务院高度重视中医药工作，作出了一系列重要部署，强调要在深化医药卫生体制改革和维护人民健康中充分发挥中医药的作用，广大人民群众信中医、用中药，对中医药服务的需求日益增长。中医药走向世界的步伐明显加快，中医药服务已遍布160多个国家和地区，国际市场对中药产品的需求日益增长，许多国家和地区越来越多的民众选择中医药作为医疗保健的重要手段之一。此外，中医药产业的发展研究表明，行业内需增强、市场竞争加剧、政策频频出台是产业重组的前奏，新医改策导向非常明显，那就是让大企业做大做强，让中型企业做专做深，让小企业有序的逐步退出医药市场，从而限制恶性无序竞争。基本药物目录中有约1/3品种为中成药，具有品牌、产品资源优势的传统中药企业和具有研发创新优势的现代中药领军企业将最先受益。大型中药企业有在产品价格上和结构上有竞争优势，中小企业根本无法与之形成竞争抗衡。未来几年医药企业竞争必将转化为包括策划运用、制度创新、融资平台以及基地、研发、生产、商业、营销、品牌等各方面的综合能力较量，中药企业将迎来全面的竞争和比拼。

在已经公布的国家基本药物目录中，有约1/3品种是中成药，基本药物目录里面的药品将来要在基层机构全部配备使用，大医院也要作为首选，基本药

第一章　复兴使命

物目录里面的药品会得到广泛使用，而且在医保报销比例上明显高于其他的药品，这是一个很好的契机，将来新医改里面中医、中药能够得到更加广泛的运用。新医改的一个重要指导思想是把防病治病的工作重心前移到预防为主。中医药的系统调理、平衡、养生保健、治未病等独特的核心价值恰恰契合了新医改的发展战略思路，为中医药的持续发展创造了前所未有的机遇。未来，随着以预防为主的医疗保障体系的加快建立，国内医药行业在十年内将逐步形成西药、中药和非治疗的健康产品三足鼎立的发展格局。可以预料的是，在当前大众健康保障需求旺盛，国家投入加大的同时，中国特色的中药产业将会为中药的发展找到创新的发展路径。

在国家基本药物制度下，不同级别医疗机构的用药将得到规范，农村和城市区的医疗机构必须首选使用基本药物。新医改将对中药行业发展构成长期利好，新医改将推动我国农村和区医药市场实现发式增长。据统计，新型农村合作医疗制度已经基本覆盖全国所有县(市、区)。最近，农民工返乡为县、乡镇一级医疗机构提供了更多潜在的扩容机会，因此区和农村对基本药物特别是价格低廉、疗效确切的中成药的需求将显著增加。据预测，2011年各级投入增加将带来新农合医疗市场增长约400亿元，区医疗增长500亿~2900亿元，两者累计市场规模增长900亿~3400亿元。也许在2009年上半年，甚至全年，这些医疗机构的扩容过程会显得较为艰难，但是随着中国经济恢复强劲发展势头和医改及配套措施的实施，扩容进程将大大加快，这使得中药和普药一起成为本次医改的受益行业。随着人类疾病谱的改变和老龄化社会的到来，东西方医学优势互补、相互融合的趋势，中医药在发展区卫生服务和新型农村合作医疗制度建设中，必将发挥更加重要的作用，展现广阔发展前景。

太安堂置身于机遇与挑战并存的重要历史关头，跳出传统框架和市场模式的束缚，勇于迎接新思想、新技术，在传承的同时不断创新，变压力为动力，迎接挑战，抓住机遇。

一、技术创新，增强竞争能力

作为一家有500年深厚中医药文化底蕴的老字号企业，太安堂坚持继承与创新并重的"十六字真言"，提高产品的核心竞争力。并坚信这也是中药可持续发展必须遵循的方针。太安堂倡导遵古炮制和一丝不苟的配方操作，积极挖掘传统炮制原理、炮制方法、配方种类，筛选经典药方、传统秘方和成熟验方并进行工业开发，使之适应现代化中药产业发展趋势，坚持有所改良、有所创新、有所发展的原则，利用现代科技手段对传统中药剂型进行改造升级。推进现代中药复方筛选技术研究，开发与国际接轨的精量化、质量高、药效好的现代精制小复方中药，提高自身中药产品的核心竞争力。

为了打造创新型企业，推动知识型、复合型人才成为企业创新的主体，太安堂，建立促进人才成长的创新管理机制，吸引众多精英的加盟，用一流人才打造高新企业；在现代中药研发模式上，太安堂以皮肤药、心血管用药、不孕不育用药、妇儿科用药、肛肠科为主导，构筑中药新药研究、孵化体系，运用新的研制方法、研究平台，以及现代研究设备，创建中药研究新模式；产品创新方面，集成科技创新，科研攻关与产品孵化两手抓，加速研发成果产业化。

药品是特殊商品，药品质量关系到群众生命权与健康权，责任之重大要求医药企业必须确保质量。太安堂率先建立起制药企业质量控制体系，通过精益化生产管理，使得药品完全达到质量可靠，构建符合系列标准的一体化现代中药产业链，从药物研发、药材采购、制剂生产到市场经营的各个环节保证药品质量。

太安堂强调产品全程管理与高标准技术，加上精益求精的质量管理与监控，科技创新型产品占取了巨大的市场先机。以铍宝牌消炎癣湿药膏为核心的皮肤类产品销量连年创新高，麒麟牌麒麟丸销售取得重大突破，心宝丸、祛瘴舒肩丸继续保持快速增长，中药丸剂系列产品成为公司未来新的利润增长点，在新医保目录调整后，以心宝丸为代表的公司产品其适用人群将从城镇职工扩展到城镇居民，太安堂面临着爆炸式的市场机遇。

二、资本运作，壮大产业规模

直观中国上下五千年，强与弱到底依靠什么力量在转化？靠的是竞争的资源配置和转移效应。

最优势的资源总是向最优秀的力量转移，并且这种转移不仅仅是一种要素的转移，因为一种优势资源必然要使其进行利益最大化的一个过程，它必须要吸纳更多的其他有用资源。

在市场集中度日益增加的现实面前，医药产业的政策和市场环境剧变，进一步加速了医药企业的优胜劣汰。太安堂敏锐地感受到：医药市场环境快速变化，企业的生存方式和生存空间受到挑战和挤兑。仅靠自己的力量难以实现发展预期，最佳出路是资本运作，壮大产业规模。

董事长柯树泉提出"打造中药特效产品群，推进现代中药现代化的进程"。　在行业大整合的风生水起的洪流大潮中，太安堂的并购整合也是动作频频。分别对揭阳新华制药厂和汕头麒麟药业实现资产重组，这是太安堂发展规模经济一个标志性的契机，公司生产技术、研发成果、检测技术的完善及现代化经营管理理念等都在不断推进。随着中药产业大发展时代的到来，太安堂始终坚持自主创新，与时俱进，全力推动中药的现代化进程，让现代中药、让

中国的医药科技为我国和世界人民的健康服务。

两次重组兼并的实施并不仅仅是简单地从规模的扩大中获得效益,建立在一定的资本积蓄基础上,定位科学、资金充足、人才储备丰富、管理规范、企业文化理念深入人心,充分利用自身的优势资源形成良好的资源关系,实现有形资源的转移和无形资源的共享,依托良好的品牌价值和强大的技术实力,丰富公司的产品体系,对并购企业组织机构整合、资产财务重组、品牌整合管理、企业文化重塑、流程重构、营销变革等一系列的重大问题着手整合。以坚定执著的目光,喷薄欲出的激情,方哲理,圆规则,为公司高速扩展创造条件。

三、变革模式,开拓营销市场

随着医药领域多项政策纷纷推出,关于在新形势下医药营销模式变革的种种迹象表明:学术化推广已经成为医药行业将来的发展方向。新医改方案的重点就是要建立覆盖全民的基本卫生保健制度,实现人人享有基本医疗卫生服务。在医药分开的大趋势下,医药行业市场一定是向多元化、均衡化、规范化发展,行业的无序和混乱状态将会逐渐清理。在这样的大环境下,太安堂面临无限商机。新医改政策将促进农村市场和零售市场放量。近几年,太安堂营销一直着重在农村市场和零售市场加强战略布局,市场细分与网络布局更加合理严密。营销队伍也已经顺利转型,适应了多元化、专业化产品推广战略思路。同时,随着新产品的陆续上市,"进军第三终端"的思路效应日益凸显,使以特效中成药产品为主的太安堂品种优势更加突出,过硬的产品加上精耕细作的创新营销将收获丰厚的市场回报。

伴随着以上市公司为核心的高端战略群体日益成为引领中国医药发展的主力军,医药市场竞争方式进一步提升。随着市场竞争加剧,企业进程会大大加快,生产要素和市场份额会加速向优势企业及名牌产品集中。市场竞争已由单个品种、单个企业竞争发展成供应链与供应链竞争,其范围不再仅局限在渠道网点的多少、价格的高低和关系资源的强弱,而是在发展战略、购销调存等核心环节、业务的组织与创新,增值服务的延伸,品牌经营管理等所有环节全面展开。竞争形式则转向企业的基本运作、市场覆盖力、控制力、物流配送、信息处理能力、品种保障能力、客户服务和品牌经营能力等综合实力的较量。

太安堂坚持中药皮肤药及特效中成药为两大核心产品体系,全力打造"太安堂"企业品牌及"铍宝"、"麒麟"两大全国强势品牌,以强大的地面部队打造商业、医院、OTC及第三终端3支专业化营销团队,构筑全国立体营销网络,积极拓展国外市场,采用包括技术合作等多模式的合作方式,将中医药精髓向全世界推广。

十余年医药市场征途，太安堂愈发自信，不断成长，高歌猛进。百载字号，生生不息。新一代太安堂人已扬起了自己的风帆，以迅捷的速度和敏捷判断时代的潮流，驾驭企业的方向，在新的经济背景下得到传承、得到了新的演绎，进而续写不朽的商业神话。

第一章　复兴使命

第二章 复兴历程

　　"为中华繁荣，为中华昌盛，做中国最好的皮肤药！"

　　"为人类健康，为人类美丽，做世界最好的中成药！"

　　《太安堂进行曲》这句激越豪迈的歌词唱出了太安堂新时代的最强音！

　　21世纪是生命科学的世纪，医药是极具高科技含量和巨大增长潜力的产业。在中国充满希望的世纪，中医药业希望最多的世纪，太安堂这样拥有中华民族深厚文化底蕴、心系广大人民健康、具有自主知识产权和核心技术、并能形成竞争优势的企业，在中药产业现代化的行程中脱颖而出！

　　太安堂中药现代化产业的形成是人类健康时代的呼唤，因为现代中药符合世界发展转向以人为本的可持续发展的潮流；符合消费者向重视生活质量方向发展的潮流；符合医疗保健向提高自身免疫力和整体医疗保健的潮流；顺应了整个人类健康时代发展的潮流。

　　太安堂以"做中国最好的皮肤药、做世界最好的特效中成药"的创新发展战略为新时期的指导思想，制定了新时期的发展策略：走从产品经营到产业扩张，从品牌经营到资本运作之路，执行战略转型，以"法家夺品牌"、"资本建枢纽"、"信仰立霸业"为战略总纲，执行"多元规模经济、玩命共赢经济、五行生制经济"等"三大经济"策略；"五维操盘"，运局谋阵，建成一统华夏的营销市场格局，开拓国外业务，逐步跨进独立而强大的中药制药企业行列，向实现创建世界一流的中药现代化大型企业的目标进发。

　　多年以来，太安堂坚持这样发展模式，始终屹立在时代潮流的最前端，激情演绎缔造大军团、鼎力大产品、兼并大联盟、开拓大市场、复兴大品牌五部曲，走出的是一条中医老字号企业成功转型的创新发展之路。

第一节　缔造大军团

　　太安堂致力铸造世界一流的现代化人才管理团队，努力创造培养、吸引人才机制，鼓励员工不断提高自身素质，做永远的人才。将自己的理想和创建世界一流的中药现代化制药企业的大目标结合起来，为每个人才营造施展才华的空间。

太安堂尊重人才，理解人才，大胆授权，激发潜能，将人才的价值最大化，让人才与企业一同成长。以优厚的待遇和渗透人心的企业文化、企业精神吸引人才。诚集天下贤能权贵，汇华夏精英，集大成于太安堂，引聚人才，纳百川，星辰万盏。

太安堂倡导和传递共赢思维，设计共赢战略，形成太安堂团队共赢文化，确定公司利益与个人利益的一体化模式，实现太安堂公司的愿望和太安堂人的共同追求，建立为共同愿景玩命的共赢机制。

太安堂将一大批海内外高端人才聚拢旗下，形成了中药现代化国际化的人才高地，目前在职的各类高级专家、博士都有异常丰富的中药研究开发和生产管理工作背景，使太安堂有了中医药核心技术开发的领军人才。他们博采古今医药之精华，融会现代制药最新尖端科技，大胆探索中药现代化发展新路径，取得了多项中药现代化课题的技术突破。

一、太安堂人才战略

建立一支以振兴中医药为己任、以"太安堂信仰"为精神支柱、以"太安堂堂训"为行为准则，像狂热的宗教信徒般的优秀人才团队，高度体现国家利益、企业利益和人生价值。

二、太安堂用人法则

认同公司核心价值观且有成绩者，重用；
认同公司核心价值观而能力不足者，培养；
不认同公司核心价值观而无成绩者，离开；
不认同公司核心价值观而有成绩者，利用，但绝不容忍。

三、太安堂管理学院

2008年9月10日，全国教师节来临之际，太安堂管理学院成立并迎来了学院第一批学员。这是太安堂一批具有时代精神、战略眼光、超前思维、现代意识的精英们共同促成的大事，对公司的成长有着十分重要的影响。一系列实践证明，企业大学体现了最完美的人力资源培训体系，是最有效的学习型组织实现手段，更是公司规模与实力的有力证明。

太安堂管理学院是太安堂为实现可持续经营发展的战略目标和打造公司核心竞争力，以不断适应组织应对变革的战略调整，将公司经营价值链上的人力

资源、人力资本与知识管理、信息管理相结合，利用现代人力资源开发技术、教学设计和综合性的组织学习方式，对公司核心人才、关键客户、利益共同体进行企业文化传播、战略宣导和素质能力等提升，所作出的重大的、宏观的、全局性构想与个性化系统规划。

目前，太安堂管理学院已成为公司文化竞争力创建的极佳平台，在以下几个方面发挥重要作用。

(1)实施文化管理的有效途径，是加强公司核心价值观教育、增强竞争能力的元素。

(2)公司内部沟通的有效平台。太安堂管理学院在向员工传递一种进取的组织文化。同时通过培训可集中高层和下级员工，使双方得到充分的交流，从而在企业内部建立一种融洽的氛围，增强彼此的协作。太安堂管理学院培训内容不仅针对技能，更重要的是一种企业文化的传递。

(3)太安堂学院能够帮助公司留住人才。公司对员工的培训与个人发展结合在一起，为公司发展和员工成长提供"及时而准确的知识"的学习方案，为各个层次的员工设计了不同层次的培训项目，利于留住人才。

(4)太安堂学院在组织变革中对文化整合起着关键作用。特别是太安堂经过几次重大的兼并重组后，不同的企业文化所引致的碰撞与冲突，管理学院在这方面起着关键作用。

四、太安堂十大人才团队

◇立营销核心人才，建营销核心团队。
◇立生产核心人才，建生产核心团队。
◇立研发核心人才，建研发核心团队。
◇立资本核心人才，建资本核心团队。
◇立文化核心人才，建文化核心团队。
◇立品牌核心人才，建品牌核心团队。
◇立财务核心人才，建财务核心团队。
◇立学院核心人才，建学院核心团队。
◇立总部核心人才，建总部核心团队。
◇立管理核心人才，建管理核心团队。

五、"一办七部"的组织体系

没有组织架构的企业将是一盘散沙，组织架构不合理会严重阻碍企业的正常运作，甚至导致企业经营的彻底失败。太安堂采用"一办七部"的组织体系，这是一种以决策权的划分体系能够促使组织更好发挥协同效应，达到高效的运营状态，并能够与集团战略相吻合，为集团管控模式与流程的落地提供组织保证。

(一)"一办"

总部办公室。

(二)"七部"

◇营销中心　　◇研发中心　　◇生产中心　　◇文化中心
◇投资中心　　◇财务中心　　◇审计中心

第二节　鼎立大产品

中医药是中华民族传承五千年的文化瑰宝，中药产业是我国的传统优势产业。在21世纪，如何充分挖掘祖国医药的宝藏，使之更好地为人民大众的健康事业服务？新时期，太安堂积极承担起推动中药现代化、国际化的历史使命，在推进企业技术创新、特别是在中药现代化的过程中寻求发展的空间。

根据疾病谱的变化和人们不断提高的健康需求，太安堂加快产品研发，有近200个产品满足不同用药者的需求。先后在皮肤病用药、不孕不育症用药、心血管病用药、妇儿科用药、肛肠科用药等领域在国内率先开发成功消炎癣湿药膏、麒麟丸、心宝丸、白绒止咳糖浆、健儿消食口服液、祛痹舒肩丸、痔瘘舒丸等10余种产品，通过长期高强度的投入，产品投放市场受到医生患者的欢迎；在皮肤病用药领域，已形成了规模化、系列化的产品群，是中国最具规模的皮肤病外用药生产基地，成为国内皮肤类产品种类最多、剂型最全、综合生产和研发能力最强的企业之一；在不孕不育用药领域，麒麟牌麒麟丸产品质量卓越，是目前

第二章　复兴历程

中国唯一的男女同时服用的不孕不育用药；在心血管病用药领域，心宝丸已经成为业内首推的心血管疾病急救用药；在风湿病类领域，祛痹舒肩丸药效直接作用于病患部位，成为首屈一指的抗风湿用药。在药妆领域，推出蛇脂维肤膏等10余个植物提取系列产品，生产技术水平和效果在国内都居前列。

太安堂中药现代化研发体系的建设是中药现代化的基础，中药产业的技术进步有赖于中药技术创新体系的突破与建设，因此，要实现中药产业技术现代化，就必须积极进行中药的研究与开发，发展和完善现代化中药科研体系。太安堂以创新研发现代中药立业，与社会展开多学科、多层面的合作，正式挂牌成立"广东省中药皮肤药制剂工程技术研究开发中心"、"博士后科研工作站"、"广东省级企业技术中心"、"中国中药协会嗣寿法皮肤药研究中心"、"中华中医药学会皮肤病药物研究中心"等多家科研平台。目前企业正面向全国吸纳多层次的技术人才精英，并与中山大学、暨南大学、广州中医药大学、成都中医药大学、上海医工院等高校和科研院所展开广泛人才和技术进行交流合作，全力构筑企业研发立体网络，进而增强企业自身的技术创新能力。

截止目前，企业已获得国家发明专利6项，在申请审查发明专利4项，国内注册商标26件，国外注册商标13件，成为"广东省知识产权培育优势企业"。

近几年，企业承担国家、省市科技计划项目近10项，其中代表性的有：

(1)公司承担"油凝胶解毒烧伤膏"国家火炬计划项目已取得阶段性研究成果，并获准国家发明专利，项目已在子公司上海金皮宝制药实现产业化，并列入上海市高新技术产品。

(2)公司与上海医工院合作，联合开展"复方癌肿镇痛新药蟾酥软膏"项目，正式列入汕头市火炬计划项目，现已获准国家发明专利。

(3)公司承担蛇脂冰肤软膏新药为"广东省火炬计划项目"，通过3年努力，项目顺利结题验收，并申报国家新药证书，同时获准国家发明专利。现正在与中山大学联合开展"蛇脂冰肤软膏的透皮吸收机制研究"课题。

(4)公司承担"心宝含片新药研制项目"，课题已列入广东省社会发展重大科技计划项目。

(5)"祛痹舒肩丸创新工艺研究"课题，正式列入汕头市工业攻关计划课题。

(6)"克痒敏醑创新制剂开发研究项目"课题正式列入汕头市社会发展攻关计划。

(7)企业引进国家级新药"痔瘘舒丸"项目，正式获国家药监局批准，下发药品生产批件，已实现产业化。

中药产业的技术创新是推动中药产业发展和现代化的原动力，太安堂已成为我国中药现代化的产业高地和自主创新高地，开辟出一条中药现代化化的创新之路。

中药现代化是技术和管理并行的现代化，既包括现代科研、质控、生产，还涵盖了营销与服务的现代化。中药产业的现代化发展方向是提高中药产业国际竞争力的需要，世界需要现代化的中药，太安堂中药现代化推进战略的宗旨在于促进企业不断成长的持久动力，同时把我国几千年发展积累并体现优秀文化的中医药为全人类的健康事业作出新贡献。

技术现代化和产业管理现代化是太安堂中药现代化的两大内容，两者相互结合相互渗透构成了太安堂中药现代化的内涵。在中医药理论的表述上，太安堂用现代科学语言再现古朴、丰富的中医药文化底蕴，把现代化科学的方法和技术检验运用于中药的工艺、立法及临床疗效，将传统中药的理论和方法与现代科学理论和方法相结合，在继承和发扬中医药的优势和特色基础上，充分利用现代科学技术和现代管理的方法手段，根据中医药特点借鉴国际通行的医药标准和规范，与现代社会的社会发展和经济发展需要相适应，要与现代科学技术和现代管理的发展相适应，不断满足现代人对健康保健的需要，提高企业的竞争能力。

太安堂中药现代化就是要把一个传统药业赋予现代内涵。在继承和发扬中医药传统特长的基础上，使现代医疗保健观、现代科学技术和现代管理方法与中药的优势结合起来，使现代中药能为世界人们所接受。

从技术的角度来看，太安堂建立起了以规范化生产(GMP)、统一质量标准、现代化制药技术设备、中药技术创新为特色的中药现代工业。从管理的角度来看，太安堂建立了现代企业制度为基础的现代化的产业运行机制；从商业的角度来看，太安堂已经构筑起以OTC、第三终端、招商、医院为特色的中药现代商业。

太安堂在激烈的市场竞争中，把握市场需要、不断研究开发适销对路的产品，以满足广大患者的需要，同时求得自身的发展。太安堂产品以疗效确切、口感好、服用方便而深受患者青睐。众多的实践证明，研究、开发适应性中药新产品，对于提高产品竞争力，延长产品寿命周期，打开新的局面，收到立竿见影之效。太安堂运用全新的理论和方法验证中药的安全、有效和质量可控，趟出了一条适合中医药自身特点的研发、评价方法和标准规范的路子，堪称突破，体现了新时代的企业科学精神，为中医药国际化积累了宝贵的经验。

太安堂在世界发展观、消费观和医疗保健观发生巨大变化的时代背景下，在"以人为本"、高质量的生存方式的社会发展洪流中，太安堂从战略高度思考自身的发展问题，顺应人类医疗服务模式转向自助预防保健的大趋势，适应人民生活质量提高的需要，满足人们对高质量生存方式的追求，顺应人们个性化和多样性消费的潮流，为人类健康创造新的药品、化妆品、食品和保健品，

顺应"绿色"潮流和"人类回归自然"潮流，遵循自然环境和人类的可持续发展要求，在促进人类健康的事业中扮演重要的角色。

没有大产品战略，做不出大产品；有了正确的战略，不去执行，也会进入惨败境地；错误的战略，比没有战略更可怕。每一个大产品都是经过战略性规划出来的。太安堂在白热化竞争的市场中，要创造五个大产品，首先要把品牌优势放大成为市场优势，把产品疗效作为审慎的策划和稳健运作的基础，才能使这个产品真正焕发了青春活力。

如何锁定太安堂大产品的标准呢？

(1)年销售收入达到3亿元以上，直奔5个亿。

(2)拥有细分市场前三名的市场份额。

(3)拥有较高的产品知名度、关注度、信任度、忠诚度、美誉度。

太安堂产品阵容：

1.做最好的皮肤药 消炎癣湿药膏、解毒烧伤膏、克痒敏醑、蛇脂冰肤软膏、皮宝霜……

2.做最好的中成药 麒麟丸、心宝丸、祛痹舒肩丸、痔瘘舒丸、解毒消炎胶囊……

3.做最好的药妆 蛇脂维肤膏、皮肤之宝、粉刺霜、疤痕美、高级痱水……

4.做最好的中药原料药

1)发明TAPB原料药、TAPB制剂、TAPB衍生品制剂。

2)生产TAPB原料药、TAPB制剂、TAPB衍生品制剂。

3)加盟国家权威机构，创建专业化药坛。

5.做最好的基质

1)外用药基质。

2)药妆基质。

6.基本阵容

1)"百万天兵"：公司期望值500个产品文号。

2)"七十二军"：在现有的药准字产品文号中，列出"七十二军"。

3)"三十六将"：在现有的药准字产品文号中，列出"三十六将"。

4)"十大首领"：在现有的药准字产品文号中，列出"十大首领"。

第三节　开拓大市场

"一家企业只有两个基本职能：创新和营销。"——彼得·德鲁克对于企业经营来讲，这两者的重要性是不言而喻的，在产品与营销同质化、低价竞争的恶性循环中，在新的政策环境、营销环境和竞争环境面前，在整个行业如同东汉末年群雄纷争天下大乱一样的局面中，创新和营销的重要性重新获得越来越多的企业的重视。大家普遍感觉到，当前医药企业最薄弱的是营销，最差的是创新，最需要转变的是观念。无论医药企业怎样改制、重组和整合，医药企业发展的最终落脚点都必须回复到营销策略的创新上。

太安堂集团成立伊始，就立足根本，高瞻远瞩，确定营销在集团产品经营的核心地位，是实现利润最关键的环节之一，也是提高集团市场竞争力的重要资源，十几年间，集团在顺应产业变革的同时致力于探索一条具有太安堂特色又符合市场规律的营销之路。

太安堂集团成立以来，从走出汕头，创立以广州为核心的广东省内"七星伴月"的营销局面，到构筑以广东为主体的华南五省的"五凤朝阳"的营销格局，再铸造以华南、西南、华东"三足鼎立"营销网络，直到拓展中原、夺取华北、占领东北，逐步形成"华夏一统"的营销市场体系。同时，集团以国内市场为依托，积极拓展海外市场，依据自身在产品、渠道、价格等方面的独特优势进行资源配置，走出了一条差异中的特色营销之路。

作为继承近500年中医药核心技术精髓建立起来的太安堂，以太安堂500年医药底蕴为依托，以柯氏祖传中医药宝典《万氏医贯》精髓为依托，逐步研发生产了"消炎癣湿药膏"、"心宝丸"、"麒麟丸"、"祛痹舒肩丸"等高疗效的中医药产品，形成铍宝、麒麟两大品牌下较为完备的中药皮肤药、特效中成药两大系列产品体系，拥有包括片剂、胶囊剂、液体制剂、膏剂、丸剂、颗粒剂、散剂、茶剂等近200个药品品种的生产权。

随着医药市场的竞争加剧，太安堂的特色营销也在不断升级，古人云：水能载舟，亦能覆舟。由此可见，用心服务的企业，往往可以乘风破浪，得到良性发展；反之，则会淹没在滚滚浪潮中，被迫退出市场。目前医药产业的竞争首要体现为分销渠道的竞争，从价值链构成情况看，利润从上游原料供应和中游加工快速向后端的流通环节集中；在尚未形成强势品牌的情况下，企业更多的是依赖渠道数量以及渠道管理水平提高而决胜终端。对于太安堂的"特色营销"而言，产品是根本，渠道是保障，仅有特色产品，而渠道选择不恰当，不仅不会产生好的效益，还会极大伤害产品本身具备的价值空间。因此如何适时地进行渠道创新，并建立起有效的渠道管理体系，对集团意义深远。

在打造"以特色营销为核心的中成药销售模式"的过程中，太安堂建立起以市场为主导的"特色服务体系"，除了一如既往地延续常规服务方面的优势外，逐步实施以终端深挖为核心的市场营销服务方针，优选经验丰富的销售经理，常驻市场一线，把握市场发展动向，真正协助客户实现产品销售过程的程

序化、高效化，从而实现产品销售整个环节的良性运转，真正做到在市场一线和客户肩并肩共同发展，实现共赢！

在渠道选择上，太安堂始终以"导向明确、调研清楚、重点资源配置、渠道价值深挖"为原则，以太安堂中药皮肤药、特效中成药为基础，根据皮肤药、心血管药、不孕不育用药等不同的类别，选择皮肤科医院、诊所、男科医院、妇科医院、社区卫生服务中心、单体店等用药习惯和特性突出的渠道，通过对渠道特性的分析研究，进行资源的优化配置，来不断提升集团在细分渠道中的品牌影响力，最终实现渠道模式打造。

一、凤起韩江畔

（一）使命召唤

奥地利著名作家斯蒂芬·茨威格在《人类群星闪耀时》一书中曾写到："一个人生命中最大的幸运，莫过于在他人生途中，即年富力强时发现自己生活的使命。"这句话同样适用于企业家，因为它能缔造伟大的事业。对于太安堂集团董事长柯树泉来说，正是当年一次关于人生意义的思索，不经意间掀开了太安堂事业的辉煌篇章。

时间退回到1995年。这一年，柯树泉已经从医近25年了，作为中医药世家的第十三代传人，他为无数的患者送去了健康，但他总觉得自己还可以做得更多些。年关临近，整个社会一片喜庆，崇尚寻找象征意义的人们正在对自己的工作和生活进行又一次的回顾与展望，柯树泉也对自己的人生和家族使命进行了一次深入思索，如何将太安堂中医药核心技术发扬光大，继承先祖弘扬中医药国粹的重任？继续单枪匹马的行医救人？显然行不通，每日不休息也就能治疗那么几个患者，一年多少？一辈子多少？能治疗的患者通过简单的乘法都能算出来，而这个数字，他自己显然远远不能满意。

"再不能单打独斗，必须要企业化、规模化！"多年后柯树泉在一次谈话中回忆起当时的决定，仍显得记忆犹新。他说，历代传人未有完成这一使命，要么是由于时局动荡，要么是出于政策的限制，而自己当下所处的时代，社会环境与政策催生着无数企业的诞生，发扬光大中医药核心技术，重振太安堂五百年基业，时不我待更义不容辞。

也正因为这一句掷地有声的话语，在这年11月，汕头市皮宝卫生制品有限公司正式创办。柯树泉祖上历代行医，家学深厚，而他本人也是当地享有盛名的皮肤科、妇儿科名医，因此，柯树泉决定公司先从皮肤科用药着手，研制出一款能解决大众常见皮肤问题的产品。

说干就干，他拿出多年的积蓄，租用场地创办公司，就开始了新产品的研发，产品的研发工作并没有遇到多大的困难，柯树泉荟萃祖传御赐《万氏医贯》、《玉井瑰宝》秘本的医药精髓，结合从医历药近30年的皮肤科用药经验，历经数月的试验，很快成功地试制出了命名为"皮宝霜"的中药皮肤外用产品，当柯树泉兴冲冲地拿着样品去相关部门送检时，检验的结果却给了他不小的打击，虽然"皮宝霜"的功效完全达到了预期的目标，甚至优于市面上的同类产品，但其中的辅料配伍却出了一些小问题，容易影响到产品功效的稳定性，最终没能通过检验。

初尝挫折的柯树泉意兴阑珊地回到了家里，家人看出了他的烦闷，都劝他说，还是好好地做个受人尊敬的医生吧，何必再去从头拼搏人生呢？柯树泉理解家人的担忧，但他自有一股认准了就不回头的心气，家人看他决心已定，也就不再劝他，由着他每日早出晚归地埋头试验，只是在饮食起居上对他多加关心，这样的状态持续了半个来月。

（二）突破困局

凡事总有破局的一招。这天，在外上大学的儿子柯少彬放假回家，听到家里人谈起父亲的研发陷入了僵局，于是决定到父亲的办公室去看看能不能帮上忙——承袭家族数十代的传统，柯少彬也继承了祖辈对中医药的热爱而报考了医学院。

于是，每日员工们都能看到"上阵父子兵"这样一幅温馨的场景，父子俩在试验室反复试验着各种配料组合，探讨最优的配伍比例，结合柯树泉深厚的中医药理论知识和柯少彬学到的最新医药技术，最终成功地解决了辅料的问题，再次送检顺利通过。

大家像迎接英雄凯旋一般接回了柯树泉一行，而就在大家欢呼胜利的时候，柯树泉却敏锐地意识到了什么，他后来说，"皮宝霜"产品研发的成功，带来了公司今后纵横皮肤药领域的黄金十年，不可谓意义不重大。但"皮宝霜"研发的过程，对企业经营的启发意义，却是更加关键的，因为在这个过程中，柯树泉逐渐意识到，仅靠发掘传统的中医药宝藏，是远远不够的，要做出真正高效适用的好药，还需要结合当今先进的科学技术手段，不断创新才行。"传统文化再优秀，也需要与时俱进的兼收并蓄和创新"，从这个角度看，"皮宝霜"的研发过程也可以说是一个确立未来太安堂集团研发指导思想的过程。

"皮宝霜"上市后，不出意料地受到了消费者的欢迎，对于早期仅以省内为目标市场的公司来说，"皮宝霜"的销量是很可观的，因为南方湿热的气候，皮肤病在这里发病率较高，"皮宝霜"又具有适应证广、疗效好的优势，

借助本乡本土的资源优势，公司展开切实有效的宣传攻势，许多乡人名流慕名前来，一时间门庭若市，影响力逐渐扩大，市内各大药店陆续登门订购，"皮宝霜"一举获得成功，很快就打出了名气。每日排队咨询购药的人潮不断，此时的柯树泉，第一次体会到了中药产业化对普罗大众健康的重要作用。

"皮宝霜"上市后的最初阶段，公司发展形势良好，柯树泉说，那是一个医药市场井喷的时代，只要有好的产品，完全不愁没有市场，在这样的时代背景下，公司资本积累迅速增加，就在柯树泉酝酿着扩大产能的时候，一件差点摧毁公司发展基石的事件发生了：市场突然普遍反映公司产品的疗效不行了，甚至有的患者还出现了严重的副作用，很多经销商纷纷退货，产品的社会公信力和美誉度也开始急剧下滑，眼看就要被市场"扫地出门"了。这到底是怎么回事？没有时间深入思考，柯树泉果断地停止了产品生产，让大家全部出去走访市场，查找原因。很快，事情的真相被揭开：原来，由于"皮宝霜"良好的市场表现和消费者认可度，很多不法商贩开始制售假冒的"皮宝霜"，企图鱼目混珠，借势获利，市场上充斥着大批的假冒产品。查清了缘由，柯树泉雷厉风行地组建了打假小组，亲自带队到处打假，挖出了隐藏在各角落的地下工厂，配合政府相关部门扫除制假窝点。在公司和政府的共同努力下，很快荡涤了这一现象。制假风波结束了，接下来，该如何重树产品形象？柯树泉想到了媒体，公司花费巨资开始通过报纸、电视、户外广告公告事实真相，并和员工不辞辛劳地走访解释，最终，公司的诚意与精神获得了社会的认可，"皮宝霜"终于再次赢回了消费者和市场。这件事让柯树泉感慨不已，他曾说，公司后来也曾屡次经历过比这更严峻的考验，但这次或许是公司发展过程中最为凶险的遭遇，因为那时的公司一无经验，二无实力，不善于处理突发事件，也没实力长期消耗，如果没有及时果断地解决这次事件，极有可能"阴沟里翻船"而将企业的发展扼杀在摇篮中。

凭借"皮宝霜"原有的良好市场基础和群众口碑，重生的皮宝开始再次走上正常的发展轨道，柯树泉的中医药事业终于步入稳定的成长期，他开始酝酿下一个发展战略。

（三）七星伴月

汕头，国家经济特区，柯树泉一直认为汕头应该是自己实现祖辈夙愿的首选之地，历代以来，柯氏族人都有赴潮汕开设医馆的传统，柯树泉也憧憬着有一日自己能在此地复兴太安堂名号，正因如此，他当初才将皮宝卫生制品设在了汕头。没想到，自己的公司刚刚步入正轨没多久，就遇到了市场进一步壮大的瓶颈。

其实回过头看，这种困局的出现，早在之前就已初露端倪，只是当时公司刚成立，对市场份额的需求较小而显得不那么明显罢了。纵观1995～1996年的中国经济，就会发现，遭遇这样困境的远不仅仅是皮宝制药这样的中小民营企业，从1992年起，随着大批国际资本潮水般的涌入，以及越来越多的跨国公司在中国市场发力，各个行业的本土企业都面临着空前的冲击，市场格局一日三变，到1996年，中国企业普遍感受到了"外国军团"带来的压力。

此时，那些已经具备相当实力的国内企业开始举起"民族企业"的旗帜共同对抗外国军团的进攻，其中有喜有悲，百味杂陈。抛开民族情绪不论，这些事件充分说明，1996年的市场，已具备充分放活的市场经济特性，企业间的竞争已经到了白热化的地步，在药品领域，这种市场争夺更显得错综复杂，新生的皮宝既要面对国有企业实力对决的阵地战，又要应付民营企业灵活善变的游击战，再加上国外产品的冲击，企业发展开始显得有些步履维艰，如何在这重重危机中寻得发展的空间，让刚舒心没多久的柯树泉的心再次揪了起来。

硬碰硬的阵地战，显然并不适合尚未完成实力积淀的皮宝制药，只有避其锋芒，寻找新的市场增长点，才是唯一的出路。而这新的增长点在哪里？作为一个与共和国一同成长起来的人，柯树泉对毛泽东的论著同样耳熟能详，多日的苦苦思索，他忽然想到了当年毛泽东那段著名的"弓背论"，直线进攻目标太直接，容易被对手掌握主动，那就走弓背，曲线谋发展，现在汕头市场进入了相持阶段，何不去开拓周边其他的二线城市，待时机成熟时再迁回夺取汕头市场。

第二日，他立即召集大家开会，询问大家对这一营销思路的看法，没想到许多人感到难以接受，怎能轻易放弃好不容易获得的市场，挥师远征？为打消大家的顾虑，柯树泉引用毛泽东当年的一句话说，"今天大踏步的后退，就是为了明天大踏步的前进。"他给大家分析了二线城市市场的特点和公司进入的优势，事实上，大家也明白目前做汕头市场时机不对，只是不忍放弃辛苦打下的根基。在柯树泉的动员鼓励下，大家很快统一了思想，开始将市场开发的重心向汕头周边的城市转移。

与汕头市场竞争有所不同，这些周边城市医药市场显得相对平静，这是很多医药企业还没有开始重视的地方，公司的产品应该大有可为，柯树泉抓住这一契机，迅速铺设自己的营销网络，通过公司一年多的努力，梅州、潮州、揭阳、饶平、普宁、惠来等县市的市场纷纷被打开，公司初步构筑了初具雏形的市场营销网络。在巩固了这6个县市之后，柯树泉挟势再入汕头市场，原本准备打一场攻坚战，出乎意料的是，市场却表现出了一种欢迎的姿态，原来此时的皮宝，凭借在6个县市的优异表现，已经在皮肤药领域打响了品牌，开始获得了市场的追捧，就这样，汕头市场兵不血刃的轻松被拿下。汕头、梅州、潮州、揭阳、饶平、普宁、惠来，这后来被称为"七星伴月"营销格局正式形

成，柯树泉与全体同仁一道，通过3年的时间，完成了"凤起滔滔韩江畔"中医药产业化梦想。

尽管企业发展的任何一段历史都有它不可替代的重要性，可是，1995～1997年太安堂的发展历程，却是最让柯树泉记忆犹新的。因为在这短短的两三年里，他的人生完成了从一个医生到企业家的大转变，手头那支写惯了处方的笔，再次写出来的，是一项项行文稍显不规范但却目标清晰的发展计划、运营方案，太安堂的事业，也通过这一项项计划方案，以急行军的速度向地区知名企业迈进。

（四）花舞珠江边

时间很快到了1997年，这一年的喜庆事似乎特别多，香港即将回归的期盼在与香港一江之隔、血脉相通的广东表现的格外明显，回归的势头也带动了整个地区的经济火热。发展得风生水起的皮宝上下普遍意识到，汕头，已经无法满足企业的市场的需求了。柯树泉开始新的目标选择，他将目光瞄向了广州，计划以广州为新的起点，辐射潜力更大的华南医药市场，构筑更立体的发展体系。这次，他的决定没有遇到任何阻拦，公司上下激情拥护。7月，香港回归的日子，广州营销中心也在一片喜庆的氛围中挂牌成立，早已学成回来与父亲共同奋斗的柯少彬出任营销中心的总经理，年轻的营销中心，在同样朝气勃发的柯少彬的带领下，站在新的高度，正式揭开了一段"一支药膏打天下"辉煌篇章。

这一次，公司选择了与当年赢得汕头市场相反的营销思路，决定先打下广州市场，再以其强大的影响力带动公司产品在整个广东省内的消费市场。究其原因，在于广州的特殊地位，不同于汕头，作为省会城市，广州具有巨大的影响力和示范效应，只要公司的产品能够成功进入广州各药品渠道，就能迅速对其他城市的用药习惯和消费心理产生连锁反应，从而以先声夺人的气势助力这些城市的市场开拓。兵法上讲，战略的正确，必定导致最终战役的胜利。营销人以公司制定战略目标为方向，用两三年的时间，成功地开拓出了粤东五省皮肤药市场，形成了"五凤朝阳"的营销新局面。

打下粤东五省之后，柯树泉有了开始"做中国最好的皮肤药"产业梦想，但不久他就开始感受到了产能的局限，原有的生产规模，已经开始制约企业发展的步伐了。要做大做强企业，就应首先做到"兵马未动，粮草先行"，对企业来说，就是要有稳固的生产基地、充足的产能，只有升级生产规模，才能赢得并巩固市场，但对一个成立没几年的小公司来说，该如何寻求突破？

正当这时，幸运之神光顾了他。1999年12月，一位医药国企老总给他带来了一个好消息，不远的揭阳有家药厂正在谋求转制，正在寻找投资者，如果皮宝能胜利收购这家药厂，就能马上突破产能、产品种类的桎梏，进入药品生产的新境界。听到这个消息，柯树泉感到眼前一亮，是啊，这可真是一条突破桎梏的捷径，凡战者，以正合，以奇胜。作战总是用"正"兵挡敌，用"奇"兵取胜。所以善出奇兵者，无穷如天地，不竭如江河……如果通过收购的"奇"招扩大产能，远比光靠自己慢慢一步步建厂、研发、报批效率高得多，而且如果能顺利拿下这家药厂，凭借它更为先进的设备和技术，家传的更多验方也将能在最短的时间里研发上市。一如当时成立公司时的坚决，雷厉风行的柯树泉当天就带着公司的几位同仁奔赴揭阳的那家企业。谈判的结果很顺利，正所谓"郎有情，妾有意"，双方一拍即合，很快就达成了协议。这年4月，广东皮宝制药有限公司正式成立。

其实以局外人的眼光看来，柯树泉做了一笔不太合算的买卖。这家药厂设备陈旧、厂区破败、人浮于事，同当时很多国有企业一样，由于体制的原因，早已千疮百孔，失去了生机。但柯树泉却不这么看，他看到的是企业健全丰富的产品体系、配套的生产设备、熟练的技术工人，他相信，凭借自己的努力，一定能顺利地整合好这家药厂，并借助它将自己家族的中医药传承产品化、产业化，实现历代未能完成的夙愿。

这年除夕夜，为新的一年谋划新的发展，柯树泉彻夜未眠，当东方亮起新年的曙光，意气风发的柯树泉乘兴写下豪迈的诗篇——《商海的声浪，潇洒的脚步》：

东方微白，宇宙莽莽苍苍，
劲烈晓寒，塑成多少皮宝精英；
羽翼未丰，商海滚滚茫茫，
激流飞溅，苦煞多少英才心志。
回览，狂呼，整夜暴风工程，刮出秀丽前景！
一切呼唤、盼望、崇拜、祈祷化成悲喜交互的热泪。
啊，东方，瑰丽荣华的色彩，揭去了满天倦意，
啊，东方，伟大普照的光明；温暖着多少寒士。
我仰面东方，平拓双肩，
向着天与地，开拓，创新，追求……
向着海与山，寻捞，拼搏，奉献……
我迈开虎步，伸出双手，
一把揪住西北风，问它要秋天的颜色，
一把揪住东南风，问它要春华的光泽。
大海边旁，我聆听到它伟大的潇洒的声浪——时代的脚步，
啊，我捉住了旭日的彩霞，远山的露霭，秋月的明辉，洗刷着欢乐的

泪水，

　　啊，我系住了金秋的缠绵，凝练着清晰的理念，孕育着皮宝的未来；

　　商海的弄潮儿，时代的佼佼者，奔放向前——向前——向前……

　　从古至今，任何战略、战术竞争的背后都是思想和理念的竞争。企业家思想的高度决定了他所领导的企业能否站得更高、走得更远。柯树泉以潮汕企业家特有的商业头脑驾驭着企业搏击商海，即将远航。

　　柯树泉重绘蓝图，选定吉日，新厂马上开工建设。很快，一座现代气派的制药厂就矗立在了金平区金园工业区。2003年1月，经相关部门检验，广东皮宝制药新厂5个车间、9个剂型一次性通过GMP认证，顺利投产，在响彻金园工业区的鞭炮声中，柯树泉收获到了成功的喜悦。

二、三足鼎立

　　有了充足的产能和丰富的产品种类，加上南方市场业已成熟稳固，公司将发展的目光投向了更远处——进军全国市场。营销界有句俗语，得三北者成诸侯。华北市场是无数企业的幸运地，也是更多企业的伤心地。在医药领域，华北属医药大区，拥有大批药企，这是一个诸侯林立的地区，从另一个角度看，这也是一个充满机会的地区，公司高瞻远瞩地看到了这个地区的战略意义，果断做出决定，出师华北华东，南北夺牌比翼。

　　公司华北、华东办事处相继成立，是新世纪、新征程、新希望。此时的公司，与当年一样，又不一样，一样的是凌云壮志，不一样的是更成熟的运行机制，更完善的产品体系，营销人有理由自信。

　　成熟的运行机制体现在对待商业伙伴上，就是掌握住与其沟通的尺度：原则性与灵活性并存，华北办事处在与经销商、连锁药店、医院等交往时，不仅仅注重产品销量，更多的关注它的信誉度、行业影响力，公司的市场拓展，已走上品牌经营的道路。

　　运行机制的成熟，还体现在营销手段的多样化。OTC药品市场的竞争，很重要的一点是以消费者为中心的竞争。公司在开拓经销商、连锁药店、医院市场等渠道的同时，开始注重自己终端营销团队的建设，与连锁药店结盟，驻店促销。

　　在商品的流通过程中，终端位于通路的最末端，也是最重要的一环。公司想方设法，努力使自己的产品在药店里做到与众不同，通过展示、陈列、POP广告等方式，强调一种热烈的氛围，并以良好的个人亲和力，展示形象，吸引顾客的注意，把自己的产品与竞争产品区别开来，创造在终端的竞争优势。

　　成熟的运行机制，更体现在激励员工上。此时的公司，以发展成为拥有几百人的中型企业，在营销团队管理机制上，公司管理以人为本，充分尊重员工、信任员工，建立了一套科学的考核机制，它不是建立在简单的"刺激——反应"基础上，而旨在培养与关爱。在办事处成立初期，员工尤其能感到这一点，公司不以个人业绩为唯一评判标准，不实行大奖大惩，不信奉个人主义，始终以打造团队为出发点。办事处全体员工步调一致，共同分析失利原因，分享成功经验，仿佛一个团结的大家庭，思想上没有任何包袱，这种机制为销售的全面开花提供了强有力的支持。

根据五行学说理论，"东南生长，西北收藏"，公司经过东生南长，其收获的地方应在西方，首推重庆与成都，左手牵西北，右手揽云南，面向东南亚，从西南经济向东南亚发展有着广阔的前景。于是公司剑指西南，将棋子布向了西南重镇重庆，在重庆设立了办事处，实现了公司战略布局的又一次飞跃。

飞跃的蓝图振奋人心，飞跃的征程绝非坦途。要进入又一个竞争激烈的城市并站稳脚跟，公司面临的局面是可以想见的，办事处创立之初，在人力、物力、财力上都还无法与之前进入的行业竞争者相抗衡，更不能与当地的本土企业相提并论，然而，一路凯歌的营销人看到的却不是眼前的艰难处境，而是重庆作为西南交通枢纽和物资集散地在医药产品的批发、零售等方面对整个西南地区的辐射作用，以及由此带来的对公司发展所具有的战略意义。

大家拿出了公司创业初期那种战天斗地的拼劲，与重庆代理商一起走访市场、了解行情，寻找市场突破口；收集客户资料，圈定主攻客户，拜访客户；参加各类展会、产品推介会，展示产品功效；开展促销活动，发布产品广告，宣传品牌。那段日子无疑是苦的，工作量超出常规，加班加点，饭无定时是经常性的，但办事处人员的精神却是昂扬的、坚定的，因为他们身后，是一直关注着西南办事处的公司总部。公司也及时在人员招聘、培训，技术支持等方面给与大力配合，抽调优秀的管理经营人员支援西南市场。上下同欲者胜，好的产品加好的营销，公司逐渐在西南市场上打开了局面，产品的市场占有率逐年上升，办事处不断发展壮大，又一支虎狼之师在市场的搏杀成长起来。

天道酬勤，经过不懈努力，西南市场取得了长足发展，产品已渗透至经销商、连锁药店、医院，并享有了极佳的美誉度，与华南、华东市场共同支撑起公司的"三足鼎立营销网络"。公司覆盖全国的办事处、执行部已超过50家，为企业新一轮的发展奠定了坚实的基础。

民营企业的成长道路，是一条布满荆棘与鲜花的曲折小道，它遍布非规范化的市场氛围和竞争机制，或能让你于瞬间崛起，或能让你于瞬间陨落，要想避开荆棘，摘取到美丽的鲜花，就要无视那诱人的灰黑色地带，做到心中红日永照；要想健康成长，就要坚韧而勇于博取，果断而善于前瞻。皮宝制药数年

第二章　复兴历程

的发展历程，印证了此言不虚。

三、龙腾长江口

（一）"一五"计划

2004年，最初一批太安堂人进军上海市场，他们人不多，肩负的任务却很艰巨，试水上海这个具有公司全局布局意义的市场，同时调查在上海建立生产基地的可行性。

这一批人目前大多已经晋升为公司的管理者，谈起当年人地两生的情景，更多地却是自豪："虽然我们人不多，当地情况也暂时不熟悉，但在公司领导的带领下，我们的目标却清晰无比，就是要在上海建立自己的生产基地，构建全国性的营销网络并最终把总部移师上海。"

在公司创业之初的那几年，柯树泉总是感觉有一种力量在催着他快些、再快些，他也总是对员工说，没有做大的速度，就没有做强的机会。刚到上海，公司即准备着手筹建强大的营销队伍和构筑中国皮肤药规模最大、最先进的生产基地，就是这种竞争意识的最直接体现。

毗邻黄浦江的浦江名邸15层，见证了皮宝制药在上海一步步发展壮大的足迹。当年，在人少任务重的情况下，上海先遣人员分兵两路出击，第一路人马的任务是完成公司在上海的营销布局，将公司的产品顺利导入上海市场。为达成这一目标，公司首先展开了本土化改造，之前营销一直以广东为重点，这次来沪的人员组成也以广东人为主，对上海当时的发展状况与市场情况均没有深入地了解。因此，公司在筹备移师上海时，即开始了着手组建上海本地化的营销团队，这支团队也不负所望，成功地在强敌环视的上海市场打下了自己的地盘，为公司站稳上海提供了必需的根据地。另一路人马则由柯树泉亲自带队，为公司移师上海寻找合适的建厂基地，在上海政府相关部门的协助下，几乎跑遍了整个上海市。最后，经过反复权衡，柯树泉将目光锁定在奉贤，他最终决定在奉贤投资建厂。

在上海营销团队逐步成型的同时，奉贤工厂的建设也在夜以继日的进行着。后来去参观这个被上海市政府评选为花园建筑单位的制药厂的人们，怎么也不想到当年这里仅仅是一片荒地，浏览当年的资料照片，你会由衷地感慨人定胜天的伟大气魄，沧海桑田只一瞬间。这座新厂的建设进度超过了皮宝制药当年建厂的进度，真正做到了一日一个样，十日大变样。即使这样，还是赶不上公司发展的脚步，随着广东一批批人员地迁往上海，原本机械声不断的厂区更加热闹了。在还散发着水泥湿气的实验室，科研人员已经迫不及待地安装好仪器，开始为新厂研发合适的产品了；在还未装修的办公楼里，办公室人员放好新到的桌椅，就在露着钢筋水泥的房间里开始办公了，热火朝天的创业气氛弥散在更应该称为"装修工地"奉贤厂区内。

转眼2005年年底将至，2005年正是公司成立10周年的日子，公司决定将公司10周年的庆典放在新厂区举行，但工厂建设的收尾工作还没有完成，眼看时间已所剩不多，以厂区这样不整洁的面貌，如何迎接来自全国的领导和嘉宾？公司优秀的团队精神再次展现了不怕硬仗、恶仗的风貌，一声号召，全体员工齐动手：装饰墙面、铺设地毯、摆放盆栽……这一年的上海，天气格外寒冷，公司员工宿舍的水管都被冻住了，要用水，先得把水管里的冰捂化才行，在外面露天布置厂区，其中的辛苦可想而知，但大家没有一个叫苦喊累，全都沉浸一种欢愉兴奋的情绪中。

在一片紧张忙碌的气氛中，时间走到了岁末年初，2006年1月，公司的迎来了成立以来最为隆重的一场庆典——公司创业十周年庆典暨上海金皮宝制药有限公司落成庆典，来自四面八方的领导和嘉宾踏着红地毯走在优雅整洁的厂区，感受到的，不仅是公司10年征程的喜悦与自豪，更是对未来的无比自信与期待。在庆典仪式上，国家权威机构还根据公司多年来造福社会做出的突出贡献，为公司颁发了"皮肤科发展贡献奖"和"烧伤外科发展贡献奖"。

纵观公司发展的每一个足迹，都源自于立足长远的战略布局。2004年，公司正式以一系列的五年计划指导公司发展方向，移师上海和奉贤建厂，正是"一五计划"期最为重要战略布局，意味着公司的中医产业化、中药现代化道路已经越走越宽，气势如虹。如果不制定"一五计划"，不迈出这至关重要的一步，"公司现在可能还偏居东南一隅，耕耘着自己的一亩三分地"，柯树泉这样形象地比喻这一步棋的重要性。

（二）复兴之役

随着公司扎根上海、实力日益壮大，柯树泉光大中医药传统的愿望日益强烈。到2007年，柯树泉认为重举祖辈旗帜的时机已经成熟，这年3月，柯树泉请出了尘封多年的家族品牌"太安堂"，将公司的名称更名为"太安堂集团"，这一举动，既是珍视历史，更是面向未来，表现出了太安堂人不遗余力地弘扬中医药国粹的使命和继往开来的创新精神，它仿佛在向社会庄严承诺，太安堂将用自己雄厚的实力和不断创新的精神保持老字号基业长盛不衰，让近五百年的老字号再次造福万方。

2007年6月，公司复兴之役再出奇招，成功兼并汕头中药厂并更名为广东太安堂制药有限公司。6月8日，在汕头市金平区各级领导的见证下，柯树泉董事长在"资产移交书"上签字，该厂负责人将装有房产证、土地使用权证、注

册商标证、产品注册证、GMP认证证书以及全部设备、仪器、配套设施、办公用品等资产清单的锦盒，郑重交给太安堂集团。

太安堂集团这次兼并成功，标志着太安堂集团成功构筑中药特效药产品大格局体系，从皮肤药领域向心血管药领域进军，使中华百年老字号"太安堂"中医药核心技术如珍珠般荟萃，中药老品牌熠熠闪光。

公司产业扩张的成功操盘，极大地丰富了公司的产品体系，促使产业链整合及产品线延伸，扩展了业务活动纬度，依托公司品牌价值和强大的技术实力，能迅速建立市场优势地位，对进公司业务快速成长、提高公司整体竞争力和获利能力，具有重大的战略价值。

经过一系列的产业扩张，公司已形成了相关多元化的经营体系：

广东皮宝制药股份有限公司是集团第一支制药细分专业化主力军——"皮宝制药，专做皮肤药"，"做中国最好的皮肤药"。广东太安堂制药有限公司和上海金皮宝制药有限公司为公司广东、上海2个生产基地，"做世界最好的中成药"。

在产品体系极大丰富的同时，公司还将目光转向了市场。2007年9月，公司再次出手，收购上海市今丰医药药材有限公司，成立上海太安堂医药药材有限公司，为产品的市场开拓构建了完善的营销网络。

（三）不竭追求

作家梁晓声说："能被失败阻止的追求是一种软弱的追求，它暴露了能力的有限；能被成功阻止的追求是一种浅薄的追求，它证明了目标的有限。在成功面前，始终保持不竭地追求，是太安堂人唯一不变的态度。

时间的车轮带着强大的势能，快速地越过2007年，呼啸着驶进了充满希望的2008年。2008年"奥运年"，世界仰望东方，这一年的舞台是属于中国的，这一年也是属于太安堂崛起崛起腾飞之年，完成了从固态到液态的转变，已经处于鼎力崛起的关键时刻的太安堂，正在追求从液态升华为气态的跨越。

在产品、营销体系丰富后，公司更及时改造其原有的营销网络，成立5个销售部。同时，转变各办事处的职能，愈加重视终端反馈，注重公司自有渠道对企业产品研发和市场定位的战略意义。很多高美誉度的品牌厂家之所以常盛不衰，就在于把握了消费者不断变化的需求和医药新技术的走势，这在很大程度上源于这些企业强大的自身渠道建设能力，在第一时间反馈市场需求并及时做出调整。

2008年，太安堂还成功地启动了资本运作的破冰之旅，向资本主动伸出了"橄榄枝"，在对资本运作节奏和度的把控上，弹奏了一曲"如歌的行板"。

2008年，公司启动了针对诊所、乡村卫生室、乡镇卫生院等第三终端开发战役，主管营销工作的柯少彬更将之定义为公司的"二次创业"，由此可见其对公司未来发展的重大意义。

立势制事，谋定而后动。《鬼谷子·捭阖第一》里讲："立势而制事，必先察同异，知有无之数，然后乃权量之，乃可征，乃可求，乃可用。"公司第三终端开发战略的制定，正是这样一个充满权量思辨的过程。在 2008 年年初，公司领导就提出了开发第三终端的构思，要求各区域大胆尝试，搜集第一手市场数据和实际操作经验，以备公司制定策略时作为参考。后来，公司提出以浙江市场作为公司开发第三终端的试验田加以培养并作为全国样板的工作思路，正是在这样的指导思想下，浙江办事处在稳定原有 OTC 市场份额的基础上，一马前驱，开始了试水第三终端的尝试。但由于没有先例可循，第一季度的准备显得不太充分，结果可想而知，第一季度的市场探索并不是太理想。主要原因一是在于多年旧有模式的桎梏，员工的思想观念一时难以转变过来，再加上没有有力的政策支持，一线员工看不到公司进军第三终端的决心，因而对新市场的开发缺乏信心。更为关键的一点是原有绩效模式的设置没及时做相应的调整，很多员工为了绩效更愿意"做熟不做生"。这一切导致团队转型困难，第一季度开局不太理想。虽然如此，公司也获得了一定的经验，找到了自身需要改进的地方。同时，在 3 个月的市场探索中，也摸索出了一些市场的特性，比如营销人员开始以卫生院作为新市场的突破口，集中力量攻关，但最后分析统计数据却发现，卫生院客户数量增长缓慢，反而是乡村诊所的增长相对快一点，这一数据明白地告诉我们的营销人员今后的工作重心在哪里。浙江办将这些可贵的一手资料迅速反馈至公司领导层，为公司制定第二季度的团队转型和市场开拓策略发挥了重大作用。

在第二季度，公司及时调整了运作模式。首先就是薪酬模式的调整，肯定了营销人员为开发市场做出的努力，提高了员工的工作积极性；还有就是制定了针对性的促销方式、营销政策。在这一系列的政策调整下，第二季度的成效显著，开发速度明显加快，几乎在一季度的基础上翻了一番。

其实，公司这一年第三终端战略的真正定位是"转型突破年"，主要围绕团队转型这一工作重心来展开，而不是"一城一池"的得失。在这一年的团队转型过程中，公司也发现了第三终端不同于其他市场的一个显著特点，那就是市场较为分散，再加上交通不便，很多地方还不通公交，营销活动很难覆盖"县——镇——村"这一广大区域。因此，交通就成了第三终端市场拓展很关键的一个因素。面对从未遇到的新问题，重在实践，贵在创新，公司就在浙江市场创造性地提供了能满足乡镇交通状况的工具——摩托车，并且这些摩托车还将视员工的业绩奖励给营销人员。这不仅完美地平衡了效率与效益的关系，更折射出公司以人为本的管理思想。

第三终端市场的成功开拓，离不开广大营销人员的共同努力，观之太安堂的营销精英们，士气正盛，他们渴望着在新的市场机遇面前建功立业，因为多年身处一线，他们清楚行业转变趋势，传统模式下的成熟市场已没有突破的空间，要想获得工作的激情与价值，只能重新站在新的起跑线前。在营销中心，一种久违的活力、一种跃跃欲试的氛围正在形成，就如同优秀的猎手看到诱人猎物时那样——这就是第三终端的巨大潜力给公司注入的新活力。

理想指引征程，拼搏成就未来。第三终端战役是一次有组织、有策略的团队行动，它给了太安堂人成就梦想的契机，身处这场战役中的每一个人，无论是发起者，指挥者，亦或是执行者，虽然所处的位置不同、地域各异，但都恪守同样的信仰、胸怀同样的理想，全力而为，太安堂人从中获得的，不仅是利益、荣誉或者人生价值，它也将见证我们无比辉煌的青春与梦想……

第四节　复兴大品牌

风雨十余载，太安堂产品的销售范围越来越大，企业和产品的品牌越来越响亮，形成了上海和汕头两大生产基地，广州和上海为中心的南北营销网络。经过长时期的磨合、探索，公司在品牌建设以及组织设置、客户管理、渠道管理、销售人员管理等方面已形成一套独具太安堂特色的模式。

实施品牌经营，使品牌成为太安堂实力和市场信誉的标志和根基，是我们出奇制胜、争夺市场、开辟财源的强大武器，因此，制定正确的品牌战略并始终贯彻执行显得尤其重要，成功的品牌给太安堂带来的产品溢价力和影响力的价值是任何有形资产所不能比拟的，太安堂经营管理的核心必然将逐步从纯粹的实体经营转移到品牌经营上。

在公司实施"二五战略规划"期间，为实现营销新突破，确立了"品牌营销，聚焦夺牌"的整体决策，建立太安堂销售部、麒麟丸事业部、进出口部、医院部等系列销售群体，凭借集团雄厚的科研、生产实力，丰富的产品体系，真正将公司产品、研发优势转化成市场优势，掀起公司中药皮肤药及特效中成药为两大核心产品体系的销售热潮，推动价值链延伸；确立了纵深挺进第三终端，突破医院线；全力推进营销高端结盟；精心打造狼虎之师，掀起集团产品销售倍速增长的高潮，尽快培育能在国内称雄的系列品种等具体策略。

公司不断的从产品质量、服务理念、品牌战略等3个方面提升自己的核心竞争力，以深厚的企业文化底蕴和持续发展来吸引和凝聚人才，紧跟时代的步伐，顺应市场的变化，打造了一支有着共同的信仰、共同的核心价值观的员工队伍。同时，积极开拓东盟市场，建立海外业务，努力建立生态联盟系统，集成营销立体网络枢纽，充分发挥销售商、供应商等协作者的积极性，从而实现营销额高速增长。

短短数年间迅速崛起的太安堂可谓创新营销的现实版本。同处营销同质化时代，靠"特色文化、特色产品"的两条线的特色营销之路，太安堂在6000多家药企中脱颖而出，实现了规模化、品牌化、专业化的巨大跨越。

太安堂"特色营销"其根本就是走差异化市场定位之路，从产品销售的整个链条入手，用差异化产品和特色文化底蕴来完成市场推广、销售、品牌打造的全过程，从而形成在产品、价格、渠道、服务等方面独有的专业化模式，更好的参与市场竞争，提升企业影响力。目前，这一思路在集团的具体操作中得到了淋漓尽致地体现。

对于药品经营来说，产品是根本，而随着同品种生产企业数量的大幅增加，药品同质化竞争日益加剧，对企业参与市场竞争带来了极大的挑战。太安堂的"特色营销"，就是从产品着手，专做集团具有自主知识产权的中药皮肤药、特效中成药，利用差异化和特色化作为核心方向，形成自己独有的模式。

21世纪的企业竞争将在一定程度上取决于文化力的较量，没有强有力的企业文化支撑的企业将会失去发展所必需的营养，企业发展就会面临困境。纵观业内著名的老字号企业，都具有独特的企业文化，这也是这些企业发展过程中的最弥足珍贵的财富，太安堂独具魅力的企业文化也成为企业不断发展壮大的内在动力。

雄关漫道真如铁，而今迈步从头越！2008～2012年，集团进入"二五规划"期，面对医药行业同质化竞争加剧、营销渠道变窄、营销方式备受限制等目前药企发展过程中的阻力因素，太安堂将结合自身状况，继续坚定不移的实施以中药皮肤药及特效中药两大核心产品体系来全力打造"太安堂"的企业品牌和"铍宝"、"麒麟"两大产品品牌的策略，顺应市场变化，针对医院、OTC及第三终端市场，调整营销思路，采取有效的整合营销策略进行品牌建设，具体包括：客户教育、品牌宣传、渠道建设、终端拉动、学术推广等方式，打造第三终端、医院、不孕不育市场及出口市场4支销售精英队伍，形成四驾马车齐头并进局面，并积极探索新的国际、国内环境下的特色营销之路，共同推进公司营销新局面的开创。

营销重点方面，将在巩固、维护现有的皮科系列产品为主的在OTC的市场及客户的同时，"营销重心下移，积极开发第三终端"，紧抓新医改机遇，关注农村市场走向，在"三农"、"两网"、"新型农村合作医疗制度"以及"加快城市社区卫生服务"等政策推行带来的机遇，重点加强对第三终端的市场推进。

"开拓第三终端市场，没有丰富的产品线不行"。二五规划期间，太安堂

将筹备一系列的动作，为这一策略转型提供丰富的产品资源。公司将根据第三终端的特点，利用公司现有中药皮肤药、特效中成药两大系列108个品种，其中形成了72个品种被列入OTC品种目录、21个国家医保甲类品种、23个医保乙类品种的产品优势。并结合各区域市场特点，进一步开拓第三终端市场，在充分整合原有营销队伍、网络的基础上，整合适应第三终端市场的实际需求，并符合基层全科医生的用药需求(主要是常见病、多发病用药)的产品，并对产品制定最合理的价格，做好配套服务，更好地为中国广大社区、城乡居民提供药品与医疗服务。

太安堂在铸造品牌的过程中，在强调突出古老历史的同时，更要让人们感受到太安堂充满活力的品牌延续，感受到太安堂走在时代前沿创新的步伐与偕进。

太安堂集团的品牌，可分3个层次：

第一层次：是集团公司品牌"太安堂"。

在公司所有产品的外包装上都或大或小地印有"太安堂"这一品牌名称，从而使其良好的品牌形象和巨大的品牌魅力扩及公司所有产品，为它们提供信任、质量保证和竞争能力。

第二层次：是太安堂家族品牌。铍宝、麒麟……

家族品牌为它所包括的一系列产品提供信任、信誉、质量保证和竞争能力等；同时家族品牌的良好业绩也强化了公司品牌的形象，提升了公司品牌的市场地位。

第三层次：是产品品牌。产品品牌由家族品牌加具体产品名称组成，为细分市场、专科领域提供具有特殊价值的产品吸引消费者。

如铍宝牌消炎癣湿药膏、铍宝牌蛇脂软膏……

麒麟牌心宝丸、麒麟牌麒麟丸……

产品品牌的经营成功又可以强化家族品牌和公司品牌的良好形象。

这3个层次之间相辅相成，从而在整体上提高了太安堂公司的整体形象和市场竞争力。同时，各家族品牌之间又相对独立，"分工"明确、"权责范围"划分清楚，只在各自的产品领域内进行延伸，从而避免了资源重叠浪费等消极因素的蔓延。

太安堂集团产业扩张的品牌管理：

1. 集团总部设立"品牌文化管理中心" 负责太安堂各品牌的可持续性发展和在相关领域里的拓展。

2. "战斗品牌" 担任保卫核心品牌的秘密任务。

3. 执行实施专业化管理法则 借用专家外脑，对品牌进行专业化的打造、推广和维护。品牌管理发展到今天，专业化程度已经越来越高，要使自己的品牌从众多品牌中脱颖而出，必须付出更多的艰辛和努力。

4.营造声势法则 在短时间内，集中力量制造轰动效应，迅速扩大品牌知名度。

知名度是品牌的重要组成部分，一个品牌必须被消费者知道、认识、接受，才可能占领市场。

太安堂在企业经营中，应该把品牌经营放在至高无上的位置。有形资产不具备恒定性，企业真正的"恒产"是品牌，即使有形资产损失殆尽，品牌的价值也还存在。经营品牌，是为企业注入持续发展力量的重要手段。

经过发展，公司的各种产品品牌力量将不断壮大，市场形象将不断提升，使得这个品牌金字塔的塔基更加坚实，也将使位于塔尖的"太安堂"品牌日益耀眼夺目。

太安堂人品牌经营的定位应将心血全力倾注在"走上独立而强大的中药制药工业的霸主行列之路"上。

附：太安堂集团Logo标识赏析

太安堂集团Logo标识由御赐"太安堂"、"中医药圣殿"和"初升的太阳"三要素组成。外在形象是品牌的视觉识别系统，理念是品牌的精神实质。

"太安堂"是明代隆庆皇帝御赐柯玉井公回潮州府创办中医药圣殿的百年老号；"太安堂"牌匾是隆庆皇帝御赐给柯玉井公回潮州府创办中医药圣殿的牌匾，与太医院院使万邦宁亲著的中医药学瑰宝《万氏医贯》一书同时御赐柯玉井公，"太安堂"至今历十三代，近500年。

"太安堂"三字何意？

太者，意为高也，大也，极也，最也，泰也！安者，平安、安康也。

太安者，天安、地安、人安，乃曰"太安"，国泰民安也。

太安堂是由太医和太医的核心技术建立起来的中医药圣殿，昭示太安堂百年老字号深厚的核心技术和文化底蕴。

"中医药圣殿"主体造型是宫廷太医院的缩影，其基座由"太安堂"3个汉字的中文拼音缩写字母"TAT"为设计构思变化而来，显得稳固、厚重、踏实，表现稳健发展的态势、底蕴深厚的文化传承以及产品质量的诚恳、可靠。

"中医药圣殿"主体造型体现太安堂集团中药制药的特色、百年老字号的特征，寓意着太安堂跨越了近500年历经曲折又波澜壮阔的浩瀚时光，岁月的封尘激发强化着太安堂的经典流传，因蕴藏着千年国粹的文化积淀而成熟，因

闪烁着现代文明之光而年轻，表现了太安堂对中医药文化的一脉相承，在继承的基础上不断发展的企业精神，描绘了了太安堂广阔、美好发展前景。

普照圣殿上方是"初升的太阳"，象征着太安堂的事业在中华复兴、国运昌盛之际，如旭日冉冉升起，充满了生命活力、蓬勃向上的气势与日新月异的面貌。表现了在晨曦阳光照耀下，太安堂胸怀"为创建世界一流的中药现代化大型制药企业而奋斗"的崇高信仰，高擎弘扬中医药国粹的旗帜，走上了一条健康、快速、持久、稳步发展的金光大道，致力用中华医药的精髓照亮世界的每一片土地，谱写的中华医药文化的新篇章。

太安堂的一切美好尽融汇于图中，将抽象的图形与具象的文字结合，整个设计浑然一体，以国际设计手法来表现大型企业面向未来的卓越发展理念，以及由中药制药企业提供优质产品，以宽广而仁爱的情怀、激情而理性的志向弘扬中医药国粹，秉德济世，为而不争，以及呵护人类健康的企业理念和使命。设计展现了太安堂辉煌的过去，并喻示了太安堂美好的未来。

第五节　实现大跨越

一、第一次跨越：中药皮肤药第一品牌

有潮水的地方就有潮商，有市场的地方就有潮汕人！

我国商业史上，潮商是势力最大、影响最深远的商帮。潮商的足迹遍及全球，赚取了无尽的财富，潮商是一个世界性的商业图腾，更是一个首富辈出的商帮。潮人的身体充满了商业基因，天生为商业而生存。他们以"刻苦耐劳、善于经营、敢闯敢拼"的精神风貌和经商天赋而闻名海内外，驰骋五洲，纵横四海。潮商是一幅海纳百川、自强不息的群像；是一个富有拓荒精神、敢于创新、善于经营而又富有凝聚力的部落。潮商的历史是一部商业文明的开拓史，一部生生不息的创业史。在21世纪初潮商最鼎盛的时期，香港股市40%的市值为潮汕人所有。

太安堂诞生之时，恰逢潮商破茧而出，形成气候的时代。500年来，太安堂见证了一代代潮商披荆斩棘、纵横捭阖的商业传奇。历代太安堂传人深受浓郁商业文化的滋养，培育了团结合力、眼光开阔、敢于冒险、诚信经营的品格，建立了今后赖以发展的基业，更是赢得了"医风蔚然，为粤东冠"的美誉。

太安堂第十三代掌门人柯树泉可以说是潮商人不畏辛劳、奋发图强的代表。20世纪80年代，正值中国企业变革的草莽时代，改革开放初期汹涌的商业

大潮席卷而来，整个社会的激情澎湃深深牵动了柯树泉作为一个潮人与身俱来的商业基因，他越来越深切地感受到太安堂仅仅开设医馆已经不能承载他的产业梦想，不能承载百年来太安堂人致力弘扬中医药国粹、将中华医药精髓推向世界的美好夙愿，他必须去一个更辽阔的天地，那里才能为打造他的商业王国，舒展梦想的翅膀。他决心冲出名医的耀眼光环，充分挖掘祖传中医药典籍《万氏医贯》中秘方、验方之宝库，创建药厂。从此，他踏上创业的征途，打响了一场又一场令世人瞩目的商场战役。

柯树泉浸泡在中医药界几十年，洞悉业界规律，他深刻意识到：在技术推动型的医药产业领域中，拥有技术含量极高的独家品种，是企业核心竞争力的重要支点。他从自己最擅长的中医药皮肤外用药入手，对家传中药秘方进行研究，成功研发中药皮肤外用药"皮宝霜"。这个产品配方独特，疗效神奇，年销售额持续保持在1亿多元，此后，以"皮宝霜"、"铍宝消炎癣湿药膏"、"解毒烧伤膏"、"蛇脂冰肤软膏"、"蛇脂维肤膏"、"克痒敏醑"为代表的一系列皮肤药产品迅速占领了国内中药皮肤病用药市场，在国内同类企业中脱颖而出。

在企业迅速发展壮大的过程中，柯树泉深感偏安南粤海滨不足以容纳企业的发展空间，在他看来，企业家只有站在时代潮流的前列，要做就做世界一流的，才是对社会进步的贡献。他敏锐地判断时代发展的潮流，驾驭企业的方向。

2000年，营销总部从汕头前往广州，在珠三角这片改革开放最前沿的热土上扬起了自己的风帆。接下来的四年，柯树泉先是率众布下七星伴月之巧阵，以广州为中心勇夺广东市场；再以广东省为中心，辐射周边5省，五凤朝阳之势日益彰显；之后，戮力征战华东、华南、西南，三足鼎立终成，铍宝旗帜映红了南中国之江山，一举夺取中药皮肤药第一品牌。

2003年，历次商战的洗礼，几丝银发无情地印上了他的双鬓，但这不是岁月流逝的象征，而是历经商海风云重新焕发出来的变革魅力。柯树泉踱步于公司位于广州华标广场23楼的办公室，凭窗眺望，珠江两岸灯火璀璨，溢彩流光。这条美丽的财富之源孕育了无数生机勃勃的企业，公司壮大了，如何新经济时代背景下得到传承、得到新的演绎，如何振奋人心，唤起改革的热情，续写新的商业神话？柯树泉敏锐的眼光穿过色彩斑斓的广州，投向中国经济的风向标，一个更具国际魅力的大都市——上海，他已经听到龙腾滚滚的长江正在向他发出殷切的呼唤，新的战略生命周期的蓝图已经在他睿智的大脑描绘而成：到上海去！这个决策是太安堂站在新的起跑线上整装待发，这虽然不是坐标原点，却是太安堂积聚了多年的经验和力量之后，又重新起航的出发地。

2004年，太安堂集团总部龙蟠上海。柯树泉站在公司所在地，上海市虹口

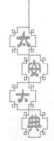

区浦江名邸15楼，此时浦江两岸华灯初上，车流如织，辽阔寂静的苍穹，弯月如钩，如水的月华静静地流泻在他身上，踌躇满志的柯树泉此时心头一动，一股温情的暖流在他心头荡漾，他立刻挥毫写下了《浦江月夜》：

"江月何时初照人"、"江人何时初见月"，这宛若童语般的天问，感慨了多少代人？

明月，您映照着新经济时代雄伟壮观的外滩，您亲睹浦江名邸皮宝集团9年崛起的艰难征途，您给皮宝精英金戈铁马镀过温柔的银色，您为多少皮宝同仁照亮了心田，送去遐思和理想的梦想？

"月出皎兮，佼人僚兮，舒窈纠兮，劳心悄兮"，一轮明月为《诗经》中远古的神州山河洒落满地清辉，将整个大地点染得朦朦胧胧，洁净而明静，温柔而恬淡，神奇而典雅，组成了一种诗歌特有的节奏和韵律。

半个月亮爬上来，我心间的感觉，您依然是圆满。那时那刻，月色朦胧，心事朦胧，影影绰绰，欲说还休。朦胧的氛围里，您搅掉了皮宝人满身尘埃与倦意，少了浮躁，多了沉稳，少了虚幻，多了好梦。

流溢着激情而温柔情感的是月光，情感浸润中无法收住思绪缰绳的是人。

当您在天庭从容漫步，人们告别城市繁华的重围，远离喧闹，回归宁静，寻觅着进入心灵放松的隧道，我仰望天穹，目光相接，我心柔和，您圆是诗，您缺是画，清风明月，漫天秀色，清辉流泻，就在这时，您凝练着皮宝人纯洁的情感纽带，宛似小巧精致细腻的信物，尽管看不到摸不着，却似一根扯不断的红线，把皮宝人颗颗山盟海誓的心拴在一起，从此剪不断、理还乱，心心相印；就在这时，您为皮宝人顿感自身的血液里竟流动着对皮宝这大家族如此强烈的眷恋；您为皮宝人感悟到"月上柳梢头"的温馨和亲切。

"华灯一城梦，明月百年心"。有月光的晚上，真的会如朱自清先生那样，"什么都可以想，什么都可以不想"。

"旧时月色，算几番照我，梅边吹笛？"月色被姜夔赏尽了，江湖游子、豪门清客的生活让人生厌，而歌女低唱的回味如在昨日。有多少次一帘淡月，听草虫低吟；有多少次月夜归来，看寒梅几许。

月，阴晴圆缺，周而复始，有什么东西像您那样系着那么多的低迴与缱绻，随岁月风尘了千百年？又有哪种东西像您这样美得别有味道，美得让人难以释怀，恍如醇厚的老酒与爱情？

月，柳眉月、峨嵋月、水中月，还有月明星疏、月落乌啼、花前月下，早已积淀在咏月的诗文之中。

啊，明月，您是伫立在江南烟雨扶风而来、黛眉若烟的美女；您是上通天文下识地理，精通琴棋书画诗词歌赋的才女；您是顾影婆娑、缠绵泪眼，坚贞专注的痴女；您是英姿飒爽，酷爱淡妆，又爱武装的巾帼；

啊，明月，您使皮宝人托起理想，构筑着一个宏大的皮宝集团生态圈，让我们对一个个的新愿景不断眺望，不断奋战，不断成功！

2006年1月，上海金皮宝制药有限公司在上海落成。

2007年营销总部进驻上海海泰国际大厦。

伴随着上海活跃的经济、丰富的资讯和前沿的科技，太安堂飞速发展，又一段跨越时空的商界传奇闪亮开幕。

二、第二次跨越：成为"特效中成药药业集团"

几年来，随着公司不断扩张，对医药行业资源优势的整合，"金皮宝"的局限性已经很大，不能涵盖集团旗下多个品牌。考虑到公司未来的发展战略——将集团做强做大，成为具有国内外竞争力的综合性中药制药企业，摆脱"金皮宝"给人只做"中药皮肤药"这一品牌定位已经刻不容缓，重塑品牌势在必行。

2007年春天，金皮宝集团在上海召开新闻发布会，正式对外宣布复名太安堂集团，这不是一个名称转变的简单过程。复名太安堂老字号，吹响了五百年中医药老字号全面复兴的号角；复名太安堂老字号，是太安堂打造药业帝国迈出的关键一步。

在柯树泉的强力推动下，太安堂实现对汕头麒麟药业重组，成立广东太安堂制药有限公司，麒麟药业自公私合营分离出太安堂后，历经半个世纪的风雨跋涉后，终于回归了太安堂的怀抱。麒麟牌麒麟丸、心宝丸、祛痹舒肩丸、白绒止咳糖浆等一系列知名品牌收归太安堂旗下。这一举措弥补了太安堂在不孕不育用药、心血管用药、妇儿科用药等领域的空缺。这样，太安堂旗下产品已经涵盖皮肤病用药、不孕不育用药、妇儿科用药、心血管用药、药妆等诸多领域，旗下包括"铍宝"、"麒麟"、"柯医师"等多个著名品牌。在此背景下，集团旗下多个品牌齐头并进的局面形成。

对于太安堂品牌重塑，标志着公司向一家综合性的制药企业发展战略的转型，这是一个高瞻远瞩的举措，有利于公司的长远发展，有利于创建世界一流

的中药现代化大型制药企业的战略思想顺利实施。

完成了对麒麟药业的战略重组之后，太安堂皮肤药品种一枝独秀的局面得到了彻底改变，依赖皮肤药成长壮大的太安堂踏上了二次创业的历程。公司把眼光聚焦在不孕不育用药麒麟丸、心血管用药心宝丸身上，看中了它较高的技术门槛和未来的发展潜力，决定集中精力做好这2个产品。于是雷厉风行，迅速完成丸剂生产车间GMP认证，完成了太安堂制药有限公司厂区的建设和GMP认证，建成国内首屈一指的大型中药现代化生产基地。在技术上，突破重重难关，不断通过工艺优化提高品质、降低成本。现在，无论是从工艺品质，还是成本优势、市场占有率，还是研发能力，公司产品在国都处于领先。公司接着与中华中医药学会联合成立皮肤病药物研究中心，与中国中药协会联合成立嗣寿法皮肤病研究中心，利用现有的科研开发平台并结盟国内高端研究机构和院校，除了能增强企业的新产品开发力度，也有利于企业对新产品的储备。对于太安堂这样的企业来说，加大中药现代化的力度将是面对激烈竞争的必由之路。

完成了品种扩大以后，太安堂"铍宝"、"麒麟"、"柯医师"三大品牌并驾齐驱，形成以消炎癣湿药膏、麒麟丸、心宝丸、祛痹舒肩丸、蛇脂维肤膏，白绒止咳糖浆、解热消炎胶囊等一系列产品作支撑的市场战略，形成了多元化的利润来源。

由于公司产品的成长性非常好，从2007年公司快速增长，新兴市场增长更快。太安堂销售主要靠自有网络，利用全国销售网络覆盖到全国各省份，利用强大的地面部队打造商业、医院、OTC及第三终端三支专业化营销团队，构筑全国立体营销网络，整体营销模式实现多模式运作，OTC、临床、招商等模式并存，并积极拓展国外市场，采用包括技术合作等多模式的合作方式，将中医药精髓向全世界推广。太安堂市场的稳定增长、行业领先骄人的业绩，研发、生产、销售、文化、资本等环节环环相扣，已形成了一个优势体系。一个世界一流的中药现代化制药企业即将破茧而出。

三、第三次飞跃：跻身资本市场

2010年6月18日，皮宝制药成功上市，翻开了公司发展历程中具有里程碑意义的光辉一页，资本市场的目光聚焦深交所，共同见证太安堂的复兴崛起。

太安堂在产业经营与资本运作两条并行的发展轨道上纵横捭阖，上市成功，预言变成了现实。必将带动相关医药企业的技术改造和规模经营，促进产业结构、品种的调整和产业升级。

在资本引领下的竞争浪潮中，有资本才会有更大的竞争实力。

即使在外界看来最为光鲜的那一刻，太安堂人都没有丝毫的懈怠与沉醉。皮宝制药上市，仅仅说明的是公司达到了登陆资本市场的基本条件，表明广大投资者对公司有了一些关注，绝对不是公司核心竞争力实质性壮大的标志。所以太安堂人保持了足够的冷静和清醒，不把阶段性的成功当成永恒的成功。既然已经为未来开启了辉煌的序幕，就要以更加坚定的脚步和信念去追逐的目标，要寻找到推进公司持续向前发展的进步动力。

只要你走近太安堂，你就会发现，从理念到技术，从管理到文化，从硬件条件到人的精神面貌，变化之迅速，令人赞叹。在太安堂，"变"是常态，创新是它发展的动力。正是这种"变"，太安堂创造了惊人的高速度、高质量、高效率、高效益。

战略决定方向，管理决定能力，金融决定速度。太安堂人已经拉开了公司实现跨越式发展的引擎，太安堂经济增长的发动机需要"换挡变速"了，这是公司成长一个关键的转折点，是太安堂经济新征程的开端，是全新经济增长模式的开始，代表着太安堂的方向、希望和未来。

第三章 复兴指南

太安堂风雨兼程，励精图治，荟萃太安堂500年中医药文化精髓，博采古今中外医药精华，将集团发展成为中国最大的中药皮肤外用药、特效中成药高科技上市公司，凭借深厚的中医药文化底蕴和顶级品质奉献于世。太安堂获得的成就，是太安堂挺立潮头，紧握机遇，自强不息的奋斗精神的回报，更是先进的企业管理思想在实践中正确运用的必然成果。

十几年来，柯树泉董事长勤于笔耕，他孜孜不倦的思考和探索，沉稳冷静地分析得失，潇洒无羁地放飞梦想，运筹帷幄，高瞻远瞩，将优美的文字、独到的见解、睿智的思维融入文章之中，现已汇编成《柯树泉文选》出版，这部珍贵的著作是太安堂茁壮成长的忠实记录和真实写照，是太安堂商战风云的浓缩再现和成功经验的宝贵财富，是太安堂管理思想的核心。这些文字传达给我们的，不仅是太安堂成功的商业"秘籍"，更重要的是一个五百年老字号致力弘扬"弘扬中医药国粹"的企业理念，有着推动中药产业化、中医现代化的精神内涵。

现将柯树泉著作《柯树泉选集》的精彩章节予以解读。

第一节　立公司法规

一、《立法建制》摘选和解读

（一）《立法建制》摘选

2007年，太安堂人驾驭着产业扩张和资本运营的战车，驰骋在医药沙场，在夺取"九大项目"、完成"一五规划"中，"誓夺五强，直航蟾宫"！在"为创建世界一流的中药现代化大型企业而奋斗"的号角声中，催生了《太安堂基本法》、《太安堂管理机制》的问世。

《太安堂基本法》如同一个国家的宪法，强调的并不是具体的法律条文，这部公司的历史文献，以历史发展规律和市场游戏规则为准绳，确定了太安堂集团的"核心价值观";集萃了为实现集团"核心价值观"的古今战略战术,制定、实施 "多元规模经济"、"玩命共赢经济"、"五行生制经济"等"三大经济"策略;全方位执行资本运作维度、业务活动维度、营销空间维度、组建方式维度、五行生制维度等五维操盘术;铸就了太安堂集团创业的灵魂基石,建立了风险规避机制。

《太安堂基本法》的出台,必将规范公司的发展,为创建世界一流的中药现代化大型企业作出巨大的贡献。

1.确立企业核心价值观 "为创建世界一流的中药现代化大型制药企业而奋斗!"是太安堂人新的战略,新的追求,新的目标,新的定位,更是太安堂人神圣的信仰。

"弘扬中医药国粹,以资本运营为手段,以产业经营为目的,建立以产业发展为核心的资本链,创建广东、上海2个'世界一流的中药现代化大型制药企业'生产基地,建造自己的实业王国"。这是太安堂集团的神圣使命。

"太安堂信仰"是太安堂精神的凝练和升华,为太安堂人指明了一条振兴中医药国粹的光明大道,是指引太安堂前进的永恒星辰。

太安堂人以"太安堂信仰"作为灵魂的统帅,以"飞轮效应"铲除坎坷与荆棘,走中国高科技企业的成长之路,从优秀到卓越,这个过程巨大的动力在于产业经营和资本运作两者相互促进、和谐协力、水乳交融的程度。

产业经营是太安堂的必由之路,集团通过扩张策略夺取产业扩张的胜利,决胜的基础是开局扩张的成功运作;决胜的动力是进行资本运作后的整合重构;决胜的关键在于转换观念;在于苦炼、灭欲、启智,强化修炼;更在于由"太安堂"人的意志、信仰和中华"民族魂"建立起来的"太安堂"独特民族企业精神的诞生和发展。

"秉德济世,为而不争","医道即人道,尊德性而道学问;药理亦哲理,致广大而尽精微"。浩浩堂训是太安堂近五百年来的镇堂之宝。

"皮宝制药,专做皮肤药"是皮宝公司的利基战略。

"做中国最好的皮肤药"是全体皮宝同仁的共同愿景。

"太安堂专做心血管药、妇儿科药"是太安堂新利基战略。

"今天,我选择挑战,道路充满艰辛,我要全力以赴,创造最好业绩,我要对人感恩,对己克制,对物珍惜,对事尽力",这是太安堂人的铮铮誓言。

"儒表法里,道本兵用"是太安人实施产业扩张、实施资本运作、创建世界一流的中药现代化大型制药企业的法宝,是太安堂创业的灵魂基石。

太安堂不能"独尊儒术",没有儒表法里、道本兵用,太安堂则不能自立,不能自立就不能自强,不能自强哪能成就一番事业,太安堂应刚柔相济,刚柔相济才能独立,才能坚忍不拔。刚是太安堂灵魂的骨架,柔是公司的立世之本。

"建立以振兴中医药为己任，以'太安堂信仰'为灵魂，以'太安堂堂训'为基石，以柯玉井公'忠、义、仁、德'为品格素养，以500年大医精华为核心技术，构筑太安堂特效中药大格局体系，建立以'为中华繁荣，为中华昌盛，做中国最好的皮肤药'的狂热信徒团队"，这是太安堂人的重任。

"进入产业经营为目的、资本运作为手段的经营殿堂，建造自己的实业王国，以升华超越利润为目的的精神追求，为弘扬中医药国粹，'为人类健康，为人类美丽，做世界最好的中成药'，承接对社会对国家的责任"，这是太安堂的追求。

人民币升值、股权分置改革、经济高速成长等多重因素汇合，不仅引发了巨大的财富效应，而且更为重要的是，还催生了中国经济史上一个全新的时代——资本时代。

资本时代是资产变资本、技术变资本、资金变资本、资信变资本的时代，是市场机制重置、市场理念重塑、市场功能重建的时代。

在成功收购原"汕头中药厂"、"上海金丰医药药材有限公司"，踏进资本市场后，意味着太安堂集团体制与机制的全面转变。最主要与最核心的标志是资本的意志得到充分体现，资本的能量得到充分释放，资本的潜质得到充分发掘，资本的机制得到充分发展，摆在太安堂人面前有两种完全不同的选择，一种进入资本运作的状态中去，建造一个便于操作的资本链，形成以资本为纽带的"系族"；另一种则是建立以产业发展为核心的资本链，最终形成自己的产业链。前者可造就翻云覆雨的资本玩家，然既创造了并购的喜剧，也可创造并购的悲剧；后者可造就成逐步壮大的产业家，以资本运营为手段，以产业经营为目的，建造了自己的实业王国。

何去何从，一句话："没有产业支撑的资本运作就像没有根基的高楼，建得越高，倒得越快！"

太安堂走产业经营和资本运作之路，重在实施这两者运作相互促进的策略与方案后达到和谐协力、水乳交盈的程度，从而顺利完成太安堂"二五规划"的奋斗目标。

"太安堂核心价值观"就是深藏在员工心中、指导员工行为的准则，就是太安堂集团在经营过程中坚持不懈地弘扬、努力使全体员工都必须信奉的信条。

"太安堂核心价值观"是太安堂集团在笃定恪守的价值标准和行为准则，是企业文化相对固定的元素，不会随波逐流或者轻易改变。

"言必信，行必果"，没有高层的以身作则和全力推行，没有努力把价值观落实到考核、激励、招聘、培训这些企业行为上，"太安堂核心价值观"就永远只能流于形式，而不可能对企业产生巨大的促进作用。

"太安堂核心价值观"是太安堂生存与发展的基本准则，但光有核心价值观还不行，还必须把这样的核心价值观渗透到太安堂的战略、组织、文化、制度、流程、领导风格、责权体系里去，这样才能使核心价值观落到实处。

　　"太安堂核心价值观"不是企业王冠上的装饰品，更不是企业成功之后的附庸风雅。"太安堂核心价值观"要融入太安堂人的骨髓里，催化成为员工的新鲜血液。

　　2.创新机制　现代管理的各种活动务必做到"尊自然，顺规律，借机理，立人纪"。其中"尊自然、顺规律"是根本，就是尊重客观世界；另一方面，"借机理，立人纪"，让人的主观能动性有了充分发挥施展的空间。这一"借"一"立"，相得益彰，是集天下管理之大成，悟天下管理之真知。研究"机制"、创新机制是发展进步的永恒主题。

　　太安堂总体运营上实行"中央集权"制金字塔式的管理模式，"中央集权"制是太安堂集团决策管理机制的核心和基础。

　　《太安堂管理机制》是一套系统而完善的企业运营体系，包括"人力资源管理机制"、"决策管理机制"、"财务管理机制"、"营销管理机制"、"生产管理机制"、"质量管理机制"、"物流管理机制"、"风险规避机制"。

　　一流的员工造就一流的企业。人是太安堂发展之本，我们要为员工创造了一个与太安堂共同发展的机制，以太安堂核心价值观为依托，建立任职评估、培训开发、绩效考核、报酬激励四大支柱为支撑的选、育、用、留体系，使得每个员工价值得以实现和肯定的同时，也成就了太安堂的价值。

　　3.确定"中央集权"管理模式　太安堂集团在总体运营上执行坚决执行"中央集权"决策管理模式，最高决策机构是董事会。决策委员会是重要的组织保证体系，为决策出谋划策，作好方案评估、方案论证和决策宣传，提供及时、准确、适用的信息支援，并对决策的执行进行指导和监督。

　　4.集萃古今战略战术　贯彻、执行"多元规模经济、玩命共赢经济、五行生制经济"等"三大经济"策略，全方位实施"资本运作维度、业务活动维度、营销空间维度、组建方式维度、五行生制维度"等"五维操盘"术，作为集团的重要发展战略战术写进《太安堂基本法》中。

　　太安堂在波涛汹涌的商海中，几乎每日都看到"大鱼吃小鱼，小鱼吃虾米"、"快鱼吃慢鱼"的险恶镜头，在商海瞬息万变、生死轮回中，太安堂人选择了创建"世界一流的中药现代化大型制药企业"这样一条中国高科技企业的成长之路，注定充满坎坷与荆棘，注定要经从优秀公司到卓越公司的转变，这时不实行"中央集权制"，　何以成就"世界一流的中药现代化大型制药企业"；　不采用强力控制的"法"、强权威慑的"势"、权术计谋的"术"，

何以成就"世界一流的中药现代化大型制药企业";不执行"儒表法里，道本兵用"之法，何以成就"世界一流的中药现代化大型制药企业"！

太安堂管理的现代化必须做到科学化与民族化相结合，推进管理现代化，要对法家管理思想理念进行科学的吸收与消化。太安人既要洋为中用又要古为今用，要从法家管理思想体系，从先秦哲人谋略中汲取丰富营养，使我们民族诸多美德、苦干精神、聪明才智与现代科学管理结合起来，创造太安堂特色的管理模式。

激情澎湃的发展势头，使得健全和完善《太安堂管理机制》是太安堂集团目前实现新经济、新体制与新机制进入正常运作的关键。

《太安堂管理机制》的出台，标志着太安堂全新的管理格局进入正常的运作轨道，标志着太安堂崛起新时代的到来。

《太安堂管理机制》的制定和执行，是从管理制度体系的具体职能实施上达到一种平衡关系。完善的制度体系、周密的执行流程、严格的控制监督等等，这就是一种阳刚的力量。同时，《太安堂管理机制》也嵌入对员工的成长、需求、情感和尊重的关注，这就是阳中有阴。这种关注又不是随机发生的，而是有章可循的，所以又是阴中有阳。

"大道无形，生育天地；大道无情，运行日月；大道无名，长养万物"。太安堂必须在两极的矛盾中追求和创造动态的平衡，不执著于中庸常态，另寻蹊径，掠其光泽为我所用。

《太安堂管理机制》的出台，标志着太安堂正在经历从旧机制走向新机制的脱胎换骨的质变过程。

东西方的文明总是在这个蔚蓝色的星球上交融，彼此影响，相互交融，前呼后应。西方企业管理理论也充溢阴阳平衡的观点。例如以"经济人"为基础的观点就是阳刚的力量，而以"社会人"为基础的观点就是阴柔的力量。企业的能量总是分为阴阳两种，在系统流程、等级等方面属于阳刚的力量，而与之相对应的则是阴柔的能量，它所强调的是沟通和尊重。

"确立企业核心价值观"、"集萃古今战略战术"、"铸就创业灵魂基石"是《太安堂基本法》的三个重要组成部分。

新经济时代，谁主沉浮？

《太安堂基本法》将指引全体太安堂人走上依法管理、法不阿贵、厚赏重罚、赏誉同轨、做强、做大、做久的光明大道。

《太安堂基本法》将规范全体太安堂人在"弘扬中医药国粹，以资本运营为手段，以产业经营为目的，建立以产业发展为核心的资本链，创建广东、上海两个'世界一流的中药现代化大型制药企业'生产基地，建造自己的实业王国"，"为创建世界一流的中药现代化大型企业"中做出巨大的贡献！

(二)《立法建制》解读

1. 由人治到法制 什么是企业的基本法？企业为什么要有基本法，它的重要意义和内涵是什么？我们为什么要花那么多的时间来制定《太安堂基本法》？现在，我们来坐上时空车，回到20世纪60年代。

1960年3月22日，毛泽东提笔在我国第一部企业管理大法《鞍钢宪法》上批示："鞍钢宪法在远东、在中国出现了！"其自豪与赞许之情溢于言表。

鞍钢(鞍山钢铁公司的简称)是一个具有多年历史的老企业，也是中华人民共和国成立后最早恢复和建立起来的特大型钢铁联合企业。

所谓鞍钢宪法，其内容为"干部参加劳动，工人参加管理；改革不合理的制度；工程技术人员、管理者和工人在生产实践和技术革新中相结合"，即所谓的"两参一改三结合"。《鞍钢宪法》的实质是知识分子和工人对企业管理权的要求，也是对人(主要是工人的创造力和科学技术对社会生产的推动力)的价值的肯定。

欧美和日本管理学家认为，"鞍钢宪法"的精神实质是"后福特主义"，即对福特式僵化、以垂直命令为核心的企业内分工理论的挑战。用眼下流行术语来说，"两参一改三结合"就是"团队合作"。美国麻省理工学院管理学教授L·托马斯明确指出，"鞍钢宪法"是"全面质量"和"团队合作"理论的精髓，它弘扬的"经济民主"恰是增进企业效率的关键之一。

为什么企业要做基本法？目的就是要从人治到法治！甚至有专家呼吁：每家企业都应当有一套自己的基本法，建立起中国企业强大之本——从"人治"转移到"法治"！

什么是人治？简单说就是企业家的一枝独秀；什么是法治？就是依靠组织与制度打造强大竞争力。"法治"的根本在于自觉应用，否则有再多的制度也是人治！有的企业觉得奇怪，你看我们的制度已经制订了几十本了，难道我不是法治？把法治当成几大本制度，是中国企业法制化管理的一大误区。这就有点像一个笑话，"我都是博士了，我还不是知识分子"？费孝通先生曾经说过，什么叫知识分子？应当是"有知有识"，书本上的叫知，不叫识，只有应用到实践中创造价值，才叫识。

同样道理，制度存在，不叫法治，只有制度真正应用，才叫法治。

法治的根本在应用，而且在于每个人"自觉不自觉"的应用。所以，法治的根本首先在于自觉，而自觉的前提是建立起每个人对自己行为结果负责的机制。

法治体系的核心就在于"自觉"，而自觉的核心在于当事人要承担自己行为的后果。企业只有建立员工行为的结果，必须由员工自己承担的奖惩机制，

才会有真正的"自觉"。如何让法治落地？企业法治的根本在于制订一个让员工自我对结果负责的机制，拥有这个机制就有法治的基础，制度才能真正实施。

这个机制就是企业基本法。一个企业的基本法，如同一个国家的宪法。宪法至高无上，但是不约束老百姓的衣食住行、日常生活，真正让员工印象深刻的是行为守则的体现。宪法并不强调具体的法律条文，它强调的是一个国家为谁存在？根据什么存在？每个人拥有什么权利？国家根据什么管理人民等等最高原则。同样，一个企业的基本法，强调的并不是具体的法律条文，而是一个企业为谁而存在，根据什么而存在？每个员工拥有什么权利？企业根据什么管理员工？

回答一个企业为谁而存在？根据什么而存在？就是公司的战略，应当成为每一个员工牢记于心的基本原则，应当是一个公司在未来不迷失方向的指路明灯。 否则，就只是一纸空文！

现在，让我们来看看《太安堂基本法》。

《太安堂基本法》是对过去的全方位反思。

以往走过的路是用辛勤的汗水、成功的喜悦和失败的泪水铺就的。不论成功与失败，对于企业来讲，都是弥足珍贵的。不断发展壮大在保持过去优良传统的同时，应学会理智，学会思考，《太安堂基本法》要做的，就是以过去为思考基点，反思以往为什么成功，并把这些反思作为未来取得更大成功的资源，成为导引未来的值得信赖的可靠向导。因为知道为什么成功，比取得成功更重要。中国有句古训叫"好汉不提当年勇"，但好汉永远不能忘记自己是如何成为好汉的，否则在未来难以再称好汉。《太安堂基本法》所要做的，就是反思过去，把握未来，使过去的成功与失败，都成为一种资源，而且是一种可复制的再生资源，投入到企业未来的发展中去。

《太安堂基本法》是对未来的超前探索，昭示的就是未来的成功之路。

公司的成长与发展，需要纲领性的理念、政策与文化。纵观世界各国优秀企业，无一例外。企业要有魂，要有内在的精神寄托，要有统一的意志，要有统一的信仰，要有统一的行动。如此，企业方能永远地在竞争中，攻无不克，战无不胜。

《太安堂基本法》针对如何正确处理企业面对的各种新问题和矛盾，为企业的可持续发展探索有效的动力机制。对公司的核心价值观作了高度的凝练和概括，对公司的运行机制和管理政策作了全面的总结。

《太安堂基本法》所阐述的就是如何坚持科学发展观，走可持续发展之道，企业如何以人才为中心，以知识为资本，以价值评价和按生产要素分配为动力的管理和发展模式；阐发的是如何保证企业沿着经实践检验行之有效的管理模式运作；阐发的是如何激发广大员工创新与创业、实现自我价值和报效国家民族的热情，进而确保企业不断创造辉煌的有效途径。

《太安堂基本法》由6章72条构成，其内容涵盖了企业发展战略、产品技术政策、组织建立的原则、人力资源管理与开发，以及与之相适应的管理模式与管理制度等方方面面，其中心内容是企业的核心价值观。《太安堂基本法》从信仰追求、团队、精神、利益、文化、社会责任、利基战略等规范了企业的核心价值观。这一核心价值观要成为企业全体职工的基本行为准则。

2.核心价值观 《太安堂基本法》开篇首要内容就是核心价值观。

"太安堂堂训"和"太安堂人信仰"作为太安堂核心价值观中的重要内容而被写进《太安堂基本法》。

什么是核心价值观？企业核心价值观就是企业的发展战略、企业的愿景、企业的使命以及根据这些来建立和指导企业形成共同行为模式的精神元素，是企业得以安身立命的根本，是企业倡导什么、反对什么、赞赏什么、批判什么的基本原则。核心价值观在企业的文化体系中处于核心地位，是企业的灵魂。

对于一个企业组织而言，人、财、物等是其借以存在的表现形式，而决定组织力量大小的则是一种看不见的精神元素，就是说，是精神元素决定物质元素，而且软性的东西更具有持久的生命力。老子接受老师教诲的故事，可以说明这一点。

中国古代哲学家老子，有一天去看望生病的老师常枞。常枞张口示意老子说："我的舌头还在吗？"老子回答说："是的。""我的牙齿还在吗？"老子说："已经没有了。"常枞问道："你知道其中的道理吗？"老子说："舌头以其柔软，所以能够存活；牙齿以其刚硬，反而早早的夭亡。"常枞听后说："好，天下事理尽在其中矣。"这个故事虽简单，但告诉了我们其中的道理，精神层面的问题才是最主要的。

核心竞争力是企业生存之本，活下去才是硬道理。如果把核心竞争力说的粗俗一点，就是本事，市场经济最公平的体现就是要靠本事生存发展，一个人如果没本事，也能活几十年，但企业没本事，一日也活不下去；人再有本事，也活不过百余岁，但企业做的好，可以存在许多年。

企业文化、激励约束机制和科学规范管理的结合，组成了核心竞争力，其中企业文化又是核心，而企业文化的核心就是核心价值观。

我们常常说要"以人为本"，但它的实施要有一定的前提和条件，就是"人"要是合格称职的员工，企业要关心的是也同样关心企业的员工，彼此间是一种对等关系。衡量"称职的员工"有"三信"：

一要有信仰，就是认同公司核心价值观的一种信仰。

二要有信任，因为企业是一个团队组织，没有信任不可能成为团队。

三要有信用，就是自己干的活要对得起自己的工资，这就是最基本的信用关系。

"以人为本"中的人就是指：相信企业的核心价值观、与企业信仰一致，能力又符合企业要求的人。企业各种制度的制定都是以这些人为本，让这些人满意度最大化。

企业需要核心价值观的引导，要让员工知道，企业的目标、使命、战略规划在哪里。松下幸之助说过，企业规模小的时候，企业能做到什么规模要看老板的能力；而企业做大之后，还有多少潜力则取决于员工的胸怀。

一个人在加入企业之前，就早已对"什么是应该做的"、"什么是不应该做的"有了固定的概念，当他进入企业之后，会用他的价值观来看待一切、处理一切。组成同一个企业的人可能会成百上千，每个人信奉的价值观就会千差万别，而且根据以往成长所处的环境不同所受教育的不同而有不同的文化。

当一个人选择了一个企业之后，就要融入企业的文化，接受企业核心价值观。

管理大师德鲁克曾经说过：企业只有具备了明确的使命愿景才可能制定明确而现实的战略目标。

企业文化的核心价值观有四方面内容：

第一，它是对善恶的判断标准。这件事该做还是不该做？也许在企业中常常可以看到争吵，争吵就是价值观不统一，是不同价值观的冲撞。核心价值观就是要解决所有企业员工对这些问题的共识，是好事，还是坏事，该做还是不该做。

第二，核心价值观是这个群体对事业和目标的认同，认同企业的追求和愿景。

第三，在这种认同的基础上形成对目标的追求。

第四，形成一种共同的境界。

大家站得高了，看得远了，有目标了，不迷茫了，这些就是核心价值观的作用。核心价值观的作用是巨大的，尤其是在我们企业外部环境价值观扭曲或者价值观混乱，对员工冲击很大时，核心价值观的作用就更为关键。

每一个人的行为背后都有价值观支撑，核心价值观就在这儿起作用。因为谁都有个人需求，需求产生动机，动机引起行为，行为达到一定目标。这就是人的行为和目标之间的关系，这是不可改变的。有什么样的需求就会产生什么样的动机，有什么样的动机就会产生什么样的行为，有什么样的行为就会趋向什么样的目标。正是要通过核心价值观的调节，来影响员工的动机，从而影响他的行为，从而使他的行为趋向于企业的目标，这就是企业核心价值观的作用。

　　核心价值观是企业文化理念核心中的核心，是形成使命、愿景的根本动力和精神源泉，是选择使命、愿景的决定因素；而使命、愿景是核心价值观在企业发展领域的价值追求的具体体现，是核心价值观在企业活动中的承载和表现。使命表达了"我们要做什么，我们的事业是什么"，其内涵表达了企业存在的根本目的和原因；愿景说明了"我们的目标是什么"，是企业在一定阶段内期望达到的战略目标和发展蓝图。

　　核心价值观不在于你怎么描述，用几个琅琅上口的字就是好的么？没有什么好坏，只有"合适"。随着公司进一步发展，华为在修改基本法时，加重了关于企业的核心价值观的内容。世界500强的核心价值观不尽相同，比如：惠普在顾客和科技进步面前，更重视科技；迪斯尼更重视员工的创造性和想象力；索尼则把创新精神放到了核心价值观的首位。

　　关键不在于这些核心价值观怎么表述，而是企业究竟是不是对此深信不疑，并且把它转化为企业的日常管理和员工行为。

　　胡锦涛总书记在十七大报告中提出，建设社会主义核心价值体系，增强社会主义意识形态的吸引力和凝聚力；弘扬中华文化，建设中华民族共有精神家园。

　　著名经济学家于光远曾说："国家富强在于经济，经济繁荣在于企业，企业兴旺在于管理，管理关键在于文化。"

　　这个"文化"实际上就是"核心价值观"。

　　3.堂训精神　我们作为企业里的员工，首要的就是要树立职业道德。中国的医药行业有着优良的职业道德传统，太安堂堂训精神的内涵，应成为每一个太安堂人诚实敬业的道德规范。什么样的人是成功的人：今天比昨天更有智慧的人，今天比昨天更慈悲的人，今天比昨天更懂得爱的人，今天比昨天更懂得生活美的人，今天比昨天更懂得宽容的人。

　　在人们的日常交往中，宽容者所表现出来的，往往是一种精神上的优势，让人感觉到美德、气度和智慧。

　　秉德济世，就是指遵循道德，保持、继承先祖遗传下来的优良品行、高尚节操，以高度的责任感、精湛的职业技术和博大的爱心，药济苍生，爱泽天下。

　　秉德济世，是一种大胸怀，是一种大爱。

　　为而不争，是一种大智慧，是仁、是恕，更是淡定和坦然。

　　一个企业是出很多个人组成的，是一个系统，所以治企也就是治人。如何才能将每个职员都紧紧的凝聚在一起，每个人都为企业的利益而努力，使企业取得最大利益？这就是企业的企业文化。

　　企业文化，大道无形，是以企业管理哲学和企业精神为核心，凝聚企业员

第三章　复兴指南

工归属感、积极性和创造性的人本管理理论，同时，它又是受社会文化影响和制约的，以企业规章制度和物质现象为载体的一种经济文化。

子曰："道之以政，齐之以刑，民免而无耻；道之以德，齐之以礼，有耻且格。"（《论语·为政》）

孔子说：用政治手段来治理他们，用刑罚来整顿他们，人民就只求免于犯罪，而不会有廉耻之心；用道德来治理他们，用礼教来整顿他们，人民就会不但有廉耻之心，而且还会人心归顺。

用道德来教化，用制度来约束，企业文化才是根本。法律（制度）是道德的底线，是不得已而用之。教化人心是根本，本立而道生，不能舍本逐末。 法严，制度也严，但真正起作用的不是法，不是规章制度，而是德行、人性。关键是"德"起着作用。

子曰："不患无位，患所以立；不患莫己知，求为可知也。"（《论语·里仁》）

孔子说：不担心没有职位，只担心没有任职的本领；不担心没人了解自己，只担心自己没有真才实学值得人们去了解。

有权有钱只能体现人生富贵，不能体现人生价值。体现人生价值的是劳动、是知识、是贡献。有些人总在抱怨自己不被了解，不被人知道，就是没有想过自己做了什么事值得让人知道，让人了解。要想得到别人的认可，就要做事、做成事、做好事，给予别人，给予社会，奉献社会。

"为而不争"，老子提醒的是：好好做，多贡献，多施与，但不要争。而"不争"所产生的理想效果，这就是： 以其不争，故天下莫能与之争。

所以说，太安堂的堂训"秉德济世，为而不争"其精神内涵不是多么高深，不是距离很远的，它所体现的精神和品质就存在于太安堂人的身上、就在我们和心中，只要你是个正常的人，你就能做到，然后随着你的努力，随着你的成熟，随着你胸量的增大，你的境界就会越来越高，你的心灵、你的人生就会越来越充实、越来越快乐！

第二节　驾皮宝之路

一只药膏打天下，两个品牌定江山。

广东皮宝制药是太安堂走向复兴的发源地，是太安堂最重要的生产基地，在实施利基战略、奠定公司在中药皮肤药细分领域领军企业的过程中发挥了巨大作用。2012年，太安堂麒麟园竣工之际，柯树泉董事长特别建造了皮宝亭，并写下《皮宝亭记》，以记载皮宝制药丰功伟绩。

皮宝亭记

亭名皮宝，皮肤之宝，品牌经略诗韵之礼赞也。

《内经》圣典，阴阳五行，中医玄机，中华之国粹也；膏霜酊醑，皮宝圣药，民族瑰宝，中药之灵丹也；集团开基，玉阙春光，鹏程万里，太安感恩，秉德济世也。

太安堂五百年，创业玉井公，四朝十五代，集团十六春，焉敢一日或忘乎？回眸太安之经略，"运九天布局，行改命造运，拓现代中药，展百年品牌，创科技上市，施资本运作，吸精华集道术，行奉献走大道，复兴崛起而惠报众生也"。是以皮宝亭之兴建，犹征程之里碑，航程之灯塔，正未可或阙也。

皮宝亭紫气东来，旨在弘扬国粹，迎接曙光；意在明天时、察地利、得人和而崛起；愿亭荟南国之秀丽，萃潮汕之灵气，观南海而赏三江，依岭南而恋蛇城，化成岐黄不争之术，造福四海，泽被五洲！

登斯亭，把酒临风，前观河图洛书，七星伴月，金光大道；后闻淙淙流水，黄鹂声声，皮宝天籁；左探观音送子，碧波荡漾，翠柳依依；右望黄道天罡，百鸟翔集，万象争辉；品茗观"麒麟"，玉燕投怀，兴致赏"宏兴"，凤舞五洲，抚今追昔，舞榭歌台，风云人物，还看今朝。

亭建成于壬辰孟春，葳事之日，述其牌略诗韵而泐诸贞珉。

时在公元二〇一二年岁次壬辰端月

太安堂集团柯树泉盥手拜撰

一、《成功一定属于广东皮宝》

(一)《成功一定属于广东皮宝》摘选

"成功是熬出来的，做企业走正道就是炼狱，但归宿是天堂；走歪门邪道是天堂，但归宿是地狱"。

皮宝制药的发展大致要经历了4个阶段，即产品阶段、品牌阶段、资本运营阶段和文化建设阶段。前2个阶段属于皮宝制药发展的初级阶段，后2个阶段属于皮宝制药发展的高级阶段。

品牌很快就树立起来，但光有品牌还不行，还要追加到资本层面上，因为资本经营能把产品的价值推向更高层次，于是就进入了资本运营阶。

企业文化阶段是企业经营的最高阶段，就是把战略、思想等赋予到企业经营管理的内涵中去，将之提升到更高的阶段。事实上，"做中国最好的皮肤药"这一企业文化理念很早就提出来了，企业文化作为皮宝制药发展的第四阶

第三章　复兴指南

段，既是独立的一个阶段，又渗透到其他每一个阶段。

"做中国最好的皮肤药"这一理念是我们企业的核心理念，也是集团对社会的承诺，更是企业最根本的灵魂。

回眸皮宝制药八年战斗历程，毛泽东的"农村包围城市"，用人海战术对付中国的国情，使太安堂成功的占有三大市场；邓小平的"发展才是硬道理"，步步催人奋进，成为皮宝制药发展的坚强动力；江泽民提出"与时俱进"，使皮宝制药的经营思想力求与社会发展同步；马克思提出的真理，"在科学的道路上，没有平坦的大道，只有那些不畏艰难的人才有希望到达光辉的顶点"。我们坚信，成功一定属于百折不回、勇往直前的广东皮宝制药！

(二)《成功一定属于广东皮宝》解读

梅花香自苦寒来。

二十四番花信之首的梅花，冰枝嫩绿，疏影清雅，花色美秀，幽香宜人，花期独早。梅花培植起于商代，距今已有近4000年历史。梅是花中寿星，我国不少地区尚有千年古梅，至今还在岁岁作花。

在诸多的花中，皮宝唯独欣赏这气度不凡的梅花。

在百花争艳的3个季节里，梅花只是默默地长着叶子，补充自己身体中的养分，为严冬到来时的开花作准备。当寒风"呼呼"地刮起时，冬天就到来了，其他的花儿由于经受不住大雪的扑打，都陆陆续续地凋零了。只有梅花，在严寒的冬季里还能开得非常旺盛，几乎满树都是花。吹拂梅花的不是轻柔如柳的春风，而是凛冽刺骨的寒风；滋润它的不是清凉甘甜的雨水，而是冰冷的暴风雪和一块块的冰；照耀它的不是和煦灿烂的阳光，而是严冬里的一缕残阳。梅花是经过与严寒风雪做斗争后才绽开出美丽的花朵。我国近代著名画家徐悲鸿曾说过："傲气不可有，傲骨不可无。"梅花就是有这样的品格，它从来不与百花争夺阳光明媚的春天，也从来不炫耀自己，它只是昂首挺胸，开放在白雪皑皑的山峰或大地。它有着一副傲骨，也从不骄傲自大，梅花是刚强和伟大的！

走过三羊开泰的激情岁月，皮宝，以梅花为精神偶像，自律、勤奋、踏实、谦逊去感受金猴奔跃的奋发历程。

"万花敢向雪中出，一树独先天下春"，昭示着皮宝的正直无私、虚怀若谷、不亢不卑的高贵品质。

"遥知不是雪，唯有暗香来"，象征着皮宝的崇高品格和坚贞气节。

"宝剑锋从磨砺出，梅花香自苦寒来"，体现着皮宝不屈不饶的奋斗精神，给了皮宝人生命的启迪，更给了人格的警示。

"一花香十里，谁敢斗香来"，这种"霸道"的品性，正是前程无量的皮宝的生动写照。

相约在梅花盛开的地方——皮宝，因为你是生活中的强者，是生命中的圣灵！看不够你的淡雅丽色，凌寒留香，铁骨冰心，高风亮节的形象，鼓励着皮宝人自强不息，坚忍不拔地去迎接春的到来，"风雨送春归，飞雪迎春到，已是悬崖百丈冰，犹有花枝俏，俏也不争春，只把春来报，待到山花烂漫时，她在丛中笑"。

每个太安堂人都应该具有梅花这种精神，不管在优良的环境还是恶劣的环境里都一样的出色，一样的敢于与风雪搏斗，敢于与恶劣环境抗争。这条道路必然有荆棘，有挑战，但在皮宝的领导班子和企业员工的心目中，这是一条幸福大道，因为"怀抱鲜花上路，必定芳香满径"。

成功一定属于皮宝！

二、《集成聚焦》解读

(一)《集成聚焦》摘选

金皮宝集团要夺取全国品牌，必须运用集成、集成、再集成的手段，集中、集中、再集中的哲学原则，必须运用聚焦、聚焦、再聚焦的战略奥秘，掌控"支点"，有效地、微妙地改变强弱之间、大小之间、轻重之间的力量对比，以弱击强，以小搏大，以轻举重，才能进退沉浮，吞吐自如，更锋利，更快速，更直接，打破发展瓶颈，实现鲲鹏展翅的腾飞目标。

集大成者，必成霸业！

皮宝集团要在2005年夺取全国产品强势品牌和皮宝知名企业品牌，从现在起，就要大思路、大格局、大手笔走集成的道路。

皮宝要重视创新，创新不是发明，创新来自集成，创新是通过对自己已有产品或者技术的组合，来产生新的产品和新的功能。

1.人才集成 集团将鼎力集成七大职能机构专业高端人才，汇集各界外部人力资源，铸成金皮宝腾飞团队。

2. 知识集成 知识集成是为了在已有的知识的基础上，通过有机的组织来产生自己的知识产权。

3. 技术集成 技术集成就是要培养自己的核心研发能力。一个公司如果单靠一般的技术创新，并不能维持长久的发展，因为一般的技术创新经常只限于局部，因此企业要培养自己的核心研发能力。

4. 产品集成 进行产品集成是为了要面向市场，真正提供给用户一个满意的产品或者服务，要给用户一个皮肤治疗、护理的全面解决方案。

5. 信息集成。

聚焦，是利基战略下的战术应用，就是集中优势兵力打歼灭仗！

1. 战略聚焦 从聚焦战略到战略聚焦，调整营销定位，宏观提高利润增长点。

2. 营销聚焦 从聚焦营销到营销聚焦，总体提高利润增长点。

3. 品牌聚焦。

阴阳共存于太极，显规则是地上河，潜规则是地下河，看不见，但更汹涌；只有显规则，则"水至清而无鱼"，只有潜规则，则会走向无序和混沌，企业的发展，总是在两种规则的交替中进行。"潜"与"显"之间均衡博弈，企业才能走向强大；清与浊之间从容游弋，金皮宝集团才能走向成功！

（二）解读《集成聚焦》

柯树泉董事长在《集成聚焦》一文中写到：金皮宝集团要在2005年夺取全国产品强势品牌和皮宝知名企业品牌，从现在起，就要大思路、大格局、大手笔走集成的道路。作为皮宝人，大家深切地感受到，企业从诞生的那天起，就面临着无数的艰险，要在这些艰险中不断地超越自我，就要不停地跑，不停地穿越险阻。只有不停运用集成、集成、再集成的手段，才能使企业走向新的辉煌。

时代的发展总是伴随优胜劣汰，每个企业甚至每一个人都希望自己在竞争中脱颖而出。但是怎样在竞争中优于对手，并不是每一个人都能做到的。前一阵流行的一本书《致加西亚的一封信》，讲述了一位名叫罗文的军人如何完成别人交给他任务的故事。罗文面临的任务是艰巨的：不知道加西亚的确切地点，途中危机四伏，随时随地都有生命危险，但他立即采取行动，巧妙地周旋，竭尽全力，战胜了无数的困难，终于完成了任务——把信送给加西亚，为赢得这场战争立下了汗马功劳。这则故事的内容虽然简单，它讲述的实际上就是我们如何对待工作的问题，其蕴含的意义在于：人不仅要有忠诚、敬业的优秀品质，更要有挑战困难的信心和创新的勇气。企业也是如此，在市场竞争日益激烈的今天，我们特别需要一大批像罗文这样诚实、敬业，勇于挑战困难的员工。

企业管理中，人是最活跃的因素。人的行为直接影响着事情的结果，员工的行为也直接影响着企业的状态。人是可以认识和创造事物的，只要给他一个空间，他就会适应变化，保持进步。但也有一部分人由于无力面对一时的困难，工作徘徊不前，甚至抱怨、患得患失，这种被"自我"思想打败的行为，又怎能进一步开展工作呢？

集成工作，只有在那些积极进取、主动采取行动的人那里才能得到较好的体现。日本著名经营大师土光敏夫说过：没有沉不了的船，没有垮不了的企业，一切取决于自己。只要我们所有的人积极主动，不断创新，我们的工作将不断进步，我们的未来一定会更加美好。

集大成者，必成霸业！

第三节　驭金光大道

一、《誓夺五强》解读

(一)《誓夺五强》摘选

风行水上，水波涣散，但水波散而不乱，秩然有序，纹理烂然，这是形散而神聚，聚散有序方为贵，金皮宝之涣局促进发展，加速崛起，利贞夺牌！

八月"涣局"已成"中孚局"，何谓中孚局？中孚象征内心诚信，诚信能感动万物。金皮宝之"中孚局"："豚鱼吉，利涉大川，利贞"；"柔在内而刚得中，说而巽，孚乃化邦也"；"中孚以利贞，乃应乎天地"。双喜临门！

十一月"中孚局"方成坤局，"地势坤，君子以厚德载物"；"飞龙在天，利见大人"；"黄裳，元吉"。

1.运局谋阵　公司应紧紧架构人与系统两个元素，全力完善团队、系统建设。

应以《资治通鉴》、《三十六计》、《孙子兵法》、《易经》等中国传统哲学的精髓打造人才，打造企业文化，我们应尊重人才，理解人才，大胆授权，激发潜能，将人才的价值最大化，让人才与企业一同成长。

应以优厚的待遇和渗透人心的企业文化、企业精神吸引人才、隐聚人才；千言万语凝成一句话，就是以卓越的人本管理，当仁不让，蟾宫折桂。

一花一世界，一叶一如来。

2.五维操盘　公司应扎扎实实弘扬国粹，应在运局谋阵中进行五维操盘。

以五行学说的精髓、西方管理相关的精华全方位贯穿金皮宝五大维度。

五大维度是指资本运作维度、业务活动维度、营销空间维度、组建方式维度、五行生制维度。

(1)掌控资本运作维度：目前，中国企业界面临第三次外资潮，国外产业资本直接收购中国本土优势公司，虽说"本土品牌可能保持"，"团队可以继续经营"，然而企业立即变成跨国公司全球战略的一粒棋子，成了加工、营销伙伴和品牌延伸，企业家成了职业经理人，蜜月过后势必出局，即使未出局，即使资产活了，茂盛了，然而制度、土壤、文化不能鼓励企业家留住自尊与梦想，下一轮的增长你能分享吗？如此，国外产业资本是天使、是骑士，还是打劫者？

股权资本则看准本土企业难以在领先情况下继续扩大企业乃至行业市场的规模，以资金和经验给予最大的诱惑与挑战，然而他们与国外产业资本不同的是它没有团队，没有产业理想，它进入的目的是获利即退。

中国强大的企业家群体呼唤着自己国家强大的金融家、资本家群体，呼唤着能理解企业价值的中国自己的金融和资本体系。

目前的金皮宝以弘扬中医药为历史使命，应有一整套能认可和促进金皮宝价值的金融和资本体系来支撑自己企业做大做强的强大空间、信心和动力，金皮宝应以运作金融资本取胜。

目前的金皮宝，应通过自身资本结构的完善和公司治理结构的现代化，以战略导向提升公司整体的运营效率和财务透明度，加强职业经理人的训练和制度性的激励，使之具有以胜其人之道去面对其人的能力，金皮宝应以整体实质的升级取胜。

目前的金皮宝，命运完全决定于皮宝人自己的心态，积极的心态和正面的人生观是导致金皮宝资本成功的重要因素，公司与公司之间的差别是经营思维方式的差别，皮宝人不但不做金钱的奴隶，相反，还要把金钱当奴隶来使用，金皮宝应以积极的心态取胜。

"钱有二戈，伤坏古今人品；穷只一穴，埋没多少英雄"。

公司应实行统一的财务结算中心和财务控制机制，协调下属企业的资本债务结构，保障整体健康发展，应该正视这一问题，迅速建立统一的财务结算中心和控制中心。

精明的犹太商人有一句口头语是：宁可得罪上帝，也不得罪财神。事实上，一个人不能既服务于上帝又服务于财神。如果你唯一的罪孽是获得财富的话，那么，你应该把你所有的一切都奉献给财神，这只是一个辩证的说法。而犹太商人则具备了足够的周旋于上帝和财神之间的智能，通过千百年的实践，他们将赚钱的智能和服务于上帝的做人理智结合在一起，创造了一系列赚钱的心灵妙语和警言，这是皮宝人学习的方向。

(2)确立业务活动维度：内外并购、成长与重构是金皮宝永恒的主题。实施品牌经营，构筑扩展优势，实施以横向一体化的相关多元化。

大企业的形成一般都经历有成长——重构——再成长——再重构，以至持续成长的过程。企业成长与企业重构为互动关系，考察企业成长、发展的历史，可以发现变革、改组、重构是一个从不间断的过程。

金皮宝集团要实现健康、持续的成长，需要扩展与组织重构同时进行，扩展是方向，主动进行重构是修正器，以避免被动重构带来的巨大冲击。

获取产品线，创建KDH制药有限公司、KDH药业有限公司……

对于集团而言，实施品牌战略的要义不仅在于经营名牌产品，而且要创造名牌集团，把自身也塑造成为一个名牌集团推向市场。

集团统一用一个商标，全力宣传集团企业品牌。

对属下企业的名牌产品排队分析，从中选出若干个作为培育对象，集团现有销量最大的产品是铍宝消炎癣湿药膏，可以利用这一产品作为治疗皮肤病首选产品的优势，用于推广集团品牌。另把销量较大享有较高的知名度和美誉度的产品，如肤特灵霜、蛇脂软膏、解毒烧伤膏、蛇脂维肤膏等用以推广集团品牌，使名牌集团商标深入人心。

塑造名牌集团形象，将有利于集团形成核心能力，并以其作为竞争优势而在扩展中起到积极的作用。

集团在国内外市场所推出的产品统一用一个集团商标，推广集团品牌；而产品品牌则扩展为三大类：皮肤药："铍宝"；其他用药："柯大夫"；化妆品、药妆。

太安堂的产品结构，应注重新产品与老产品的市场开发，执行两条腿走路的决策；在处方药与非处方药的市场开发中继续执行"三级网络"政策，确保供货渠道的良性畅通与其人才的共享，制定一个广阔的市场发展策略。

太安堂的产品质量，要建立在弘扬国粹，为人类的健康不惜提高产品成本，全力追求疗效第一的前提下，这就是不直接追求利润的最好的追求利润的方法，这就是"四书五经"首篇《大学》的首句"止于至善"的运用。

"中医药产业的发展障碍，似乎不在中药的毒副作用、知识产权保护、药材资源与环保、质量控制等这些看上去复条棘手的问题上，这不是问题的核心，中药的砒霜是剧毒品，你怎么能让美国FDA承认它是可以入口的救命药呢？但中药将其药治病有其不可替代的作用"。这应对太安堂中药产业的发展提出跨越式的思路。

经过制定《金皮宝基本法》、完善《管理机制》、出台《十年金皮宝》、播放《玉井传奇》、掌控《资本运作》、扩展与重构之后，集团进入了高速成

长期。集团属下多家企业，应有数以百计的中西药产品，其中应有数以十计的国家中药保护品种和国家中药独家生产品种，从而实现以横向一体化的相关多元化。

(3)扩大营销空间维度，以国内为主，积极开拓东盟市场，建立海外业务。

(4)改变组建方式维度，以创建、合资控股、参股为主，升级组建方式。

(5)运作五行生制维度，明确工作方向，优化人布局，建立金皮宝独特"三大经济"策略，实现集团整体实质的升级。

1)以"五行生制维度"引用于营销市场为例论金皮宝营销的生长、收藏。

生、长，即东南二方；收、藏：

收：其方向重点应在西方，目前应首推重庆与四川。左手牵西北，右手揽云南，面向东南亚，进行对外贸易和投资，随着中国-东盟自由贸易区的逐步建立，从西南经济向东南亚发展有着广阔的前景，这才能体现金皮宝成在金秋的哲理。

藏：金皮宝能收藏多少，取决于在北方获得的资源，包括人才、技术等相关的资源。

2)以"五行生制维度"引用于公司架构、人力资源建设为例论公司中高层人才的布局与使用。

3)以"五行生制维度"引用于产品的布局、开发和市场推广为例萌芽"多元规模经济"。

4)以"五行生制维度"引用于强化公司的执行力、爆破力和效应力为例建立"玩命共赢经济"。

5)以"五行生制维度"引用于市场未来预测为例论十大天纲、十二地支、六十甲子流年等和现代科学、规律的预测与公司的关系，促成"五行生制经济"。

打破"五大瓶颈"，完成九大项目，夺取中国皮肤药强势品牌总目标，张开翅膀，构筑梦想，成就未来。

问大江南北，中药皮肤药，何处是中国品牌？

看华夏上下，产品大格局，此间有皮宝天地。

人才不是天生的，团队不是买来的，皮宝人弘扬国粹，打造百年老店，先决条件还在于经营好皮宝人自己心灵的领地，这空间应不厌其大，应大如大海，才能海纳百川；应大如天宇，才能托起万盏星辰。

雄心铸造事业，梦想孕育未来！

集团2007年奋斗目标："进入五强，直航蟾宫"。

集团2007年总任务：打破"五大瓶颈"，夺取九大项目，顺利地完成"一五计划"。

集团2007年简要发展战略：

资本里面出"政权"，金皮宝应启动"五大维度"，获取一整套能认可和促进金皮宝价值的金融和资本体系来支撑自己企业做大做强的强大空间、信心和动力；升级"组建方式"；实施"三大策略"，拓展海外市场；构筑"相关多元化"，实现金皮宝自身整体实质的升级。

御风雨，摄云雾，夺取"九大项目"；

方哲理，圆规则，完成"一五计划"。

纵观皮宝成功的历程，其未来创金造银的硕果还应源自理念的升华。

皮宝人待人处世之法度，"谦，亨，君子有终"。"谦亨，天道下济而光明，地道卑而上行"。皮宝人不能沉湎于过去的荣光，应以谦行天下，才会谦亨，才会亨通，才能蟾宫折桂，才能完成"一五计划"，才能实现皮宝人的共同愿景；成功的大门总是虚掩着的，皮宝人实施夺牌之战术，应谨记"时止则止，时行则行，动静不失其时，其道光明"的规则，皮宝人做事应明了、明智、明节，锲而不舍，既勇敢又不盲干地推开大门，才会迎来广阔灿烂的前程。

皮宝人打破"五大瓶颈"之心态，应到达"天地相遇，品物咸章"的景界。天地相遇就是阴阳相合了，天地相感应了，万物皆发芽的发芽，皆开花的开花，皆结果的结果。咸就是都要，章就是规章，金皮宝要打破"五大瓶颈"，一定要按规律办事。金皮宝要把精力放在各种获利的机会上，更要把精力放在抓住机会之后的持之以恒上。

皮宝人要夺取"丰，享，王假之，勿忧，宜日中"这丁亥硕果，千万记住：没有激情，就没有奇迹，全体精英应胸怀大志，敢于构筑梦想，"求变图强"，敢于运局谋阵，五维操盘，敢于打破观念、融资、销售、产品、规模五大瓶颈，才能以一流的行动夺取一流的目标，才能进入五强，才能蟾宫折桂，才能龙门夺魁，才能做中国最好的皮肤药，才能弘扬中医药国粹！

弘太安堂百年老店，一剑碎瓶颈，"金皮宝"蟾宫折桂；

扬中医药千载国粹，五维操全局，"柯大夫"龙门夺魁。

（二）解读《誓夺五强》

掌控五大运作维度，实施三大经济策略。

在挑战和机遇面前，太安堂集团如何把握时机，迎接挑战，如何根据行业发展趋势制定发展战略，使我们的企业腾飞崛起，踏着市场的节拍轻舞飞扬呢？

在太安堂集团2007年完成"一五计划"誓师大会上，集团董事长柯树泉发

表了题为《誓夺五强》的重要讲话。这篇讲话照亮太安堂的前进道路。

讲话中，柯董事长借鉴我国五行学说的精髓，吸收西方先进企业管理的精华，融会贯通，创造性地提出了"五维操盘，实施三大经济策略"的战略方针，为集团指出了一条顺应时代潮流、符合集团实际情况的发展之路。

资本运作维度、业务活动维度、营销空间维度、组建方式维度、五行生制维度是太安堂集团掌控五大维度的核心战略。

太安堂集团实现高速扩展的必然选择是积极拓宽融资渠道，打破资金"瓶颈"。实现融资的主要方式是以银行贷款、内部积累为主，并通过财务重构，促进业务集中，将增量资产投入到强项业务和新建业务，同时激活存量资产并向强项业务转移，不断调整和规范于企业的资本债务结构，降低经营风险。集团成立结算中心、利润中心、集团监察审计部，就是资本运作维度理论在实践中的智慧运用。

经过市场竞争的洗礼，制药企业的生存基础日益清晰：产品、营销网络、品牌是制药企业决胜市场的三大要素。因此，业务活动维度，内外并购，实施品牌经营，构筑扩展优势，实施以横向一体化的相关多元化。

产品是太安堂集团生存和发展的基础，离开了产品，营销网络、品牌都是无源之水、无本之末。2007年，集团产品结构在注重新产品的研发与老产品的市场开发的基础上，还要制定一个广阔的市场发展策略，充分利用集团属下数以百计的中西药产品和数以十计的国家中药保护品种以及国家中药独家生产品种，走横向一体化的相关多元化之路。

另一方面，实施品牌经营，使品牌成为太安堂实力和市场信誉的标志和根

基，又是我们出奇制胜、争夺市场、开辟财源的强大武器，因此，制定正确的品牌战略并始终贯彻执行显得尤其重要。成功的品牌给太安堂带来的产品溢价力和影响力的价值是任何有形资产的所不能比拟的，太安堂经营管理的核心必然将逐步从纯粹的实体经营转移到品牌经营上。

从2007年开始，集团以"柯玉井公诞辰500周年"为契机，有计划、有步骤地策划系列活动，太安堂声势浩大的加速品牌成长的攻坚战由此拉开序幕。

以国内为主，积极开拓东盟市场，建立海外业务，扩大营销空间维度，是太安堂2007年营销工作的战略方向。我们将继续建立生态联盟系统，集成企业产销群体，充分发挥销售商、供应商等协作者的积极性，从而实现营销额高速增长的目标。

柯董事长在讲话中指出：集团历经东南二方春生夏长后，处于西方的重庆与成都是太安堂的主攻重点，同时进军西北和云南市场，在此基础上，挺进东南亚，开展对外贸易和投资，充分依靠北方的资源达到目的，从而完成春生夏长秋收冬藏的全过程。只有这样，太安堂才能凭借各地富有特色的区位优势和市场潜力，延伸产业链、构造营销网、搞活大市场。

在集团组建方式上，柯董事长提出了以创建、合资控股、参股为主，升级组建的新思路，这是在利益协调的基础上，着手进行资本链、资源链和人才链的整合。太安堂发展到今天，是到了需要注入新鲜血液的时候了。从国家宏观经济大战略思维来看，如果不通过引进外资让中国企业具有更强的竞争力、以最快的速度在资金上、人才上和技术上跟进，那就会耽误很多时间和机会。企业也是一样，太安堂要实现脱胎换骨的跨越式发展，升级组建是令人耳目一新的智慧之光，从这个意义上，组建方式维度的提出，也体现了柯树泉董事长开阔的胸襟、魄力以及战略上的远见卓识。

太安堂独创的企业管理体系已经逐渐成为太安堂持续发展壮大的重要支撑。柯树泉董事长融会中国传统文化之精华，升华为五行生制维度。

五行相生、相克互相制化，从而维持着事物发展的动态平衡。这是太安堂的祖先创立的最先进的系统管理模式。五行相生相克，促使企业协调发展，整体进步，同时也互相约束。太安堂要在管理过程中，沟通协作，流程规范；知识更新，加强执行力建设，预防相克，从根源上找问题，纠正解决预防，使太安堂健康有序地向前发展。

五行生制维度的核心是实施"多元规模经济"、"五行生制经济"、"玩命共赢经济"三大策略，体现做太安堂人的人生价值。

"多元规模经济"策略是太安堂面对竞争日益激烈的市场寻找各种新业务机会的方法，实施"多元规模经济"，产品的生产可以分享共同的信息、机器、设施、设计、营销、管理经验、库存等等，这样就在生产或经营中节约某

些共同费用发生，带来显而易见的技术协同效应、生产协同效应、市场协同效应和管理协同效应。

在经济全球化增强、竞争日趋白热化的今天，在任何一个非垄断的销售市场上，没有哪个企业能确保拥有稳定的、且日益增长的市场占有率，经营单一化的风险日益增大。多元化经营则可以通过把企业业务分散在相关类别的产品中，从而分散经营风险，提高经营安全性。现在公司主打产品集中在少数几个品种上，所以提出构建"特效中药产品大格局体系"的概念，丰富公司产品体系，朝多元规模经济的方向发展。

太安堂规模日益扩大，不断产生的资金、设备、人员、技术、信息的积蓄为新领域开发创造了条件，多元规模经济的态势已成必然。我们应该利用集团核心技术的统一协调能力，可以减少新产品的研制开发费用，并提高产品的成功率。在市场营销方面，还可以依托现有的市场控制能力，经由现有营销网络、渠道向目标市场输送新产品。

柯树泉董事长在这个水到渠成的时机提出多元规模经济的思路，是太安堂适应新形势、开拓新市场的必然选择，它必定会给太安堂注入新的生机。

"五行生制经济"作为指导太安堂整体实质升级的重要策略之一，带给我们的启发是无尽的。

金、木、水、火、土是构成万物的基本元素，这也说明客观物质世界的起源和多样性的统一，那也印证了我们走多元化之路也是必然之路。太安堂的营销、布局和产品必须因势利导，对于企业决策、事业的运用作出指导，才能处于有利地位，才有可能地创造一个吉祥的旅程，实现我们的目标。"五行生制经济"是太安堂开拓进取的新手段。

"玩命共赢经济"的核心就是传递共赢思维，设计共赢战略，形成太安堂团队共赢的文化。为此，我们要就共赢战略制度化达成共识，确定公司利益与个人利益的一体化模式。

"变动不居，唯变所适"。世界总是处在不断更新、不断发展、不断生灭、不断创造、不断新生的过程之中。宇宙的自然法则是这样，企业的法则也是这样，只有不断地自我更新，不断地创新发明，才能获得现实的生存空间，才能有可能立于不败之地。

柯树泉董事长《誓夺五强》的讲话，时时刻刻绽放出创新图变的哲理光芒，号召和鼓励我们不断的改革，只有日新月异，才能印证太安堂的实质和精髓。

只要敢于劈波斩浪，穿越山重水复，扎实工作，就能迎来又一个丰收之年。

二、解读《信仰定乾坤》

(一)《信仰定乾坤》选摘

集团"二五规划"扬帆起航,太安堂人成功实现了从建立中药皮肤药,到扩大创建特效中成药为核心产业的重大经营战略转型!从生产、营销、资本运作、品牌、企业文化等都发生了历史性的巨变,创造了"芳菲花似锦,玉液浆如琼"的局面,一个世界一流的中药现代化制药企业即将破茧而出,开创了太安堂500年中医药历史新纪元!

全体太安堂同仁坚持企业核心价值观,以信仰为动力,锁定"九大项目",运行经营新策略,实现效率最大化;建立营销新模式,开进时代快车道;实现经济大升级,凝练世界第一牌,踏上创建世界一流的中药现代化中型制药企业的宏伟征程!

太安堂打造以产业发展为核心的资本链,建立中药皮肤药和特效中成药的核心产业,着力化解"市场需求与生产规模、公司定位与品牌高度、传统思维与观念转换"三大矛盾,以崭新的姿态屹立于中国医药企业之林。

在新的市场格局和经济环境下,我们适时调整了太安堂经营策略,为实现创建"世界一流的中药现代化制药企业"奋斗目标而制订"太安堂系统战经营策略",包括太安堂完成总任务所应有的经营策略和涉及系统战的相关内容。从现在的情况看,发展框架运行良好,集团以不断上升的形象和业绩使我们悟出成功的真谛。

目前,太安堂在开拓销售渠道、生产技术创新、控制供应链、品牌文化开发、财务和资本运作等方面,都进入了一个新的阶段。开始强化系统战能力,以系统战的策略发动进攻。

这是一个知识奔流、信息密集的岁月;这是一个强手如林、竞争激烈的时代。

"为创建世界一流的中药现代化大型制药企业而奋斗!"是太安堂人新的战略,新的追求,新的目标,新的定位,更是太安堂人神圣的信仰,是太安堂人心中坚不可摧的灵魂支柱。

"太安堂信仰"是太安堂精神的凝练和升华,为太安堂人指明了一条振兴中医药国粹的光明大道,是指引太安堂前进的永恒星辰,太安堂人选择"信仰",走中国高科技企业的成长之路,注定从优秀到卓越的道路上布满坎坷与荆棘,也注定有一个"飞轮效应"的过程,巨大的动力是信仰推行起来的不断的改进、循环、渐进、积累和成果取得的过程。

产业经营是太安堂的必由之路，集团通过扩张策略夺取产业扩张的胜利，决胜的基础是开局扩张的成功运作；决胜的动力是进行资本运作后的整合重构；决胜的关键在于转换观念；在于苦炼、灭欲、启智，强化修炼；更在于由"太安堂"人的意志、信仰和中华"民族魂"建立起来的"太安堂"独特民族企业精神的诞生和发展。

"太安堂核心价值观"不是企业王冠上的装饰品，更不是企业成功之后的附庸风雅。"太安堂核心价值观"要融入太安堂的骨肉，成为员工的血液。

太安堂创建"世界一流的中药现代化中型制药企业"所面临的困难无可回避，在竞争崛起中，太安堂人不以信仰定乾坤，不顺势依瑶池，不修炼成正果，就在满足中陨落！

目前公司以产业发展为核心的资本链尚未建成，市场规模偏小，经济总量不大，全国性品牌不强，这就是太安堂面临制约规模化发展的实际问题，决定太安堂成败的关键在于对资源集成聚焦，全力打破瓶颈，进行疾风暴雨式的规模突破！

强化融资规模，关键在于全力实施"太安堂投融资方案"。

强化管理模式，打造高利产品。

医药产业是一个技术密集的行业，我们不但要制定切实的有效政策，建立汇集人才、培育人才、留住人才的激励机制，大力引进药品研发、市场营销、企业管理以及工程技术人才，改善现有人才队伍结构，更应在生产组织、结算方式、市场开发、分配制度等方面突破思维定势，强化管理模式。

2009年公司产业规模实质性突破，更取决于打造高利润产品群体，同时在实行基本药物制度的条件下，盘活产品资源，壮大普药市场规模。

强化太安堂人信仰，执行"五行生制"，全面激活潜能。

"二五规划"成败的关键在于太安堂人如何执行"信仰定乾坤，顺势依瑶池，修练成正果"的决策。

泰，天地交而万物通，上下交而其志同；拔茅茹以其汇，征吉；居安思危，祛荒秽，除邪恶，远者不遗，亲朋不忘，光明磊落，小往大来，吉，亨。

谦，天道下济而光明，地道卑而上行；谦谦君子，卑以自牧也；谦谦君子，外表柔顺，内知扼止；谦谦君子，用涉大川，吉。

无可置疑，"中国就是世界金融海啸最大的债主！"

放眼神州大地，全国人民正面对世界经济风暴，化危机为商机，千帆竞发，百舸争流，向着辉煌的前程进发，这是多么威武雄壮的进军，这是何等势不可挡的长征！

现在，全体太安堂人正坚持信仰，发奋图强，以良好心态接受洗礼，全力贯彻、实施总部2009年新决策，"创建世界一流的中药现代化制药企业"，开创太安堂500年中医药历史新纪元！

东启明，西长庚，南箕北斗，太安堂是摘星汉；

春牡丹，夏芍药，秋菊冬梅，金皮宝为济生郎！

(二)《信仰定乾坤》解读

1.高尚的信仰 《论语》里有个故事叫做"子贡问政"：孔子的学生子贡问，一个国家要想安定，政治平稳，需要哪几条呢？

孔子的回答很简单，只有三条：足兵，足食，民信之矣。

第一，国家机器要强大，必须得有足够的兵力做保障。

第二，要有足够的粮食，老百姓能够丰衣足食。

第三，老百姓要对国家有信仰。

子贡故意考老师，说三条太多了。如果必须去掉一条，您说先去什么？

孔夫子说："去兵。"即不要这种武力保障了。

子贡又问，如果还要去掉一个，您说要去掉哪个？

孔夫子非常认真地告诉他："去食。"宁肯不吃饭了。

接着他说："自古皆有死，民无信不立。"

没有粮食无非就是一死，孔子认为死亡不是最可怕的，最可怕的是国民对这个国家失去信仰以后的崩溃和涣散。

物质意义上的幸福生活，它仅仅是一个指标；而真正从内心感到安定和对于政权的认可，则来自于信仰。

这就是孔夫子的一种政治理念，他认为信仰的力量足以把一个国家凝聚起来。

信仰，是由"信"和"仰"组成的。所谓"信"，说的是信任、信服和信心，所谓"仰"，说的是要抬起头来，表示仰视和仰慕，是一种出自内心的敬爱。结合起来，信仰就是从内心对一个观念、一种思想、一种主义等产生认同，并将之内化，作为自己行动的榜样或指南，为之奋斗。

信仰，因为被组织成员内化，能够对组织成员的思想和行为产生重大的影响，使其为之奋斗、拼搏，乃至抛头颅、洒热血。伟大的组织一般都有信仰，伟大的业绩一般都由有信仰的组织成员所创造。

如果员工的信仰和企业信仰一致，如果企业对员工进行信仰塑造，那么，具有共同信仰的员工，他们将心往一处想，劲往一处使，他们的合力会是重合的，形成一种巨大的力量。这样的力量，是任何艰难险阻也不可阻挡的，必将促使企业更加发展壮大。

现实中，已经有很多企业通过塑造信仰创造了伟大的业绩，卓越的企业都是依靠信仰才有了今天的成就，这些企业都是信仰管理的追随者。

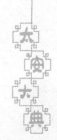

企业文化只有上升到信仰才有力量，因为这时候它们才进入了员工的心，成为员工的行为指南，甚至是成为员工的自觉习惯，这样的员工，自然会按照企业文化的要求采取行动，企业文化也才能发挥作用。

经营大师松下幸之助也曾断言：真正激励人们百分百投入的动力，不是金钱等组织提供的外部条件，使人们忘记痛苦而能不断前行的，是其内在的组织信仰。

企业的竞争最终必将发展到道德的竞争和文化的竞争，德者天下认可。我们的企业已经一步步从注重产品、注重服务、注重管理发展到注重文化，最后将发展到注重商业伦理，乃至注重企业信仰。这是要做中国最好的皮肤药，弘扬中华中医药，为人类的健康事业作奉献的太安堂人必不可少的素质。

"秉德济世，为而不争"，这是太安堂的缔造者柯玉井公一生的实践总结，并把它作为太安堂的宗旨和训条。作为太安堂的继承人，我们有责任把它作为一种信仰传承下来。

"医道即人道，尊德性而道学问；药理亦哲理，致广大而尽精微"。太安堂第十三代传人柯树泉在继承和发扬《万氏医贯》中医药典籍瑰宝的基础上，成功研发"皮宝霜"、"铍宝消炎癣湿药膏"、"肤特灵霜"等中药皮肤外用药，配方独特，疗效神奇，解救了受皮肤病折磨的患者的痛苦；他始终秉承太安堂堂训，深怀"秉德济世"之心，建立了一支由博士、硕士、高级工程师等科技精英组成的研发团队，太安堂堂训信仰也逐渐在团队中形成氛围；"为而不争"，只"做中国最好的皮肤药"，将企业不断做好做大做强。

如今，太安堂集团正在全体员工中掀起热潮，学习太安堂堂训，打造一支以堂训武装起来的德才兼备的高尚团队，使太安堂的企业文化提升为企业信仰，形成企业坚强的信仰力量。

太安堂的企业文化就是使全体员工有共同的使命感、有共同的愿景、有共同的价值观；在此基础上，以堂训武装头脑、以堂训为职业信条，建立崇高的信仰：

做中国最好的皮肤药，创世界一流的中医药企业，为振兴中医药国粹而努力奋斗！

2.共同的精神家园

"信仰是可以创造奇迹的"。——马克•吐温

人类在对宇宙万物的认知过程的同时也获得了信仰的真谛：对大自然心灵的感受，对未知领域的敬畏，对美好人生的情感寄托，这是人类共同的本性和精神追求。这种追求它是什么，它来自何方，去往何方，又有怎样的过去和未来，人类存在的意义是否依附于它？当这一切迷惑人类的时候，也推动着人类努力寻找生命的意义和目的，这就是各种信仰的起源。

人类如果失去了信仰，人类的精神将失去一根重要的支柱。没有信仰的人生是没有意义的人生，没有信仰的民族是不幸的民族，没有信仰的企业是没有前途的企业！企业信仰是一群人共同拥有的精神家园，企业信仰的塑造是卓越企业的重要标志。拥有信仰的企业，员工拥有共同的价值观，拥有真挚的忠诚度和稳定的归属感；拥有信仰的企业，能提高生产效率，增加产品价值，增强企业竞争力。

卓越的企业，不能没有信仰！

"创建世界一流的中药现代化大型制药企业"是太安堂人神圣的信仰。

伟大的组织一般都有信仰，伟大的业绩一般都由有信仰的组织成员所创造。如果员工的信仰和企业信仰一致，那么，他们将心往一处想，劲往一处使，他们的合力会是重合的，形成一种巨大的力量。这样的力量，是任何艰难险阻也不可阻挡的，必将促使企业更加发展壮大。太安堂的信仰就是使全体员工有共同的使命感、有共同的愿景、有共同的价值观，在此基础上，才能实现企业的鼎力崛起，才能振兴中医药国粹。

太安堂从1567年柯玉井公创办至今，走过了近500年历经曲折又波澜壮阔的浩瀚时光，岁月的封尘激发强化着太安堂的经典流传，她因蕴藏着千年国粹的文化积淀而成熟，因闪烁着现代文明之光而年轻。

太安堂以其顽强的凝聚力和隽永的魅力，创造了历史的辉煌鼎盛，风雨兼程500年，太安堂对中医药文化的继承、创新、弘扬，给"太安堂"品牌带来了源源不断的发展动力和成长活力。放眼未来，我们将永不停止追逐更加辉煌灿烂的脚步，亲手描绘太安堂这历久弥新的尊贵品牌，谱写一个需要仰望的商业传奇，将缔造一个享誉世界的中药现代化大型制药企业。

太安堂置身于世界经济一体化的历史大潮之中，在即将完成集团"一五计

划"进入"二五规划"的时刻，大安堂人面临着世界医药产业向大企业化发展的主流，面对国家医药行业的导向，市场惨烈的竞争，肩负着振兴中医药国粹这民族使命的重任，追求企业信仰和人生价值，"太安堂"继承的不仅仅是御方、秘方的技术精髓，更是"秉德济世，为而不争"的博大胸襟，是"医道即人道，尊德性而道学问；药理亦哲理，致广大而精微"的精益求精之品质；太安堂人继承的不仅仅是学习堂训，而是升华文化、建立"为创建世界一流的中药现代化大型制药企业而奋斗"的信仰。只有以宽广而仁爱的情怀，激情而理性的志向，才能促使我们的事业如江海之波涛，汹涌澎湃，滚滚而来，迅速壮大。

"太安堂信仰"，是太安堂振兴中医药国粹的一条崭新的光明大道，是太安堂人最明智选择的伟大事业，是承继先贤，秉德济世，为而不争，体现人生价值的大舞台，是指引照耀着我们前进的永恒星辰，这是太安堂人毕生守候的崇高信仰。

"太安堂信仰"，是企业文化被太安堂全体员工认同，并在共同的使命感、共同的愿景、共同价值观的基础上，建立起来的崇高信仰；是太安堂人从内心对其极度相信和尊敬，并将之内化，作为自己行动的榜样和指南，并为之奋斗！

"太安堂信仰"，是以太安堂信仰管理的经营哲学去凝聚人，去塑造人，去打造一支以太安堂信仰武装起来的德才兼备的团队，像一群宗教般的狂热信徒，以超出利润为目的的精神追求，去追求太安堂人的共同愿景和伟大目标，秉德济世，为而不争，同时获得社会的认同和接受，使员工因为太安堂信仰而获得自豪感和归属感。

人生天地间，天地因人而富有灵气；太安堂因信仰而神圣、自觉，因坚持信仰而辉煌、灿烂！太安堂人因信仰而清纯、高尚。

管理的最高境界是企业的文化管理，文化管理的最高境界是哲学管理，哲学管理的最高境界是信仰管理。

太安堂坚持神圣的信仰，狂热而遵循规律，拼搏而借鉴哲理，承天地造化、人间精微，再现历史辉煌。

让我们庄严诵读太安堂人信仰，铭记在骨髓的深处，落实到行动的实处：为创建世界一流的中药现代化大型制药企业而奋斗！

三、解读《战略转型》

(一)《战略转型》选摘

中华民族的伟大复兴，中医药国粹的崛起，中国的医药企业，宛如一团火球，像跃出东方地平线的一轮红日，高高升起！

在中华民族复兴的伟大时代，太安堂集团即将迎来柯玉井公500周年华诞，全体同仁正遵循规则，运局谋阵，创新模式，矢志不渝，不懈奋进，夺取"二五"，奉献社会，演绎精彩。

1. **"太凭术数，安法阴阳"** 太安堂人的信仰：为创建世界一流的中药现代化大型制药企业而奋斗！

太安堂人"二五规划"（2008～2012年）的发展目标："建成世界一流的中药现代化中型制药企业"。

太安堂2009年的使命是"决胜二五"！其重点是完成"三大战役"，实施"二大工程"！

全体同仁要完成2009年的历史使命，时达金秋，关键在于继续执行"太凭术数，安法阴阳"的法则。

"太凭术数，安法阴阳"的法则来自《黄帝内经》中"法于阴阳，和于术数"。所谓术数，在中国古代术数学中，记录了宇宙天体日、月、星、辰的运转规律，天干、地支结合五行生克制化关系，来表达自然界万事万物的生生息息的变化。

老子说"执一为天下牧"，指出"术"为驾驭社会统一的能力；老子说"善数不用筹策"，好的计算者不用工具，指人计算事物能力。"术数"，老子概括为"专而为一分而为二反而合之上下不失，专而为一分而为五反而合之必中规矩"。阴阳不失的数术和五行驾驭的术数。

《黄帝内经》中"和于术数"当是指和于五行生克之理。进而言之，便是和于自然界万物潜在的制化之道。如五行生克之道、五运六气之道、七损八益之道等。

"法于阴阳，和于术数"就是研究自然之道，让人自身去适应它，去符合它，去跟随它。最大程度的达到"天人相应"，不仅是养生，治病、处事亦然。

"太凭术数，安法阴阳"，"太者，意为高也，大也，极也，最也，泰也"！太，就是规模、级别的称谓；"安者，平安、安全、安康也"；"太安者，天安、地安、人安也"。

"太凭术数"是指要达到"太"的规模、级别，要依凭其符合"太"的标准，如符合"太"的规模、级别、规划、战役、工程、项目、技术……而这些规模、级别、规划、战役、工程、项目、技术均是符合用数字来表示的术数要求。

"太凭术数"不是抽象的、虚空的，而是公司实现愿景的实实在在的发展指数。

第三章 复兴指南

"安法阴阳"这里是指效法自然，遵循天地间阴阳对立统一和谐及其变化规律；遵循宇宙所有事物总的运动规律，以此确立太安堂实现目标的哲学基准。

"安法阴阳"就是以公司是一个有机整体，公司与自然是对立统一的整体的"公司整体观念"为基准，以阴阳消长、对立统一、制约平衡，直至和谐的核心理论作为太安堂实现愿景的根本法则。

"太凭术数，安法阴阳"是太安堂发展的大法。

2．"天道转轨，企转模式"　天文科技史实总结出一个真理，天道可以转轨，要开拓新领空只有转轨，转轨才能成功；人类社会总结出一个规律，地运可以变迁，要开拓新领地只有变迁，变迁才能兴旺；工商管理也总结出一个哲理，商业模式可以创新，企业要开拓新市场只有模式创新，模式创新才能持续成功。

"当今企业之间的竞争，不是产品之间的竞争，而是商业模式之间的竞争"。——彼得·德鲁克

企业成功三境界：成功，大成功，持续大成功。

企业要想成功就找适合自己的商业模式执行；要想大成功就在找准适合自己的商业模式后，孤注一掷地执行；要想持续大成功，就必须研究消费者偏好变化，迅速调整商业模式，满足消费者的需求。

3．"复在战役，兴于工程"　太安堂要创建世界一流的中药现代化制药企业，要炼成世界中医药细分领域第一品牌，要经历从产品经营到产业扩张，从品牌经营到资本运作，要经历并购、组织与流程再造。

太安堂2009年的使命是"决胜二五"！"决胜二五"的重点是完成"三大战役"，实施"二大工程"！要完成"三大战役"，应完善、细分成"九大项目"。

"模式转型"是全体太安堂人2009年的头等大事；"鼎立新格局"是复兴太安堂的核心工程；"拓展新天地"是太安堂开拓新产业的高招。完成"三大战役"是全体太安堂人2009年神圣的使命！

第一战役：模式大转型。

(1)人力资源大转型。

(2)营销模式大转型。

(3)产研模式大转型。

(4)生产模式大转型。

(5)研发模式大转型。

第二战役：鼎立新格局。太安堂应在"中央集权制"下，以一流人才团队实施资本运营，建立以产业发展为核心的资本链，最终形成自己的医药产业

链，在中药现代化、产业化过程中，建立太安堂特效中药产品大格局体系，创建世界一流的中药现代化中型制药生产基地，构筑战略伙伴群体，建立生态、营销、研发网络枢纽，构筑太安堂集团实业王国。

太安堂走产业经营和资本运作之路，拓展适应公司长期发展需求的资本合作关系，深化公司财务组织体系建设，优化财务资源配置，实施这两者运作相互促进的策略与方案后达到和谐协力、水乳交融的程度，追求效率、利润、效益三个最大化，从而使资本神化产业，顺利完成"二五规划"的奋斗目标。

4.品牌大升级

第三战役：拓展新天地。太安堂近五百年中医药文化底蕴，博大精深，深度挖掘和保护好祖先留给我们的精神财富，对太安堂品牌的塑造、对太安堂企业文化的提升、对弘扬中医药都有着重要而深远的意义。

太安堂中医药博物馆是太安堂中医药特色品牌文化宣传的窗口和基地，深入研究、展示柯玉井公500年中医药深厚核心技术，以中医药特色企业品牌助推产品品牌。

文化的力量像脱缰的野马，仅有现有的技术不可能持续繁荣！

人生因为承担责任而充实，人生因为承担责任而辉煌，完成"三大战役"是全体太安堂人2009年神圣的使命！

(二)《战略转型》解读

为创建世界一流的中药现代化大型制药企业而奋斗！

写进太安堂集团发展新篇章的太安堂人信仰，不仅展示了集团宏观目标的深远更体现了企业战略转型的高瞻：

从利基战略到产业扩张的战略转型。

从产业扩张到资本运作的战略转型。

中国传统哲学文化运用的战略转型：包括"从儒术打市场到法家夺品牌"的战略转型、"从儒道聚人心到资本建枢纽"的战略转型、"从文化立基业到信仰立霸业"的战略转型。

太安堂集团董事长柯树泉在《战略转型》中指出：太安堂要创建世界一流的中药现代化大型制药企业，应强化信仰建设，应执行战略转型，应告别低级运作，以"法家夺品牌"、"资本建枢纽"、"信仰立霸业"为战略总纲，制度与文化的高度统一，才能使企业员工"由外而内"，后"由内而外"地认同企业。

在企业成为国内初具规模的集研究、生产、销售高效皮肤内外用药于一体的专业化药业集团的发展关键时刻，将战略转型融入企业信仰，体现了企业领导者的胆识、智慧和毅力。

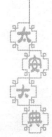

企业战略转型是企业在发展到一定程度后，为适应新的市场环境变化，在把握大方向的前提下，做出相应的动态战略调整，通过反梯度推移，实现组织的突变型再造和创新。所谓反梯度推移，是指不像通常那样序贯的、顺次的、梯度的推进，而是渐进过程的蝶变，非平衡发展的突变和超越。正如一位智者所言，"财富永远来源于更好地突破现状、把握未知，而非更好地完善已知"。世界管理大师彼得在总结现代经济演化特征时也指出，推动进步的力量，并非来自过去经验的累积，而在于颠覆性的全盘创新。

从某种意义上说，企业的发展过程就是企业战略的变化与调整过程。就企业战略变化的程度而言，企业战略转型是企业战略变化的最高形式。

企业战略转型一旦成功，企业将重新确立竞争优势，其市场竞争力将空前提高。麦肯锡咨询公司的研究者们认为，"领导企业转型的精妙艺术是企业在动荡的竞争环境中所有核心能力中最为重要的一个"。

企业战略转型要获得成功，并在竞争中立于不败之地，同样也必须要有深厚的企业文化做底蕴——文化力制胜。

企业文化是企业战略转型规划和实施的基石。

在激情燃烧的7月，太安堂集团召开2007半年工作会议暨"二五规划"第三次研讨会，太安堂集团《企业基本法》作为重要内容在集团中高层领导中进行了郑重研讨，在这部《基本法》里以"核心价值观"作为开篇，不仅显示集团在企业文化运作体系的日臻成熟，更显示企业家对企业文化的重视和执着，以及核心价值观对企业深刻影响的认识。

企业文化是最好的员工凝聚剂。我们有好的企业家带领企业取得成功，而适应企业发展阶段的核心文化将员工的思想凝聚在一起，则决定了企业是否能够持续发展。

企业文化只有有效配合企业战略转型，才能使企业未来的发展如虎添翼，如鱼得水。

结合实际，开拓创新，积极探索和开展形式多样、丰富多彩的企业文化宣贯活动，为企业战略转型以及发展各项工作提供有力的文化力支撑。

对员工加强教育和培训，抓住每一个机会不断使员工理解实施战略转型的必要性及重大意义，指引员工进行自我转变，向战略转型所需要的方向发展。

拓宽多维渠道，采取"由内而外"、"由表及里"、"由虚入实"的导入方式，将企业文化融入到实际工作中，内化到制度流程中，渗透到生产经营中，不断在员工心目中铭刻共同价值观，使行为准则成为企业和员工的自觉行动，加速推进企业文化从"认知"阶段向"认同"阶段的积极转变。

"天下大事必做于细"。我们欣喜地看到，在"二五规划"第三次研讨会上，太安堂的营销精英们已经将如何实现营销战略转型摆上实施日程，提出实现营销战略转型的四大要点：质量是本，文化是帆，标准是尺，定位是金。

大企业、国际化、畅销产品已成为当代世界医药产业发展的显著标志。太安堂的企业信仰成为太安堂人争创一流、勇夺第一的行动准则，孜孜以求、自强不息、知难而进的拼搏精神，已在追求高水平上形成认识一致，行动一致，标准一致，目标一致。

秉德济世，为而不争。

医道即人道，尊德性而道学问；

药理亦哲理，致广大而尽精微。

太安堂堂训融会中国先贤哲学的精髓，为现代太安堂人实现宏伟蓝图做最有力的保障。

最远大的目标与最务实的操作、最注重细节的执行很好的结合起来，我们相信，通过坚持国内领先、世界一流的标准，努力做到经济发展高水平、文化发展高品位、人的发展高素质，企业战略转型、创建世界一流的中药现代化大型制药企业的目标就一定能够实现。

我们期待着"三军尽开颜"的时刻！

乘风破浪会有时，直挂云帆济沧海！

四、解读《红似火，绿如蓝》

(一)《红似火，绿如蓝》摘选

"为创建世界一流的中药现代化大型制药企业而奋斗"是太安堂人的信仰；"建成世界一流的中药现代化中型制药企业"是太安堂集团"二五规划"的发展目标；"行使命，夺二五"是太安堂人2009年的主题词！

完成"三大战役"，实现"二大工程"，是太安堂人2009年的核心任务；"雄风动，春雷震"是第一季度启动的速写；"红似火，绿如蓝"是太安堂人奠定第二季度胜局的高度。

2009年第一季度，全体太安堂人创新求变，夺取了显著战绩。

第二季度公司将紧紧以"行使命，夺二五"为总纲，以"红似火，绿如蓝"为高度，抓好实施"营销大联盟"、建立"太安中药城"、升华"太安博物馆"、撰写"太安大巨著"、建立博士后工作站，为造福人类、为体现股东效益、精英价值，"雄风动，春雷震"全面奠定2009年胜局！

2009年，太安堂注定复兴崛起在世界金融海啸的风浪上，在完成"三大战役"，实施"二大工程"中将交汇谱写又一曲风云激荡的乐章，镌刻在太安堂发展史的长河之中。

第三章 复兴指南

沧海横流，方显英雄本色。我们在成长中遇到了国际风云变幻，这将是太安堂的生存智慧最严格的考验！风华绝代总是乱世生，我们要清醒感知周围世界的变化，按照2009年战略总纲和"二五规划"战略总纲坚定地执行下去，在时代的大潮中，迎着风浪快速前进，我们将创造无愧于时代、无愧于历史、无愧于自己的新业绩！

回望过去，太安堂既要承接过去辉煌发展的必然逻辑，更要顺应潮流，修正过往遗憾，进行新的伟大实践；

面向未来，我们需要保持自信，热情创新，强化动力，勇于承担，勇于突破，勇于跨越、激增价值、尽早飞越金融风暴。

"日出江花红胜火，春来江水绿如蓝"！

（二）《红似火，绿如蓝》解读

"日出江花红胜火，春来江水绿如蓝"，唐代大诗人白居易所描绘的意境，是一幅蓬勃向上的和谐美景：红日东升，江畔春花，红得胜过火焰；春水荡漾，碧波千里，就像天空一样湛蓝；风和日丽、花红水碧、生气盎然、绚丽夺目。这一幅美景仿佛就为太安堂蒸蒸日上的中药事业而描绘。

"行使命，夺二五"新年的主题掷地有声。

"雄风动，春雷震"。2009年的春天来得格外早，太安堂人的雷厉风行成为初春温暖的回报：营销、生产、科研，捷报频传。

"红似火，绿如蓝"，第二季度帷幕的拉开如诗意般。"红火"代表的是忠诚和热情；"绿"代表的是自由和奔放；"蓝"代表的是睿智和冷静。

国家把中医药作为推进医疗卫生体制改革的重要组成部分，中药行业发展迎来新机遇。"在医改效应的带动下，中药行业将迎来较为旺盛的市场需求，行业发展前景广阔"。在这样的大好气候下，需要热情，更需要冷静。"这次新医改政策导向非常明显，那就是让大企业做大做强，让中型企业做专做深，让小企业有序的逐步退出医药市场，从而限制恶性无序竞争"。有专家指出，具有品牌、产品资源优势的传统中药企业和具有研发创新优势的现代中药领军企业将最先受益。

"圣药投怀玉燕，神医送子麒麟"。太安堂从1567年的春天走来，凝聚500年中医药核心技术精髓，化作造福人类健康的一支支药膏、一粒粒药丸。中药皮肤药的领军品牌、不孕不育特效中成药的第一品牌，太安堂旗下的铍宝牌、麒麟牌系列产品在市场的风雨中傲立群雄。

冷静分析形势，集中资源优势，在太安堂第二季度工作会议上，柯树泉董事长指出，第二季度公司将紧紧围绕中心、重点工作，抓好实施"营销大联盟"、建立"太安中药城"、升华"太安博物馆"、撰写"太安大巨著"、建立博士后工作站，建立太安堂中药生产、销售、研发管理基地，以制度创新、融资平台以及研发、生产、营销、品牌等各方面的综合能力，应对新医改之后中药企业的全面竞争、较量和比拼。

"回望过去，太安堂既要承接过去辉煌发展的必然逻辑，更要顺应潮流，修正过往遗憾，进行新的伟大实践；面向未来，我们需要保持自信，热情创新，强化动力，勇于承担，勇于突破，在完成'三大战役'、实施'二大工程'中将交汇谱写又一曲风云激荡的乐章，镌刻在太安堂发展史的长河之中"。

为创建世界一流的中药现代化大型制药企业而奋斗！

五、解读《雄风动，春雷震》

（一）《雄风动，春雷震》摘选

锁定使命，太安堂2009年的使命是"决胜二五规划"，其重点是完成"三大战役"，实现"二大工程"，创建特效中成药和中药皮肤药为主的核心产业。

完成"三大战役"是：实施"营销大联盟"；建立"医药产业链"；出版"中医大巨著"。实施"二大工程"是：创立"核心产品群"；建设"太安中药城"。

实施"营销大联盟"，是全体太安堂人2009年的头等大事！建立"医药产业链"，是复兴太安堂的核心工程；出版"中医大巨著"，是开拓太安堂文化产业的高招。完成"三大战役"是全体太安堂人2009年神圣的使命！

创立"核心产品群"，建设"太安中药城"，是太安堂人务实的辉煌创举！

春雷震"天施地生"，雄风动"利有攸往"！全体太安堂人应全速完成"三大战役"，高效实施"二大工程"，创新求变，创造市场，实现既定目标，建成特效中成药和中药皮肤药为主的核心产业，为创建世界一流的中药现代化中型制药企业而奋斗！

绝大多数的海外华商都经营着中小企业。除了日本与韩国，海外华人几乎统治着所有亚洲市场的大中型企业的资本。

大家族的聚集形式是中国式商业主义的鲜明特征。在东南亚进行竞争的大型华人集团，已经开始把传统的中国式商业主义模式，转变成一种混合盎格鲁—撒克逊人资本主义的混合模式。

一旦将最佳的中国式商业主义与全球管理技巧相结合，那么中国企业将成

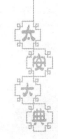

为西方企业可畏的竞争对手。

"中国文化如果不能取代西方成为人类的主导，那么整个人类的前途是可悲的"。——汤因比

儒家文化与现代企业精神的结合，将能有效弥补西方企业文化的不足。

早在20世纪80年代，一批诺贝尔得主在巴黎宣言中指出："如果人类要在21世纪生存下去，必须回到2500年前，去吸收孔子的智慧。"

太安堂必须以最佳的中国式商业主义与全球管理技巧相结合，才能应对全球企业的竞争。

企业快速增长奥秘是积极的并购，认真的管理是企业快速增长的奥秘。

在制药行业，辉瑞之所以能实现快速增长并不是因为其创新能力强于其他制药公司，而是因为积极的并购，甚至是对小公司的"剥削"。

董事长的决策规则，无论多么完美，也不可能既是有效率的同时又是民主的；因为循环投票本身是无效率的，而有效的方式必须是独裁的。

正因为大批量生产体系能够充分利用规模经济效益，所以太安堂在扩大医药产业的重要领导，就是要为公司形成大批量生产体系而寻找最合适的组织形式，使企业的生产能力不断接近最佳规模经济效益，从而有效地促进财富的增加。

一是增量扩大，即依靠增加投资而迅速扩大企业的生产规模。

二是兼并重组，即依靠市场的充分放开，通过市场竞争兼并机制迅速兼并那些规模不经济的弱小企业，在兼并中达到企业规模的扩大。企业实现规模效益的重要方式，我们应该为这种方式创造良好的条件。

三是合并重组，即将分散经营的不同产权主体的企业，通过合并重组的方式变成大批量生产体系的同一产权主体的企业。

四是经营联合，即通过发展企业间的分工合作关系而迅速形成大批量生产体系，从而获得规模经济效益。实践表明，经营联合是形成大批量生产体系的非常有效的途径。

上述形成大批量体系的4种方式，实际上可以概括为2个方面：一个是通过增量扩张实现大批量体系，一种是通过产权变革而在存量重组中实现大批量体系，例如兼并重组和合并重组；一种是存在不涉及产权变革的条件下通过经营联合而实现大批量生产体系的问题，近些年人们讨论得已经非常多，我们也发表过不少的论著，因而在这里就不再重复了，我们这里主要讨论通过经营联合而实现大批量生产体系的问题。

生产规模不能过度扩张，驭准规模经济效益的最佳生产规模集中度。

融合与接轨，成为嵌进我们这个时代的最明显特征。

所谓管理性内部成本优势，就是指企业通过管理现代化而降低自己的生产成本。管理现代化是企业获得内部成本优势的重要战略筹措。

企业管理轴心创新：以生产要素管理为管理轴心、以经营流程管理为管理轴心、以质量管理为管理轴心、以岗位管理为管理轴心、以资源管理为管理轴心、企业管理体质创新、总公司与子公司的关系、事业部制与分公司的关系、管理与决策的关系、资本经营和生产经营的关系。

企业成本实际上由2个部分构成：企业生产成本和企业社会成本。太安堂独特创建了成本和技术优势。太安堂人要在营造规模经济、构筑成本优势上下真功夫！

企业并购绝不是两个企业简单合并或形式上的组合，收购后涉及战略、组织、人事、资产、运营、流程等一系列重大而关键问题的调整和重组。

太安堂应在"中央集权制"下，以一流人才团队实施资本运营，建立以产业发展为核心的资本链，最终形成自己的医药产业链，在中药现代化、产业化过程中，建立太安堂特效中药产品大格局体系，创建世界一流的中药现代化中型制药生产基地，构筑战略伙伴群体，建立生态、营销、研发网络枢纽，构筑太安堂集团实业王国。

太安堂走产业经营和资本运作之路，拓展适应公司长期发展需求的资本合作关系，深化公司财务组织体系建设，优化财务资源配置，实施这两者运作相互促进的策略与方案后达到和谐协力、水乳交融的程度，追求效率、利润、效益三个最大化，从而使资本神化产业，顺利完成"二五规划"的奋斗目标。

一代开疆拓土的王者，创下一片辉煌事业的天空，要靠出身名门望族？生于黄金国、繁华地？

无论是经营企业，还是发动战争，都是在创造事业的天国。经营企业者对成功的企盼与战争发动者对战争胜利的企盼一样强烈。

快速拓展王国，必须在科学决策、合理执行、细致调查研究方面做深做细做透，使每一项重大决策达到目标，开花结果，从而步步为营，迅速开拓。企业是一个高度集成的系统，是一个不断运转的过程，是一个集合体，人的因素时刻在起着作用。那么决策、执行、调查研究绝非机械的过程，而是一个高度人性化的过程，尤其是正在拓展中的企业。因而，这个人性化过程中必须高扬企业理念、企业文化、大力贯彻企业经营理念，贯彻打造品牌的思想意识。

战争的胜负取决于各种因素，思想家将中国古代战争简化为三要素——天时、地利、人和。人和，用今天的术语叫人心向背。一般来说，战争中3个要素都在起作用，那么人和的要素到底有多重呢？美国南北战争开始时南方占据了天时、地利两大重要因素。众所周知，南北战争是一场北方资本主义工业与

南方奴隶制种植园经济之间争夺生存空间的生死较量，解放奴隶是众多奴隶的焦点。林肯总统发表了《解放黑人奴隶宣言》之后，黑人奴隶的积极性充分调动起来，北方正义的战争得到了广大人民的支援，战争形势迅速发生了急转，北方在力量处于劣势的情况下，坚持战斗并扭转了战争局面。最终南北战争以北方的完全胜利告终。这场战争给了人们最好的启示：人心向背对战争的发展起着极其重要的作用，正所谓"得道多助，失道寡助"，历史的天平始终将倾向正义的一方。战争规律是如此，商战也逃脱不了同样的命运。拥有人心，就等于打造了王国最坚固的基石。

公司老板手中有很多的链条，明智的管理者善用手中的每根链条，拉动企业的战车驶向目的地。公司的特长应是把手中的金链条放长，让每一个员工都为太安堂奋斗；在每一个人的前面都插上一面耀眼的彩旗，让每一个都感受到前途的辉煌而激动不已。公司每日都在打造自己事业王国的战将，他一刻不停地制造各种可能的办法，想出各种不同的主意，还会到国外去旅行考察，在途中到处搜寻办法。

真正的人才是什么？他藏在哪个角落里？人才到手了就能发挥作用吗？怎样搭建人才发挥能力的平台？怎样调动人才的积极性？这是每一个企业家必须考虑的课题。尤其是当一个企业正处于快速发展时期，面临着要去发现、挑选、任用人才的问题。怎样具有伯乐一样的慧眼？怎样具有刘备一样得人心的手段？人才问题解决得好，企业就如一架加满油的飞机，将腾空而起，直飞目标。否则，只能是一辆在马路上慢慢行驶的汽车，稍有不慎就可能会出事故。

企业的快速拓展，需要有雄厚的实力作基础，无论在管理、资金筹备、发展战略等那一方面。

益，震为雷在下，巽为风在上，春雷震"天施地生"，雄风动"利有攸往"！

（二）《雄风动，春雷震》解读

智者善谋，道善致胜。

做强者必先争谋。在竞争激烈的社会中，若要做强者，就应该先争谋略，力争在智谋上高人一筹。对于企业而言，也是如此。管子《霸言》篇说：夫争强之国，必先争谋。这说明"争谋"是"争强"的第一要义。智者善谋，顺应天时，选择地利，权衡利弊，争取同盟，"道善则得之"，才是强者制胜大谋略。

智者善谋。太安堂人早在2008年7月就全力实施营销转型战略，全面进军第三终端市场及临床市场。短短半年的时间，曾经因渠道单一市场饱和而苦觅拓展之路的营销团队，已经领略到乡镇农村市场蕴藏的无限商机。"这个冬天有点火"！在经济寒冬里播种春天希望，干劲十足，热火朝天，成功实现战略转型，为2009年"实施营销大联盟战役"奠定胜利基础。

道善致胜。新年伊始，柯树泉高屋建瓴，一言定乾坤——太安堂集团2009年的使命是"决胜二五"！太安堂人必须掌控规律，关注国运，注意流年，洞察结果，抓住时机，锁定使命，才能实现目标。这句箴言将在2009年太安堂集团"决胜二五"的光辉历程中一路随行，指导着"三大战役"和"二大工程"的圆满达成，"一言而可以兴邦"。

在为避免经济危机所带来的不良影响而采取相应行动时，站在蓬勃发展势头上的企业总是表现得更加自信更加果敢。柯树泉指出，太安堂集团"决胜二五"，关键是完成"三大战役"，实现"二大工程"。新年誓师大会上，柯树泉坚定的声音鼓舞着全体太安堂人无坚不摧的信心。在目前不景气的经济环境里，想要抓住危机之中宝贵的机会，依靠的不仅是每一个太安堂人一份执着的期待，还有期待之下的智慧灵性，以及太安堂人善谋之后雷厉风行的团队力量。

智者善谋，道善致胜。太安堂人智在深谙"合抱之木，生于毫末；九层之台，起于累土；千里之行，始于足下"；智在游刃"仁者以财发身，不仁者以身发财"；智在取道"惟命不于常，道善则得之"。

营销渠道应学习鼹鼠的立体网络哲学，创新营销，披荆斩棘进军第三终端；市场竞争激烈，生财于医药产业链之中，快马加鞭孕育规模效益；"核心产品群"与"太安中药城"共筑太安堂坚实基石……这些善谋果敢之举，不仅劈开了因经济危机而冻结的市场寒冰，也将太安堂人的斗志再一次点燃——"决胜二五"，雷厉风行奏笙歌！

六、解读《德无为，成若缺》

(一)《德无为，成若缺》摘选

2010年，太安堂应紧紧抓好"沸腾效应，污水定律"，确保蜕变成蝶，高速崛起。

宇宙中之万物，本由天地阴阳二气氤氲交感，合和凝聚而成。宇宙万物所禀受的阴阳之气的多少不同，性质有别，故表现出不同的形态、色泽、动静趋势、运动形式等。

阴升阳降而致天地阴阳二气氤氲交感的内在动力机制在于阴阳的互藏互寓之道。由于阳中有阴，阴中有阳，因而天之阳气下降，地之阴气上升，天地阴

阳二气氤氲合和，云施雨作。故《素问·阴阳应象大论篇》说："地气上为云，天气下为雨。雨出地气，云出天气。"

从混沌初开至今，在浩瀚的天体到飘渺的地球上，特定的温度、特定的环境氛围、特定的条件使固态转化为液态，使液态升华为气态，这就是自然现象升华的过程；阴阳之间只有达到心与灵的碰撞、升华才形成云和雾，只有进入这腾云驾雾的境界，才能张开翅膀，崛起腾飞，只有进入了这个境界，才天地合，道法自然，这是千古铁律！

如何进入腾云驾雾的境界？从哲理上讲，首先要到达"天人合一"、"天地相遇，品物咸章"的境界，应领会"王"字的内涵，那就是以一贯三，一是指一心，三是指天地人。

"天人合一"，"天"字的意义是顶天立地，胸怀世界；"人"字的意义是相互支撑，共荣共赢；"合"字的意义是一人一口，阴阳相合；"一"字的意义是矢志不渝，永远向前。

我们谋求"天人合一"，旨在以生态主义的整体境域观提高人类哲学视域，克服人与自然的对立和矛盾，确立主态哲学的逻辑起点，旨在内外互动，共存兼容，和谐进步。

"天地相遇，品物咸章"，天地相遇就是阴阳相合了，天地相感应了，万物皆发芽的发芽，皆开花的开花，皆结果的结果。咸就是都要，章就是规章，一定要按自然规律办事。

人生天地间，天地因人而富有灵气；人因天地而辉煌灿烂！

太安堂集团如何造就沸腾效应？

(1)点燃具有沸腾效应的激励之火：文化、信仰加上名、利、地位……

(2)塑造具有沸腾效应的人才。

(3)建立具有沸腾效应的产品系列。

(4)铸造具有沸腾效应的品牌："太安堂"、"铍宝"、"麒麟"、"柯医师"。

(5)营造具有沸腾效应的人心工程。

如果把一匙酒倒进一桶污水中，你得到的是一桶污水；如果把一匙污水倒进一桶酒中，你得到的还是一桶污水。这就是著名的污水定律。

这个定律一般用于管理学中说明清除团队里破坏分子的重要性。但我们也可以这样理解这个定律：坏的东西往往比好的东西容易传播。就像果箱里的烂苹果一样，如果你不及时处理，它会迅速传染，把果箱里其他的苹果也弄烂。"烂苹果"的可爱之处在于它那惊人的破坏力。一个正直能干的人进入一个混乱的部门可能被吞没，而一个无德无才者能很快将一个高效的部门变成一盘散沙。

一个组织的管理者是否懂得害群之马的危害，并且在工作中加以抑制，直接关系到组织的绩效。如果组织有害群之马，管理者应该马上把它清除掉，如果因各种因素无力这样做，就应该把它拴起来。

"烂苹果效应"、"活力曲线"是现实的，不可不防，不可不治！

益，利有攸往，利涉大川；自上下下，其道大光；利有攸往，中正有庆；

益，利涉大川，木道乃行；益动而巽，日进无疆；天施地生，其益无方；

益，震为雷在下，巽为风在上，五洲欢腾风雷动，四海笙歌庆丰年。

德无为，成若缺！

(二)《德无为，成若缺》解读

齐王曾经称赞扁鹊说：人人都说你是神医，看来没有比你更好的医生啦！扁鹊答道："我们家三兄弟都学医，大哥医术最好，他在人们没病的时候就经常提醒大家别干那些会患病的事，给予人们预防疾病的指导，因此在他周围的人得病的很少，人们反而不觉得他有好的医术。二哥的医术较好，他是在人们患小病时给予人们治病并提出好的健康建议，他周围的人们对病痛的感觉不大，因此二哥也没有名声。而我自己的医术则是三兄弟中最差，是在人们患有重病时才医治，并没在他们不患病时就进行提醒。人们只知道我能医重病，因此名声很大。而实际是我的大哥医术最高明。"

中国古代哲学家老子在《道德经》里说："上德无为而无以为。"最好的德行施为是人们感觉不到有德行的存在。扁鹊大哥的医术就可以说就是"上德无为。"

中医学的经典著作《黄帝内经》中说"不治已病治未病"也是这个境界。

太安堂堂训"秉德济世，为而不争"与"上德无为"之意异曲同工。二者的核心都是"德"，而德的内涵就是"忠诚"。

"我相信忠诚的价值，对企业的忠诚是对家庭忠诚的延续"。世界五百强企业中一位著名CEO这样说道："如果想进入公司，请拿出你的忠诚来。"这是很多应聘者在企业常听到的一句话。

几乎所有企业对员工的基本要求就是：把忠诚可靠做为第一品德。

对于企业普通员工来说，认真做好自己所在岗位的每一件事，按标准操作，按流程执行，遵守规章制度，这就是对企业的忠诚。而对于企业中层管理人员来说，则更需要不折不扣的执行力，带领团队完成好上级交付的任务，并与其他部门团结协作。企业高层管理人员的忠诚表现则是要站在企业角度真正为企业做事，坚定不移地恪守企业信仰、恪守企业核心价值观，并坚定地传达给下属。

企业对员工的忠诚和员工对企业的忠诚是相依相承的。企业能够让员工看

到未来的发展、能够给员工提供广阔的能力施展和自身提高的平台、能够为员工谋求越来越好的薪水福利等，企业的业绩靠忠诚的员工全力创造，企业的信誉靠忠诚的员工爱心维护，企业的力量靠忠诚的员工团结凝聚。只有企业有了更好的发展，员工自身的价值才能得以实现，人生才会大放光彩。

"大成若缺，其用不弊"。这也是《道德经》里的一句话，意思是努力去做一件大事，尽力做到最完美，总也会有瑕疵和不足，但它的功能、功效和意义却不会受影响。也可以说，再完美的东西，总要留一点空缺，这样反而会有一种张力，有一个后劲。

在2009年太安堂集团四季度工作会议上，柯树泉董事长以《德无为，成若缺》为题，告诫全体同仁，要恪守太安堂核心价值观，以忠诚之心去努力完成全年任务目标，在工作中有缺点、有不足不怕，这在以后的工作中可以总结经验，不断改进和完善，但一定不要停步不前、固步自封，不求十全十美，但求做得更好，为胜利实现年初既定的"三大战役、两大工程"任务目标而尽全力。

第四节　扬太安航程

解读《鼎立》

(一)《鼎立》摘选

"鼎立充满特色的中药现代化中型制药企业"是太安堂"二五规划"(2008～2012年)的发展目标；

"崛起"是太安堂人2010年的主题词！

"鼎立中型制药企业"是太安堂人"二五规划"期间的时代强音！

完成"九大工程"，是太安堂衡量实现"二五规划"奋斗目标的主要标准。

以太安堂独特中医药核心技术为主体，以强劲金融资本为动力，以特色中医药文化为品牌，"七星伴月担宇宙"，全速构筑高效整合的太安堂医药产业链，向"鼎立充满特色的中药现代化中型制药企业而奋斗"是完成太安堂"二五规划"奋斗目标的总体战略。

营销中心、生产中心、研发中心、投资中心、财务中心、文化中心、审计中心是总部办公室下面设立的集中、放权的七套班子；立十大人才团队、创营销既定市场、夺科研二大成果、建资本运营系统、运大典文化系列、建太安五大基地、创十亿无形资产、建特色品牌网站、铸中型管理体系是公司"二五规划"九大工程。

经五百年之风雨，历十五载之锤炼，孕育着鼎立伟大目标源源本能的太安堂，面对现实，该如何做大规模、如何提升高度、如何加大深度？如何鼎立中型制药企业为玉井公诞辰500周年献礼？

1.整合医药产业链，鼎立圣殿太安堂

◇建立十大人才团队　◇重塑公司内外环境　◇创立五大产品群体
◇开辟药材种养基地　◇拓展二大生产基地　◇夺取科研二大成果
◇拓展营销既定市场　◇完善公司组织架构　◇高效整合医药产业。

太安堂务需做大规模，提升高度，加大深度，高效整合医药产业才能鼎立中型制药企业！

2.构筑崛起资金链，升华文化新内涵

(1)构筑崛起资金链

漫谈商品输出，自由竞争、一般资本、旧资本主义，蕴阴阳燮变之道；

纵论资本输出，垄断统治、金融资本、新资本主义，衍天地造化之玄。

翻开世界历史，19世纪是军事征服世界的世纪；20世纪是从旧资本主义到新资本主义，从一般资本统治到金融资本统治的转折世纪；21世纪是中华复兴的世纪！

(2)三套马车与医改政策："消费、出口、政府支出"三套马车，为拉动中国经济发展立下了汗马功劳，但中国经济的真正危机——制造业危机，其源于产能危机困境依然存在。

2009年上半年拨出7.37万亿的信贷是否会成为通货膨胀的诱因；如果2010年通货膨胀率真的高达5%，我们将会面临经济停滞加上通货膨胀的局面，然而政府医改政策的春风，温暖着13亿人心，吹绿了医药产业。

"整合医药产业链(木)；构筑崛起资金链(火)；升华信仰新境界(土)；弘扬医药老品牌(金)，创新盈利新模式(水)"是拉动太安堂经济发展的五套马车。

"构筑崛起资金链"是加速公司做大规模、提升高度、加大深度、高效整合医药产业鼎立中型制药企业的核动力。

(3)医药产业与资本运作：企业管理的最高境界是文化管理，文化管理的最高境界是哲学管理，哲学管理的最高境界是信仰管理。

(4)铸造太安堂中医药特色文化具体方案：升华文化新内涵是加速公司做大规模、提升高度、加大深度、高效整合医药产业、鼎立中型制药企业的精神武器。

3.弘扬医药老品牌，创新盈利新模式

第三章　复兴指南

(1)弘扬医药老品牌，创十亿无形资产：一段历史都有它不可替代的独特性，1512～2012年500年的太安堂历史，15代人从创业到复兴，前赴后继，艰苦奋斗，天命所归，终于成为公众公司，众望所至，必成为著名中医药历史品牌，这是不能克隆的，这是不能替代的。

(2)弘扬太安堂中医药历史品牌：弘扬医药老品牌是加速公司做大规模、提升高度、加大深度、高效整合医药产业、鼎立中型制药企业的一面价值连城的历史品牌旗帜。

(3)创新盈利新模式

1)"立总部核心人才"：你不理财，财就不理你。企业的天职就是盈利，如果企业没有利润，那根本就是不道德的，是对自己、对员工、对社会不负责任。

商道"财上平如水，人中直似衡"，要做好生意最重要的不是积累金钱，而是积累信誉，积累人心。

太安堂应在"中央集权制"下，以一流人才团队建立太安堂天人合一、奇正和谐的资本运营体系，建成世界一流的中药现代化中型制药生产基地，创建太安堂特色中医药文化历史品牌。

2)创新太安堂医药产业盈利模式：创新盈利模式是加速公司做大规模、提升高度、加大深度、高效整合医药产业、鼎立中型制药企业的造血系统。

(4)七星伴月担宇宙，八面春风迎盛典：经总部研究，决定2012年正月十四日(2012年2月5日，星期日)是太安堂创始人柯玉井公诞辰500周年纪念日，太安堂届时将举行盛典。

1)七星伴月担宇宙："一办七部"。

2)八面春风迎盛典

盛典定位：中医药界国际级盛典。

成立柯玉井公诞辰500周年盛典筹委会。

鼎，元吉，亨。巽为风在下而无所不入，离为火在上而象征光明，圣人亨以享上帝，大亨以养圣贤，柔进而上行，得中而应乎刚，是以元亨。

鼎，鼎元亨之德，迎风鼎立，当仁不让，点火燃薪，隐重谨慎，把握鼎机，精研鼎谋，团结鼎士，必鼎新大业！

鼎，鼎元吉之谋，2010年太安堂行五行相生之略：整合医药产业链(木)；构筑崛起资金链(火)；升华文化新内涵(土)，弘扬医药老品牌(金)，创新盈利新模式(水)，必鼎立中型制药企业，崛起太安航程，飞黄腾达！

缕缕飘烟，谈不尽天地阴阳变变之道；杯杯佳茗，论不完阁下鼎力造化之功；盏盏琼浆，酿不尽皮宝真诚感恩之情。

(二)《鼎立》解读——鼎新革故

鼎是中国青铜文化的代表，它是文明的见证，也是文化的载体。"器制沉雄厚实，纹饰狞厉神秘，刻镂深重凸出"。从"禹铸九鼎"之后，鼎就由一般的炊器而发展为传国重器，成为国家和权力的象征，"鼎"字也被赋予显赫、尊贵、盛大等意义。

"鼎"还是《易经》中的一卦，"木上有火，鼎，君子以正位凝命"，意思是，《鼎卦》的卦象是巽(木)下离(火)上，为木上燃着火之表象，是烹饪的象征，称为鼎；君子应当像鼎那样端正而稳重，以此完成使命。《易经》中对"鼎"的诠释很透彻，还有"鼎颠趾，利出否"，意思是，烹饪食物的鼎足颠翻，却顺利地倒出了鼎中陈积的污秽之物，便于除旧布新，反常的现象得以向好的方面转化。再深一步，"革，去故也；鼎，取新也"，这就是成语"鼎新革故"的出处，意思是变革或破除旧的，确定、树立新的，指事物的破旧立新。由此可看出，早在3000年前，中国就有革故鼎新的创新意识和主张。

《史记》中记载了商鞅"徙木立信"的故事。"令既出，募民有能徙置北门者予十金。民怪之，莫敢徙。复曰：能徙者予五十金……"商鞅让人把一根木头放在南门外，并发令说："谁能把木头扛到北门，就能得到十金的赏赐。"老百姓都是围着看，谁也不敢相信有这种好事。终于有个人觉得好玩，站出来，把木头扛到北门，结果，商鞅当即赏赐了他。因为商鞅守信，于是"秦人皆趋令"，令行之十年，"秦民大悦，道不拾遗，山无盗贼，家给人足"。

后来，秦穆公听取商鞅主张"便国不必法古，利民不循其礼"，厉行变法，鼎新革故，终成一代霸业。

战国时代，"诸侯力政，争相并"的主要手段是战争，而赢得战争胜利的关键是实力。墨守成规，不思进取，必然导致国弱败亡。所以，各国都把鼎新革故、变法图强作为富国强兵的途径。

到了唐代，唐太宗采纳魏征之谏，不断兴利除弊，鼎新革故，初步形成国势昌隆，府库充盈，国力强盛的盛世局面。

北宋王安石鼎新革故的代表语"天变不足畏，祖宗不足法，人言不足恤"被改革开放新时代的中国总理温家宝引用，表达坚定不移解放思想和改革创新的决心。

鼎新革故是社会发展的规律和动力。对企业来说，在迅速发展的前行中，更需要鼎新革故的精神、勇气和智慧。

与往年一样，春节刚过，太安堂集团新年誓师大会即隆重召开，不同的是，今年的主题中凸显着"鼎新革故"的气息。

公司的总结大会上，柯少彬总经理在全年工作总结报告中着重指出的几项"不足"令人印象深刻。这位年轻的总经理，总是能够在成绩的背后，冷静地审视未来。

在新年的"施政"报告中，柯树泉董事长更是以"鼎立"做为全年工作的主题词。革除旧弊，包括旧的模式、旧的思维观念，强调创新，"创新盈利模式是加速公司做大规模、提升高度、加大深度、高效整合医药产业、鼎立中型制药企业的造血系统"。

这是勇敢者的声音，这是敢为人先的睿智，这是太安堂在虎年伊始的一曲激昂的乐章，革故鼎新激扬蓬勃活力，在鼎新革故中完成复兴大业，实现崛起，铸造辉煌。

第五节　为天地立心

解读《二次变革》

(一)《二次变革》摘选

"为创建世界一流的中药现代化大型制药企业而奋斗"是太安堂人的信仰。

"做中国最好的皮肤药"是全体太安堂人的共同愿景。

"做世界最特效的中成药"是全体太安堂人的奋斗目标。

"创建世界一流的中药现代化中型制药企业"是太安堂"二五规划"的主题。

弘扬"为天地立心，为生民立命，为往圣继绝学，为万世开太平"的民族精神是全体太安堂人永恒的追求；实现"变革夺标"是太安堂人当前的总任务！

实现愿景，完成使命，信仰夺标，任重道远，茫茫商海，法在何方？

"解事宣读史"，浩瀚长河，五千年的文明古国留给我们一个不变的经验——只有求变，才能图强。

"兵无常势，水无常形"，唯有"恒变"，才能实现太安堂人的追求。嬗变的欲望越强，转变的技能越高，太安堂人的生命力就越强。

现在的年代，是一个务实的年代，但故事一个比一个浪漫；是一个微利的年代，但高附加值产品仍不胫而走；是一个返璞归真的年代，但自由女神却与"情侣"如影相随。

21世纪是"脑袋子"决定"钱袋子"的时代，太安堂"变革夺标"的实现，首先取决于拥有多少人才与技术，取决于太安堂人观念的转换；更取决于自己是否掌握了多少取胜的游戏方略。

人才是请来的，观念是转过来的，资源是换过来的，心志是炼出来的，智慧是逼出来的，变革夺标就是变出来的！

据潮州柯氏族谱记载："太安堂世代相传，名医辈出，达官显贵，庶民百姓求医问药者络绎不绝，村前院后时常车马相接，人声鼎沸，救活民命，何止万千，秉德济世，造福万方，功德无量，有口皆碑。"然太安堂近500年，虽存而未能复兴，更未能致广大而尽精微，虽承"为天地立心，为生民立命"之志，然如何变革复兴？如何以医药之道，一统华夏，秉德济世，为而不争？

1995年10月开始的第一次变革之旅，历经15周年奋斗，复兴了太安堂。

太安堂人第一次变革，奠下基业，成功上市，定下誓言，立下信仰，复兴了太安堂，然而如何打破营销瓶颈做大规模？如何中药现代化创造高附加值回报股民、报效社会？如何在医药征途上为往圣继绝学，为万世开太平，弘扬国粹成为一流药企？成了太安堂人变革夺标的主题。太安堂何去何从，二次变革迫上眉睫！

如何在新形势下进行二次变革，是摆在太安堂人面前的头等大事，进行二次变革，重在观念变革、人才变革、营销变革、系统变革从而达到整体变局。

2011年太安堂人执行"玉兔五运略"，开始了太安堂第二次变革。

二次变革的旋律，预计连奏660日将太安堂建设成人才精英、设备精密、技术精湛、产品精华、机制精细、财管精通、监察精明、资本精运、效益精确……等群"精"荟萃的中型药企，于2012年全面完成公司"二五规划"。

2011～2013年是公司"二五规划"与"三五规划"的交接关键期，是公司成为中型药企向规模化挺进的黄金时间。

今天，太安堂开启了"变革夺标"的滚滚历史车轮，以"为天地立心、为生民立命、为往圣继绝学，为万世开太平"的民族召唤为精神追求，"弱冠"铸造现代药企，向公司"三五规划"（2013～2017年）挺进！

培养太安堂人才成为商海的弄潮儿，要掌握市场的游戏规则，应办成学习型的组织，应以《资治通鉴》、《三十六计》、《孙子兵法》、《易经》等中国传统哲学的精髓打造人才，打造企业文化，我们应尊重人才，理解人才，大胆授权，激发潜能，将人才价值最大化，让人才与企业一同成长。

应以优厚的待遇和渗透人心的企业文化、企业精神吸引人才、隐聚人才；千言万语凝成一句话，就是以卓越的人本管理，当仁不让，蟾宫折桂。

"为政有本，本立道生"！

巨龙滚滚呼啸，穿越挟带神州腹地之灵气，于入海处冲积出一片神奇的土

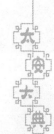

地，它就是"长三角"，喷射出一颗巨大的明珠，这就是上海，太安堂营销的变革，总部就在上海。

善战者，求之于势，不责于人，故能夺人而任势；善战者，如转圆石于千仞之山者，势也！

太安堂不能只有一架原动力装置，建网络，创品牌，制订老虎经济布局，尽快变成"老虎经济"。

管理的最高境界是企业的文化管理，文化管理的最高境界是哲学管理，哲学管理的最高境界是信仰管理。

文化基因决定商业基因；外来基因优化本土基因；新兴基因改造旧有基因；共性基因影响个体基因，这就是我们对基因的态度。

"良贾深藏若虚，君子盛德若愚"。这是老子教诲孔子做人道理。

低调做人就是用平和的心态看取世间的一切。有此心态，便能宠辱不惊，看庭前花开花落，去留无意，望天上云卷云舒，集散有道。

庄子说："天地有大美而不言。"

地低成海，人低成圣。在处世时，只要以谦字铺路，你就会在人际关系上做到游刃有余，将来才会对自己、对社会尽到责任，也一定会彰显身价、有所成功。

炫耀是不自信的虚荣表现，是哄抬自己品牌的作弊行为。我们只有表现真实的做人本色，才能使自己"货真价实"。

现代社会，已不是谦卑有加、礼让三分的时代，我们要学会展示自己。学会毛遂自荐，让别人看到你，知道你的存在，知道你的能力。认真体会它的奥妙，努力去实践它，你会得到意想不到的好处。

把自己推出来，这不仅是一种智慧，也是一种胆略。自己价值几何，别人未必知道。只有主动出来，你才会获得展示自身才干的机会。

企业的品牌不是由别人为你挖掘出来的，而是由你自己打造出来的。

企业的品牌价值就在方圆之间，方是企业的脊梁，圆是处世的锦囊。方外有圆，圆中有方，以不变应万变，以万变应不变，才能无往而不利。

朝气蓬勃的太安堂药业，憧憬的灯火长明，创新的思维涌动。

梦想照亮航程，灵感诞生现实！时代在召唤，英才在奋起，太安当自强！

中华民族有独立的民族魂，太安堂人有独特的意志，有独特的信仰，这独特的意志、独特信仰和"民族魂"融会升华成独特的太安堂精神，这正是太安堂建成世界一流的中药现代化制药企业的核能所在。

"得水生灵气，柳垂成诗意；解事宜读史，狂啸宜登台"！

金自矿出，玉从石生，非幻无以求真；道得酒中，仙遇花里，虽雅不能离俗。

鸿鹄高飞，缘于羽翼；蛟龙胜跃，功在鳞鬣；二五规划，缘于变革；变革夺标，功在英才！

(二)《二次变革》解读——奋勇变革

变革，是事物发展进步的必由之路；变革，是国家、企业发展的根本动力。

变革，从书面来讲就是改变，改革。《礼记·大传》："立权度量，考文章，改正朔，易服色，殊徽号，异器械，别衣服，此其所得与民变革者也。"宋巩《自福州召判太常寺上殿札子》："变革因循，号令必信，使海内观听，莫不震动。"

华夏文明上下五千年一脉相承的发展，始终立于民族之林而不倒，与民族精神中所内蕴的"鼎新革故"、"求变图强"的改革理念和改革精神息息相关。

曾有人感叹：中国古代的变革，是人类智慧所做的最惊心动魄的魔术，它能使一个侏儒变成一个巨人，把一个没落的民族变成一个蓬勃奋发的民族，把一个弱小的国家变成一个强大的国家。

"布新猷，除旧政"，先贤这一精辟的概括是变革的核心要义所在。

商鞅是华夏文明史上一位伟大的变法者，"挺身以任国事，抗群臣之延议，逆一国之舆论"，力主废世卿世禄制，奖励军功；废井田，开阡陌；统一度量衡，为本归蛮夷之列的弱秦"拓霸国之规模，立统一之基础"，将秦国改革为当时政治、经济、军事上最强大的封建国家，最终为秦始皇完成统一大业奠定了坚实基础。之后的王安石、张居正等历史先进人物，明知自己的改革将"害于身而利于国，又负天下后世之谤"而"勇为之"，使"鼎新革故"的改革精神得以传承延续和发扬光大。

近代中国，因循守旧、腐朽没落的封建统治者闭关锁国、自绝于世界发展潮流之外，使巍巍华夏内致民生凋敝，外遭列强凌辱，深陷"亘古未有之变局"。中华民族所遭遇的内忧外患，使不少仁人志士毅然以"苟利社稷，生死以之"的壮志豪情，"我自横刀向天笑，去留肝胆两昆仑"的浩然正气，积极探索变革图存之道，努力寻求强国富民之路。

变革精神一脉相承、改革方略应时而变。中国共产党领导下的中国开始了新的变革探索，中华人民共和国的成立、社会主义发展道路的探索，以及激荡30年的改革开放，创造了变革史上的奇迹。

胡锦涛总书记在党的十七大报告中指出："改革开放是决定当代中国命运的关键抉择，是发展中国特色社会主义、实现中华民族伟大复兴的必由之路。"

改革开放30年，中国发生了数千年未有之大变局，这是举世瞩目、举世公

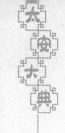

认的。这种"变",不仅仅是令世人瞠目的经济腾飞奇迹,更是思想观念洗心革面之变,体制机制的脱胎换骨之变。

"让人民生活得更加幸福、更有尊严"。温家宝总理在2011年新春团拜会、与全国网友交流时以及在3月份的两会上都提到了这样的说法,意味深长。

在3年前的两会上,温总理与中外记者见面并回答记者提问时引用了一句话:"天变不足畏,祖宗不足法,人言不足恤。"

温总理用这句话强调了自己要继续承担改革重任、改变客观时弊的决心、意志,这是种一往无前的勇气。

坚持变革,是为了让人民生活得更加幸福。

变革之路充满着艰辛与磨难,甚至鲜血与泪水,不变革则落后挨打,直至被人取而代之,这对企业来说尤其如此。

被誉为"世界第一CEO"的杰克·韦尔奇曾说过:"企业发展,要么变革,要么灭亡。"企业要长久生存下去,就必须与时俱进,随着市场环境、企业经营状况等的变化,曾经引以为傲的营销运作体系或管理模式可能变成现阶段的累赘或弱点。"世界上唯一不变的就是变化"。

对企业而言,改革开放的进程就是企业不断革故鼎新、勇于挑战,逐步走向市场、成为充满生机与活力的市场竞争主体的进程。那些挑战固有思维,勇于变革的企业成就了中国的品牌,成就了国人拥有享誉世界的民族品牌的梦想。

2011年是"十二五"的开端之年,国内企业都在自我升级的浪潮中苦练内功,谁能在这大浪淘沙后生存发展,谁就能成为改革的最终受益者。

2011年同样是太安堂集团"二五规划"的决胜之年,能否实现"创建世界一流的中药现代化中型制药企业"的既定目标,取决于变革。"实现变革夺标是太安堂人当前的总任务!"柯树泉董事长指出,"兵无常势,水无常形,惟有恒变,才能实现太安堂人的追求。嬗变的欲望越强,转变的技能越高,太安堂人的生命力就越强。"

太安堂人第一次变革,奠下基业,成功上市,定下誓言,立下信仰,复兴了太安堂,然而如何打破营销瓶颈做大规模?如何中药现代化创造高附加值回报股民、报效社会?如何在医药征途上为往圣继绝学,为万世开太平,弘扬国粹成为一流药企?成为太安堂人变革夺标的主题。

"在新形势下进行二次变革,是摆在太安堂人面前的头顶大事!"进行二次变革,重在观念变革、人才变革,营销变革、系统变革从而达到整体变局。2011~2013年是太安堂"三五规划"交接的关键时期,向规模化继续发展,需要坚决而巨大的变革。

"裂变有道，集权有法，分权有术，授权有势，用权有章"。经营模式的转变与人海战术思路的结合，必将促使太安堂营销成功变革。

太安堂永恒不变的核心理念和不断追求升级转型的动力，来自于全体太安堂人对于太安堂事业的执着、探索、创造、发明和全力的追求；抓住机遇，善于选择，敢于决判，善于创造，顺势而动，大事可成！

上下同欲者，胜！

奋勇变革者，强！

第三章 复兴指南

第四章 复兴硕果

第一节 现代太安堂

2007年3月，经国家工商行政管理局批准，原"广东金皮宝集团"复名历史百年老字号，正式更名启用"太安堂集团"。标志着太安堂走向了全面复兴的征程。柯树泉董事长感慨之余，写下《太安堂复兴序》。

太安堂复兴序

柯树泉

明嘉靖甲子岁，内宫突发"太医朱林案"，御医万邦宁无辜株连流放广西梧州府，时任梧州府正堂柯文绍大夫（柯玉井公）盛情相待。时遇火烧梧州，水漫苍梧，藤县瘟疫，黎庶处于水深火热之中，柯玉井与万邦宁设医办药，救死扶伤，治愈大批的烧伤、瘟疫和皮肤病人，并带领军民兴建砖瓦民宅，铲除竹篷屡遭火灾的根源，人民感恩戴德，立石碑永恒纪念，碑文详载在广西梧州府志。

据广西梧州府志、广西藤县县志记载，柯文绍于藤县创办"友仁书院"，专培养中医药人才，为民解除疾苦。

后万邦宁回朝升任太医院院使（太医院院长），上疏启奏柯玉井政绩，并奏请天子将其亲着的中医药学瑰宝《万氏医贯》、太医院定制的"太安堂"牌匾御赐柯玉井公，时隆庆皇帝登基，准奏并升任柯玉井公为奉政大夫。

1567年，柯玉井公恭接《万氏医贯》、"太安堂"牌匾，回潮州府创办"太安堂"，薪火相传13代，风雨兼程500年。

太者，高亦，大亦；极亦，最亦，泰亦！太安堂之"太"其意有三，一是太医和太医的核心技术；二是康泰、平安、泰然；三是指太空即天下。

安者，平安、安康亦；太安者，国泰民安亦。

"太安堂"，是由太医和太医的核心技术创建起来的中医药圣殿，旨在弘扬中医药国粹，济世救人，为民造福。据记载，"太安堂"创办以来，太安堂名医辈出，庶民百姓赴"太安堂"求医问药者络绎不绝，村前院后时常车马相接，人声鼎沸，救活民命，何止万千，秉德济世，造福万方，功德无量，有口皆碑；兼后裔七代进士，名人辈出，政坛鼎盛，相得益彰，"太安堂"威名如大鹏展翅，御水临风，扶摇直上，千古传颂。

时光荏苒，"太安堂"虽历史多姿多彩，然随国运几多风雨，几多沉浮，百年老字号品牌曾隐于岁月尘烟之中，有其实而未复其名，今太平盛势，中华复兴，愚系柯玉井公第十三代孙、"太安堂"第十三代传人，从医药历四十余年，承先启后，复兴太安堂，责无旁贷。经国家工商行政管理局批准，我集团于2007年复名历史百年老字号，正式更名启用"太安堂集团"。

原"广东金皮宝集团"称号将做为集团辉煌的历史记载、美好的记忆珍藏于太安堂集团之高阁；

"太安堂"复兴，先辈含笑，今人欢呼，万店庆贺，感恩政府，感恩天地。

百年老字号"太安堂"，将代代相传，发扬光大，太安堂人将全力弘扬中医药国粹，大批的秘传御方、秘方、验方等医药资源将研发陆续上市，焕发"太安堂"中医药青春，闪烁细分领域强势品牌群体，为民造福。太安堂人将建设"太安堂中医药博物馆"、拍摄电视剧《太安堂·玉井传奇》、编纂《太安大典》，弘扬中医药国粹。

看今朝，太平盛世，中华复兴，金皮宝一脉相承，太安堂继往开来，从"七星伴月"到"五凤朝阳"，从"三足鼎立"到"一统华厦"，荟萃精英，开疆辟土，龙腾长城内外，虎啸大江南北；

展未来，百二秦关终属楚，三千越甲可吞吴！金皮宝上下同欲，太安堂奇正用兵，誓做中国最好皮肤药，塑细分强势品牌群体，运局谋阵，五维操盘，金皮宝"蟾宫折桂"，太安堂"龙门夺魁"！

天道立目标、王道定战略、霸道掌中心、奇正用兵，承太安堂宏基崛起；

地道兴产业、诡道融资本、柔道控枢纽、先胜求战，续金皮宝辉煌腾飞。

太安堂是著名的中医药老字号，始创于明隆庆元年即1567年，其医药核心技术源自明代太医院。"太安堂"第十三代传人柯树泉秉承"秉德济世，为而不争"的堂训精神，荟萃祖传御医宝典《万氏医贯》的医药精髓，在从医25年后，于1995年接过祖传"法宝"，创办制药企业，复兴500年老字号"太安堂"。如今太安堂集团已发展成为一家集科研、生产、销售中药皮肤内外用药、治疗不孕不育症用药、心血管药、妇儿科药等特殊疗效中成药于一体的专业化药业集团。

2010年6月旗下广东太安堂药业股份有限公司登陆A股市场。

太安堂集团总部设于上海四川北路海泰国际大厦，拥有广东、上海两大生产科研基地，其属下广东太安堂药业股份有限公司已发展成为国家高新技术上

市公司(股票代码：002433)，拥有上海金皮宝制药有限公司、广东皮宝药品有限公司、上海太安堂医药药材有限公司以及中国中药协会嗣寿法皮肤药研究中心、中华中医药学会皮肤病药物研究中心、博士后科研工作站、广东省中药皮肤药工程技术中心等机构。

公司以特效中药皮肤药、特效治疗不孕不育症用药及特效心血管药为主导产品，形成了企业品牌太安堂主导下的铍宝、麒麟、柯医师三大子品牌体系，拥有108个药品品种的生产批件，其中包括2个国家中药保护品种、11个独家药品生产品种、34个《国家基本药物目录》品种、59个《医保目录》品种，公司精英荟萃，聚焦"一办七部"，向创建世界一流的中药现代化制药企业奋进！

"太安堂"是一代宗师柯玉井公于明隆庆元年在潮州创建的中医药圣殿，拥有御赐的"太安堂"牌匾和太医院院使万邦宁惠赠的御医宝典《万氏医贯》两大镇堂之宝。近500年来，"秉德济世，为而不争"的堂训精神薪火相传，太医院中医药核心技术发扬光大，成为我国历史最悠久的中医药世家之一，堪称我国中医药史上的奇葩。公司创始人柯树泉、总经理柯少彬分别系柯玉井公第十三、第十四代孙，太安堂第十三代、第十四代传人，正带领全体同仁继往开来、传承拓展。

公司坚持以弘扬中医药国粹为己任，太安堂中医药博物馆、电视连续剧《太安堂》、中医药巨著《太安大典》均被载入上海大世界基尼斯史册，太安堂中医药文化获得"广东省岭南中药文化遗产"、广东省非物质文化遗产保护名录等多项文化认定，蜚声四海。

太安堂严格执行"遵古重拓，方经药典，精微极致，大道无形"的制药真言，以优质产品奉献社会，赢得广泛赞誉。心宝丸荣获"国家中医药管理局优秀产品"、"国家卫生部乙级科学技术成果"等奖项；"铍宝"被认定为广东省著名商标，外用产品荣获国家权威机构颁发的"皮肤科发展贡献奖"、"烧伤外科发展贡献奖"等荣誉，消炎癣湿药膏被评定为"广东省名牌产品"。国家中药保护品种麒麟丸获得国家"科技进步一等奖"，是目前国内稀缺的治疗男女不孕不育症的药物。

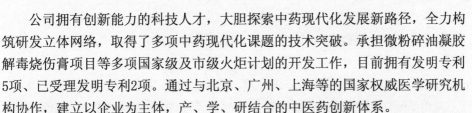

　　公司拥有创新能力的科技人才，大胆探索中药现代化发展新路径，全力构筑研发立体网络，取得了多项中药现代化课题的技术突破。承担微粉碎油凝胶解毒烧伤膏项目等多项国家级及市级火炬计划的开发工作，目前拥有发明专利5项、已受理发明专利2项。通过与北京、广州、上海等的国家权威医学研究机构协作，建立以企业为主体，产、学、研结合的中医药创新体系。

　　从七星伴月到五凤朝阳，公司大力加强自身的营销网络建设，形成了以广州、上海为中心，辐射全国OTC以及第三终端两大销售渠道，从三足鼎立到一统华夏，公司的皮肤科病类、心血管病类、不孕不育症等药品市场占有份额稳步提升，盈利能力进一步加强。

　　"为创建世界一流的中药现代化大型制药企业而奋斗"是太安堂人的信仰，"鼎立充满特色的中药现代化中型制药企业"是太安堂"二五规划"(2008～2012年)的发展目标，"做中国最好的优生优育药！""做中国最好的皮肤药！""做世界特效的中成药！"是太安堂人的共同愿景。展望未来，公司全体同仁将上下同欲，以一往无前的进取精神和创新实践为创建世界一流的中药现代化大型制药企业而奋斗。向世人展示太安堂璀璨的文化和时代风貌，谱写公司不断发展壮大的壮丽史诗！

　　药济苍生仁心仁术青阳开国太；
　　王昭日月圣典圣德紫气佑世安！

第二节　太安堂荣誉

　　2002年9月，汕头市质量技术监督局授予"质量信得过企业"称号。

　　2003年1月，广东皮宝制药新厂落成剪彩并通过国家GMP认证。

　　2003年4月，汕头市金平区人民政府授予"金平区优秀民营企业"称号。

　　2004年3月，全资子公司广东皮宝药品有限公司通过GSP认证。

　　2004年6月，被认定为"广东省食品药品放心工程示范基地"。

　　2005年2月，被评为"广东省食品医药行业科技质量工作先进单位"。

　　2006年6月，荣获汕头市"A级纳税人"称号。

　　2006年8月，控股子公司上海金皮宝制药有限公司通过国家GMP认证。

　　2006年9月，《太安堂》荣获"全国企业文化建设优秀企业内刊金奖"。

　　2007年3月，被评为"广东省医药生产经营诚信示范单位"。

　　2007年3月，荣获"广东省医药生产经营诚信示范单位"。

　　2007年3月，荣获2006～2007年度"A级纳税人"称号。

　　2007年4月，柯少彬总经理被聘请为上海市宋庆龄基金会第三届理事会理

事。

2007年4月，荣获2006年度"广东省诚信示范企业"、"诚信公约会员单位"。

2007年6月，荣获汕头市2006年度"守合同重信用企业"。

2007年10月，柯少彬总经理荣获"广东省优秀企业文化突出贡献领导奖"。

2007年12月，广东皮宝制药股份GMP续展、广东太安堂制药厂外丸剂车间双双通过GMP认证。

2008年3月，获得2007年度"广东省创建学习型企业先进单位"称号。

2008年3月，荣获"广东省药品安全信用等级评价A级企业"称号。

2008年3月，荣获"广东省医药企业信用等级评价AAA级"称号。

2008年4月，荣获2007年度"广东省诚信示范单位"。

2008年6月，广东皮宝制药股份被评为"2008年广东省知识产权优势企业"。

2008年6月，集团名称升级为国家级企业名称"太安堂集团"。

2008年6月，获得汕头市"A级纳税人"称号。

2008年10月，柯少彬总经理被授予"广东省医药行业突出贡献企业家"荣誉称号。

2008年10月，广东药学院教学基地在皮宝制药股份正式挂牌。

2008年10月，柯少彬总经理被《医药经济报》聘为"第六届编委会委员"。

2008年12月，广东皮宝制药股份有限公司被评为"热心公益单位"。

2009年1月，太安堂中医药博物馆以"规模最大的中医药家族展示馆"获得"大世界基尼斯之最"（中国之最）证书。

2009年1月，广东皮宝制药股份柯少彬总经理荣获"汕头市优秀拔尖人才"称号。

2009年2月，柯少彬总经理当选汕头市青年联合会常务委员、当选"汕头市人民对外友好协会第三届理事会理事"。

2009年2月，荣获广东省慈善总会"抗震救灾社会捐赠先进集体"。

2009年2月，广东皮宝药品有限公司顺利通过五年一度的GSP认证。

2009年2月，广东皮宝制药股份有限公司顺利通过丸剂车间的GMP认证。

2009年3月，千金茶秘方获得"广东省岭南中药文化遗产"称号。

2009年3月，"太安堂中医药文化"被列为广东省非物质文化遗产。

2009年3月，电视剧《太安堂·玉井传奇》以"医案最多的弘扬中医药堂文化电视剧"荣获"大世界基尼斯之最"称号。

2009年3月，太安堂荣获"潮汕老字号"称号。

2009年3月，荣获2006～2007年度"科技工作先进单位"称号。

2009年3月，荣获2008年度"纳税大户"称号。

2010年，太安堂药业获得广东省创新型企业。

2010年，荣获广东省中药文化遗产认定。

2010年，荣获广东省科技示范旅游基地。

2010年，荣获广东省诚信示范企业。

2010年，荣获广东省工业旅游示范基地。

2010年，荣获广东省中药制造企业20强。

2010年，荣获广东省中医药工业企业50强。

2010年，荣获优秀专利项目和优秀专利发明人。

2010年，消炎癣湿药膏荣获"店员推荐率最高品牌"。

2010年，上海金皮宝制药荣获"上海市守合同重信用企业"称号。

2010年，上海金皮宝制药荣获"第二届上海市市场诚信经营先进单位"称号。

2010年，荣获十大顾客挚爱商品大奖商品、最佳合作伙伴。

第三节 实现五个"一"

一个百年老字号，一个大品牌。"太安堂"荣获"潮汕老字号"称号、获得岭南中药文化遗产、被认定为广东省非物质文化遗产。

一座博物馆。太安堂中医药博物馆——规模最大的中医药家族展示馆。

一部电视剧。《太安堂·玉井传奇》——医案最多的弘扬中医药堂文化电视剧。

一部大巨著。《太安大典》——卷数最多的弘扬中医药堂文化系列图书，民族医药文化的发展史、奋进史。

一颗奉献心。太安堂勇于承担中医药企业的社会责任。

一个大品牌：太安堂——五百年老字号

太安堂荣获"潮汕老字号"称号。2009年3月31日，广东省汕头市社科联和市旅游局为太安堂授予"潮汕老字号"荣誉称号。

"潮汕老字号"要求品牌创立于1959年以前，拥有世代传承的产品、技艺或服务，具有鲜明的潮汕传统文化背景和深厚潮汕文化底蕴，取得社会广泛认同，形成良好信誉。太安堂始创于明隆庆元年即1567年，其医药核心技术源自太医院。近500年传承发展，如今已成为一家集科研、生产、销售高效中药皮肤内外用药及不育不孕症用药、心血管药、妇儿科药等特殊疗效中成药于一体的全国性专业化药业集团。太安堂以深厚的历史文化底蕴、卓越的医药核心技术和全国性著名品牌形象而得到评审专家小组的一致赞赏，名列首批"潮汕老字号"第一位。

2009年4月17日，首批广东省岭南中药文化遗产保护名录在广东省正式发布，太安堂千金茶被认定为"广东省岭南中药文化遗产"。此次全省共有20家单位的30个项目进入广东省岭南中药文化遗产保护名录。

该名录申报条件要求较高，一是有悠久的历史，二是有严密传承，三是有严格的保护措施，四是安全有效。要求项目具有50年以上的传承历史，有文字、图片史料记载或厂房、作坊、店铺遗址，以及传统的生产制造设备和传统工艺技术，有明确而严格的传承谱系等。

广东省医药行业协会常务副会长张俊修表示，通过开展岭南中药文化遗产保护工作，彰显岭南中药的文化内涵，不仅能保护企业正规产品，还能为企业赢得经济社会效益，并在具体产品上体现出来。

太安堂中医药文化被认定为广东省级非物质文化遗产。太安堂历经近500年传承发展，其深厚的文化底蕴蕴涵着丰富的中医药文化遗产，主要包括中医药的精神理念、核心技术和代表性产品等3个层次的内容。

文化传承。太安堂中医药文化的核心就是创始人在400多年前定下来的太安堂堂训："秉德济世，为而不争。医道即人道，尊德性而道问学；药理亦哲理，致广大而尽精微。"成为今天太安堂集团核心价值观。

技术传承。太安堂核心技术源自明代太医院，经过近500年传承发展，形成了太安堂特色的中药炮制技术。

产品传承。今天，人们常常用"一支药膏打天下"来赞赏太安堂的成功及其主打产品"消炎癣湿药膏"所取得的辉煌业绩。太安堂的特效中药皮肤外用药产品，包括消炎癣湿药膏、蛇脂维肤膏、解毒烧伤膏等，其核心技术皆来自于太安堂近500年的中医药实践经验的总结和提炼。

太安堂第七代传人柯黄氏妈在清代雍正年间以妇科闻名于世，她尤其擅长医治不孕不育症，四乡八里登门求医得子者何止万千。其神奇秘方一直传承了下来。柯树泉作为太安堂第十三代掌门人，现任太安堂集团董事长。柯少彬总经理是太安堂第十四代传人。

太安堂麒麟牌麒麟丸为万千家庭圆了亲子梦，成为治疗不孕不育症、实行优生优育领域里领军品牌。

一座博物馆：太安堂中医药博物馆

太安堂中医药博物馆以"规模最大的中医药家族展示馆"获得"大世界基尼斯之最"（中国之最）证书。证书上记录了太安堂中医药博物馆的特色："太安堂"源于1567年，现由第十三代传人柯树泉经营管理，系家族制药企业。太安堂中医药博物馆共2层，位于汕头市金园工业区新建太安堂制药厂区内，以潮州柯氏中医药世家的历史渊源和太安堂发展轨迹作为情节线索，展示了太安堂深厚中医药文化底蕴的重要物品，如珍贵医书、明清时期的诊疗器具、锦旗、牌匾等。

沐浴着博大精深的中医药文化成长起来的"太安堂"，是一座弘扬祖国传统医药文化、济世救人的中医药圣殿。

"秉德济世，为而不争"，太安堂自明代隆庆元年（1567年）创建初始，其堂训精神就显示了药济天下的韬伟胸怀；"医道即人道，尊德性而道学问；药理亦哲理，致广大而尽精微"，太安堂核心技术在不断继承、发展、创新中代代相传。

创始人柯玉井公（1512～1570年），广东潮州人，官讳文绍，明嘉靖十六年（1537年）丁酉科第九名举人。承父业从医，考入太医院。后历任云南楚雄县事、广西宜山县事，嘉靖四十三年（1564年）升任梧州府同知署理梧州府正堂。为官清正廉明，政绩卓著。隆庆元年，柯玉井叩谢皇恩，恭接亦师亦友的太医院院使万邦宁撰编的《万氏医贯》及皇帝恩准太医院授予的"太安堂"牌匾，回故里潮州创建"太安堂"。

"太安堂"第十三代传人、柯玉井公第十三代孙柯树泉秉承太安堂堂训，从医历药40年后，接过祖传"法宝"，创办制药企业，复兴五百年老字号"太安堂"。

太安堂集团董事长柯树泉感恩先祖，感恩社会各界，斥资建造"太安堂中医药博物馆"，旨在弘扬中医药文化，继承和发展中医药国粹，承接太安堂500年中医药精髓，造福人类。

2009年1月11日晚上，"第十一届大世界基尼斯最佳项目奖"颁证晚会在中央电视台的星光演播厅内举行，公司常务副总经理柯少芳接过了现场颁发的"太安堂中医药博物馆获得第11届大世界基尼斯最佳项目奖"金质奖杯。

晚会大屏幕上现场播放太安堂中医药博物馆的介绍片，片中简要介绍了潮州柯氏中医药世家的历史渊源和太安堂深厚中医药文化。国家文化部前常务副部长高占祥，在得知太安堂不仅是传承了500年老字号，更是现代中药制药的优秀企业时，高占祥欣然写下题词：弘扬中医药国粹。

一部电视剧：《太安堂·玉井传奇》

由太安堂集团投资拍摄的28集电视连续剧《太安堂·玉井传奇》以"医案最多的弘扬中医药堂文化电视剧"获得"大世界基尼斯之最"（中国之最）证书。

作为"中医中药中国行"（上海站）系列活动之一的电视连续剧《太安堂·玉井传奇》，于2007年底在上海举行了隆重的新闻发布会和开机仪式，这部全新中医药题材的电视连续剧受到了北京、上海、广东等各级政府和国家中医药管理局、中国中药协会、中华中医药学会等的大力支持，引起了全国各界的广泛关注。

本剧讲述的是明代潮州优秀子弟柯玉井，深受中国传统儒、释、道文化的洗礼，在太医院名师及诸多高手的帮助下，历经磨难，终成一代名医并创办中医药圣殿太安堂的传奇故事。剧情跌宕起伏，医案、冤案扣人心弦，爱恨情仇，迷离交织。以柯玉井一生"不为良相，便为良医"的历练过程为主线，以弘扬中医中药传统文化为宗旨，献给广大观众一部与人民群众生活休戚相关的、全新中医药题材的电视连续剧。剧中涉及医案案例40多种，中国中医科学院的专家做为本剧中医药顾问，为每一个医案把关。

《太安堂·玉井传奇》分别在潮州、珠海、横店影视城等进行拍摄，历时1年多，并完成后期制作合成，已于2008年11月27日获得国家广播电影电视总局审核批准（国产电视剧发行许可证广剧审字第080号）。

2009年7月起《太安堂·玉井传奇》在国内外播映，不仅让中国观众，也让更多国家和地区的观众更好地了解和认识中国的中医药文化、促进传统文化的交流、彰显中华国粹中医药的无穷魅力。

一部大巨著：《太安大典》

作为广东省非物质文化遗产、岭南中医药文化代表之一，太安堂近500年传承积淀下来的文化遗产，也是我国中医药历史研究的领域里的一份珍贵史料。

为弘扬中医药国粹、振兴中医药事业、挖掘保护中医药文化遗产，百年老字号中医药企业太安堂集团编纂出版《太安大典》中医药文化系列丛书，普及中医药知识，提高人们健康水平。

《太安大典》是太安堂行医历药的心血凝聚，有太安堂创始人柯玉井公在太医院深造时积累的宫廷验方，有太安堂御赐、祖传秘方验方医案，还有太安堂历代名医的手抄医方，太安堂产品核心技术、保密技术等等，集成古今中医药理论精髓，聚焦太安堂五百年中医药核心技术，传承发扬优秀中医药文化。

《太安大典》全书分上下两篇，计12部，合共108卷，历时从2008年1月至2012年12月五年完成。2009年已完成5部书的出版。

2010年7月，当国家中医药管理局副局长李大宁了解到太安堂编纂《太安大典》时，高兴地说，今年国家投入大量资金整理中医药文献，整理中国十大传统中医药文化品牌、与国家推荐老字号品牌，这个时机很好！国家有关领导多次强调，文献的研究不能回到书本上，做为文献，文化研究的类别，不能回到古人堆里去，要回到活生生的现实传承中来，祖传秘本，如何从知识产权、非物质文化遗产进行保护。对民间非常优秀的文化、企业上百年传承的文化整理和研究，不能光是官方的，我们需要来自民间的、来自企业自己整理和研究的。李大宁副局长还对《太安大典》的编纂工作提出要求，他说，《太安大典》应该力争成为一部教育人、感染人、鼓舞人、继往开来、创新传承的中医药文化经典作品，是民族医药发展的缩影，是民族医药文化发展历史、奋进史。

一颗奉献心

太安堂勇于承担中医药企业的社会责任。始终谨记所担负的使命，致力于中成药现代化的研究与特效中成药的开发，先后在皮肤药、孕育药、心血管等领域取得一个又一个的突破。其国家中药保护品种"心宝丸"拯救了无数心脏病患者的宝贵生命；治疗不孕不育症的"麒麟丸"让全国数十万家庭圆了亲子梦；柯医师牌纯中药化妆品，突破化妆品市场上的激素垄断，让广大女性和婴幼儿有了安全优质的护理保养品，实现自然美的梦想。

太安堂始终以"秉德济世，为而不争"的宽阔胸怀，积极承担社会责任，以优质的产品回报大众。多年来坚持学术研究与医药下乡并行，持续不断的向贫困家庭、偏远地区送医送药，用无疆的大爱温暖百万民众，多次荣获汕头市药业商会"热心公益事业"称号。积极参加由中共中央宣传部、国家中医药管理局等23个部委主办的"中医中药中国行"大型中医药科普宣传活动，使医药下乡、医药进社区落到实处。2008年的汶川大地震让千万同胞陷入灾难中，医

药与资金的支援是当务之急，太安堂是国内首批加入救灾捐款捐药的企业，被广东省慈善总会评为"抗震救灾社会捐赠先进集体"。柯少彬总经理荣任上海宋庆龄基金会理事，常年为上海宋庆龄基金会捐款，热心支持社会公益事业，并常年为残疾人联合会捐款捐物。

"企业首先是做得好，然后是做好事"。世界管理大师彼得·德鲁克说，企业最基本的社会责任就是把企业做好，这是企业履行其他社会责任的前提和载体。"一个长期奉公守法、善待社会、勇于承担社会责任的企业还可以提升自己的形象，增加无形资产"。

太安堂，这个蕴含深厚中医药文化底蕴、中医药核心技术，以及包含承担社会责任的价值品牌已经高高树立起来。

第四节 太安堂上市

2010年6月18日上午8点30分，太安堂集团董事长柯树泉进入深圳证券交易所，他是来参加广东太安堂药业股份有限公司股票上市交易敲锣仪式。

作为中国大陆两大证券交易所之一，深交所借助现代技术条件，成功地在一个新兴城市建成了辐射全国的证券市场。15年间，深交所累计为国民经济筹资4000多亿元，对建立现代企业制度、推动经济结构调整、优化资源配置、传播市场经济知识，起到了十分重要的促进作用。

深交所创建的那一年，柯树泉刚刚完成人生的第一次转型，从一名中医医生转型成为一家小型制药厂的老板。

2004年，深交所经国务院同意，中国证监会批准，在主板市场内设立中小企业板块，这是分步推进创业板市场建设迈出的一个重要步骤，是党中央、国务院从促进经济的可持续发展和促进经济结构调整的大局出发做出的重要决策。

这一年的春天，柯树泉来到了上海。他的制药企业在汕头已经发展壮大起来，并在广州设立了自己的营

销总部。他不仅在上海开办一家制药分厂，还把集团公司总部迁到上海，就在滔滔的黄浦江畔，站在办公室窗前就能望到对面的东方明珠高塔，似乎听得到黄浦江水滚滚流淌之声，他很喜欢这种感觉。

今天，在踏上深交所大楼的台阶时，他就即将成为上市公司的企业主了。虽然昨晚在答谢酒会之后与各界朋友畅聊，睡得很晚，但今天丝毫未觉得疲惫，依旧神采奕奕，步履稳健。

9点30分，柯树泉举起手中的小铁锤敲响深交所象征成功挂牌的铜钟。

有人递过酒杯，这是庆祝成功上市的酒，他不记得自己当时是否一饮而尽了，接着各种祝福声、庆贺语纷至沓来，并和大家一一合影留念。

柯树泉的脸上始终带着微笑，或许他的脑海中一瞬间闪过无数走过的日子，又或许什么都没有去想。

但有一点，他很清晰，就是自己仍然未感到轻松。这一刻，不正是自己多年来所期待和向往的么？当梦想变成现实的时候，原来并不轻松啊！

有电视台的记者围上前来采访，他几乎没有理思路，回答作为上市公司企业家的感受，他说了两个字：责任。

中国的资本市场，"药"是一块大蛋糕，众人垂涎欲滴。经久不衰的制药业里，群雄逐鹿。

近年来，医药行业掀起了一股资本运营的浪潮，私募融资、海外上市、并购重组等资本故事不断上演。耳熟能详之际，随着企业的发展壮大，太安堂如何构建一条资本吞吐的通道？如何进行资源配置？如何拉动公司的结构重组？这些都成为企业在前进过程中必须直面的重要问题。这些问题的思考和解决，就是太安堂资本经营的重要内容。

从太安堂的发展历程来看，其经营活动大概经历了产品经营和资本经营两个阶段：在企业经营的初期，所生产的药品是否满足临床的需求和药品质量是否过硬决定了企业的生死存亡，经营的核心命题是产品。这段时期，要么凭借市场策划，要么依靠广告轰炸，要么是产品开发，等等。在这个时期，太安堂基本都是围绕"产品的供研产销"来进行的，此阶段被称为太安堂的产品经营阶段。随着产业的发展和资本市场的升温，资本已经在悄然改变着国内医药产业的格局。太安堂也面临着从产品经营过渡到资本经营的重要时机。

太安堂资本运作分3个阶段：

第一个阶段是做大规模，为什么要做大呢？当企业的规模达到一定水平时，能对收益产生加速度的影响。随着市场的发展，专业化厂商会出现并发挥很大的功能。对此，规模经济是非常重要的，一个厂商通过并购竞争对手的途径成为巨型企业，这在现代史上是一个非常突出的现象。并购可以迅速使企业做强做大。在这个时期，太安堂先后兼并了揭阳新华制药厂、汕头麒麟药业，

这都是顺应市场变化，提高自己竞争力的重要选择。

第二是改制阶段。这是企业出于完善内部资本与治理结构，而对资本结构、产权结构进行的调整。一个企业有没有良好的资本治理结构，有没有明晰的产权结构，决定了企业进入资本市场后能否便利、快速、安全地运营。太安堂药业完成股份制改造，并于2010年6月18日登陆A股市场。

第三是资本扩张过程。为了达到低成本增值或扩张的目的，而组合使用的多元化资本运作。

目前，中国医药市场所蕴藏的并购机遇正在受到前所未有的重视与关注。在"十二五"规划以及老龄化、财富转移和城市化人口的驱动下，我国有望在10年内成为全球第二医药市场，具有广阔的市场前景。国家"十二五"规划倡导的行业整合对中国医药行业而言将是重要的发展因素，有实力的企业对扩大市场份额和优化销售渠道的迫切需求，将极大地推动行业并购活动。

太安堂药业上市之后，先后并购了雷霆国药（原广东韶关中药厂），以及控股广东宏兴集团，将雷霆国药70余个产品批号和百年老字号"宏兴制药"揽入旗下。

宏兴制药创建于19世纪中期的天和堂（后称"宏兴栈"、"宏兴药行"），1662年的大娘巾卫生馆，1942年的紫吉庵药店沿革、发展、合并而来，追溯其历史渊源，距今已有近350年的历史，是一家历史悠久的中华老字号制药企业，具有浓厚的历史文化底蕴和丰富的文化遗产，然而由于体制陈旧、人才缺乏、理念落后等原因，宏兴经营步入困境，宏兴正呼唤着先进核心人才团队，呼唤着改革的最基本的资金支撑，呼唤着脱胎换骨的长远战略规划，呼唤着现代营销不断创新的商业理念和经济发展模式，呼唤着上下同欲、集成聚焦夺取伟大目标的企业价值观。

太安堂以振兴中医药企业为己任、整合中医药资源、重新擦亮老字号品牌，完善公司的产品链，壮大规模，实现产业升级，增强核心竞争力，2011年11月，太安堂控股宏兴。

佛经云：心在当下，当下即心。一切事相，均为心迹之末缘，存有为之端，泥事相之偏。人世间先有心，后有迹，言为心声，言以载道，太安堂一诺千金！

太安堂传人的血循环流淌着潮州人热爱潮州的热血，太安堂将与宏兴人融为一体，顺天承运，遵循天人合一、品物咸章之规律，秉德济世，励精图治，为振兴中医药产业，复兴宏兴尽力尽责。

身为潮州人的柯树泉董事长，对潮州这个百年老字号充满感情，入主宏兴后，即兴写下《宏兴堂记》。

宏兴发展已纳入太安堂全面完成"二五规划"，纳入"建成世界一流的中药现代化中型制药企业"的伟大目标之中，纳入"三五规划"（2013—2017）的宏伟规划之中，这个百年老字号将实现涅盘重生，雄风重振，创造佳绩，报效社会。

宏 兴 堂 记

宏药三朝青阳开国太，兴医万载紫气佑世安。顺天承运，壬寅孟春，太安堂入主广东宏兴。

凤城潮州府，领海一名邦，海滨之邹鲁，风光独旖旎，大明建太安，神州出名药，四朝十五代，一脉传承五百年，九苞应灵瑞，五色成文章。太安堂，堂名太安，祈天安地安人安也；堂名太安，求普救众生秉德济世为而不争也；堂名太安，施医道即人道，尊德性而道问学，行药理亦哲理，致广大而尽精微也。太安堂，发祥于滔滔韩江畔，腾瑞于滚滚长江口，拓科技上市，复兴而崛起。

凤城潮州府，大清孕宏兴，传医药经典，承制药精髓，迄今历三朝，三百五十载，辉煌灿烂，宏兴众先贤，历届掌门人，灵药济苍生，功德昭日月，千秋永记！溯其源，宏兴肇始于清康熙"大娘巾卫生馆"，邀盟紫吉庵，聚首宏兴栈，合营立宏兴，雄健谱华章；观其史，岁月沧桑，几经兵火，风雨飘摇；几度磨难，浴血奋战，百炼成金；察中周，宏兴渴望人才，呼唤资本，涅盘重生。

得水生灵气，柳垂成诗意，解事宣读史，狂啸宜登台。太安堂，顺天时，得民意，怀赤心，壬辰主宏兴，创立宏兴堂，纂宏兴堂记，立宏兴信仰，锁宏兴堂训，定宏兴真言，扬核心价值，融太安文化，冰态化液态，液态升气态，腾飞之千古铁律；运九天布局，行改命造运，操五行生制，驭集成聚焦，拓金字品牌，展资本运作，吸世界精华，纳传统哲学，心灵之碰撞，阴阳之升华，宏兴堂腾飞之千古经略；传核心技术，承文号宝库，拥无形资产，立独家专利，搏百亿市场，整内外资源，扬中华字号，回报众股民，报效全社会，中周之轮回，宏兴堂腾飞之千古良机。

智者无惑、勇者无畏、仁者无敌！九万里风鹏正举，但凭海运适南溟！

感恩潮府，感恩宏兴人，感恩潮城一草一木。

龙腾雷震中周顺天和术数；凤舞水兴甲子承运法阴阳。

时在公元二〇一二年岁次壬辰端月
太安堂集团柯树泉盥手拜撰

这3个阶段是相互连接、不可分割的。它反映了企业由小变大、由弱变强的过程。在现代的管理理念下，在现代的竞争条件中，在资本竞争的时代里，

第四章　复兴硕果

我们对于竞争的想法也发生了很大的变化。我们不再简单地立足于内部的经营管理和与竞争对手的竞争，而是运用市场中的所有资源满足客户的需求。所以现代管理的重要内容是对环境中资源整合能力的提升，是你能不能最大程度地整合全社会的资源。

直观中国上下五千年，强与弱到底依靠什么力量在转化？靠的是竞争的资源配置和转移效应。

最优势的资源总是向最优秀的力量转移，并且这种转移不仅仅是一种要素的转移，因为一种优势资源必然要使其进行利益最大化的一个过程，它必须要吸纳更多的其他有用资源。太安堂深深懂得资源配置和转移效应的原理。

"纵观企业的历史，没有哪一个企业是靠自身扩张的方式成长起来的，也没有哪一个企业不是靠兼并而最后发展起来的"。美国经济学家、诺贝尔奖金得者斯蒂格勒如此总结和褒奖国内外企业资源整合的路径。悟此，太安堂集团要做强、做大，必须走产业扩张和资本运营之路，必须善于运用资本运营理念，采用灵活、巧妙的资本运营策略和手段，源源不断给企业注入新的活力，实现一个又一个飞跃。

一、太安堂集团产业扩张的规则

(1) 太安堂集团的合理兼并，稳步扩张是要建立在一定的资本积蓄基础上，有一定的前期储备才能实施的一种策略。定位科学、资金充足、人才储备丰富、管理规范、企业文化理念深入人心等等都是太安堂集团扩张的必备条件。

(2) 要建立在理性的规划之上，要以利润率的实际增长作为太安堂扩张的依托！扩张的目的是赢利——最大限度的赢利，如果把利益放在一边，那么再大的规模也不过是一个美丽的空中阁楼。

(3) 兼并项目的完成是太安堂集团再造的开始。

兼并不仅仅是简单地从规模的扩大中获得效益，太安堂立刻要面临的是对并购企业组织机构整合、资产财务重组、品牌整合管理、企业文化重塑、流程重构、营销变革等一系列亟待处理的重大问题。

(4) 我们的宗旨是利用自身的优势资源形成良好的资源关系，实现有形资源的转移和无形资源的共享，依托良好的品牌价值和强大的技术实力，丰富公司的产品体系，促进公司快速成长。

二、太安堂集团产业扩张的组织管理

现代企业管理既不可能绝对集权，也不可能绝对分权，应该是集权和分权相结合。

太安堂集团企业管理模式需要确定的不是应该集权还是分权，而是在中国社会的大环境下，在太安堂集团企业小环境中，哪些权力需要分权，而哪些权力应该集权。

太安堂集团的"三权分立"管理模式：

1.经营权与财务管理权分立 实行"经营权和财务管理权分立"，即要求子公司在总公司既定的业务范围内，在满足总公司主要经营指标前提下，对具体业务开展和资金运用享有经营自主权。但是总公司保持对他们的财务管理权，以保证实时了解经营情况。

2.物料采购权和配送权分立 中国商业贿赂日益泛滥，首当其冲的要算经济活动中购销环节的商业贿赂行为。在制造企业中，对于一般低值易耗品的分散采购，也必须采取与大宗和重要物料采购相同的程序，并接受相关部门的监督。

3.人才所有权与使用权分立 "三权分立"管理模式是从制度设计上减少企业在人、财、物方面可能出现的腐败问题。但仅有这些还不够，企业还需要辅助于"审计独立"制度，对企业可能"藏污纳垢"的地方进行全面监督。内部审计是现代企业制度下公司内部控制的主要组成部分，其目的是为了检查企业内部各项既定的政策程序是否贯彻、建立的标准是否遵循、资源的利用是否合理有效，以及企业的目标是否达到。通过内部审计能够证实企业财务收支的真实性、合法性和完整性，保证公司财产的安全和有效使用；促使被审计部门和相关人员遵守相关财经法规和财务制度，预防经济犯罪的发生和堵住财务漏洞；确保公司经营方针、策略以及制度的贯彻执行。现时，评价被审计单位经营管理活动的经济性、效率和效果，可以促使其改善经营管理、提高经济效益。目前，西方国家内部审计涉及的领域非常广泛，内容相当深入。从美国来看，内部审计部门已经广泛涉及企业发展战略和经营决策审计、投资效益审计、市场景气状况审计、物资采购审计、生产工艺审计、产品推销(包括广告促销效果)审计、研究与开发审计、人力资源管理审计、后勤服务系统效率审计、信息系统设计与运行审计等领域。

三、太安堂集团产业扩张的财务管理

太安堂集团应执行财政集中管理分散法则，就是财政权力采取集中模式，

其他管理权力采取分散模式，在不分散企业财力的前提下实现有效的分权管理。

资金的规模越大，越能发挥作用，实行相对集中的财政政策，可以让分散的资金集中起来高度使用，同时也有利于财政监督和控制。而管理则不宜过分集中，过分集中的结果是中下层缺乏工作自主权和工作积极性。

财务管理体系重组：财务管理体系既是企业实现管理目标的重要保证手段，也是企业对生产经营进行过程控制的主要手段，财务管理作为现代企业管理的主要内容，发挥着极其重要的作用。

四、太安堂集团产业扩张的风险管理

创新与扩张是企业发展无法回避的两大主题，但是这往往伴随着风险的增加。如何在创新与扩张的过程中，对风险进行有效的控制，是摆在太安堂面前的一个十分现实的课题。

(一) 太安堂集团产业扩张的企业控制权管理

太安堂集团应执行股权融资。在我国现有的金融环境下，我国民营企业如果想做大做强，最有效的途径就是进行股权融资，引入新的股东。但新的股东加入，又会有丧失对企业控制权的危险。如何在资金和控股权之间取得平衡，平衡就是前进，太安堂集团应执行"一个定律、二大原则"的决策。

1．一个定律 "财散人心聚"。

"财散"是指太安堂的股权额不断被稀释，从100%下降到以后的X%。

"人心聚"实质，通过股权分散，不仅取得企业急需的资金，还留住了宝贵的人才。

2．二大原则

第一大原则：第一大股东的地位岿然不动。

第二大原则：核心技术、营销、文化控制权岿然不动。

(二) 太安堂集团产业扩张的现金流管理

企业经营所有活动，均与财务有密切关系，而财务可以说是企业源泉、泉眼。

资本运作诚然是企业寻求突破的一个好办法，但是如果企业只是单纯的想突破，而忽略了结果，不顾现金的约束，那么，企业的困难就会可想而知。在中国企业战略转型重组的第三次浪潮中，企业更多的是横向兼并，以图占领更多的市场份额，但并购企业绝非易事，稍有不慎即有可能堕入财务黑洞。显然，企业控制好现金流至关重要。

（三）太安堂集团产业扩张的多元化管理

太安堂集团自身规模的不断扩大和竞争力的日益增加促进了企业多元化的发展，许多企业试图通过实行多元化战略突破原有产品、市场、行业的限制，培育新的经济增长点，增强企业抵抗市场风险的能力。多元化同时也有利于企业挖掘内部资源，促进资源的综合利用和经济效益的综合提高。但是，多元化经营存在适度性，过度多元化不但不能减少企业的市场风险，而且会导致新业务发展受阻，使得企业原有业务因此而受到拖累。

多元化不是天上掉下的馅饼而是一个美丽的陷阱。太安堂集团如果不能慎重地选择，超出企业自身承受能力的多元化，不仅不能给企业带来任何好处，相反会给原来的业务造成负担，严重的会使企业走入困境，使自己沦为别人的收购对象。

太安堂集团应对原业务进行梳理，以区分盈利业务和不盈利业务、战略性业务和非战略性业务、重点业务和非重点业务等，考察太安堂核心竞争力与所选择的业务是否匹配，分析我们的主业优势能否对所选择的新业务提供资源上的支持，正确评估太安堂的经营环境。然后根据其自身实力，集中精力从事核心业务的发展，并进一步选择业务领域、确定进入时机及方式、控制进入规模及进入的数量，坚决剥离那些不符合企业战略方向且属于不盈利的非重点业务。

（四）太安堂集团产业扩张的政策、融资管理

太安堂通过资产重组，既可提高经济效益扩张规模，增强竞争能力，又优化社会资源配置，盘活存量资产，实现企业之间的优势互补和投资合理化。

在资产重组过程中，如何把握资产重组中的风险、有效地进行管理和防范，是关系到太安堂资产重组工作能否健康发展的关键。

太安堂的资产重组防范以下风险。

1．政策风险及防范　政策风险防范主要取决于对国家宏观政策的理解和把握，取决于投资者对市场趋势的正确判断。由于政策风险防范的主要对象是政府管理当局，因而有其特殊性。

2．融资风险及防范　融资过程是充满风险的过程，而确定最优资金结构，选择最佳融资方案，合理防范风险，是一项重要任务。如何确定最优资金结构，主要应考虑以下几方面。

（1）选择最有利的融资方式：在选择融资方式时，首先应考虑内部积累，其次再考虑外部融资，通过各种数量分析方法，以资金成本为基础，建立起接近最优资金结构的良好结构。

第四章　复兴硕果

（2）改善经营机制：我们要适应市场经济的变化，改善自身经营机制，变独资经营为股份制经营。通过改制变借入资金为自有资金，既可以扩大企业规模又可以减少融资风险。

（3）充分考虑投资收益不低于银行存款利率：在确定最优资金结构和进行融资时，应充分考虑投资回报率不低于银行存款利率这一点。能够得到投资者长期稳定的支持，是融资成败的关键因素。

资本运作是一柄双刃剑，资本运作创造了无数企业发展和资本扩张史上的神话，如果没有，没有资本运营的环境，这种蛇吞象的传奇是无法想像的。

资本市场和资本化运作，可以使企业的价值符号化，这样，无论多少企业并购或分拆，在资本市场都可以得到资源的配置和整合。而且不管企业如何进行资源整合，实体工厂的正常运作不会受到影响，这样效率自然就高了。

中国的民营企业伴随着改革开放的进程走过了30年的历程，几乎从诞生的那一刻起，就以特有的顽强和灵活迅速成长起来，随着改革之风而来，遇石则弯，集涓为流，轰然成势，在资源、市场、人才、政策、资金等无先天优势的前提下高速成长，呼啸登台。越来越成为企业发展史的真正主角，其对市场与技术的执着探索，意料之外地影响了中国企业的发展进程和方向。

作为一种经济体，企业是在整个社会的经济土壤、政治土壤、自然生态土壤和人文土壤中生长出来的大树，民营企业的发展现状，愈加重要地成为中国经济发展的"晴雨表"。在某种意义上，印证了中国经济的活力与实力，让人对企业与社会的共同未来，充满自信。

十年磨一剑，太安堂药业的上市，是一次中医药核心技术和资本的有机结合，不仅能为企业创新输血，提高企业的创造力，为社会创造更多的价值，更重要的是为企业今后通过努力，为弘扬中医药国粹，复兴民族文化提供了无限可能。不仅如此，太安堂药业的上市，也为构建和谐社会提供了支持，在我国，占企业两成的国有企业拉动着80%的GDP，但是占八成的中小企业却承载着80%的就业。可以说，中小企业的健康发展是国家稳定的基础，太安堂药业正是以自己的不懈努力，夯实着社会稳定的根基。

上市后的太安堂药业，更将营造一种和谐共生的发展模式，这是基于东方文化中的感恩心态：既从环境中吸取营养，接纳阳光雨露，完成自己生长壮大的过程，又在生长壮大的过程中反观环境的状态、善待环境、回馈环境，乃至主动地优化环境，创造优良的生态，从根本上为自身和其他物种的永续发展创造条件。这其实是皮宝制药一以贯之的发展模式，胸怀信念，肩负使命的皮宝制药从一成立就将公益事业和弘扬中医药国粹作为自己的时代使命，随着企业的上市，公司会将更多的精力放在社会公益事业上，并着手建立太安堂创始人柯玉井公基金会，义不容辞地承当起企业公民的责任……

148

铁肩担道义，巨笔续华章。"我们坚信，经过上市洗礼的太安堂药业，必将秉承荣耀、再铸辉煌，以卓越的业绩表现，来回报投资者、回报广大客户、回报社会各界的信任和支持！"

第五节　五百年盛典

2011年5月22日，由中国中医药科技开发交流中心、中华中医药学会、中国中药协会、中国中医药报社联合主办的"纪念柯玉井诞辰500周年暨太安堂中医药文化科普公益活动"启动仪式北京钓鱼台国宾馆隆重举行。200多位来自国家文化部、科技部、国家中医药管理局、国家药监局、中华中医药学会、中国中医药科技开发交流中心、中国中药协会、中国中医科学院领导、专家以及北京、上海、广州、汕头等地方政府部门的领导和社会各界嘉宾出席了本次启动仪式。

纪念柯玉井诞辰500周年暨太安堂中医药文化科普公益活动是在国家中医药管理局的大力支持下，由中华中医药学会、中国中药协会、中国中医药科技开发交流中心、中国中医药报社联合主办，太安堂集团有限公司、广东太安堂药业股份有限公司承办的大型系列活动，2012年正月十四日（公历2月5日）是太安堂创始人柯玉井公诞辰五百周年纪念日，此次公益活动启动仪式为深入开展"中医中药中国行"宣传活动，推进中医药服务"进乡村、进社区、进家庭"活动，旨在弘扬中医药文化，推动中医药文化科普传播。

国家中医药管理局副局长李大宁在启动仪式上发表了热情洋溢的讲话。他指出，太安堂作为这样一个具有悠久历史的中医药企业，传承体系脉络清晰，完好地保存了大量弥足珍贵的中医药财富，并不断完善，不断总结，为我国中医药事业的发展做出了积极的贡献。他希望太安堂能够继续在未来的发展过程中，继续弘扬中医药传统文化，发展中药制药核心技术，普及中医药健康理念，进一步促进中医药事业的发展。

集团董事长柯树泉在致辞中说，太安堂创始人柯玉井留给了我们三大宝库，集团将秉承"为天地立心，为生民立命，为往圣继绝学"的民族精神，在弘扬中医药国粹、振兴中医药事业的征途上创造卓越业绩，报效国家，奉献社会，为中医药事业的发展谱写华章。

启动仪式上，太安堂投资制作的电视连续剧《太安堂·玉井传奇》、编纂的《太安大典》分别获得"中医中药中国行"弘扬中医药堂文化优秀电视作品奖、"中医中药中国行"优秀科普作品奖，广东太安堂药业股份有限公司也由于在"中医中药中国行"活动中的突出贡献，获得"特殊贡献奖"。

太安堂药业向"中医中药中国行"组委会捐赠了价值约300万元人民币的麒麟丸，通过"中医中药中国行"进乡村、进家庭活动，帮助更多的家庭喜圆亲子梦。同时，还向"中医中药中国行"组委会、中国国家图书馆、中国中医科学院图书馆、北京中医药大学博物馆、上海中医药大学图书馆、汕头市图书馆、汕头大学图书馆捐赠了卷数最多的中医药堂文化系列图书《太安大典》以及弘扬中医药堂文化电视剧《太安堂·玉井传奇》。

纪念柯玉井诞辰500周年暨太安堂中医药文化科普公益活动将历时1年，在本次启动仪式后陆续在广东汕头、北京、上海等地展开"携手医院，服务社区卫生中心"活动、中药健康教育进社区(进家庭)活动、中药健康教育进郊区(进农村)活动、"治未病"健康系列活动、五月"皮肤健康周"宣传活动等，并于2012年2月5日举行纪念柯玉井诞辰500周年暨太安堂中医药文化科普公益活动总结庆祝活动。

纪念柯玉井诞辰500周年暨太安堂中医药文化科普公益活动是太安堂集团积极响应国家号召，投身弘扬中医药国粹事业的又一重要举措，太安堂集团柯树泉董事长表示，太安堂今后将与政府相关部门、社会各界一道，为弘扬中医药国粹、振兴中医药事业而不懈努力。

一、弘扬中医药文化，促进健康和谐

2011年5月22日，北京钓鱼台国宾馆。

已是初夏时节，钓鱼台国宾馆内，古树参天、绿草成茵、鸟语花香，一派生机勃勃的景象，大门口威严站立的值班武警让这里骤然增添了庄严肃穆的气氛，作为党和国家领导人外事接待的重要场所，钓鱼台国宾馆一直给人神秘庄重的印象。

今天，在曾经举行过世界冠军表彰会的钓鱼台国宾馆十七号楼芳菲苑内，是一派喜庆热烈的气氛。在国家中医药管理局支持下，由中华中医药学会、中国中药协会、中国中医药科技开发交流中心、中国中医药报社主办的"纪念柯玉井诞辰500周年暨太安堂中医药文化科普公益系列活动"启动仪式在这里举行。"御医传人皇家苑，五百年后续前缘"，曾经把脉问诊于皇家园林的御医柯玉井，其诞辰500周年的启动仪式又在曾经的皇家园林内举行，让人不由感叹历史渊源的神奇。

作为党和国家领导人接见外国元首、政界领袖的地方，钓鱼台国宾馆在国人心目中颇为神圣尊贵。事实上，钓鱼台国宾馆其前身古钓鱼台作为昔日帝王游息的行宫，迄今已有800多年的历史。金代章宗皇帝曾在这里建台垂钓，故有"皇帝的钓鱼台"之称。元代初年，宰相廉希宪在这里修建别墅"万柳堂"，成为盛极一时的游览胜地。明代永乐之后，这里是达官贵戚的别墅，许多文人学士游宴赋诗于此。清代乾隆皇帝爱其风光旖旎，定为行宫，营建了养源斋、清露堂、潇碧轩、澄漪亭、望海楼，并亲笔题诗立匾。古钓鱼台本是玉渊潭的一部分，玉渊潭与湖相连的潭边，有一座大砖台，乾隆亲书"钓鱼台"三字，横嵌在正门之上。数百年来，随着封建王朝的兴衰，这座园林时荒时葺。

1958年，为隆重庆祝中华人民共和国建国10周年并接待应邀来华参加国庆的一些国家元首和政府首脑，国家决定选古钓鱼台风景区为址，并责成外交部具体组织、筹划，营建国宾馆，并以其地为名，定名为钓鱼台国宾馆。经过一年多的努力，建成了17栋接待楼。全园面积为42万平方米，全馆总建筑面积16.5万平方米，其中湖水面积5万平方米。此后，国宾馆专门接待来华访问的国家元首、政府首脑以及世界知名人士，并成为党和国家领导人从事外事活动的重要场所。

从钓鱼台国宾馆的前身和最初的定位可以看出，钓鱼台宾馆是我国最高规格的外事活动场所，普通人很难窥得其中一面。然而，时代在发展，随着钓鱼台国宾馆的转型和"适度开放"，除了外国首脑和政要，越来越多的企业性公务、商务活动开始进入武警站岗、戒备森严的钓鱼台，每年都有包括世界五百强企业在内的许多企业在钓鱼台国宾馆举办各类大型商务活动。此次"纪念柯玉井诞辰500周年暨太安堂中医药文化科普公益系列活动"启动仪式在钓鱼台国宾馆举行，正是国运昌盛、经济崛起的有力见证。

400多年前，御医柯玉井想必也曾经常行走于这园林之中，为天子皇亲把脉问诊，400多年后，柯玉井的十三代孙、太安堂第十三代传人柯树泉，又在此开启了一段弘扬中医药文化之旅。所不同的是，如今国家大力扶持中医药发展，弘扬中医药国粹，推动中医药文化科普传播，由国家中医药管理局等20多个部委深入开展的"中医中药中国行"宣传活动，已经使中医药服务"进乡村、进社区、进家庭"，营造出中医药事业发展的良好社会氛围。

岁月流变，物换星移。在历代太安堂人艰苦卓绝的追求下，在千万双眼睛的殷切注目下，500年老字号用品质说话，用自己雄厚的实力和不断创新的精神保持老字号基业的长盛不衰，更秉承先祖光耀中医药技术，弘扬中医药国粹的理念，珍视历史，面向未来，承担更多社会责任。

得水生灵气，柳垂成诗意；宜登钓鱼台，感恩怀心愿。愿太安堂中医药文化福泽普罗大众，促进社会健康和谐。

附：李大宁致辞(2011年5月22日)

尊敬的各位领导、各位专家、新闻界的朋友们、同志们：

今天，纪念柯玉井诞辰五百周年暨太安堂中医药文化科普公益活动的启动仪式隆重举行，在此，我谨代表国家中医药管理局、代表王国强副部长，对本次活动的举办表示祝贺！向多年来关心支持中医药事业的有关部门和新闻界的朋友们表示由衷的感谢！

中医药是中国文化的瑰宝、中华文明的结晶。千百年来为中华民族的繁衍昌盛作出了历史性的贡献。时至至今，中医药在中国特色医疗保健服务体系和维护人民健康中，仍然发挥了重要作用，我国政府高度重视中医药的发展，高度重视中医药继承、创新和中医药文化建设，国务院颁布的《关于扶持和促进中医药事业发展的若干意见》中，明确指出，做好中医药继承工作，整理研究传统中药技术和经验，使之形成技术规范；挖掘整理民间医药知识和技术，加以总结和利用；繁荣中医药文化，将中医药文化建设纳入国家文化发展规划中。此次由中华中医药学会、中国中医药报社、中国中医药科技交流中心和中国中药协会联合太安堂共同举办的纪念柯玉井诞辰五百周年暨太安堂中医药文化科普公益活动，是弘扬中医药文化、普及中医药知识的又一积极探索，对贯彻国家对中医药在全社会得到确认、尊重和弘扬的精神，对促进中医药进乡村、进社区、进家庭具有十分重要的意义。

太安堂是柯玉井先生创立于明隆庆元年(公元1567年)，历经500年，如今已发展成为集科研、生产、流通于一体，中药皮肤药、不孕不育药、心血管等药的中成药为拳头产品的专业化上市公司，旗下拥有1家上市公司，2个国家级的研究中心，1个博士科研工作站和1家省级中药工程研究中心等前沿技术开发平台，是我国中药制药行业中极具竞争力和成长性的高新技术企业。

作为具有悠久历史的中医药企业，太安堂传承的体系脉络清晰，完好地保存了大量弥足珍贵的中医药资料，其文化已被列入广东省非物质文化遗产保护名录。为弘扬中医药国粹，挖掘保护中医药文化遗产，太安堂勇担责任，不遗余力，投资拍摄弘扬中医药文化的电视连续剧《太安堂·玉井传奇》，建太安堂中医药博物馆，编辑《太安大典》系列丛书，为普及中医药知识、增进人民群众的健康意识、推动中医药的发展，作出了积极的努力和贡献。希望太安堂以本次活动为契机，以服务民众健康为宗旨，继承前辈留下的精神财富，坚定企业的追求目标和发展理念，与时俱进，进一步发挥技术的优势、文化品牌的优势和渠道营销的优势，进一步做大做强企业，积极参与社会公益活动，弘扬中医药传统文化，普及中医药健康理念，也希望社会各界积极支持中医药学术的交流，积极支持中医药成果的推广和应用，使人民群众真正走近中医药，了解中医药，认识中医药，使中医药更好地服务于人民群众。

最后，祝同志们身体健康，工作顺利。祝贺本次活动圆满成功。谢谢！

附：柯树泉董事长致辞(2011年5月22日)

尊敬的各位领导、各位专家、各位朋友，女士们、先生们：

大家好！

今天，我们欢聚一堂在北京钓鱼台国宾馆举行"纪念柯玉井诞辰500周年暨太安堂中医药文化科普公益活动启动仪式"，谨此，请允许我代表公司董事会向参加本次活动的各位贵宾表示热烈的欢迎！向国家中医药管理局，向主办单位、协办单位致以衷心的感谢，向对太安堂事业关爱和支持的诸位表示最诚挚的谢意！

太安堂是明代隆庆元年即1567年，由太医院授牌，皇上御赐宝典，柯玉井创建于潮州的中医药老字号，至今历13代，风雨兼程近500年。

太安堂创始人柯玉井留给我们有三大宝库：一是医药宝典《万氏医贯》、太安堂旧址、太安堂牌匾、历代保存下来医药用品和保存于中国中医科学院图书馆、上海中医药大学图书馆、潮州府志、云南楚雄州志、广西梧州府志、籐县县志和汕头档案馆、《太安堂家谱》等文献中的柯玉井、太安堂相关历史资料；二是留给我们的《太安堂堂记》、《太安堂堂训》、《十六字真言》等教导我们如何做人、做事，如何办医、办药的哲理；三是留给我们的历500年幸存下来的御方、秘方、验方、医案和历代医书3000多册，巍巍书山，滔滔学海为我们挖掘中医药文化遗产，弘扬中医药国粹，进行科普公益活动，振兴中医药事业奠下了坚实的基础。

为此，我们太安堂集团花巨资2000多万拍摄《太安堂·柯玉井传奇》电视连续剧，再投2000多万创建"太安堂中医药博物馆"；太安堂和中华中医药学会专家、中国中医科学院博士生导师、国家及各省相关权威一同构筑强大编纂阵容，历经五载，倾力编纂出版《太安大典》，计医、药、史、鼎、新五部，15类，108卷，约2000万字，奉献社会。

太安堂创业16年，是一家集科研生产销售中药皮肤药、心血管药、不孕不育药等特效中成药于一体的专业化公众药业公司。"太安堂"复兴来之不易，我谨以赤诚之志，感恩之心，感恩政府，感恩在座的诸位，感恩天地！感恩不尽！

我们全体太安堂同仁将继续秉承"为天地立心，为生民立命，为往圣继绝学"的民族精神，在弘扬中医药国粹、振兴中医药事业的征途上创造卓越业绩，报效国家，奉献社会，回报股民，告慰先祖，为中医药事业的发展谱写华章。

祝诸位身体健康，家庭幸福，升官发财，万事胜意！

第四章　复兴硕果

二、百年信仰，德济天下

一个传承百年、复兴壮大的的企业，必然拥有一个伟大精神与信仰的缔造者；一个懂得弘扬伟大精神与信仰的组织，必定会在历史的长河中永存。

5月22日，由中国中医药科技开发交流中心、中华中医药学会、中国中药协会、中国中医药报社联合主办的"纪念柯玉井诞辰500周年暨太安堂中医药文化科普公益活动"启动仪式在北京钓鱼台国宾馆举行，旨在深入开展"中医中药中国行"宣传活动，推进中医药服务"进乡村、进社区、进家庭"活动，进一步弘扬中医药文化，推动中医药文化科普传播。国家中医药管理局副局长李大宁在致辞中充分肯定太安堂为我国中医药事业的发展作出的积极贡献。

柯玉井（1512～1570年），广东潮州人，官讳文绍。于世宗嘉靖十六年（1537年）丁酉科考中广东省举人，"敕授云南楚雄县，官首邑长，著有廉吏名。再任宜山县附邑邑尊，清名播著，朝廷耳闻，钦擢为广西梧州府州事，即升黄堂"。

据广西梧州府志记载，明代嘉靖甲子年间，丁酉科进士、潮州人柯玉井任梧州府正堂，恰遇火烧梧州，藤县瘟疫，百姓处于水深火热之中，出身世代业医的柯玉井，一方面帮助民众改蓬庐屋为砖瓦房，一方面用祖传药方治愈大批烧伤和皮肤病人。是时，御医万邦宁受"太医朱林案"株连流放广西梧州府，被柯玉井礼遇，他们协力设医办药，救死扶伤，被当地人民颂为佳话。

隆庆元年，柯玉井叩谢皇恩，恭接万邦宁撰编的医药典籍《万氏医贯》及皇帝恩准太医院授予的"太安堂"牌匾，回故里潮州创建"太安堂"。

太安堂的创立是柯玉井公理想与仁爱的体现，这从其《太安堂序》中可见一斑：

"药王孙思邈有言：'凡大医者，必当安神定志，无欲无求，先发大慈恻隐之心，誓愿普救含灵之族。'吾以为，去病求安乃患者之愿，更是医者之责。然求一人一家之安，可谓小安；求一族一乡之安，可谓中安；求一邦一国之安，可谓大安；倘以天下苍生为念，普救一切含灵之族，求天安、地安、人安，共建和谐，可谓太安！"太安二字，彰显着柯玉井公浓浓的济世情怀。

在太安堂的祖训中"秉德济世、为而不争"是柯玉井对太安堂及其后代子孙的严格要求。

在倡导天人合一的道家鼻祖老子的笔下，"德"是天地灵气之"德"，是中心的体现，是积累智慧的场所，表现在人类身上就是悟性和理性。古人云："医无德者，不堪为医。"医者，担负着"上以疗君亲之族，下以救贫贱之厄运"之重任，可见德行对医者来说是至关重要的品质。

柯玉井公立下的堂训经过历代传人的"言传身行"而不断传承演进，经久不衰，逐渐成为太安堂人的精神信仰和精髓，通过各类渠道为社会所认知接纳。正如中国中医药协会会长房书亭所说，"柯玉井公不仅属于太安堂，他的精神更属于整个中医药界"。

当代中国，国家的发展进步、社会的稳定和谐，离不开道德与精神的推动。当今时代，中医的传承延续、国粹的复兴崛起，秉德济世的信仰不可或缺。

500年前，御医柯玉井行走于古钓鱼台，500年后，柯玉井传人又在这里开启了一段弘扬中医药文化之旅。

第四章 复兴硕果

第五章 复兴解密

弹指一挥500年，太安堂这个500年中医老字号，在实现了5个世纪的时空跨越之后，又完成了企业化经营的产业跨越。在新的历史时期演绎着一个企业豪情激荡的发展传奇。

一切辉煌，在历史中都可以找到最朴素的根源。太安堂善于把光荣历史演化成为企业发展的动力，在荡气回肠的奋斗历程中实现了三大跨越：从盘踞南粤山海之滨，到驰名华夏的中药皮肤药第一品牌；从中国中药皮肤药第一品牌，到集研发、生产、销售高效中药皮肤内外用药、心血管药、妇儿科药等特殊疗效中成药于一体的专业化药业集团；从埋头药物生产、研发、销售的民营企业，到跻身资本市场，变身社会公众公司，实现经济整体提升与转型。

这样的发展模式，彰显了太安堂始终屹立在时代潮流的最前端，引领企业发展的方向，宣告了太安堂可持续发展的信念和开拓进取精神，走出的是一条中医老字号企业成功转型的创新发展之路。

太安堂人的命运，取决于"改命"和"造运"的能力。命是改的，运是造的。改命的核心是如何提高每个人的个体生命质量，比如太安堂人从大专攻读本科，从硕士研取博士，从整体打造到专业攻关，都在提高文化内涵和个体生命质量；造运的核心是如何创造群体的社会福运。比如太安堂人遵循社会规律和自然规律，抓住时机，顺应形势，顺应改革，开拓前景，从凤起滔滔韩江畔到花舞茫茫珠江边，再到龙腾滚滚长江口，都是在"改命"和"造运"的过程。

太安堂人的命运，取决于领会命运辩证法的核心实质，就是从"自然——社会——人"三角功能关系中，划分并驾驭好"自然辩证法"和"人文辩证法"两个范畴。

天运是永恒的存在，天运不可逆，但天道可以转轨；天运不可逆，地运却可变迁，地运则既有灭而复生的规律，也有灭而不再复生的规律；必然机运又与生命同步，太安堂人生命精神不灭，必然机运就永远存在着再生的无穷变化，而且再生现象为诸运之首。

先天家运先你而在，后天家运由你主宰。太安堂家运的气数又取决于代代命质的遗传变异和与身外储运的碰撞结果，太安堂可以有川流不息的千年血统，也可一朝中断而永久寂灭，太安堂人与新太安堂人的命质从根本上决定了

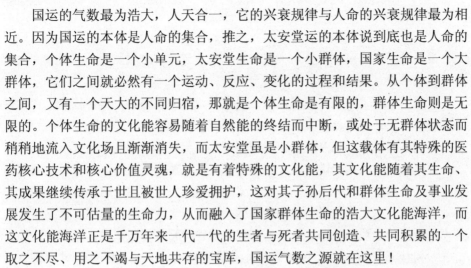

大局。

国运的气数最为浩大，人天合一，它的兴衰规律与人命的兴衰规律最为相近。因为国运的本体是人命的集合，推之，太安堂运的本体说到底也是人命的集合，个体生命是一个小单元，太安堂生命是一个小群体，国家生命是一个大群体，它们之间就必然有一个运动、反应、变化的过程和结果。从个体到群体之间，又有一个天大的不同归宿，那就是个体生命是有限的，群体生命则是无限的。个体生命的文化能容易随着自然能的终结而中断，或处于无群体状态而稍稍地流入文化场且渐渐消失，而太安堂虽是小群体，但这载体有其特殊的医药核心技术和核心价值灵魂，就是有着特殊的文化能，其文化能随着其生命、其成果继续传承于世且被世人珍爱拥护，这对其子孙后代和群体生命及事业发展发生了不可估量的生命力，从而融入了国家群体生命的浩大文化能海洋，而这文化能海洋正是千万年来一代一代的生者与死者共同创造、共同积累的一个取之不尽、用之不竭与天地共存的宝库，国运气数之源就在这里！

太安堂缘何如是，群体生命的文化能缘何近500年持续发展，其原因就是太安堂人将其文化能融入国家浩瀚文化能海洋后又而自立于太安堂，再融进太安堂的载体——秉德济世之中。这就是太安堂百年字号命运机制的密码。

第一节　鼎绝技根基

一、立人才

人才战略是太安堂发展战略中极其重要的组成部分，公司根据自身发展阶段的需要，制定不同时期的人才战略。太安堂一贯重视吸收中药加工炮制方面的实用型核心技术人才。公司除拥有"太安堂"中药制药秘传技术人才，汇集了来自全国各地国内知名中成药企业一流的制剂工艺专业人才。

"兵不在多在于精，将不在勇在于谋"，董事长柯树泉认为只有善于聘用人才，善于用好人才，善于留住人才，构筑强盛的太安堂团队，才能事半功倍，点石成金。公司要根据自己发展目标的需要，寻找与之对应、相匹配的人才，而不是在人才高消费上"比阔"，以理性的态度寻找和使用人才，同时让内部人才保持理性的竞争，这样，企业在市场上竞争，员工在企业内竞争，企业才会具备有更高的活力和效率。

2007年，在公司发展战略研讨会上，柯树泉董事长发表了重要讲话，强调人才战略的重要性，决定在上海金皮宝修建"聚贤亭"。金皮宝专建聚贤亭，意在诚集天下贤能权贵，汇华夏精英，弘扬中医药国粹，为民造福，为国争光！

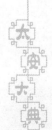

聚贤亭竣工后，柯树泉挥毫写下《聚贤亭记》：

聚 贤 亭 记

亭名聚贤，聚贤士也。

聚贤亭，观东海，赏黄浦，依江南，恋皮宝，汇申城之灵气，集水乡之秀丽，瑞气盈聚，黛烟挺秀，恭接四海英才，情牵五洲俊杰。

登斯亭，把酒临风，淙淙流水，碧波荡漾；黄鹂声声，翠柳依依；白鹭栖飞，层林尽染，品茗思"太极"，潜显博弈，格物致知；兴致观"雄风"，龙腾四海，虎啸五洲。抚今追昔，舞榭歌台，风云人物，还看今朝。

百年沧桑，人间正道。金皮宝扬五千年传统哲学之精髓，承四百年《玉井瑰宝》之底蕴，诚集天下贤能权贵，汇华夏精英，萃国学圣训，承易经哲理，纳地理灵气，宠江南风雅、融潮汕海韵，集大成于金皮宝，聚小焦于皮肤药，做中国最好的皮肤药，弘扬中医药国粹，为民造福，为国争光！

"问楼外青山，山外白云，何处是唐宫汉阙"？"看池边绿树，树边红雨，此间有舜日尧天"。

立聚贤亭，永志千秋。

太安堂集团 柯树泉

丙戌年桂月立

人才依时，智者应运。江山代有人才出，长江后浪推前浪。艰苦的创业过程中锻造的太安堂这支特别能战斗的队伍，群贤集聚，人才辈出。这是太安堂战胜困难迎来大发展的最有利的武器，他们是具备高度灵感和悟性的人才，能忠于公司，善于决策，忠于职守，全心全意推行公司战略决策，直至成就太安堂事业。

兵法家孙子在论述战争胜利的条件时总结出这样一条原理："上下同欲者胜。"太安堂之所以能横跨5个世纪，并在新时期实现伟大复兴，一个重要的原因就是结成了一个"上下同欲"的共同体，共存共荣的努力而使太安堂走向成功。

建立一支以振兴中医药为己任、以"太安堂信仰"为精神支柱、以"太安堂堂训"为行为准则，像狂热的宗教信徒般的优秀人才团队，高度体现国家利益、企业利益和人生价值。——《太安堂基本法》

有前途的企业，必须能满足员工的需求，提供满意的利益。这个利益不仅仅是物质利益，更多的是无形的利益：员工自身能力、素质、品德得到快速提升；得到梦寐以求的荣誉；漂浮的心灵找到了归属，找到了家；枯萎的灵魂看到了生机勃勃的希望；自卑的心理获得他人发自内心的尊重；自尊心得到极大的满足，等等。

所以，太安堂提倡员工上下同欲，众志成城，一刻不停地制造各种可能的办法，想出各种不同的主意，全力夯实企业经营快速拓展成功的基石，用手中的每一根链条，拉动企业的战车驶向目的地。给每一个人的前面都插上一面耀眼的彩旗，让每一个人都感受到前途的辉煌而激动不已。

太安堂确定了"做中国最好的皮肤药、做世界最好的中成药"的共同愿景，形成了"为创建世界一流的中药现代化大型制药企业"的共同信仰，建立了一套"玩命共赢"的运作机制，由此形成太安堂团队共赢的文化，就共赢战略制度化达成共识，确定公司利益与员工利益、股东利益、社会利益的一体化模式。

二、拓绝技

中国传统文化认为，万物相互资生，相互制约，只有和谐顺势，善于转化，才能生生不息，运转无穷，太安堂历500年风霜却历久弥新，并胜利实现复兴崛起，除了历代太安堂人不遗余力地传承发扬，更在于太安堂在传承发展的过程中秉承五行生制的传统哲学发展观，法于术数，兼收并蓄，五行布局。

《尚书·洪范》曰："五行：一曰水，二曰火，三曰木，四曰金，五曰土。""五行"是关乎自然的呈现与持续运作，随着这五个要素的盛衰，而使得大自然产生变化，不但影响到人的命运，同时也使宇宙万物循环不已。所谓"行"，就是一种自然的"运行"，是依循着本身之为呈现所固有的一种规则而持续运动，是一种自然的作为。不顺"五行"而行，则为天命所弃绝！

五行之间，都具有互相资生、互相助长的关系。这种关系简称为"五行相生"。五行相生的次序是：木生火，火生土，土生金，金生水，水生木。五行相克的次序是：木克土，土克水，水克火，火克金，金克木。五行相克相生，如果只有相生而无相克，就不能保持正常的平衡发展；有相克而无相生，则万物不会有生化。所以相生、相克是一切事物维持相对平衡的两个不可缺少的条件。只有在相互作用、相互协调的基础上，才能促进事物的生化不息。五行相生寓有相克和五行相克寓有相生的这种内在联系，就是"五行制化"。这是一切天命地运人事变化的一般规律。

中医药核心技术，五行归"木"，为太安堂发展之根本，沐浴着源远流长的中医药文化，太安堂风雨兼程

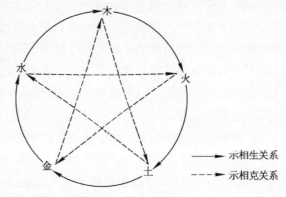

示相生关系
---- 示相克关系

500年，千回百转，千淘万漉，历久弥新，在新的时代复兴崛起，其根本就在于洞悉万物相生相长的制化之道，始终紧握并不断积淀升华独具特色的核心技术，以木生火，顺应天命，生化有序，从中药皮肤药，到特效中成药，太安堂以核心技术传承创新，鼎立崛起，发展成为具有核心竞争力的民族中医药品牌企业。

（一）麒麟送子法

2010年4月的一天，在广东省汕头市太安堂中医药博物馆大门前，出现了异常感人的场面，几十个活泼可爱的孩子被爸爸妈妈抱着，这些孩子，被称作"麒麟宝宝"。

俗话说："天上麒麟儿，地上状元郎。"这些可爱的孩子，是不孕不育夫妇在服用了麒麟丸之后出生的，被人们喜爱地称为"麒麟宝宝"，这些家庭也自豪地自称"麒麟家庭"。这是由太安堂集团广东太安堂药业股份有限公司、华泰中医研究院联合主办的"太安堂优生优育高峰论坛"和"感恩母亲，感动生命，麒麟宝宝潮汕行"活动中的一幕，通过来自广州、沈阳、潮州、汕头等地的媒体的全程跟踪报道，更多的人知道了太安堂不仅有治疗不孕不育的麒麟丸，还有毓麟种子的"麒麟送子法"。

事实上，太安堂集团广东太安堂药业股份有限公司几乎每日都会收到一封封来自五湖四海的感谢信，信内通常都会有一张可爱的婴儿照片，这些正是核心技术"麒麟送子法"所达到的神奇效果。目前，太安堂的麒麟送子法已经为数十万家庭送上了"好孕"，全国已有30多万这样的"麒麟宝宝"。

麒麟送子法，也称太安堂麒麟赐嗣法，是太安堂一整套系统的治疗不孕不育、创建优生优育的育儿方法，因其借用了麒麟送子的神话传说，兼有优生的寓意，所以称为"麒麟送子法"。太安堂独家出品的治疗不孕不育、促进优生的特效中成药麒麟丸以"麒麟"为名，也是寄予了此类美好的愿望。

不孕不育症向来是困扰无数家庭的顽症之一，也是影响夫妻感情、制约家庭幸福的重要因素。很多患者认为不孕不育是个难以启口的病症，宁愿自己费尽心机的寻找各种治疗偏方，也不愿意走进正规的医院接受检查治疗，结果不但没能治好病，反而耽搁了最佳治疗时机。专家们说，生儿育女、传宗接代是天底下人们最普通、最自然的事，不孕不育症没有什么难以启齿的，也不是不可治愈的，只要接受正规的检查，辨明病因，对症下药，进行正确的治疗，就能圆自己的亲子梦。

1.麒麟送子法的理论总纲　太安堂麒麟送子法借助中国传统哲学观念，认为"阴阳者，天地之道也，万物之纲纪，变化之父母，生杀之本始"，从阴阳学说的高度，论述了孕育是成年男女正常的生理功能，只要男女达到"阴阳和"的条件，就可以孕育产子。同时，太安堂麒麟送子法突破了传统中医书籍专从学术、病理角度讲述不孕不育症的思路，它既注重于中医学术方面，做了相应的有深度的探讨，同时更注重于现代人的生活方式、生存环境对不孕不育症发病率增高的影响，找出适合现代人的防治措施。太安堂赐嗣法中的诸多方法，虽然种类多多，如万花筒般迷人，但综合起来说都是通过各种措施使人达到阴阳调和、气血舒畅的最佳生育状态，达到优生的目的。

2.麒麟送子法的治疗法则　太安堂麒麟送子法论治不孕不育不拘泥于成法，采用"种子之方，本无定轨，因人而药，各有所宜，故凡寒者宜温，热者宜凉，滑者宜涩，虚者宜补，去其所偏，则阴阳和而化生著矣"的灵活多变的方法原则，灵活用药，效果显著。太安堂以秘制麒麟丸，内蕴深邃的治疗不孕不育、促进优生优育的中医原理和技术，分享济世，实现赐嗣大众、奉献社会的心愿。

3.麒麟丸成孕原理

(1)成孕原理：太安堂麒麟丸紧紧抓住肾气旺盛，精血充沛，任通冲盛，月事如期，择氤氲之时媾合，两神相搏则能授精成孕的原理。

(2)治疗法则：补肾填精，种嗣衍宗，益气养血，调经种子。

(3)适应症状：①专用于男子肾虚精亏、血气不足、阳痿早泄、精冷清稀所致的不育症。②妇女宫寒、月经不调所致的不孕症。

(4)治则依据：不孕不育是临床常见的一种病症，是指生育年龄的男妇结婚后并未实行避孕而无孕育的一种疾患，太安堂麒麟丸治则依据——种子必先调经，经调自易成孕。

中医理论认为，肾为先天之本，藏精气而主宰人体的生长、发育及生殖功能。《素问·上古天真论篇》曰："女子七岁，肾气盛，齿更发长；二七而天癸至，任脉通，太冲脉盛，月事以时下，故有子……"冲为血海，是气血聚汇之所，与足阳明胃经会于气卫，受后天水谷精微之供养，与肾经相并，它又受先天肾气的资助，先天之元气与后天之精气皆汇于冲脉，对女性的生理发育、生殖功能起着重要的作用。任脉主人身之阴，凡精、血、津、液都属任脉总司，故称"阴脉

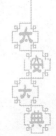

之海"，为人体娠养之本，冲为血海，任主胞胎，两者相资，故能有子。

脾为后天之本，能生血统血，血脉充盛则下注冲任而为经水。《女科经纶》曰："妇人经血属心脾所统""妇人经水与乳，俱由脾胃所生。"阐明了脾胃在产生月经过程中所起的重要作用。

冲脉、任脉皆与月经的生理和人体的生殖功能有密切的关系。"冲脉、任脉皆起于胞中，上循背里，为经络之海""冲脉任脉皆奇脉也，肾气全盛，经血渐盈，应时而下，冲为血海，任主胞胎，二脉相资，故能有子""夫经水，阴血也，属冲任二脉主，上为乳汁，下为月水。"可见冲脉任脉与月经、妊娠、哺乳有极大关系。

《女科正宗•广嗣总论》指出："男精壮而女经调，有子之道也。"若肾气旺盛，精血充沛，任通冲盛，月事如期，择氤氲之时媾合，两神相搏则能授精成孕。正如《灵枢•决气》篇所说："两神相搏，合而成形，常先身生，是谓精(即受精卵)。"《圣济总录》说："妇人所以无子，由冲任不足，肾气虚寒故也……冲任不足，肾气虚寒，不能系胞，故令无子。"从而说明先天肾气不足，阳虚不能温煦子宫，子宫虚冷，可致不能受精成孕；或虽受精未能成孕。而脾失健运，后天失养，不能摄取水谷精微，生化之源不足，血气不充，精血不能相生；或冲任脉虚，胞脉失养，子宫干涩而造成月经不调、月经后期、月经过少等均可导致不孕。

《诸病源候论•虚劳病诸候》指出："一曰阴寒，二曰阴萎，三曰里急，四曰精连，五曰精少、阴下湿，六曰精清，七曰小便苦数，临事不卒。"《石室秘录》说："男子不能生子有六：一曰精寒也，二曰气衰也，三曰痰多也，四曰相火旺也，五曰精少也，六曰气郁也。"可知阳痿、早泄、遗精、精寒精少精清，都是肾元亏虚，脾胃失健之故。

《黄帝内经》指出："形不足者温之以气，精不足者补之以味。"《景岳全书•妇人规》指出："女人以血为主，血旺则经调而子嗣。"朱丹溪说："今妇人无子，率由血少不足以摄精也，血少固非一端，然欲得子者，必须补其精血，使无亏欠，乃可成胎孕。"

"种子必先调经，经调自易成孕"，这是治疗不孕不育症的理论精髓。太安堂麒麟丸历经200多年的临床实践，对治疗女子月经不调、子宫发育欠佳、卵巢功能不足而引起的不孕及男子由于肾虚阳痿、早泄、遗精或精子数目少、活动低而引起的不育，均取得良好效果。麒麟丸已成为专治男女不孕不育症的名方圣药。

(5)组成方解：中医理论的脏象学说认为，万物化生，必从精始，精是先身而有，受之于父母，藏之于肾，主宰繁衍。肾主藏精为先天之本，脾主运化为气血生化之源，是后天之本。男子不育，中医认为主要是肾肝脾功能失调。

肾藏精，主生殖，肾虚则生精功能障碍，可能出现阳痿、不射精、无精、少精、弱精、死精。肾藏精，肝藏血，肝肾同源，精血互生，肝经络阴器，肝阴亏损则精少，肝经湿热则伤精而无子；弱精症、少精症就是男性中最常见的不育疾病，男性精液中精子数量少，活力低，这个可以从检查中得到结果，某些特殊疾病也会影响精子的产生和质量，如幼时患痄腮或成年患前列腺炎，等等。

人类受孕需肾中精气旺盛，月经调和，方可生育。肾主生殖，所以不孕与肾的关系密切，比如女性肾阳虚，月经总是向后推，或量少质薄，或量少色黑，有血块皆能造成久婚不孕。气滞血瘀导致冲任不通，或输卵管不通，或通而不畅皆影响受孕，月经失调或行而不畅经常小腹胀痛，经血块多色暗，中医采用调经补肾、活血化瘀、填精补髓、气血双补、疏肝健脾的方法，使其气血调和。

太安堂麒麟丸运用中医学"肾主生殖"的理论，采用补肾填精，温阳调经，益气养血之品组方而成，全方既温养先天肾气以生精，又培补后天脾胃以生血，并佐以调和血脉之品，使精血充足，冲任有养，胎孕易成，同时又有抗病防衰老、强身健体之功。临床实践证明，本方适用于男子肾阳亏虚、肾精不足、阳痿早泄、精冷清稀所致不育；妇女宫寒、月经不调所致不孕者。临床做成浓缩小丸使用，是毓麟种子治疗不孕不育症安全有效的专用药和特效药。

（6）作用机制：麒麟丸组方，既温养先天肾气以生精，又培补后天脾胃以生血，并佐以调和血脉之品，使精血充足，冲任有养，强化优生。

太安堂麒麟丸调和气血，平衡阴阳，使身体五脏六腑均处于强壮状态，再经优化心灵内环境，使身心全面处于最佳状态，从而进入天人合一境地，再经特定的欣赏激发，在特定的舒适温度、特定的环境氛围下、固态自然转化为液态，这时心与灵的碰撞，灵与肉的升华，形成云和雾、精气神三宝皆旺，从而液态也升华为气态，双方"天地相遇，品物咸章"，天地合，优生优育，道法自然，优生优育，水到渠成。

疏肝解郁，调和气血，护肝木而壮心阳；养心补气，活血化瘀，强心阳而旺脾土；补脾和中，益气养血；旺中土而生肺金；润肺清燥，升清降浊；宣肺金而生肾水；补肾填精，扶正固本，滋肾水而涵肝木。

调和气血，平衡阴阳，使身体五脏六腑均处于强壮状态，太安堂麒麟丸是实施医药强身术不可多得的灵丹圣药。

太安堂的优生优育麒麟送子法是洪荒时代的诺亚方舟，在不孕不育症洪水泛滥的今天，在很多人为生不出孩子、成为孕育的"不毛之地"而苦恼的时候，太安堂以麒麟送子法、麒麟丸为人类的医药强身、提高人口素质衔来了青翠的橄榄枝，在为人类创造生命的绿洲和春天、让人类迈步走向明天和希望作出贡献。在麒麟送子法、麒麟丸的庇佑典赐下，我们希望出生的每一个孩子都

更加聪明和强壮，人类必将走向更加辉煌的未来。

先天下不孕不育父母之忧而忧，后天下优生优育父母之乐而乐！这是全体太安堂人的平常心态，让麒麟送子法、麒麟丸等妙法妙药不断发展完善，为天下更多不孕不育之父母解忧，为天下优生优育的父母作出更多贡献则是太安堂人的不懈追求。2011年，太安堂在国家中医药管理局支持下，在中华中医药学会、中国中药协会、中国中医药科技开发交流中心、中国中医药报社的主办下，将以太安堂创始人柯玉井公诞辰500周年（1512～2012年）为契机，开展"纪念柯玉井诞辰500周年暨太安堂中医药文化科普公益系列活动"，旨在弘扬中医药文化，共享健康和谐，营造中医药事业发展的良好社会氛围，为给不孕不育家庭解忧，太安堂向"中医中药中国行"组委会捐赠价值约300万人民币麒麟丸，这些药物将免费提供给全国不孕不育夫妇使用，让麒麟送子法福泽更多世人。

经过技术创新和市场经营，麒麟丸日益成为不孕不育患者的首选药物。为突破产能瓶颈，2011年，太安堂投资建设占地50亩的麒麟园，经过近10个月的建设，麒麟园竣工。柯树泉董事长登高远眺，尽揽麒麟园景，园区典雅而现代，充满哲学内涵和太安堂开拓进取精神，传统的中医药文化在现代化的生产体系中绽放出瑰丽的璀璨光芒。麒麟园即将建成的几十条现代化的全自动生产线，为生产最特效的中成药、为人类的健康美丽保驾护航。柯树泉董事长提笔写下《麒麟园记》。

麒麟园记

盘古开天，煌煌之势，宛如巨龙君临东方；三皇五帝，德治天下，千年万载吟唱传奇。国有史，方有志，家有谱，柯氏年表，世系昭然。据《太安堂家谱》记载，自玉井公始，世代相传，名医辈出，秉德济世，有口皆碑。七代传人柯黄氏，祖述歧黄，精研经典，法于阴阳，和以术数，研制麒麟丸，成就嗣寿法，施仁术，济苍生，玉燕投怀，何止万千，繁盛人类，功载史册。愚欣逢盛世，兴建麒麟园，愿黄氏妈垂誉千秋。

麒麟园，九天布局，孕日月星辰，天罡黄道之天韵；局从易理，育元亨利贞，南国园林之风姿。敬仰麒麟门，荟百年展厅观礼圣地，萃龙钟凤鼓迎圣之道；高瞻中庭，展太安宾馆豪华大堂，示文渊书阁运筹之源；远望后宫，执秉德济世为而不争，着科技制药奉献之本；雄观中轴线，自外渐进，金轮照壁、麒麟殿宇、金光大道、圣母送子、黄氏慈仪、宗师玉井、玉兔下凡、黄帝大殿、百子浮雕；静察内布局，河图洛书，七星伴月，贵宾礼道，园林长廊，花圃竹林，莲池水井，金鱼戏水，荧屏花灯，错落有致；精微外布景，旌旗花圃，八卦飞星，麒麟丸雕，古榕苍劲，宛荡小溪，照壁浮雕，亭台水榭，天地相感，品物咸章；极致筑护苑，楼林立，势磅礴，显神韵，展雄姿，江山多娇，太平盛势。

麒麟园全景，三进古典，雕梁画栋，古色古香，神奇典雅，温馨恬淡，草木丰茂，生机盎然，天人合一，格物致知，药香千里，造福万方！

神医送子麒麟，圣药投怀玉燕。

时在公元二〇一二年岁次壬辰端月

太安堂集团柯树泉盥手拜撰

（二）心宝宁人术

心脏是一个强壮的、孜孜不倦、努力工作的动力泵。心脏之于身体，如同发动机之于汽车。如果按一个人心脏平均每分钟跳75次、寿命70岁计算的话，一个人的一生中，心脏就要跳动27亿次。一旦心脏停止跳动而通过抢救不能恢复，那就意味着生命的终止。因此，心脏疾病是人类健康的头号杀手，全世界1/3的人口死亡是因心脏病引起的，在我国每年有上百万人死于心脏病。 美国新奥尔良市的图兰公共卫生和热带医药学院的研究人员，在中国心血管疾病盛行原因方面有多篇著述，其中一篇文章说到："一切都高于我们的预想，除非中国在公共卫生领域开展大规模的旨在降低这一风险的行动，否则在不久的将来，心血管疾病将成为中国的流行病。"这一结果是经过对15540名年龄在35～74岁之间的中国成年人进行调查后得出的。它表明心血管疾病正在向发展中国家迅速蔓延，而过去该病通常被认为是西方人所患的疾病——在西方国家，它是第一大杀手。心脏病专家认为，这一新的统计数据突出表明了心脏病正在成为一种全球性疾病，它不仅威胁着发展中国家人民的健康，还会影响这些国家经济的健康发展。

除了先天因素外，心脏病被认为是"富贵病"，人们生活水平日益提高，饮食结构也发生很大的变化，同时膳食营养知识缺乏，高脂肪、高蛋白、高热量、高胆固醇的饮食是很多人的选择。工作的繁忙，坏习惯的养成，生活规律的紊乱，造成猝发心脏病的高危因素也越来越多：抽烟、喝酒、熬夜，使得机体调节紊乱；太注重滋补，吃高脂、高蛋白、高热量的食物，造成"三高"；科学技术和现代化办公设备，使人们越来越缺乏身体锻炼；人们工作压力大，精神紧张，体力透支，使身体素质急剧下降。已有医学专家证实，心脑血管疾病的突发和人的疲劳程度、体质有很大关系。现在，中青年人对心血管疾病的预防重视不够，患者的年龄越来越低，这些人在发病的时候往往没有任何先兆，可是一发作就是大面积心梗，而且他们身边往往都没有备用药物。近几年很多公众人物死于心脏病。

从这些例子我们看到心脏病不仅终止了众多艺术家的生命，而且正在侵蚀

第五章 复兴解密

低龄人群，这些只是每年因心血管疾病死亡人数的冰山一角。预防心脏病，攻克心脏疾病，维护人类健康，提高人们生活质量，是世界医学迫在眉睫的共同使命。

太安堂根据有效运用了几百年的经验方，与当代社会环境和人体素质的实际情况相结合，潜心研发改良，研发出"心宝丸"，以心宝宁人佑世安。

1.心宝宁人术理论总纲　心脏病是心脏疾病的总称，包括慢性心功能不全、心律失常、风湿性心脏病、缺血性心脏病、先天性心脏病、冠心病、心绞痛等，属于心血管系统疾病的范畴。随着人口老龄化进程加快，正在推动心血管疾病市场的增长，检索资料表明：心血管疾病是当今世界上威胁人类最严重的疾病之一，全球每年约有1700万人死于心血管疾病，其发病率和死亡率已超过肿瘤疾病而跃居世界第一。根据WHO对全球各种疾病死亡的统计，心血管疾病死亡人数占总死亡人数的28.8%，预计到2008年，该比例将上升至36%。在多数国家，心血管病是45岁以上男性的第一死亡原因，是女性的第二死因。心血管类药物的销售额占药物销售总额的百分比已经由20世纪80年代的15%上升到目前的20%左右。

另一方面，老年人心脏病是人类前五位死因疾病之一，约占死因数之1/3，它和年龄增长密切相关，心脏病所致病死率随着年龄增长而呈幂数上升。老年人心脏病表现为心脏靶器官之普遍退行性病变，多功能衰退与失调，特别表现为窦房结、房室结与传导通路的功能低下，从而于心电图中呈现电压偏低，P-R及Q-T期间延长，ST-T缺血型改变，心率减慢及超声心电图呈现心搏出力减弱，心功能不全等，提高窦房结功能，改善心肌缺血为研究老年性心脏病的重点环节。

目前，现代医学对心脏疾病的药物治疗仍采用针对临床症状及检查结果进行对症用药，例如：心功能不全者采用洋地黄类强心苷的强心药物(其中典型代表为地高辛和西地兰)，此类药物最大的缺点是治疗指数小，药物的治疗剂量与中毒剂量十分接近，安全性较差，患者若有生理异常还易促使毒性作用的发生，而且一旦发生中毒，则可导致致命性的心律失常发生；出现心律失常者则采用抗心律失常药，如临床常用的普罗帕酮、索他洛尔和胺碘酮等，这样的联合用药必然毒性更大，需要在严格控制下使用药物，在使用方便性、安全性方面，存在较大的缺陷。

而中医则认为：慢性心功能不全和心律失常，主要是由心肾阳虚、寒凝血脉、气机不利所致，应予温补心肾、益气助阳、活血通脉。目前中医治疗上述疾病，多选麝香、人参(或人参提取物)、三七、人工牛黄、肉桂、冰片、川芎、苏合香等药材进行组方，强调中医整体观念。

太安堂在百余年治疗心脏病、慢性心功能不全、心律失常的临床实践中，博采众长，依据中医微循环论及中医活血化瘀学说，并针对老年人心脏的病理、生理发展机制，从兴奋窦房结、加强心肌收缩力及改善心肌缺血等途径进行精心设计，以经典古方(四逆加人参汤)为基础，创造性地加入洋金花、附子、人参、三七、麝香等为主要原料，研制成新型的心脏疾病治疗药物，产品上市销售近25年，现已成为国内治疗"慢性心功能不全、心律失常、心动过缓、病窦综合症及缺血性心脏病引起的心绞痛等疾病"的常规治疗药物，成为中老年心脏病患者常备药物。

2. 心宝宁人术治疗法则　太安堂在百余年的临床实践中，从中医"心肾阳虚"理论出发，精心设计，合理组方，创造性地改古方中用于温补脾阳的干姜为肉桂、鹿茸，增强温补肾阳及引火归心的作用；改古方中用于益心气、补中焦的甘草为麝香、蟾酥和冰片，增加作用于心肌及通心脉作用；大胆采用有毒中药洋金花，有抗副交感神经(胆碱能阻滞)作用；并用三七改善心脏的微循环，各种中药合理配伍，共同起到温补心肾、益气助阳、活血通脉之效，临床广泛用于治疗心肾阳虚、心脉瘀阻引起的慢性心功能不全，窦房结功能不全引起的心动过缓、病窦综合征，以及缺血性心脏病引起的心绞痛及心电图缺血性改变等心脏疾病。

3. 心宝丸宁人原理

(1)方名释义：心宝丸最早源于汉代名医张仲景《伤寒杂病论》的四逆加人参汤(附子、干姜、甘草、人参)。《伤寒杂病论》第385条"恶寒脉微，而复利，利止亡血也，四逆加人参汤主之"，其义为："脉微"为阳虚，"恶寒"为阳衰，"而复利"是脾阳不足，周身阳气已衰，"利止"当为无阴可下利，血属阴，故为亡阳脱液，属少阴心肾阳衰之证，不但阳衰，阴液亦竭。

(2)立法依据：心宝丸是以中医学的"心主血脉"、"心主神志"、"心肾相交"和现代微循环等理论为依据，以温补心肾、益气助阳、活血通脉为治疗原则。

心主血脉包括主血和主脉2个方面。全身的血液都在脉中运行，依赖于心脏的搏动而输送到全身，发挥其濡养的作用。心脏的正常搏动，在中医学理论中认为主要依赖于心气。心气旺盛，才能维持血液在脉内正常地运行，周流不息，营养全身。心气不足，可引起心血管系统的诸多病变。

心主神志，在中医学理论中，神有广义和狭义之分。广义之神，是指整个人体生命活动的外在表现。狭义之神，即是指心所主的神志，即人的精神、意识、思维活动。在中医学的藏象学说中，将人的精神、意识、思维活动不仅归属于五脏，而且主要归属于心的生理功能。

心位居于上属阳，五行属火；肾位居于下属阴，五行属水。在正常情况下心火应当降于肾，以助肾阳温肾水，使肾水不寒；而肾水则须上济于心，以资

心阴，从而防止心阳过亢。心肾之间的这种正常的相互帮助、相互制约的关系，被称为"心肾相交"。如果肾水不足，不能滋润心阴以制约心阳，就会出现心阳过亢，临床可见心烦、失眠、多梦、遗精等症。若心阳不振，心火不能下温肾水，使肾水不能化气，反而上凌于心，则可出现心悸、水肿等症。

心脏疾病属中医理论的"胸痹、悸怔、真心痛"等病证范畴，中医认为慢性心功能不全、心律失常及冠心病，是由心肾阳虚、寒凝血脉、气机不利所致，应予温补心肾、益气助阳、活血通脉。心脏疾病是目前为止较为复杂的病种之一，心宝丸的作用机制，就是克服目前普遍存在孤立看待发生于心脏的各疾病相互之间的影响和作用，采用合理的中药药味配伍，来解决中药治疗中针对性与整体性的问题，解决中药之间的相生(协同作用)和相克(降低毒性)作用。心宝丸针对目前所有心脏疾病的终末病症——心力衰竭(慢性心功能不全)，及猝死率高的心律失常，从中药合理配伍方面，在心脏病治疗药物中，利用中医的以毒攻毒，及有毒中药之间及有毒中药与疾病之间的相生相克关系，来解决现代药物的针对性强，但毒性大、安全性低和病死率高的问题，解决现有药物的针对性和整体性不可兼有的弊病，力求发挥中药独特的作用机制以弥补现有心脏疾病用药中之不足，解除患者的疾苦。

(3)处方分析：心宝丸组成由洋金花、人工麝香、蟾酥、人参、肉桂、冰片、附子、三七、鹿茸精心配制而成。以附子回阳救逆，补火助阳，以人参大补元气，复脉固脱，生津安神，二药共为君药；以肉桂、鹿茸壮肾阳，补火助阳，引火归源，活血通经，益精血为臣药；以麝香、冰片、三七开窍醒神，活血通经止血，以蟾酥解毒、止痛、开窍醒神共为佐药；以洋金花镇痛、解痉为使药，为引子。9味中药合理搭配，共奏温补心肾、益气助阳、活血通脉之效。组方中各成分协同作用，达到针对性与整体性、有毒与无毒的辩证统一，更好地体现药物的安全性和临床疗效。

(4)功能主治

1)慢性心功能不全：慢性心功能不全又称心力衰竭综合征，是心脏因舒缩功能障碍而导致心排血量不能满足全身代谢对血流的需要，从而导致具有血流动力异常和神经激素系统激活两方面特征的临床综合征。出现呼吸困难、倦怠乏力、陈施呼吸(指呼吸有节律地由暂停逐渐增快、加深，再逐渐减慢、变浅，直到再停，约30秒至1分钟后呼吸再起)等症状。心宝丸中含有的人参皂苷、附子活性物质、蟾酥配基能增强心肌收缩力，增加每搏心血排出量，提高心功能。经临床统计，慢性心功能不全患者，口服"心宝丸"后心功能有效提高，表明"心宝丸"有明显提高心功能的作用，是一个有效的中药强心制剂。

2)缺血性心脏病：缺血性心脏病是因冠状动脉狭窄、供血不足而引起的心肌功能障碍或器质性改变，即冠状动脉性心脏病，简称冠心病，主要症状为心绞痛、心肌梗死、心力衰竭、心律失常、猝死等，另外无症状性心肌缺血型的临床症状尤为值得注意，很多病人有广泛的冠状动脉阻塞却没有感到过心绞痛，甚至有些病人在心肌梗死时也没感到心绞痛，这会让很多人忽视自身心脏存在的隐患。

心宝丸中的冰片、洋金花、麝香有舒张冠状动脉、增加冠脉流量的作用，从而能有效的抗心肌缺血，改善供血，提高心肌细胞的功能。经临床统计，心宝丸对心肌缺血的总有效率为69.01%，对心绞痛的总有效率为92%，表明心宝丸具有抗心肌缺血、消除心绞痛的作用。

3)病窦综合征：病窦综合症又称窦房功能不全，由窦房结及其邻近组织病变引起窦房结起搏功能和(或)窦房传导障碍，从而产生多种心律失常和临床症状。大多于40岁以上出现症状，有明确症状患者的年龄40～50岁和60～70岁最多见。常见的病因为心肌病、冠心病、心肌炎，也见于结缔组织病、代谢或浸润性疾患，不少病例病因不明，以心率缓慢所致的脑、心、肾等脏器供血不足尤其是脑供血不足症状为主，轻者乏力、头晕、眼花、失眠、记忆力差、反应迟钝，严重者可出现短暂黑蒙、近乎晕厥甚至晕厥等症状。

心宝丸中的附子、洋金花、鹿茸能够兴奋窦房结，增加传导速度，提高心肌收缩力。经临床统计：病窦综合征患者服用心宝丸2个月后，患者心率增加，未见诱发快速心率失常。表明心宝丸提高心率、增强心脏传导功能疗效显著，副作用小，为治疗病窦综合征安全有效的药物。九味名贵中药，经过最恰当的炮制，利用最合理的剂型，达到最显著的疗效。心宝丸宁人佑世，强健了无数颗心脏，延长了无数人的生命，载誉无数，在拥有盛名之后，它将继续做着一直做的事，为人类的健康保驾护航。

(三) 皮宝康复法

皮肤病是人类的多发疾病，社会调查数据显示，"一直"和"经常"被皮肤疾病所困扰的人占人群的55.19%，加上"偶尔"也会有皮肤问题的38.89%的人，只有5.92%的人从未有过皮肤疾病，仅17.33%的人身边无皮肤病患者。对于皮肤病的治疗，往往又会有反复发作和难以治愈的感觉。太安堂集团以传承500年的中医药典籍《万氏医贯》为基础，研制成"铍宝"、"丽人"、"柯医师"牌系列皮肤用药产品，致力于解决困扰人们的常见多发皮肤疾病，普度芸芸众生。作为中药皮肤药领军品牌，太安堂以皮宝普度势造福世人，多年来坚持开展皮肤健康周等公益活动，普及健康知识，传播健康理念，先后获得"烧伤外科发展贡献奖"、"皮肤科发展贡献奖"等诸多奖项。

1.**皮肤基本知识**　皮肤是人体最大的器官，占体重的14%～17%，皮肤里的主要成分是水。成年人的皮肤里水分一般占60%，初生婴儿高达80%。因为

孩子的皮肤的水分多，所以妖嫩润滑。年纪大了，水分少了，皮肤就干瘪，加之脂肪质的减少，老年人的皮肤就会出现皱纹和干裂。

皮肤覆盖在人体最外面，与人的外貌直接相关。人类健康皮肤应该是细润、光滑、富有光泽和弹性的。皮肤不仅指紧裹在身上的那层"皮"，还包括毛发、指甲、皮脂腺、汗腺等附属器官。毛发、指甲是变了形状的皮肤。

一个人的身上究竟有多少皮肤？由于各自的高矮胖瘦不同而不同。一个成年人，全身皮肤的总面积大都在1.5～2.0平方米之间，平均约为1.7平方米。

皮肤具有多种功能，但无其他内脏的储备及代偿能力，再生能力也有限，其他脏器如肝、肺、肾、胃肠等切除1／2，其剩余部分可以代偿脏器功能，而皮肤则不能。

皮肤主要有以下功能。

(1)保护防御功能：皮肤覆盖人体表面，是人体的天然屏障，柔韧性好。耐摩擦，对外界较轻的冲击牵拉起保护作用。皮肤表面呈酸性(pH5.5)不利于细菌、病毒、真菌的生长，皮肤表层有一层乙烷溶脂物质和水分乳化形式脂肪，既能保护和防止体内水分的蒸发，又可防止外界水分的渗入。

(2)体温调节功能：主要是散热和保温，皮肤的散热主要靠毛细血管扩张，血流增多，通过皮肤辐射的方式把热散至外围。出汗散热为全身散热量的21%，大量出汗时可达75%～90%。皮肤血管收缩和皮下脂肪则可减少散热保持体温。

(3)皮肤的代谢功能：皮肤对水分和电解质及其他代谢产物有排泄作用，主要通过汗腺的分泌进行，人在常温下每日可分泌汗液400～600毫升，外界温度升高时可达上述数量的数倍到数十倍，这不仅丧失了很多水分，而且还伴有许多电解质，如钠、钾、氯、钙、镁等及其他代谢产物的丢失，当肾功能、肝功能不全时，其排泄功能还可以增强，排泄毒物增多。

(4)皮肤的呼吸功能：人体在30℃时，24小时内通过皮肤可排除碳酸7～10克，吸收氧3～4克，皮肤的呼吸功能取决于汗腺的分泌状况，分泌量越多，气体代谢也越多。在高温或强体力劳动时，通过皮肤的气体代谢量可为肺代谢量的15%～20%。

(5)皮肤的感觉功能：皮肤具有冷、热、痛、触觉和其他复杂的感受器，如粗糙、细腻、光滑、潮湿等，对外来的各种刺激可作出相应的反射活动。

另外皮肤尚有免疫功能、储血功能等，并还能制造维生素D。

2.皮肤病的分类　我国人口多，患皮肤病的病人也多。有关皮肤病的文字记载，在我国大约已有3000多年历史。皮肤病种类繁多，有1000多种皮肤病。主要分为下列种类。

真菌病：常见的有手脚癣、体股癣及甲癣(灰指甲)。

细菌性皮肤病：常见的有丹毒及麻风。

病毒性皮肤病：常见的有水痘、扁平疣及疱疹。

节肢动物引起的皮肤病：如疥疮。

性传播疾病：如梅毒、淋病及尖锐湿疣。

过敏性皮肤病：常见的有接触性皮炎、湿疹、荨麻疹及多型红斑；药物反应，如服用磺胺、肌注青霉素过敏。

物理性皮肤病：常见的有晒斑、多型性日光疹及鸡眼。

神经功能障碍性皮肤病：常见的有瘙痒症、神经性皮炎及寄生虫妄想症。

红斑丘疹鳞屑性皮肤病：常见的有银屑病(牛皮癣)、单纯糠疹及玫瑰糠疹。

结缔组织疾病：常见的有红斑狼疮、硬皮病及皮肌炎。

疱性皮肤病：常见的有天疱疮、类天疱疮及掌跖脓疱病。

色素障碍性皮肤病：常见的有黄褐斑、白癜风、文身。

角化性皮肤病：常见的有毛发红糠疹。

皮脂、汗腺皮肤病：常见的有痤疮、酒渣鼻及臭汗症。

皮肤病的症状分为自觉症状和他觉症状2种。自觉症状是指患者的主观感觉如瘙痒等；他觉症状是指医生检查所见的各种皮肤损害如皮肤丘疹、糜烂等，是诊断皮肤病的重要依据。

(1)自觉症状

1)瘙痒：是最常见的自觉症状，痒的程度轻重不一，有阵发性和持续性、局限性和广泛性。痒的发生机制一般认为是由表皮内真皮浅层的游离感觉神经末梢，接受刺激通过侧脊丘束传至视丘和感觉中枢引起痒感。此与机体释放某些化学物质如组织胺、激肽和蛋白酶等有关，尤其是蛋白酶起着重要的化学介质作用。它在表皮、血液、细菌及真菌中都有存在，创伤或某些原因可在组织中释放活化，产生皮肤瘙痒。瘙痒常见于湿疹、荨麻疹、神经性皮炎、扁平苔癣、外阴肛门部瘙痒等。

2)疼痛：有学者认为，痛觉和痒觉可能是同种神经传导。当刺激程度小于痛阈时表现为痒感，大于痛阈时表现为疼痛。疼痛常见于急性感染性皮肤病，如疖、丹毒，病毒性皮肤病，如带状疱疹等。

(2)他觉症状：在皮肤表面所呈现的各种症状，称为皮肤损害或皮损。原发性皮损是指首先出现的原始性损害；继发性皮损是由原发性皮损经过搔抓、感染和治疗等进一步产生损害或好转的结果。认清主要皮损对皮肤病变的诊断和鉴别诊断颇有帮助。

原发性皮损：

1)斑疹：仅指皮肤的颜色变异，既不隆起，也不凹陷，病理改变多在表皮

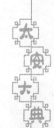

和真皮浅层。色素增多的有黄褐斑、雀斑等；皮下出血形成的斑疹称紫癜；文身称人工色斑；色素减少的有白癜风、白化病。

2)丘疹：是高出皮肤表面的坚实隆起，一般直径不超过1厘米。可由炎症浸润、代谢异常或皮肤变性所致。病理改变多在表皮或真皮上层。有的丘疹呈扁平圆状如疣类、色素痣；有的为多角形如扁平苔癣等。

3)水疱：为局限性高出皮肤表面、表皮内含有液体的损害，直径在1厘米内的为小疱，大于1厘米的称为大疱。水疱一般发生在表皮内。水疱常有细菌、病毒、疥虫及变态反应引起，如接触性皮炎、带状疱疹等，愈后多不留瘢痕。

4)脓疱：大小、深浅与水疱类似，是含有脓液的疱，周围带有炎性红晕。脓疱大多由于化脓性细菌感染所致，如脓疱疮、毛囊炎和痤疮等。

5)结节：是圆形或类圆形较硬的局限性突起，其位置较丘疹深，位于真皮或皮下组织，常为炎性浸润或代谢产物聚积所致，其大小不一。如皮肤结核、结节性黄色瘤及肿瘤等。

6)囊肿：是真皮内或皮下组织的囊腔样结节，可高出皮肤表面，呈圆形或椭圆形，触之有弹性感。内容物可为液体，也可为半固体如腱鞘囊肿、皮脂腺囊肿等。

继发性皮损：

1)鳞屑：主要为角化脱落的上皮细胞。当皮肤炎症或其他损害时，可形成明显的易察觉的鳞屑。鳞屑的大小、厚薄和多少因不同的皮肤病而异。花斑癣的鳞屑像糠秕状；剥脱性皮炎的鳞屑宛如干裂翘起的地皮；银屑病的鳞屑白如云母状等。

2)痂皮：是水疱、脓疱以及糜烂面等，皮肤损害的浆液、脓液及血液和脱落坏死组织所致，它们干涸后形成浆液痂、脓痂及血痂等。

3)糜烂：是水疱和浅在性脓疱破溃失去上皮所形成，表面潮红、湿润并有渗液，愈后不留瘢痕。

4)溃疡：是深达真皮和皮下组织的局限性组织缺损。溃疡的大小、形状及深浅，随病因和病情发展而异。表面可有浆液、脓液和坏死组织，或有痂皮覆盖，边缘常不规则。烧烫伤、皮肤结核、三期梅毒、化脓性皮肤病、小腿静脉严重曲张及皮肤癌均可导致溃疡发生。

5)瘢痕：深层组织缺损后，在组织修复中，由新生结缔组织代替原有失去的皮肤组织，称为瘢痕。分增生性(肥厚性)瘢痕和凹陷性(萎缩性)瘢痕，前者较硬而高出皮面，后者较正常皮肤稍凹下，表皮薄而柔软。瘢痕表面无正常皮纹，也无附属器。

6)苔癣样变：有些慢性瘙痒性皮肤病，由于长期刺激、摩擦、搔抓等，可使皮肤增厚、粗糙，皮肤纹理加深增宽，形成多角形片状扁平丘疹，称为苔癣样病变，如神经性皮炎。

3.皮肤病的病因

(1)健康情况。有些皮肤病是由于全身性疾病引起的，如全身性红斑狼疮，或由于慢性病引起的，如糖尿病、肺结核、梅毒等；有些皮肤病与免疫障碍或接受免疫抑制治疗有关，这种病人由于抵抗力低，较易发生带状疱疹、脱发、痤疮等。

(2)接触过敏源。经常容易引起皮肤病变的过敏源有植物类如毒性长青藤、橡树、漆树等；还有花粉、食物、化妆品、清洗剂等。

(3)皮肤病也有可能是由于使用如维生素、轻泻剂、抗生素、碘胺类药物引起。

(4)有些皮肤病与遗传有关，如牛皮癣、寻常性痤疮、白斑、异位性皮炎、鱼鳞癣、单纯性水疱性溶解症、先天性手掌足迹角化症和秃发等多有遗传性，其中异位性皮炎更有一定家庭史。

(5)与职业有关的皮肤病多见于因接触化学物质而致的疾病，如氯化物痤疮、麦粉湿疹，以及与屠宰业有关的急性传染病如炭疽、马鼻疽等。

(6)有些皮肤病多发生于某特定地区，如皮肤爬行疹多流行于热带。

(7)长期生活在拥挤、不洁环境的人易患衣虱病。常与有头虱、阴虱和夜里疮的人密切接触，易受传染。

(8)长时间在寒冷或酷热的天气下从事户外活动，常会引起皮肤病。

(四) 皮宝康肤法

中药皮肤药是太安堂两大产品体系之一，其核心技术源自明代太医院。1995年，"太安堂"第十三代传人柯树泉秉承太安堂训"秉德济世，为而不争"的精神，荟萃祖传御医宝典《万氏医贯》的医药精髓，从医25年后，以独特的中药皮肤药核心技术发明中药外用药——"皮宝霜"，开始了"一支药膏打天下"的企业发展历程，短短几年时间，年销量即超亿元，并迅速完成了从以广州为核心的"七星伴月"营销局面到"五凤朝阳"大格局的转变，集团也凭借核心产品在皮肤用药领域树立了业界声誉。

历经十数年拼搏，集成千年制药精髓，承接500年中医药底蕴，广纳中国中药现代化研发、制药精英，掌控世界一流的中药现代化制药细分技术，太安堂集团"铍宝"已发展成为中国皮肤外用药领军品牌，研发生产了体系健全的皮肤药产品，其核心产品，对缓解世人皮肤疾病困扰，造福社会，作出了卓越的贡献。

1.铍宝消炎癣湿药膏　铍宝消炎癣湿药膏，是以《万氏医贯》500年中医

药精髓为理论基础，结合多年的临床实践经验，并运用现代先进工艺生产而成，药效远胜传统皮肤药产品。处方中除采用历代名医公认治疗皮肤瘙痒、疥疮的有效药物——升华硫、蛇床子之外，还大胆地采用了传统认为有一定毒性的具有收敛、杀虫、止痒生肌功效的升药底为主药，强化了产品的杀菌功能，再辅以樟脑、冰片，增强其快速止痒之作用，并能有效地改善皮肤微循环，消除炎症物质，同时独创性地采用了蛇脂赋形基质，有效地增强了皮肤细胞活力，减少药物的副作用。

产品有三大特点分别是，①适应证广：杀菌止痒收湿，三效合一。既可收湿止痒，治疗皮炎、湿疹、皮肤瘙痒等皮肤病症，又可强效杀菌，治疗脚气、体癣、手癣等真菌感染类皮肤病。②起效迅速：应用现代中药微米技术超微萃取而成，一改传统中药起效慢、效果不显著的特点，真正做到迅速渗透、见效快、功效持久。③安全可靠：依据传统验方研制，精选多种珍贵中药材的纯中药制剂，不含激素，不产生耐药性，安全可靠，更值得信赖。

铍宝消炎癣湿药膏，严格坚守传统中医药理论，以升药底、升华硫、蛇床子为主方，以樟脑、冰片、苯酚为佐使，相辅相扶，同时应用现代中药微米加工工艺生产而成。其中：

升药底、升华硫：功能收敛、杀虫、止痒，为历代医师治疗皮肤瘙痒、疥疮的首选良药。《中药志》载："能杀虫止痒，治疥癣。"

蛇床子：功能祛风、燥湿、杀虫，主治疥癣湿疮。《本草经》载："主湿痒、附痹气、治恶疮。"《本草药性备要》载："敷疮止痒，洗螆癫。"

樟脑、冰片：杀虫、止痛。《本草纲目》载："通关窍，利滞气，杀虫，治寒湿脚气，疥癣，风痒，着鞋中去脚气。"二者与升药底、升华硫、蛇床子等药合用起到祛风燥湿、杀菌、止痒的效果。

消毒防腐药苯酚的加入，增加了产品的杀菌效果，达到协同增效的目的。

2.铍宝解毒烧伤软膏　铍宝解毒烧伤软膏，是继承中医学"烧伤疮疡"的烧伤理论基础和现代医学再生修复理论，结合多年临床烧伤救治的实践经验，总结摸索出的新型皮肤烧伤治疗药物。产品处方源自生肌玉红膏和紫草膏方义，精心挑选生地黄、黄柏、大黄、乳香、没药、冰片等天然中药材，运用现代中药制剂新技术精制而成，临床用于各种类型的皮肤烧（烫）伤的治疗，以及烧伤创面损伤的处理等，经湖南中医药大学、解放军第304医院、湖南医科大学附属湘雅医院等多家的严格临床验证，本品效果好，安全性高，无毒副作用。

中医学认为：烧伤是火热之毒外侵人体成伤，伤则血瘀气滞，血瘀不通，不通则痛；气滞湿积，湿积则腐生。铍宝解毒烧伤软膏结合现代医学创伤修复的理论基础，继承和发扬了中医药产品整体治疗的优势，具有多重功效——凉血解毒、活血止痛、祛腐生肌，临床用于治疗各种类型的皮肤烧伤、烫伤及创面组织的修复。

3.铍宝克痒敏醑 铍宝克痒敏醑以传统中医古方，融入现代先进科技，有收敛止痒、消炎解毒之功效。用于急慢性湿疹、荨麻疹、虫咬性皮炎、接触性皮炎等引起的皮肤瘙痒等症的治疗。

产品有四大特点：①19味中药精华——经历代名医配伍实践，遴选山乌龟、黄柏、苦参、蛇床子等19味中药协同增效。喷一喷，止痒、消炎、抗过敏，安全高效。②见效快，30秒功效体验——剧烈瘙痒如同蚂蚁挠骨，铍宝克痒敏醑30秒起效，轻松解决钻心之痒。③1000年中医精髓——凝缩成铍宝克痒敏醑，配方更具科学底蕴，疗效更确切。④21世纪先进工艺——运用指纹图谱、超微粉碎、超临界萃取等多种先进工艺，提炼出超细微活性液态分子，使药效优于传统中药产品。

4.蛇脂维肤膏 柯医师蛇脂维肤膏专业解决女性、婴幼儿肌肤问题，不含激素，天然修复，适用婴幼儿湿疹、皮肤瘙痒、干燥、手足皲裂、冻疮、无名疮肿、蚊虫叮咬、日晒伤等，特别对婴幼儿湿疹、成人湿疹、手足皲裂有奇效。亦可当作晚霜使用。

蛇脂维肤膏以异蛇蛇脂和珍珠、人参等多种名贵中药配伍精制而成，独有超强活性成分"亚油酸修复因子"，具有渗透、滋养、修复三重功能，活血益肤，针对肌肤干燥、皲裂、无名疮肿、瘙痒、冻疮、日晒伤等肌肤问题，全效养护受损细胞，修复问题肌肤。柯医师蛇脂维肤膏具有以下特性。

天然温和——蛇脂维肤膏精粹纯天然异蛇蛇脂和名贵中药成分，配方温和，不含激素，不含色素、香精和防腐剂，无刺激、安全高效、适合问题肌肤的日常养护。

活血益肤——蛇脂维肤膏超强活性成分"亚油酸修复因子"，七倍速调理修复，活血益肤。

调理修复——蛇脂维肤膏药物滋养成分快速渗透，补充肌肤营养。

5.蛇脂软膏 蛇脂软膏系根据人体皮肤生理病理特点，运用中医学"活血生新、扶正祛邪"的治疗原则，选用治疗皮肤病的珍贵中药材，用科学方法精制而成。蛇脂软膏内含蛇床子、土槿皮、地肤子等多种天然药物成分，具有止痒消炎，抗过敏的作用。

蛇脂软膏养阴润燥愈裂。用于阴津不足、肌肤失养所致的手足皲裂、皮肤干燥等，应用范围为·①用于真菌性阴道炎、淋菌性阴道炎、滴虫性阴道炎、白念珠菌阴道炎等的预防和感染后消毒。②用于皮肤受各种细菌、真菌感染引起炎症瘙痒时的消毒，如手足癣、体癣、股癣、花斑癣、牛皮癣等。③用于皮肤湿疹、脂溢性皮炎、神经性皮炎、荨麻疹感染后的消毒。④蚊虫叮咬、皮肤

过敏、瘙痒等。

二、鼎根基

"太安堂核心价值观"是太安堂集团笃定恪守的价值标准和行为准则，是太安堂安身立命的根本，是全体员工都必须信奉的信条，从而融入太安堂人的骨髓里，催化成为员工的新鲜血液。

"太安堂核心价值观"是太安堂永恒的指导原则，是所有目标的先驱和为之奋斗的基础。作为开篇序语被郑重地写进《太安堂基本法》。

第一条：太安堂发展观 弘扬中华文化，弘扬中医药国粹，坚持以人为本，坚持科学发展观，为中华繁荣、为中华昌盛、为人类健康，建设太安堂中医药圣殿，为人类美丽提供世界一流的中药现代化的特效中医药产品群体，体现国家利益、股东利益、合作伙伴利益和人生价值，实现共赢，构建和谐社会。

第二条：太安堂团队 建立一支以振兴中医药为己任、以"太安堂信仰"为精神支柱、以"太安堂堂训"为行为准则，像狂热的宗教信徒般的优秀人才团队，高度体现国家利益、企业利益和人生价值。

第三条：太安堂人信仰 为创建世界一流的中药现代化大型制药企业而奋斗！

第四条：太安堂治理基石 "儒表法里，道本兵用"、"中央集权制"，是太安堂的治理基石。

第五条：太安堂堂训

秉德济世，为而不争。

医道即人道，尊德性而道学问；

药理亦哲理，致广大而尽精微。

第六条：十六字真言 "方经药典，遵古重拓，精微极致，大道无形"。

第七条：太安堂人誓言 今天我选择挑战，道路充满艰辛，我要全力以赴，创造最好业绩，我要对人感恩，对己克制，对物珍惜，对事尽力，为创建世界一流的中药现代化大型制药企业奋斗终身！

第八条：太安堂产品战略

"皮宝制药，专做皮肤药"是皮宝制药的利基战略。

"太安堂制药，专做特效中成药"是太安堂制药的利基战略。

"做中国最好的皮肤药"、"做世界最好的中成药"，构筑太安堂独特的产品大格局体系。

—— 摘自《太安堂基本法》

太安堂核心价值观通常是太安堂文化理念体系中的点睛之处，同时又如同一条主线，贯穿于整个理念体系，把从企业的使命、愿景到企业信仰、经营战略直至行为理念链接起来，承上启下，形成了一个系统的体系。

太安堂核心价值观是企业文化的基石。可以说，企业文化的所有内容，都是在企业核心价值观的基础上产生的，都是核心价值观在不同职能领域的体现或具体化。

（一）太安堂发展观

太安堂发展观是发展太安堂必须坚持和贯彻的重大战略思想，是在继承和发展太安堂500年中医药文化底蕴的基础上总结提炼出来，是一脉相承又与时俱进的发展理论。

太安堂发展观，核心是发展。增强公司综合实力，在风云变幻的经济大潮中立于不败之地，实现太安堂伟大复兴，弘扬中医药国粹，最终都要靠发展。太安堂发展观回答了为什么发展、如何发展、发展成果如何分配的问题。

首先，在为什么发展上，太安堂发展观强调为中华昌盛、为中华繁荣、为人类健康，弘扬中华文化，弘扬中医药国粹。

其次，在如何发展上，太安堂发展观强调坚持以人为本，提供世界一流的中药现代化的特效中医药产品群体。就是要尊重员工的主体地位，发挥人民首创精神，充分地调动员工的积极性、主动性、创造性，集中员工的智慧和力量，投身于创建世界一流的中药现代化制药企业的事业中去。

其三，在发展成果如何分配上，太安堂发展观强调体现国家利益、股东利益、合作伙伴利益和人生价值，实现共赢，构建和谐社会，让发展成果惠及广大人民群众。

太安堂发展观是全面的发展观。按照创建世界一流的中药现代化企业的总体布局，以增强企业核心竞争力为中心，全面推进太安堂的进步和发展；太安堂发展观是协调的发展观。立足新的历史起点，协调发展，促进企业利益和社会责任相协调；太安堂发展观是可持续的发展观，太安堂要坚持发展产业，让员工、股东、社会共同分享发展的成果，实现企业永续发展。

（二）太安堂人信仰

太安堂人信仰是太安堂企业文化被全体太安堂员工认同，并在共同的使命感、共同价值观的基础上建立起来的崇高信仰，是太安堂人从内心对其极度的相信的尊敬，并将之内化，作为自己的行动指南，为之奋斗。

太安堂信仰是信仰管理的经营哲学去凝聚人、塑造人，打造一支由太安堂信仰武装起来的、狂热的宗教信徒般的、德才兼备的团队，以超出利润为目的的精神追求，秉德济世，为而不争，同时获得社会的认同和接受，使员工因为

太安堂信仰而获得自豪感和归属感。

人生天地间，天地因人而富有灵气。太安堂因信仰而神圣、自觉，因坚持信仰而辉煌、灿烂！太安堂人因信仰而纯洁高尚。

（三）太安堂堂训

"太安堂堂训"穿越五百年浩瀚的时空岁月，铭刻在世代太安堂人的心中。

秉德，具有精湛的医术，注重医者道德；是一种责任感，从事医药工作者首要的就是做一个品德高尚的人。

老子认为，"德"是天地灵气之"德"，是中心的体现，是积累智慧的场所，表现在人类身上就是悟性和理性。

济世，出自医学典故"悬壶济世"。"悬壶"，古代指行医的人，现指从事医学事业的人；"济世"，指以精湛的医术和博大的爱心全力救治普天下受疾病折磨的人，医济苍生，爱泽天下。

"为而不争"，源于老子《道德经》最后一章的最后一句话："圣人之道，为而不争。"老子以"为而不争"作为人类的最高行为准则，亦即人生修养的最高境界。

"为而不争"是一种大智慧。是"仁"、是"恕"，更是"淡定"和"坦然"。

"不争"其本身就是一种与人为善，就是对他人的一种宽容。避高趋下，善于位居众人之后，不计地位卑低；心境，善于保持深沉宁静的状态，与人结交，善于友好、仁爱而不求报答；说话，善于恪守信用；执政，善于做到清正廉洁、公平不倚，达到"清静无为"的境界；处事，善于发挥能力并圆融；行动，善于随顺天时，把握时机，合乎时宜。

"为而不争"是一种大境界。"以其不争，故天下莫能与之争"。

自幼熟读四书五经并受中医药学熏染的柯玉井公，勤学励志，高中举人，更怀"上医医国"之志，从医十数年后从政，"为而不争"应是他多年为官的处世原则。

"秉德济世，为而不争"，前后四字，独立成章，各有侧重，又相辅相成，涵盖了品德修养、医学精神和人格追求。"秉德济世，为而不争"，治病救人，是每一位从事医药工作者义不容辞的天职。

"医道即人道，尊德性而道问学；药理亦哲理，致广大而尽精微"。

此句引用《中庸》："故君子尊德性而道问学，致广大而尽精微，极高明而道中庸。"将"医道即人道，药理亦哲理"融为其中，更为细致地阐明"太安堂"的中医药特色和行医、开药所尊崇的严谨、精益的原则。

从创建、生存到每一步发展，太安堂的生命周期不仅没有停止，反而更加旺盛；太安堂是救死扶伤、实行人道主义的医学殿堂。

"医道即人道"。医道：治病的本领。医道的最高境界是"真诚地怜悯和体贴病人"；人道的最高境界就是把这种心量扩大，即真心诚意地怜悯和体贴这个世界上所有的人，没有贫富贵贱的区别，都一样用此心真诚地对待。

医道即人道，这是2000多年来我们祖先所谆谆教诲的品德信念，在这焦灼不安、人心浮动的现代社会被重拾和重视，就是要强调无论行医还是行商，首先要做人，遵守做人的基本道德，遵守职业道德。

在阅历人生中不断磨砺自己的能力，保持上进之心，并尽一己之能服务社会，而非钻营一己之小利。

"尊德性而道问学"。"尊者，恭敬奉持之意。德性者，吾所受于天之正理"；"性"本来是"天命之为性"，以达到"率性之为道"的目的，它注重人的道德的内省；而"道问学"则是对"博学之，审问之，慎思之，明辨之，笃行之"的概括。

"尊德性，所以存心而极乎道体之大也。道问学，所以致知而尽乎道体之细也。二者修德凝道之大端也。不以一毫私意自蔽，不以一毫私欲自累，涵泳乎其所已知。"（朱熹《中庸章句集注》）

"药理亦哲理"。药以千计，然仅有五味：酸、苦、甘、辛、咸。五味入五脏，其属性只有寒、热、温、平，寒者热之，热者寒之，和谐为本。

理有万端，然未能超出八法：汗、吐、下、积、清、温、消、补。邪在表者汗之，积食在上者宜吐之，在下者下之，既不能汗又不能下者积之，热者清之，寒者温之，积者消之，虚者补之。

药理与哲理，治病与治弊，小到个人，大到国家；药理亦哲理，显示的是社会深度的和谐境界。

"致广大而尽精微"，原意为善问好学，达到宽广博大的宏观境界，同时又深入到精细详尽的微观之处，这是一种极高明的和谐。

在现实社会中，我们所追求的是一种有原则、有标准的和谐境界。"尽精微"的目的是为了"致广大"，而"致广大"的结果又促进了"尽精微"。因此"广大"与"精微"并非是相反相克的，而是相辅相成的。两者之间的平衡与和谐就是细节管理追求的目标。

致广大而尽精微，要把最广阔的理想、最远大的目标与最务实的操作、最注重细节的执行很好的结合起来，只有这样，我们的事业才能卓尔不群，后劲十足。

太安堂精神的内涵，即"秉德济世，为而不争"，成为每一个太安堂人诚实敬业的道德规范。太安堂把这种精神运用到企业的生产经营之中，更会赢

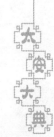

得崇高的商誉，带来良好的经济和社会效益。

太安堂的堂训就是太安堂的精神，太安堂的精神亦即太安堂的灵魂，将在每一名太安堂人身上具体体现，成为太安堂人的座右铭，成为太安堂人的信仰，成为太安堂人弘扬国粹、为民造福、为国争光的天条。

(四)太安堂制药大法十六字真言

"遵古重拓，方经药典，精微极致，大道无形"。

1. 遵古重拓 包括遵古法制和重视开拓创新两方面的内容。

"遵古法制"是指在中药的炮制上，要遵循历代实践积累、行之有效、事半功倍的法则经验，秉承中华制药优良的醇风古髓，深入挖掘每一味药的炮制诀窍，达到药尽其性，物尽其用，随不同的作用需求而恰当选用不同的炮制手段。

"遵古法制"是中药制药的灵魂，"古法"是中药炮制自远古以来传承沿袭发展积累蜕变而来的内涵和外延俱很丰富、道理很深奥、操作有诀窍、没有千年底蕴传活不来的巨大迷宫操作系统，个中韵味只有靠毕生的潜心体察、千年的时代传统的气场去培养，去体悟，才能品得其中真味。中药炮制不等于机械化的加加减减，更不等于毫无巧心的一通乱炖，它是有着数千年系统论的自然科学体系，只有深度潜伏才有可能挖出连城之玉，焕发出她的绝世价值。

所以说，"中药现代化"概念的提出绝不是简单的去中就西，而是在中医药博大精深的价值体系中积极寻找与现代科技的结合点，以现代制药技术为一种媒介和手段，使中药的潜力得到深层开掘，得到井喷式的能量释放，重度焕发异彩。"现代化"只是区区的众多手段中的一种，而不变的是越来越深广、越来越包容的中药制药的价值体系，这种体系的框架自古已经确立，后人包括我们只是在不断充实她的内容，所以，"遵古法制"是中药制药首先要体现的本质精神，否则就是数典忘祖，药味儿全失了。

太安堂细心学习、领会"遵古法制"的精神实质，把握中药制药的精髓，达到中药炮制工艺上的出神入化。

"重拓"则指的是中药的炮制工艺不仅要沿承古法，还要在继承中发扬古法的同时，时刻不忘发掘古法中的精髓，化理论为神奇，在实践中不断地扬弃，不断地发展，使中药制药的理论与实践体系的内涵和外延不断地成长完善，并结合时代科技，与时俱进，积极开拓，在实践中不断地寻找古与今的新的黄金的结合点，以求中药制药各方面质的提升和核心内容的法古不变，不断地发展创新。这就是"遵古重拓"精神的实质。

中医药的理论实践体系具有超前性、超科学性，其内容博大精深，无所不包，其前沿性、指导性非常强，纵观中医药几千年来的历史发展，我们发现，无论时代怎样进步，医学大家层出不穷，中医药的北斗七星指南针仍然是《黄帝内经》、《神农本草经》等经典，从来没有变过，将来也不会变。太安堂在这样的一个体系运作下，致力寻找真正的"开拓"途径，认真遵循中医药经典中所提示的金科玉律，不断探索，不断发扬，在结合现代西方科技的时候，慎重的把握好中医药核心内容的主旋律，只把西方的科技当作一种物理手段，绝不用之代替或动摇中医药的核心本质。

现代在中药的炮制过程中，已添置很多现代化的工艺，中药的提取、加工、粉碎等等都用了很多节能高效的新途径，中药生产要符合国家的GMP标准。中药制药要走向标准化、可控化，这是一条现代化生产的必由之路。这也是太安堂"重拓"的核心内容之一。

太安堂的中药制药，谨遵"遵古法制"、"开拓创新"的制药大法，在大力继承发扬古法的基础上活跃创新，真正体现了"遵古"与"重拓"的辩证统一关系，使中药制药真正迸现生机四射的活力。

2. 方经药典　"方经药典"诠释的是太安堂制药在选择中成药处方和中药原材料上的严格把关，极致彰显了太安堂近500年浑厚的中医药底蕴和核心技术。方经，指的是太安堂的中成药处方皆选自经典，既合于理，又和于法，疗效确切，经得起临床考验，是皆经过千万次的临床实践百试不爽、颠扑不破的良方；药典，指的是太安堂制药的中药原材料选材，不但是道地药材，药性纯正，还在道地药材中选择质量上佳的优质药材，同时，药典还包含另一层意思，那就是灵活根据中药处方的功效主治需要而加以选择适当的药材和炮制方法，做到用药如点将，选择最合适的。

"方经药典"包括"方经"和"药典"两方面的内容。

"方经"指的是处方经典。处方经典又包括两方面意思，即"经方"和经验方。

何谓经方？第一层意思是中医称汉代以前的方剂。《汉书·艺文志》："经方者，本草石之寒温，量疾病之浅深，假药味之滋，因气感之宜，辨五苦六辛，致水火之齐，以通闭解结，反之於平。"具体包括《汉书·艺文志·方技略》所记载"医经、经方、神仙、房中"的经方十一家，包括《五藏六府痹十二病方》三十卷、《五藏六府疝十六病方》四十卷、《五藏六府瘅十二病

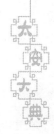

方》四十卷、《风寒热十六病方》二十六卷、《泰始黄帝扁鹊俞跗方》二十三卷、《五藏伤中十一病方》三十一卷、《客疾五藏狂颠病方》十七卷、《金疮疯瘛方》三十卷、《妇女婴儿方》十九卷、《汤液经法》三十二卷、《神农黄帝食禁》七卷，原书今俱已失传。后指《素问》、《灵枢》和汉代张仲景的《伤寒论》、《金匮要略》等书中的方剂为经方，亦专指《伤寒论》、《金匮要略》所载方剂。《北齐书·方伎传·马嗣明》："马嗣明，河内人。少明医术，博综经方，《甲乙》、《素问》、《明堂》、《本草》莫不咸诵。"宋赵与时《宾退录》卷三："唐慎微，蜀州晋原人，世为医，深于经方。"

第二层意思是指《素问》、《灵枢》和汉代张仲景的《伤寒论》、《金匮要略》等书中的方剂为经方。亦专指《伤寒论》、《金匮要略》所载方剂。

所谓经方乃是相对于宋、元以后出现的时方而言的。其中《伤寒论》载方113首、《金匮要略》载方262首，除去重复的，共计178方，用药151味。

经方是"医方之祖"，后世中医学家称《伤寒杂病论》为"活人之书"、"方书之祖"，赞誉张仲景为"医圣"。古今中外的中医学家常以经方作为母方，依辨证论治的原则而化裁出一系列的方剂。经方的特点可概括为"普、简、廉、效"。

何谓经验方？

"经验方"指的是后世医家经过临床实践的验证、经验积累被证明是行之有效的方子。它们是"时方"中的佼佼者。那何谓"时方"呢？"时方"指宋元以来通行的药方。对"古方"、"经方"而言。 清陈念祖有《时方妙用》四卷、《时方歌括》二卷，即选用时俗通用的药方编辑而成。如汉代以后很多名家的药方，都可以视为时方。张景岳的左归丸、右归丸，朱丹溪的大补阴丸，喻嘉言的清燥救肺汤，吴鞠通的三甲复脉汤等等，都是有效闻名的时方。

从上可以看到，无论是"经方"还是后世医家的经验方，只要是确有实效、组方经典的药方，太安堂制药都会选用、制作、生产，作为秉德济世的桥梁舟楫。

"药典"指的是选用的药材从产地、时间、生长、采集、收藏储存等各个方面都是严格遵守"最佳"定律。最佳的产地、最佳的采收时间、最佳的收藏储存炮制办法。"药典"不仅仅指的是选用的是道地药材，还要在道地药材中选用质量上佳品。

一是最佳的产地。中药学中有"道地药材"的概念。是指一定的药用生物品种在特定环境和气候等诸因素的综合作用下，所形成的产地适宜、品种优良、产量高、炮制考究、疗效突出、带有地域性特点的药材。它是一个约定俗成的、古代药物标准化的概念，它以固定产地生产、加工或销售来控制药材质量，是古代对药用植物资源疗效的认知和评价。道地药材的药名前多冠以地名，以示其道地产区，如浙八味"、四大怀药"等就是闻名遐迩的道地药材。"四大怀药"即指怀地黄、怀菊花、怀牛膝、怀山药；浙八味即指杭麦冬、杭菊花、浙玄参、延胡索、白术、山茱萸、白芍、浙贝母；其他的还有山东东阿阿胶、山东莱阳沙参、安徽凤凰山丹皮、广东阳春砂仁、广东新会陈皮、四川康定川贝(炉贝)、江西枳壳、宁夏中宁枸杞、江苏太仓薄荷，等等。这些都是有名的道地药材，它们因在某个产地所产的质量高、药性好、药材地道，所以约定俗成地把某地盛产的优质药材称为"道地药材"。

太安堂制药所选的药材，首先从产地去考虑，要求药材来自最佳的产地，因为一般好的产地才会有好的药材，这就是我们对药材的选择严格要求"道地药材"的原因。

二是最佳的采集时间。药材根据分植物药、动物药、矿物药而分别有不同的采集时间，具体来说，如植物药根据选用的根、茎、叶、花、果实、种子等的不同而有不同适宜的采集时间，不容错过。全草、茎枝及叶类药物大多在夏秋季节植物枝茎茂盛时采；根和根茎类药物一般是在秋季植物地上部分开始枯萎或早春植物抽苗时采集；花类药物多在花未开放的花蕾时期或刚开时候采集；果实类药物一般应在果实成熟时采集；种子通常在完全成熟后采集；树皮和根皮类药物通常是在春夏间剥取。而关于动物药，一般潜藏在地下的小动物，宜在夏秋季捕捉，如蚯蚓、蟋蟀等；大动物虽然四季皆可捕捉，但一般宜在秋冬季猎取。

陈嘉谟的《本草蒙筌》谓："草木根梢，收采惟宜秋末、春初。春初则津维始萌，未充枝叶；秋末则气汁下降，悉归本根。今即事验之。春宁宜早，秋宁宜迟，尤尽善也。茎叶花实，四季随宜。采未老枝茎，汁尚包藏。实收已熟味纯，叶采新生力倍。入药诚妙，治病方灵。其诸玉、石、禽、兽、虫鱼，或取无时，或收按节，亦有深义。匪为虚文，并各遵依，毋恣孟浪。"

太安堂制药所选的中药材，不但要求是最佳的产地，还要求药材是在最佳的时间采集的，才能保证药材的药性和药效。

三是良好的收藏贮存。药物在最佳时段采集后，还要加以一定的加工处理、良好的收藏贮存，才能保证药材的质量。如《千金翼方》言："夫药采取，不知时节，不以阴干暴干，虽有药名，终无药实，故不依时采取，与朽木不殊，虚费人功，卒无碑益。"再如《千金方》言："凡药皆不欲数数晒暴，多见风日，气力即薄歇，宜熟知之。诸药未即用者，候天大晴时，于烈日中暴之，令大干，以新瓦器贮之，泥头密封，须用开取，即急封之，勿令中风湿之气，虽经年亦如新也。其丸散以瓷器贮，密蜡封之，勿令泄气，则三十年不坏。诸杏仁及子等药，瓦器贮之，则鼠不能得之也。凡贮药法，皆须去地三四尺，则土湿之气不中也。"

药物的贮藏加工，要遵循科学的方法。科学的储藏加工能保证药材的质量，这也是太安堂制药十六字真言中"药典"的重要内容之一。

四是根据组方的需要灵活的选用适宜的炮制方法、药用部位。在临床上用药组方往往根据治疗目的的不同而选择不同的炮制方法和药用部位。

如陈嘉谟的《本草蒙筌》言："酒制升提，姜制发散。入盐走肾脏，仍使软坚；用醋注肝经，且资住痛。童便制，除劣性降下；米泔制，去燥性和中。乳制滋润回枯，助生阴血；蜜制甘缓难化，增益元阳。陈壁土制，窃真气骤补中焦；麦麸皮制，抑酷性勿伤上膈。乌豆汤、甘草汤渍曝，并解毒致令平和；羊酥油、猪脂油涂烧，咸渗骨容易脆断。有剜去瓤免胀，有抽去心除烦。"治疗目的不同，选用的炮制方法也不同。

在用药部位的选择上，《本草蒙筌》又言："生苗向上者为根，气脉行上；入土垂下者为梢，气脉下行。中截为身，气脉中守。上焦病者用根；中焦病者用身；下焦病者用梢。盖根升梢降，中守不移故也。"

3.精微极致 尊德性而道问学，致广大而尽精微。昭示的是太安堂人在中药制药具体工艺上的精益求精、追求完美，达到一种精微极致的境界。"致广大而尽精微"是太安堂堂训，也是一种格物致知的至高境界，太安堂人以此为中药现代化制药工艺流程的要求，尽精微而至极致，有了这种中药制药的高标准、高要求，中药的现代制造、中药的现代化一定会完美达标、日新月异的发展，中药定会走出国门，享誉世界。

"精微"指的是一种精深细微的境界，"致广大而尽精微"是《中庸》中的一句名言，也是太安堂的堂训，"药理亦哲理，致广大而尽精微"，讲的就是太安堂的制药水平，要达到一种广大精微的境界。

"尽精微"是一种严谨的治学态度，天下学问，无精不深，无微不细，只有以精微极致的治学态度来学习探索，才能登高远而臻极致，拨云而见日，开慧眼，览胜景，取得西天的真经。

"极致"是一种演绎完美的工作作风，每一丝眼神，每一个细节，都要做到无可挑剔，把每一阶段的工作都要做到如礼神的祭品一般完美无瑕。要做到极致，首先要专注，完全沉浸于自己的工作中，十分的热爱自己的工作，不断钻研，在工作中不断的得到升华，"如切如磋，如琢如磨"，精益求精，在对工作的极致的潜心探索中达到一种圆月弯刀的剑道精神。

"精微"的治学境界，是与"广大"的治学境界相辅相成的，"广大"是一种高瞻远瞩、悠远深长、宏观巨视的大观境界，是一种"会当凌绝顶，一览众山小"的宏观大制境界。而"精微"是一种"其小无内"的至精至微、不断内视、不断探索的微观世界，就像我们物理学中发现的世界物质的组成有质子、中子、电子、夸克等一样，人们不断探索世界上更细小、更微妙的存在，这就是一个"尽精微"的过程。

"致广大而尽精微"是一个和谐的统一体，在现实工作中，既达到宽广博大的宏观境界，同时又深入到精细详尽的微观之处，这是一种极高明的和谐。这种天地万物的和谐就是中庸的内在追求和目标境界。"致广大"、"尽精微"两者相互联系，相互依存，相辅相成。"尽精微"的目的是为了"致广大"，而"致广大"的结果又促进了"尽精微"。

精微极致，是我们做任何事情、任何工作的伦音真言。太安堂沿承了这种精神，在工作中不断改革，不断创新，不断吸取更新的科技成果。

太安堂集团采用中药超微粉碎技术。在遵循中医药用药理论的前提下，将部分中药材、中药提取物微粉化，通过增大药物颗粒的表面积，增强药物的溶出和吸收，如贵细药材微粉碎后，粉体粒径达到47微米以下，100%通过300目筛网，基本达到细胞破碎或裸露状态，有效成分溶出速度加快，从而提高药物疗效，临床效果明显提高，也提高了药材的利用率，节省了药材资源。另外，在中药超微粉碎的基础上，运用现代制剂技术，有效改善中药制剂的外观。

中药膜分离提取技术，解决了传统中药制药中杂质去除不完全，干扰疗效的问题，达到除去鞣质、蛋白质、树脂、树胶、淀粉等大分子杂质的目的，更有效地保留有效成分；并通过发扬极致的精神，不断技术攻关，大大减少了高温浓缩时间，降低产品生产能耗，降低产品原材料的使用成本，同时提高了产品的纯度，提高了药品的疗效。

减压微波干燥技术，解决了传统制药中中药浸膏黏性大、干燥时间长、有效成分易破坏的特点，使其有效成分能大量得以保留，同时减少能耗，提高原材料的利用率，也提高了成药的疗效。

有精微极致的生产还不够，同时配以精微极致的检验，才能确保药品品质的完美。检验始终要求做到贯穿整个生产进行中的质量控制和生产后的质量检测，包括制作工艺是否符合标准的检验，制作过程中原辅料是否符合要求的检验，各中间体外观及内在质量的查检，确保成药的质量。在制药过程中，从药料的投入到成药的产出，其中的任何工艺的改变都需清楚明了，这是一个各工艺流程、各加工过程、各道工序以及每一操作人员协调的过程，不许前道工序出现问题后药料照样流入下一道工序。如果一个环节出问题，就会影响整个产品的质量。因此精微检验是成药制作的重要环节，必须用极致的眼光，做到察其外而知其内，望其外而知其法，方可控制成药的质量。

精微极致的态度还包括对生产过程的关键点的重点检测。其原因首先是药品的质量不是检验出来的，而是生产出来的，只有规范的生产流程和操作才能确保产品的质量，而产品的检验只是针对某一时间段的产品或某一局部抽到的产品，不可能代表全部的产品。其次，中药的成药生产有其特殊性，这是人类

对中药认识的局限性所造成的。中药的成分很复杂，目前所能检测的成分不多，而且常常是以某一内在所含成分的多者定为有效成分，而该成分是否与该成药的临床疗效存在相关性，许多情况下是未知的，而且中药成药的临床疗效不是简单的各药相加的疗效，它是复方的疗效。此外，有些检测的工作是费时又费力，且不利于连贯性生产，这样又会影响到产品的质量。因此，成药生产从开始的药料检测，到生产中的药料炮制后熟料、中间体等检测，都必须掌控好适合的法度，合适的法度才有利于在生产中掌握使用，同时，细致入微、追求极致的工作态度才能在生产中发现问题，并加以灵活变通解决问题，使药品的质量更加完美。

4.大道无形 大道无形彪炳的是太安堂制药的自然观、社会观、人生观、价值观和奉献社会的理论渊源。

"大道无形"一词最早源出于道教的经典之一《清静经》，原文曰：

大道无形，生育天地；

大道无情，运行日月；

大道无名，长养万物；

吾不知其名，强名曰道。

这段话的意思是说，至高无上的道是没有形状、没有情感、有功而无名的，它默默无闻、悄无声息地生育了天地，长养了万物，运行了日月，化生了人烟。我不知道它的名字，只能勉强称它为"道"。

中国传统文化特别崇尚"大道"，不论是道家、儒家还是佛家，都众口一词地把它推向最高的圣坛。

道家的经典《清静经》中开篇就提出来了"大道无形"，即是说大道是没有形迹的，道家的另一篇更熟知的经典《道德经》更是提到："人法地，地法天，天法道，道法自然。"意思即是说，天地人万物的生长变化都要遵循大道，而大道本身有自己的运行规律。

那么我们怎么理解道家的这种思想呢？"大道无形"就是说，大道是世界上万事万物存在运行的最深刻、最本质的道理和规律，它本身没有形迹，也没有人类自私狭隘的情感和追求的浮名，但它是最伟大的，它是万物的主宰。

所以我们从其中至少可以看到两层意思，一是：道是万事万物最高的规律；二是：道是最无私、最博爱、最不沾名钓誉的存在。

太安堂集团作为一个中药企业，要学习"大道无形"的精神，首先，要遵循自然规律——自然的"道"，作为一家中药制药企业，在中药的选择、采集、加工、炮制、配伍、现代化生产、贮藏等各个环节都遵道而行，精益求精，突破技艺、工艺极限，不断地探寻达标更深层次的道，追求"技进于道"的境界。因为中医药本身就是一个从中国传统哲学中衍生出来的分支，是受中国传统哲学指导的，中药制作工艺不单单是一门具体的技术操作，它要遵循众多的规律才能生产出优质的中成药，所以中药制药，在"道"的层面上，有很大的提升空间：医道即人道，尊德性而道学问；药理亦哲理，致广大而尽精微。——太安堂堂训就是基于此而来。

第二，太安堂集团要遵循社会规律——社会的"道"，社会是某个阶段、某个地域人们的共同体，社会的发展追求和谐稳定、健康繁荣。作为一个中药企业，社会主义社会大家庭中的一员，太安堂集团存在的意义就是奉献社会，以良药良法治病救人，为人民的健康事业服务，为社会的和谐稳定、健康发展作贡献。太安堂集团只有紧紧遵循社会规律，遵循社会主义市场规律，遵循金融法则，遵守社会道德和职业道德，遵循企业成长的规律，遵循人们的健康需求，遵循世界贸易一体化的法则，遵循中医药走出中国、走向世界的大势，秉德济世，为而不争，才能顺时而动，凤展英姿，实现治病救人、为人民的健康事业护航的雄心壮志。

第三，对于太安堂集团的具体的每个人来说，我们要认真学习"大道无形"的无私大爱的精神。大道无形，大爱无声，这不仅仅是道家的精神，也是儒家、佛家等中国传统文化一致的声音。孔子在《礼记·礼运》的大同篇讲："大道之行也，天下为公。"在其中描绘了一个"老吾老，以及人之老；幼吾幼，以及人之幼"的大爱无私的大同世界，因为遵循大道无形无迹、生养万物而不为功不为名的精神，所以一样的无私博爱，最后达到"天下为公"的理想国。

佛家对"大道无形"的诠释是慈悲，佛家讲：出家人以慈悲为怀。这个"慈悲"就是一种超越世俗局限之爱的大爱，是一种对世人俱皆平等、没有差别的、无私的爱，是一种对世人的痛苦沉迷有着敏锐觉知的怜悯慈爱的大爱。这与"大道无形"的爱是同一个内涵、同一个境界。

对于太安堂集团的具体到每一个人来说，这种无私的爱的最好的体现就是通过我们的产品让更多的人远离痛苦，获得健康。把这种爱寄托于我们的产品中，寄托于企业对社会的责任中，寄托于我们以德济世的行动中。

大道无形，大爱无声。这揭示的是太安堂百年制药的精神境界。太安堂人以德行世，以德为做人做事的根本，做药就要做良心药，做拯民于疾厄的良药，秉德济世，为而不争，这是太安堂人行医做药的立身、立命、立世的铮铮箴言。

药品的预期效果靠的是组方，药品效果的实现靠的是制作，在药品生产检验、品牌打造推广的过程中，规范和制度必不可少，人员的素质与修养也至关重要。任何事情，包括中药制药，都是需要人去做的，那怎样去做，做得如何，都要看人能不能充分发挥自己的主观能动性，把自己对社会、对人类的爱

心与责任充分地体现到优质中成药的研发和生产中去。

药品是种特殊的商品，关系着整个人类的身体健康与生活质量。作为药品的生产厂家，必须让员工时刻谨记自己的社会责任、工作职责。所谓制度的最高境界是没有制度，当人们的思想水平、觉悟能力足够高的时候，恪守信仰、坚守职责就成为工作与生活的最高指导法则。医药工作者就是要用自己最饱满的热情、最真诚的心态、最精湛的技艺，竭诚为消费者服务。

"大道无形，大爱无声"，就是秉承良好的道德规范和精湛的技术，对社会、对人类、对世界作出贡献，是太安堂集团社会责任的体现，以德为基础，为出发点，不断强化自己，完善自己，回报社会，造福人类。反映了太安堂兼顾培养人的高超技艺与博大胸怀。

以上就是太安堂制药法的内容，这4个方面是太安堂制药秘法的概括，"遵古重拓，方经药典，精微极致，大道无形"，这16个字虽是太安堂制药的秘法真言，却也是中华几千年来中药制药大法的集中体现，是现今中西贯通以来中药现代化发展趋势的集中体现。有一句话讲得好，民族的才是世界的，家族的传承也就是民族的，有国宝、民族文化精粹的存在才能描绘出世界的精妙多彩。太安堂制药这"十六字真言"缺一不可，已成为太安堂集团研制药品的金科玉律，是太安堂系列产品具有神奇临床疗效的根本所在。

（五）太安堂人誓言

太安堂人誓言是一面旗帜，是庄重的承诺，是冲锋的号角。"企不优者，不能怀远；志不大者，不能博见"，表达了公司锐意创新、追求卓越的坚定信念、克服困难、迎接挑战的信心；表达了争创世界一流的远大志向；表达了公司有诺必践的求实精神和永无止境的不懈追求。

太安堂人誓言宣言，开宗明义，阐述了创业的道路充满挑战，以振聋发聩之音发出了无惧挑战、严于律己、宽厚待人、进取实干，追求卓越的宣言，并积极承担起创建世界一流的中药现代化大型制药企业的责任与使命。

太安堂价值观在太安堂企业文化中的地位，使它不仅规定着企业发展的方向，而且还决定着企业的特征，是太安堂生存和发展之本，是太安堂对经济活动价值的一种信念、倾向和主张，而这些观点系统化以后就像一把尺子，可以去度量我们的行为或结果适当不适当、值得不值得。核心价值观之所以处于太安堂文化的核心地位，也就在于它是企业做什么、不做什么和怎么去做的行为评价原则，它在一定程度上左右着企业的命运。

核心价值观决定了太安堂及其员工的行为取向和判断标准。它虽然是一个理性概念，但却制约着我们的各项实践活动。它作为太安堂与全体员工的共同信念，为企业的生存和发展提供了努力的方向和行动指南，没有共同的价值观，我们就会像一盘散沙。诚如美国管理学家彼得和沃特曼所言："我们研究的所有优秀公司都很清楚它们主张什么，并认真地建立和形成了公司的价值标准。事实上，如果一个公司缺乏价值准则或价值观不正确，我们很怀疑它是否可能获得经营上的成功。"

太安堂核心价值观是太安堂发自内心的肺腑之言，是太安堂人身体力行并坚守的理念。

太安堂核心价值观是引导企业运作的精神准则，是经得起时间考验的，因此它一旦确定下来就不会轻易改变，是太安堂价值判断的标准和前进的方向。

太安堂核心价值观，体现的是企业最重要的关键理念，是对太安堂众多理念抽象概括出来的，是太安堂人必须融入心中、付诸行动的指南。

第二节　汇天地灵气

"天地有正气，杂然赋流行。下则为河岳，上则为日星"。天地山川之间，原本就是充满无数的能量，这种气能量，统称为"天地灵气"。天地之间，但因地形不同，有些地形聚气的能力比较强，能够常年有着比别的地方气能为高的特性。一个有修持的人，他能体会到万物相互通情的感应，自然能获得更佳的效果。

传统讲求"天时，地利，人和"，其中天时主控在天，人和要各人自己来创造，唯有地利是我们可以选择的。地理之道，全在山水与理气之配合，太安堂的战略是不但要拥有的山形山势，更有强大的天地灵气、能量聚集点，把能量源源不绝地输入自己的体系之中。

中国古老的文化蕴含着深刻的思想，具有历史的穿透力，当然也深刻地影响着今天的太安堂。太安堂从自己古老的文明中汲取智慧，结合现代管理思想，在更广泛的全球化竞争环境中和深邃的历史文化中寻找资源，培植自己的竞争力和文化内涵。

《尚书·洪范》曰："五行：一曰水，二曰火，三曰木，四曰金，五曰土。""五行"是关乎自然的呈现与持续运作，随着这5个要素的盛衰，而使得大自然产生变化，不但影响到人的命运，同时也使宇宙万物循环不已。所谓"行"，就是一种自然的"运行"，是依循着本身之为呈现所固有的一种规则而持续运动，是一种自然的作为。不顺"五行"而行，则为天命所弃绝！

东方属木，木是指具有活跃向上生长特性的形态、形式。欣欣向荣，正是企业的产业集群和衍生出来的繁茂的产品链。东方代表城市上海。

南方属火，火是指具有热燥光明特性的物质形态及其场能辐射形式。这和

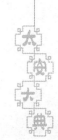

企业的品牌和企业文化的内涵正好相同。南方代表城市广州。

中央属土，土具有稳定不易改变的特性，如果"水"是企业的软力量，"土"就是企业的硬力量。中央代表城市武汉。

西方属金，金是指阳刚的物质形态和思维形态，也是需要始终坚守、不能妥协的价值。西方代表城市重庆。

北方属水，水是指具有自由流动特质的资源，既包括人才、技术等要素，也包括了上下游的合作伙伴。北方代表城市北京。

五行之间，互相资生、互相助长的关系简称为"五行相生"。五行相生的次序是：木生火，火生土，土生金，金生水，水生木。在五行相生的关系中，任何一行都具有生我、我生两方面的关系，也就是母子关系。生我者为母、我生者为子。以水为例，生我者为金，则金为水之母；我生者是木，则木为水之子。其他四行，以此类推。五行相克：克，含有制约、阻抑、克服的意义。五行之间，都具有相互制约、相互克服、相互阻抑的关系，简称"五行相克"。

1. **木生火**　东方属木，象征春天，春主生，是阳光普照、万物复苏的季节。太安堂生于南方，应借助东方的生机，生长才更旺盛。

2. **火生土**　南方属火，象征夏天，夏主长，为木所生，中土则赖南方之火；太安堂生长的地方是南方和东方，应充分吸取东南二方的养分才能如日中天。

3. **土生金**　中央属土，象征长夏，西方之金则靠中土之功。中部崛起战略的实施为太安堂中部发展提供了良机，完全可以凭借极好的区位优势和市场潜力，延伸产业链、构造营销网、搞活大市场，"生物医药"产业已经成为中部地区重点发展的四大高科技产业之一，太安堂要积极拓展中部市场，寻求更多的机会，获得更多的赢利。

4. **金生水**　西方属金，象征秋天，秋主收，凡事必收成于西方，收获的季节；北方之水有赖西方之金的滋生，方能从金生水到水生木。太安堂经春生夏长后，其方向应在西方，目前应首推重庆与成都，左手牵西北，右手揽云南，面向东南亚，进行对外贸易和投资，这才能体现太安堂成在金秋的哲理。

5. **水生木**　北方属水，象征冬天，冬主藏，太安堂总部虽迁都上海，还应借助北方之水才能生东方之木；更应靠北方的资源才能达到目的，从而完成春生夏长秋收冬藏的全过程。

《类经》曰："造化之机，不可无生，亦不可无制。无生则发育无由，无制则亢而为害，必须生中有制，制中有生，才能运行不息，相反相成。"

这种区域定位在打破条块分割和地区封锁、促进商品与生产要素的合理流动方面发挥了重要的作用，符合当今世界经济区域化、集团化的大趋势，是太安堂宏观整体新格局的一道法门。

如此良性地推衍发展，体现了太安堂和谐企业生生不息的创造力和生命力。行在推衍运行过程中，各种要素相互推动，表达了企业进取、竞争的一面，它的终极或者统括，就是和谐发展。当代中国一致认同建设"和谐社会"的治国理念，五行的核心价值也正是和谐。

第三节　运哲学规律

在我国传统文化中，哲乃智的意思，顾名思义，哲学就是智慧的代称。同样在西方，哲学被叫做"Philosophy"，它是从"Philein"和"Sopia"这两个古希腊文的词衍化来的，这两个古希腊词的意思分别是"爱"和"智慧"，统称"爱智慧"。显然，从哲学这个词的演化来看，哲学一直被古代人看作是人类最高智慧的结晶。

灿烂悠久的中国传统哲学浸润着中华民族的思维方式、民族心理、审美情趣和行为习惯。因此，中国传统哲学对太安堂的影响是深刻而深远的，在经济全球化时代，太安堂更加尊重传统民族文化，合力开发利用传统哲学的价值，把传统治理文化的精华与现代治理理论和实践经验结合起来，为企业经营服务。

从改革开放的初次尝试，到中国中药皮肤药第一品牌；从中药皮肤药第一品牌到心血管用药、不孕不育症用药等特效中成药；从潮汕海滨到名扬全国的药业集团，再到逐渐生成了独具特色的商业模式和企业文化，宣告了一个中医药老字号可持续发展的信念，彰显着一种强力的、自动自发的开拓进取精神。

一、儒表法里，道本兵用

太安堂的治理基石："儒表法里，道本兵用"；"中央集权制"。——《太安堂基本法》

"儒表法里，道本兵用"是太安人实施产业扩张、实施资本运作、创建世界一流的中药现代化大型制药企业的法宝，是太安堂创业的灵魂基石。

（一）儒表法里

太安堂没有"独尊儒术"，没有儒表法里，道本兵用，太安堂则不能自立，不能自立就不能自强，不能自强哪能成就一番事业，太安堂应刚柔相济，刚柔相济才能独立，才能坚忍不拔。刚是太安堂灵魂的骨架，是公司的立世之本。

　　2007年11月26日，"太安堂集团'二五'规划发展战略研讨会"在上海召开，会议隆重颁布了《太安堂基本法》和《太安堂管理机制》这2部对太安堂发展具有重要指导意义的重要文献。

　　《太安堂基本法》指引全体太安堂人走上依法管理、法不阿贵、厚赏重罚、赏誉同轨、做强、做大、做久的光明大道。

　　《太安堂管理机制》是一套系统而完善的企业运营体系，机制的整个系统构成了四类环境，即决策环境、执行环境、监督环境和柔性环境，其中决策、执行、监督三类环境主要体现出刚性管理的特征，而柔性环境则是一种软环境，它使组织意志变成人们内心的承诺，四类环境使整个系统自加压、自寻优、自运行，从而实现无为而治的最高境界。

　　"大道无形，生育天地；大道无情，运行日月；大道无名，长养万物"。太安堂在两极的矛盾中追求和创造动态的平衡，不执着于中庸常态，另寻蹊径，掠其光泽为我所用。

　　东西方的文明总是在这个蔚蓝色的星球上交融，彼此影响、相互交融、前呼后应。西方企业管理理论也充溢阴阳平衡的观点。例如以"经济人"为基础的观点就是阳刚的力量，而以"社会人"为基础的观点就是阴柔的力量。企业的能量总是分为阴阳两种，在系统流程、等级等方面属于阳刚的力量，而与之相对应的则是阴柔的能量，它所强调的是沟通和尊重。《太安堂管理机制》的制定和执行，是从管理制度体系的具体职能实施上达到一种平衡关系。完善的制度体系、周密的执行流程、严格的控制监督等等这就是一种阳刚的力量。同时，《太安堂管理机制》也嵌入对员工的成长、需求、情感和尊重的关注，这就是阳中有阴。这种关注又不是随机发生，而是有章可循的，所以又是阴中有阳。

　　《太安堂管理机制》的颁布和实施是太安堂管理体系全面梳理和突破的最好切入点。太安堂逐步壮大走到今天，从产业结构到组织形式、从经济基础到战略模式都发生了意义深远的重大变化。是按照立足现实，总结实践，借鉴经验，适应太安堂新的发展要求而制定的指导性文献。

　　《太安堂管理机制》的颁布和实施是太安堂实现新经济、新体制与新机制进入正常运作的关键，确立了总体运营上实行"中央集权"制金字塔式的管理模式，标志着太安堂正在经历从旧机制走向新机制的脱胎换骨的质变过程，标志着太安堂全新的管理格局进入正常的运作轨道，标志着太安堂崛起新时代的到来。

　　中国古代法家以韩非子为代表，强调要制定一套严密的法规制度，但法家的思想毕竟与儒家有相通之处，因此法家思想强调的是法制与人本思想相结合。太安堂管理手段软硬结合，既重制度约束和经济、行政手段的运用，更重思想引导、精神激励。

小赢靠聪明，大赢靠品德，共赢靠机制；小富靠勤劳，大富靠智慧，共富靠制度。机制进步才是真正的进步，制度创新才是根本的创新。太安堂人应善取势而明于道，融会、集成、聚焦构筑高效决策执行系统。

（二）道本兵用

什么是"道"？道就是规律，道就是准则。做人有人道，经商有商道，明道就是遵循自然规律和社会规律，明道可以生万物，可以成万事。太安堂具有自己的价值体系，即具有统一的理念和行为准则，这就是太安堂的"道"。

太安堂崇尚儒表法里，法家讲法、术、势，太安堂管理的韬略里，法、术、势系统的各个层面应极致展开。制度无情，制度不信任人是太安堂管理灵魂中的法家理念。会而不议、议而不决、决而不行、行而不果，会议的成效决定太安堂的盛衰，凡是跟绩效与贡献无关的事，统称为噪音，都应执行法家管理。

太安堂管理之道，每位高管都只管相关部分，谁也不能一权独大，这也是法家管理；太安堂管理之道，应以成败论英雄。只从打胜仗的队伍里提拔干部，打了败仗就地免职，或降级调离，这就是太安堂的希望。

孙子说："凡用兵，以正合，以奇胜。"无正不能出奇，无奇不能取胜，正中应有奇，奇中应有正，奇正交融，相互促进，整合协调，方能制胜。

企业经营要出奇制胜，不断寻求把握市场主动和价值创新的机会并转化为现实优势。

正面的硬碰硬不是解决之道，胜败之关键在于出奇制胜，奇是什么，就是价值创新，寻求把握市场主动的机会。而且，是竞争也好，企业经营也好，是个动态的过程，这个"奇"需要不断地更新和超越，"故善出奇者，无穷如天地，不竭如江海"。用比较通俗的话来讲，就是要始终保持领先一点点，或者始终保持差异一点点，不断地寻求价值创新的突破点，才能称之为善战者。

在这个战略思想的指导下，太安堂全面实施"穷追不舍、快速扩张、集成聚焦、集资集智、战绩审计、低调处事"的具体战术，经常有狂热的、疯狂的、超前的、太超前的、令人目瞪口呆的难以想象的、不可思议的灵感和创举，以此一举打破僵局，取得惊人成功。从区域市场挺进全国市场，夺取全国产品强势品牌和知名企业品牌的集团总体发展战略的形成；在资本运作领域，也是奇招频出，迅速实施兼并，壮大产业规模。

《孙子兵法》："故善战者，先立于不败之地，而不失敌之败也。是故胜兵先胜，而后求战，败兵先战，而后求胜。"

"胜兵先胜而后求战"，是《孙子兵法》中重要的一条战略原则。意思是

打胜仗的军队总是先有了胜利的把握才寻求战机同敌人交战。战前要有准备，要创造必胜的各种条件，清除影响胜利的各种风险，造成未战先胜的局面，然后再战，则战无不胜。这一战略原则，高屋建瓴，也可作为企业战略竞争的最高法则。

正确的营销思想才能引导正确的行动。

善于用兵作战的人，在作战之前，先创造出自己能够夺胜的条件，有着必胜的信念、必胜的资源、必胜的环境，这样开战一定会如预期一样取得胜利的！

纵观这十多年的发展，柯树泉的每一次决策都是"先胜求战"，从当年营销在广州的"七星伴月"农村包围城市，从营销总部迁到上海黄浦江畔，到最近2年的并购药厂、建太安堂中医药博物馆、皮宝制药成功上市无不是"先胜求战"战略的经典运用。

（三）趋时善变——《周易》之"变通"

《周易》博大精深，其中管理思想的核心就是变易观，即宇宙万物、人类社会，无时无刻不在发生变化。《周易》的变易观包括"变""通"动态观、刚柔相推、动静适时、"新""生"法则以及"穷变"思想等。《周易》的变易观对现代企业管理有着深刻的启迪，主要表现为功业见乎变、刚柔立本、趋时变通，居安思危。市场信息更是变化多端，事物的运动变化就是"变易"。"变易"的法则是自然法则、社会法则，也是企业管理的法则。

只要你走近太安堂，你就会发现，太安堂无处不在发生着变化，从理念到技术，从管理到文化，从硬件条件到人的精神面貌，变化之迅速，令人赞叹。

在太安堂，"变"是常态，创新是它发展的动力。正是这种"变"，使太安堂创造了惊人的高速度、高质量、高效率、高效益。

1995年10月，太安堂创办现代企业，完成了由传统医馆改为经营制药工厂的蜕变，开始第一次变革之旅。15年来，太安堂奠下基业，成功上市，定下誓言，立下信仰，在新的历史时期，实现了太安堂的复兴。

变易观强调的变不是普通的变，是战略层面上的变。从根本上改变面貌，才能天堑变通途。变则生，不变则死。世界因为不断的变化才生生不息，企业战略管理的最本质的思想是思变。"思变"就是要按客观规律做重大的选择、重大的决策。

当一种模式已经呈现难度增大的趋势时，我们必须有所突破。首当其冲是思维的转变。变，意味着阵痛。但这只是短痛，短痛是为了避免长痛。壮士断臂、刮骨疗法皆如此。其实，即使变了，一时半会也不一定会通。对于新的事物，即使刚开始充满了信心，但在遇到困难与挫折时，就会产生怀疑。这个时

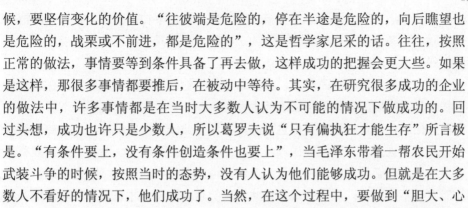

候，要坚信变化的价值。"往彼端是危险的，停在半途是危险的，向后瞻望也是危险的，战栗或不前进，都是危险的"，这是哲学家尼采的话。往往，按照正常的做法，事情要等到条件具备了再去做，这样成功的把握会更大些。如果是这样，那很多事情都要推后，在被动中等待。其实，在研究很多成功的企业的做法中，许多事情都是在当时大多数人认为不可能的情况下做成功的。回过头想，成功也许只是少数人，所以葛罗夫说"只有偏执狂才能生存"所言极是。"有条件要上，没有条件创造条件也要上"，当毛泽东带着一帮农民开始武装斗争的时候，按照当时的态势，没有人认为他们能够成功。但就是在大多数人不看好的情况下，他们成功了。当然，在这个过程中，要做到"胆大、心细"，战略上藐视，战术上重视。其实，资源不是一成不变的。很多资源，可以在运作的过程中不断整合，只要有足够的智慧，所以《周易》的法则是：穷尽就会变化，变化就会通达，通达就会持久。所以说"自天佑之，吉无不利"。这是事物发展的必然规律，迫于穷尽就会发生变化，而由此获得通达，并且持久。

　　柯树泉董事长为大家分析，有"五因促变"。

　　见多了太多企业呼啸崛起又瞬间陨落的烟花般命运，加上从医时形成的科学严谨作风，柯树泉对公司发展的规划总是理性而科学：不轻率冒进，也不故步自封。在企业经营中，不成熟的决策，对企业而言，轻则屡交学费，重者淘汰出局，这都是不负责任的妄为。因此，公司的十几年来的发展，主行"王道"，慎行"霸道"，铸造了今日良性稳固的根基。

　　但凡事应势而动、因时而变，当获得荣耀的时候，如何摆脱世上一切事物都遵循的"生——长——兴——衰——败"的运行规律？唯有转变观念，升华"兴"的境界，提升"兴"的高度。事实上我们的现状也正是如此，站在历史的角度看，我们今日之"兴"，只是事业成功的一小步，还远未达成我们为之奋斗的"企业信仰"，未来的路还很长，因此，我们需要变革图强，在众人信任目光的注视下，柯树泉阐述了今日营销必变的5个变因：信仰、规律、市场、资本、价值。

　　现在，太安堂人正在实施二次变革，重在观念变革、人才变革、营销变革、系统变革从而达到整体变局。突破瓶颈做大规模，用中药现代化创造高附加值回报股民、报效社会，以"为天地立心、为生民立命、为往圣继绝学，为万世开太平"的民族精神为指引，向公司"三五规划"（2013～2017年）挺进。

二、遵千古铁律

1.自然规律　自然不以人的意志为转移，是人类存在的客观前提，也是人

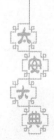

类生存的生活资料来源和生产资料来源之所。任何事物都要顺应它自身的情况去发展，不必参与外界的意志去制约，事物本身就具有潜在性和可能性。"自然"就是道，它就是规律，就是法则。

万物依照自然法则而产生，自然条件给予他培育他生长的环境，在适宜他生长的物质基础的条件下形成了他生存的规律，最后在有利的形势下获得成功发展进化。在企业管理中同样也要高度关注企业成长发展规律，一定要正确对待企业成长规律，否则就要误入歧途。在现代企业管理中，要使企业管理"功成事遂"，就必须追求一种"无为而治，道法自然"的境界，唯有如此，企业才能立于不败之地；而唯有具备如此素质的企业管理者才是真正称职和优秀的领导者。

太安堂的管理思想包含着对顺应自然规律的深刻理解。太安堂堂训"秉德济世，为而不争"以"为而不争"作为人类的最高行为准则，亦即人生修养的最高境界，在行动上善于随顺天时、把握时机、合乎时宜。要用"无为"、"不争"的态度去"为"，去发挥人的主观能动性。

柯树泉董事长曾经说："企业的高层主管要以道家的思想来管理，要发现并顺应客观规律。"这句话的含义深刻地体现了"道法自然"的思想。企业管理模式已经建立，企业家只需把握好经营方向，而无需为日常琐事操心，企业就进入无为而治的状态。

现代社会的商业竞争，已经演变到了一个新的阶段和层次，由单极转向多极，从区域遍及全球，科技日新月异，信息层出不穷。在这种竞争日益激烈的情况下，尊重自然规律、顺应自然规律、利用自然规律，"道法自然"的思维方式是太安堂对付激荡社会巨变一种行之有效、弹性柔化的管理策略。

2.社会规律　企业发展过程中，企业的价值理念必须遵循社会的价值理念，确立企业社会双赢的目的，使企业员工基本信念、价值理念、道德规范、生活方式、人文环境以及与之相适应的思维方式和行为方式过程体现，遵循社会规律是促进长寿型企业发展已成为决定企业兴衰的关键因素。

太安堂创办500年以来，历代太安堂传人秉承"秉德济世，为而不争"的堂训精神，铭记"堂名太安祈天安地安人安也堂名太安求普救众生秉德济世为而不争也堂名太安施医道即人道尊德性而道问学行药理亦哲理致广大而尽精微也"的崇高理想，他们刻苦钻研，悬壶济世，救死扶伤，以高超的医术、深厚的造诣和救活民命，何止万千，功德无量，有口皆碑，太安堂第十三代传人柯树泉创办企业以来一直以弘扬中医药国粹为己任，积极承担社会责任，太安堂也积极投身弘扬中医药文化、投身公益事业，把企业与社会、自己与他人的双赢作为经营决策的指导思想，谋求企业社会共同发展。

2010年10月27日，广东太安堂药业股份有限公司第二届董事会第五次会议审议通过《广东太安堂药业股份有限公司社会责任制度》，为落实科学发展观，构建和谐社会，推进经济社会可持续发展，倡导公司积极承担社会责任。

太安堂在中药现代化产业发展的过程中，包含着许多举足轻重的环节。太安堂长期以来以弘扬中医药国粹为己任，响应党中央、国务院的号召，积极参与中医药科普宣传，投身于"中医中药中国行"活动，共同倡议"传承中医国粹，传播优秀文化，共享健康和谐"，为中医药发展营造良好的社会环境，让世人了解中医、认识中医、感受中医，让中医药惠及千家万户，为大众健康服务。投资拍摄的大型中医药题材电视连续剧《太安堂·玉井传奇》播出后，好评如潮，屡创收视率新高，在社会上掀起了一股说中医、学中医、看中医的热潮。

公司积极开展对柯氏祖传《万氏医贯》医药精髓的深挖工作，为展示太安堂中医药文化，2008年集团投巨资兴建太安堂中医药博物馆，筹拍《太安堂·玉井传奇》中医药题材电视连续剧；2009年企业与中国中药协会合作，正式着手编纂《太安大典》系列丛书，该丛书共计108部，将系统、全面宣传祖国传统中医药文化，必将为世界中医药产业发展作出巨大的贡献。

太安堂积极参加各种社会公益活动：2008年向汶川地震灾区捐赠价值200万元的药品；2010年向汕头市第三人民医院捐赠价值100余万元的救护车。

高度的社会责任感是企业践行科学发展观的具体体现，太安堂500年风雨历程中的每一个脚印都凝聚着一份责任。在追求质量卓越为千万患者送去健康的同时企业只有真心、耐心、全心全意地履行好社会责任，才能在残酷的全球化竞争年代赢得持续发展！太安堂将继续坚持"秉德济世，为而不争"的宗旨，全力履行社会责任，服务公众健康，取得经济效益和社会效益的双丰收！

我们也有充分的理由相信，人类健康时代的到来必然铸就中国中药现代化事业的辉煌明天！

3.企业规律 实现科学发展、遵循发展规律是企业发展自己的基本命题。企业发展的实质是企业生命活动功能的提高。提高的是企业占有、创造和实现财富的能力，这是企业发展的方向。

遵循企业规律，主要包含以下4个方面。

资本社会化的规律：适应现代经济发展和运行机制的要求，企业创业资本及扩张资本的筹集，已经从当初依靠单个资本的积累演变为社会筹集。无论是间接融资，还是直接融资，融资行为的社会化已经越来越普遍，太安堂药业上市，正是顺应了资本社会化的方向。

组织形式股份化的规律：这是与资本社会化紧密相关的一个规律。企业从社会上融资，必须在组织形式上体现出投资者的权益。如何体现？这就必须有

一个能够体现投资与权益相匹配的制度安排，即以股份制的组织形式来实现投资者在企业中参与决策和分红的权与利。太安堂药业上市之后，已经成为公众公司，治理结构规范，并接受社会和监管机构的监督。

管理人员专家化的规律：随着企业的战略决策、生产技术、经营方略、管理技巧、资本运营等方面的要求越来越高，如果投资者素质上不能适应现代企业发展的要求，需要生产、技术、经营、金融、法律等专家型人才来打理企业，实行所有权与经营权的分离，企业管理人员专家化的特征日益显现。太安堂以宽阔的胸怀引入职业经理人制度，保证经营者的素质适应企业的发展。

市场国际化的规律：随着现代交通业、现代物流业、现代金融业和信息业的蓬勃发展，世界经济一体化、经济活动全球化已发展成为时代潮流。在这种大背景下，企业从资源的配置到产品的生产和销售，所面对的市场已从昔日封闭的地方性市场或国内市场演变为开放性的国际化大市场，面对的是来自无疆域的全球性的激烈竞争，其发展无不需要从全球的视野作出决策。于是，企业变成国际化的企业，市场变成国际化的市场，跨国经营的步伐势不可挡。

面对快速增长的中药国际市场，太安堂当仁不让地置身其中，积极展开海外市场的开拓工作。国际市场的开拓和发展，是公司产业链中的重要组成部分，这其中，我们既进行药物流通也包含医药服务和中医药文化传播。

目前，公司拥有国内外先进的中药生产设备和质量保障体系，一系列前沿科技成果和创新产品有望以国际营销网络为桥梁，实现公司中药产品从国内到国际的历史性跨越，从而实质性地推动公司"国际化"的进程。

4.崛起规律　太安堂走过了500年的辉煌历史，从中国传统前店后坊式的中医馆，演变为具有现代中药制药前沿高技术水准的公众公司，太安堂发展之路，遵循的是怎样的崛起规律？

(1)利基战略："利基"一词是英文"Niche"的音译，意译为"壁龛"，有拾遗补缺或见缝插针的意思。利基战略是以专业化战略为基础的一种复合战略，如果针对中国企业，可将利基理解为一种企业成长战略。它指企业选定一个特定的产品或服务领域，集中力量进入并成为领先者，从当地市场到全国再到全球，同时建立各种壁垒，逐渐形成持久的竞争优势。它强调的是竞争战略中的集中与后发，以及职能战略中的市场细分。

利基是指在市场中通常被大企业所忽略的某些细分市场；所谓利基战略，则是指小企业通过专业化经营来占领这些市场，从而最大限度的获取收益所采取的策略。利基战略和波特提出的目标集聚化战略存在联系但同时也存在着区别，它们都是在对目标市场进行细分的基础上作出的，但在对市场选择上，利基战略侧重于选择那些强大竞争对手并不是很感兴趣的领域，而目标集聚化战略则强调对所选领域的持续占领。

如果说传统竞争的主要武器是规模经济的话，那么现代竞争的主要武器则为"差别优势"。所谓"差别优势"有两个基本含义：一是"差别"，即与竞争者不同的、有差异的地方，这突出强调了企业的个性，要求企业在产品质量、价格或者服务、促销等一切竞争手段上选择较少的几项，开发具有特色的长时期利基，这是企业寻求竞争优势，构造竞争堡垒的基础；二是"优势"，即不仅要与竞争者形成差别，而且还需要使这种差别成为我之竞争优势。这要求企业所选择的差别一定是有竞争价值、且有资源能力可以实现的。差别是体现集中的方法，而优势是集中的目的。

20世纪90年代皮肤科软膏类药品市场，疗效卓著的纯中药药膏还是空白，太安堂敏锐地发现这是一个巨大的市场空间，确定了"皮宝制药，专做皮肤药，做中国最好的皮肤药"的利基战略。以皮宝霜、铍宝消炎癣湿药膏、蛇脂软膏、肤特灵、疤痕美胶囊等为代表的系列纯中药皮肤药产品一上市就打破了传统西药药膏一统天下的局面，成为皮肤科药品市场上一枝独特的奇葩。在中国皮肤科药品领域占据了相当的地位并畅销全国各地及东南亚一带。在公司第一个五年规划期间，公司发展成为集研究、生产、销售高效中成药于一体的药业集团，拥有广东、上海3家药厂，1个省级研发中心，2家营销商业公司，形成了一条从中药研发、制造到商业流通的完整产业链；培育了一批优势产品和知名品牌，在细分市场占据领先地位，遍布全国的分销渠道网络已经形成；集团总部和营销中心龙蟠上海；利基战略思想的成功实施，对于全面推进公司事业的发展奠定全局性的胜利。

(2)产品经营：太安堂产品经营策略是锁定世界一流的细分领域，制定中药现代化的具体项目、确定公司的产业化规模，突出中药皮肤外用药、不孕不育用药、心血管药、妇儿科药等特效中成药产品的优势，加快市场拓展，打造全国性品牌，实现产业纵深发展，为建成世界一流的中药现代化大型制药企业奠定坚实基础。

为此，太安堂致力打造以特效中药为主的产品大格局管理体系，致力打造"铍宝牌消炎癣湿药膏"、"铍宝牌蛇脂冰肤软膏"、"麒麟牌心宝丸"、"麒麟牌麒麟丸"、"麒麟牌祛痹舒肩丸"等5个现代中药产品，以中药皮肤药及特效中成药为两大核心产品体系，全力打造"太安堂"企业品牌及"铍宝"、"麒麟"两大全国强势品牌；以强大的地面部队打造商业、医院、OTC及第三终端三支专业化营销团队，构筑全国立体营销网络，至2012年年回款达20亿元；积极拓展国外市场，采用包括技术合作等多模式的合作方式，将中医药精髓向全世界推广。

（3）产业扩张：最优势的资源总是向最优秀的力量转移，并且这种转移不仅仅是一种要素的转移，因为一种优势资源必然要使其进行利益最大化的一个过程，它必须要吸纳更多的其他有用资源。

太安堂产业扩张的宗旨是利用自身的优势资源形成良好的资源关系，实现有形资源的转移和无形资源的共享，依托良好的品牌价值和强大的技术实力，丰富公司的产品体系，促进公司快速成长。

太安堂确定稳步扩张首先是建立在一定的资本积蓄基础上，有一定的前期储备才能实施。定位科学、资金充足、人才储备丰富、管理规范、企业文化理念深入人心等等都是太安堂集团扩张的必备条件；其次是建立在理性的规划之上，要以利润率的实际增长作为太安堂扩张的依托！扩张的目的是赢利——最大限度的赢利，如果把利益放在一边，那么再大的规模也不过是一个美丽的空中阁楼。

随着市场游戏规则的剧变，太安堂在产业扩张过程中对公司的结构、产品、规模等方面进行较大的变革，制定营销的规模性效益计划以及行动方案。选择最佳规模经济效益的生产规模，建立"最佳规模经济"，即实现产出规模符合规模经济的要求，生产能力不断接近最佳规模经济效益，从而有效地促进财富的增加。

太安堂，只有获得规模性效益，才能实现"二五规划"；只有获得规模性效益，才能建成世界一流的中药现代化企业！只有获得规模性效益，才有能力济世救人。

规模效益，是企业的取胜之道，太安堂希望脱颖而出，最重要的是建立合适的规模经济。但仅有规模还不够，要实现可持续的盈利，还必须追求可防御的规模，即保证在这类规模大、利润高的子市场中取得较强的竞争地位。

太安堂从基于消耗资源的"规模成长"向"价值增长"转型，从单元规模经济转向多元规模经济，从规模型转向价值型。

（4）资本运作：古希腊阿基米德说过："给我一个支点，我可以撬动地球。"对太安堂来说，这个支点就是资本运作，借助资本的力量，迅速发展壮大。

世界银行国际金融公司的研究表明，中国私营公司的发展资金绝大部分来自业主资本和内部留存收益，公司债券和外部股权融资不到1%，我国中小企业面临着严重的直接融资瓶颈。

正是因为如此，太安堂集团要做强、做大，必须走产业扩张和资本运营之路，必须善于运用资本运营理念，采用灵活、巧妙的资本运营策略和手段，源源不断给企业注入新的活力，实现一个又一个飞跃。

资本时代是太安堂发展升级的时代。我们正在逐步适应从技术创新到市场创新再到资本创新的升华过程，正在以前所未有的凝聚力、辐射力、扩张力与驱动力承载起整个集团的资源配置，有效地引导整个太安堂经济的发展方向与发展进程。

2000年，对揭阳新华制药厂进行资产重组。

2007年太安堂集团完成对皮宝制药的股份制改造，对汕头市麒麟药业有限公司（原汕头制药厂）进行资产重组，创建厂外丸剂车间并通过GMP认证，投产上市，认真执行"从产品经营到产业扩张，从品牌经营到资本运作"的重大决策。

2008年，兼并上海今丰医药药材有限公司。

通过并购整合，我们获得了优秀独特的创新产品，一方面能使公司业绩得到迅速提升，另一方面又为我们的业务整合开辟了广阔的空间，公司的产业布局将更趋完整。

2010年2月1日，中国证券监督管理委员会发行审核委员会2010年第22次会议召开，根据审核结果公告，广东太安堂药业股份有限公司 （首发）获通过。

2010年6月18日，广东太安堂药业股份有限公司在深圳证券交易所鸣锣上市，正式登陆资本市场。

2011年，收购雷霆国药（原韶关中药厂）8个剂型相关的70个产品生产技术（批准包文号）和制药设备。

随着生产和销售规模的扩大，公司在行业中的地位已经确定。公司正逐步从单纯以产品经营，跨入以产品经营带动资本运营，以资本运营促进产品经营的生命周期。公司将在医药产业的基础上按照现代公司制度规范运作，加大资本运营力度，收购兼并相关企业，以实现低成本扩张的发展战略。

太安堂资本运作之路重在实施与医药产业相互运作相互促进的策略，两者和谐协力，水乳交盈，相得益彰。

太安堂实现从产品经营向产业扩张的迈进，实施从品牌经营向资本运作的跨越，战略转型，带给太安堂的不仅是业绩的快速增长，而且是观念的根本性突破后将出现高速崛起的新起点，是公司发展史上的里程碑，具有重大现实和深远的意义。

第四节　行改命造运

在中国，天命观念早在夏、殷时代已很流行，见诸史籍者亦多有之，如：有夏多罪，天命殛之。（《尚书·商书·汤誓》）

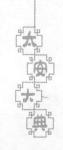

天命玄鸟，降而生商。（《诗经·商颂·玄鸟》）

在传统文化中，"命"是决定人生贵贱福祸的、带有必然性与神秘色彩的某种先天力量。作为一种人力所不能左右的异己力量，命亦称做天命。汉代严遵曰："所授于德，富贵贫贱，夭寿苦乐，有宜不宜，谓之天命。"南朝梁之刘峻曰："所谓命者，死生焉，贵贱焉，贫富焉，治乱焉，祸福焉，此十者，天之所赋也。"儒家认为："天行有常，不为尧存，不为桀亡。应之以治则吉，应之以乱则凶。"强调"知命"，认为"不知命，无以为君子也"。

一、天命不可违

命运是一条不见首尾的"神龙"，自有人类社会以来，这条"神龙"就在左右和主宰着人类的命运。"命"是什么？"命"是上天赋予固有的运行轨道。在这里，上天就是宇宙，如果从与人的密切关系看，上天也可以微观地说成是太阳系。宇宙自有其运行规律，人作为宇宙中的一分子，从其一诞生，就开始参与宇宙的运行，就有了自己的一条运行轨道。这条轨道在不同的运行阶段会受到天体运动的不同作用，从而对人产生不同的影响。这些在人的运行轨道中将要发生的阶段，在不同的阶段将要与哪些天体发生关系以及发生什么样的关系，都是固定的。这些被"天"所规定的东西非人力所能改变。

俯仰天地，畅想宇宙，一切的天体运动和一切的生命兴亡，都是一个新陈代谢的变化过程，这就是不变的永变法则。这一法则首先是一个自然天理，之后验证于人类的社会法则中。天命之不可违，主要源于：

天命受制于大的规律性。生命周期百十年光景，除开两头较为浑然，其能自主不过50年左右，这是规律。然每个生命又生于具体时代、具体地点。而每个时代、地点的命运色彩、价值迥然不同。生命既受制于先天，又在很大程度上受制于后天，生命被置身于一种"秩序"中，命运被异己力量规定着。

天命具有不可预测性。天命测不准原理就是同最基本的微粒子一样。天命对人生是一个悖论，我们尽可倾情憧憬它的未来，但它常给我们以措手不及之一击。天命充满了神秘，这就是它的魅力。这就使人生充满了复杂、多变、多姿、多彩的戏剧性。

命运表现为一种曲线。天命具有它的基本规定性，又有它的不可预测性，故其发展必为曲线。只不过曲线的波动幅度因人而异。好与坏、逆与顺、乐与悲、得与失、爱与恨、悔与安、疾病与健康、夭折与正常、贫与富、荣与辱等等皆是曲线中的点。曲线体现了事物的辩证法则，体现了变是不变的前提与条件，易是不易的动力和生命。

天命运受制于思维定势。人不仅被客观所制约，同时也被自己的主观所牵引，而牵引主观行为的即为思维定势。人的思维即是人的理念，它由许多观念堆砌而形成一种态势，一种走向。这种走向规定着你发展的方向，你命运的航程及趋势。在这里，可以说，你没想就不可能做，你尽心想就可能成。命运的密码编译在你思维的程序里。

二、天道可转轨

同时，在天命观上，古人又具有朴素的辩证观，即认为知命并非在命运面前无所作为，应当"尽其道"，"制天命而用之"。命运有其二重性，一部分命运确实是人力创造的；有一部分命和运又确实是天生的；天生的又有已知、未知、不可知之分，故人生的命运既有可主宰的部分，也有不可主宰的部分。

人物化于地，与蝼蚁无异，唯相有别；人灵化于天，与神仙为伍，神人同一。人之命运，微若尘沙，吹若缕风，亦可雄若悍山，剽若壮海。其一区别乃是灵化程度、思维程度、思考思想程度。思想是命运的文身，无思无灵赤裸一身，大思大灵纹彩斐然。命运由此展开华丽的比拼。

命运具有自发性，犹春去秋来。修为具主观性，如因势利导。修为不是修先天，先天非人为；修为不修过程，那是一种现象。修为是修心理、修生理，简言修健康。既然健康是命运，那么健康就是修好运，就是去疾、去歹、去贫、去忧、去恐、去辱、去逆、去恨、去悔、去失、去悲，扭正而去负，守衡而去斜，守静而制动。

命运的定性原理是：在静止时，命与运完全独立，互不关联；然而在活动时则是形影不离相互交错，人生的命运定性都是由其二者之间的相互碰撞相互结合后的变化而形成的性质而定的。这就是命运的定性原理。

命运的变化原理。俗话说："好命造好运，好运得好福，种瓜得瓜，种豆得豆，善有善报，恶有恶报。"这是命运的普遍规律。而命运的特殊规律则是："善不一定得善报，恶不一定得恶报，好命也不一定造好运，好运也不一定得好福。"反之，劣命也不一定无好运，厄运也不一定无后福，一切都有反常变化。命运特殊规律几乎渗透了人生以至社会命运的各个层面，甚至有时让人难以接受，故对命运人们常有问天之怒，此皆由这特殊规律所致。

命运普遍规律、特殊规律2个流域为何都是江水滔滔，其根本的成因在于"肉体、灵魂、欲望、情感、智力、气魄、胆略、德性、性格以及意志、气质、血统"等命的要素与"天运、地运、家运、国运、必然机运、偶然机运以及气数、定数、劫数"等运的要素运动变化的结局，包括命与运各自内部运动变化和命与运之间的运动变化所导致的结局。如灵魂和肉体的冲突而致善恶之报的后果，国运和天运的悖谬，时运和机运的乖戾，导致气数与命运的结局，

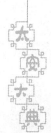

而气数与命运既有定数又有再生的规律，又引起了不同的结果。复杂的运动玄机，对抗的运动强度，纷繁的运动变化，规律的必然导向以及不可抗拒的自然灾害和战争，导致出现了"吉、凶、祸、福，成、败、得、失"的结局，从而形成了普遍规律和特殊规律2个流域。这就是命运变化的原理，这就是命运的辩证法。

三、精微改命法

太安堂人的先天生理素质和后天文化素质传承着柯玉井公《太安堂记》、《太安堂堂训》、《太安堂十六字真言》、《宫廷御方秘法》和《万氏医贯》的精髓，也传承着来自全国各地炎黄优秀精英的绝技和才华，发扬着儒表法里道本兵用的中国传统哲学的精神，开拓着《太安堂核心价值观》，以《太安堂人信仰》的无穷动力，推动《太安大典》核心技术的升华，通过产业化、规模化、集约化转化为无穷的价值奉献社会。这就是太安堂百年字号命运机制的内在密码。

以传承近500年的中医药核心技术为依托，以现代科技文明之光为手段，弘扬中医药国粹，秉德济世。太安堂人的命运，取决于"改命"能力，比如太安堂人从大专攻读本科，从硕士研取博士，从整体打造到专业攻关，都在提高文化内涵和个体生命质量，比如太安堂人遵循社会规律和自然规律，抓住时机，顺应形势，顺应改革，开拓前景，从凤起滔滔韩江畔到花舞茫茫珠江边，再到龙腾滚滚长江口，都是在"改命"的过程。

太安堂人的命运，取决于领会命运辩证法的核心实质，就是从"自然——社会——人"天地人三才关系中，划分并驾驭好"自然辩证法"和"人文辩证法"2个范畴。

天运是永恒的存在，天运不可逆，但天道可以转轨；天运不可逆，地运却可变迁，地运则既有灭而复生的规律，也有灭而不再复生的规律；必然机运又与生命同步，太安堂人生命精神不灭，必然机运就永远存在着再生的无穷变化，而且再生现象为诸运之首。

先天家运先你而在，后天家运由你主宰，太安堂家运的气数又取决于代代命质的遗传变异和与身外储运的碰撞结果，太安堂可以有川流不息的千年血统，也可一朝中断而永久寂灭，太安堂人与新太安堂人的命质从根本上决定了大局。

新时代，自从以祖传秘方结合现代经验研制而成的第一个产品"皮宝霜"一炮打响后，太安堂成功在潮州、汕头站住脚跟，并借势打入揭阳、饶平、梅州，迅速建立了粤东五市的销售网络渠道，形成了以广州为核心的广东省内

"七星伴月"的营销局面，进而走出广东，以广东为主体，形成华南五省"五凤朝阳"的大格局。在占领并巩固南方市场后，即进军全国市场，西南、华南、华北、西北等市场相继进入。2004年太安堂在上海成功入驻北外滩，一个辐射全国的终端市场也日渐完善地形成了。

从"七星伴月"到"五凤朝阳"，从"三足鼎立"到"一统华夏"，新太安堂人成功"改命"，从"做中国最好的皮肤药"到"做世界特效的中成药"、"创建世界一流的中药现代化制药企业"，在中医产业化、中药现代化的道路上，太安堂越走越宽，气势如虹。

四、极致造运术

明代哲学家王艮说："天民听命，大人造命。"

清代哲学家、思想家王夫之说：宇宙万象"日日新而不已"，人人可以"造命"。

清代经学家、易学家焦循认为：社会万象皆为数理，"能造命则仁矣"。

清代思想家、哲学家颜元在命观上指出：先畏命、安命、知命，然后可造命。他认为，人是天地之缩影，人具有天地之精华而为万物之灵。人要是真正的了解了自己的命运之后，就会安于自己的处境而不会自生烦恼。命运对不恶不善之常人来说是注定的，这种人是顺气数而终；大善大恶之人是超出数理之外的非常人，这种人的命运就掌握在他自己手中了。常人皆有不知足之心，自然就会有忧虑祸患。治病在清心，清心在知命。造命回天者，主宰气运；知命乐天者，与天为友；安命顺天者，以天为宅，奉命畏天者，敬天为君。

（一）天地人三运

根据传统的哲学观，我们都有三运。

1.天运 即宇宙星空天体运转的周期变化特性。按照天体时空演变，中国风水学将天运概括为三元九运说。

2.地运 即地球受日月星光之影响，其地质、地貌、物理场，因地理位置而千差万别，在地球表面形成了各具特色的小气候。

3.人运 即人出生的年、月、日、时和地理位置，受宇宙气场和地球气场的综合影响，产生了人的不同性格。中国风水学将人运概括为四柱说，即年、月、日、时的天干地支。另外，又将人造物、建筑物奠基、封顶、店铺开业、乔迁等和人类活动，扩展为事物对人时运影响。

运气并不是一成不变的，天运的力量最大，但人运和地运都是我们可以把握和改变的，我们可以通过自身的积极努力，或者充分利用良机，在相当大的

程度上改运。

(二) 遵循规则

大自然在周而复始的运行中，形成了自身的活动规律。自然界中的各种生物在适应自然节律中，也形成了与大自然同步的节律。企业发展也一样要遵循自然规律和社会规律。

家运的兴盛与败落，取决于一家人的命质及其所形成的能力，也取决于一家人的血统道德和悟性，更取决于一家人的命运和机遇，对家运根本的方法是奇正结合，以正为主，以奇为辅。

时运是临时性的、阶段性的，正术固可用，对时运根本的方法是奇正结合，以奇为主，以正为辅。

机运隐隐约约，似有若无，时而看得见而摸不着，时而摸得着而看不见，必用奇术求之，可获意外之惊喜。

机运追随奇术，奇术拥抱机运，奇术是纯粹的智术而不含道德色彩，只有"智"而没有"慧"，空城计、美人计是也。

自然运和社会运：人出生之后，家运、国运、天运、地运等一切自然运和社会运无声涌来，这决定了一个人终身祸福。

(三) 极致造运

"假舆马者，非利足也，而致千里；假舟楫者，非能水也，而绝江河"。台湾首富王永庆的台塑集团，富可敌国，所赚的财富都是外汇，可说是造福国家，造福人民，就在于成功的造运术。

回溯太安堂的发展历程，同样可见极致造运辩证思维的运用，元末明初，柯氏始祖辛吾公从福建莆田县南迁进入潮州井里，以务农为生。至三世祖逸叟公，家道渐殷实。明永乐年间，虱母仙何野云云游桑浦山，与逸叟公结识甚欢，为他择定吉宅宝地，井里村柯族从此根基永固，繁衍甚盛。1537年，五世祖玉井公考中广东第九名亚魁，官至梧州府同知署理正堂，后受赠御医宝典《万氏医贯》，创建太安堂，修建宗祠家庙，玉井公后裔人才辈出，前后共7代进士，太安堂历代传人皆成名医，族望炽昌。

从企业创业开始，公司似乎都与"水"紧密相关，"三江二海"，即长江、珠江、韩江、东海、南海，其势浩荡，九曲回肠。

从当年走出汕头创立以广州为核心的广东省内"七星伴月"的营销局面，到构筑以广东为主体的华南五省的"五凤朝阳"的营销格局，再铸造以华南、西南、华东"三足鼎立"营销网络，直到拓展中原、夺取华北、占领东北，逐步形成"华夏一统"的营销市场体系；11年来公司从凤起滔滔韩江畔到花舞茫茫珠江边，再到龙腾滚滚长江口，这"三江二海"的资源奠定了宏观整体格局。

以上都是堪舆造运。堪舆学起源很早，《尚书》中就有"成王在丰，欲宅邑，使召公先相宅"的记载。至汉代，司马迁的《史记》中也有"孝武帝时聚会占家问之，某日可取乎……堪舆家曰不可"的记载。那么何为堪舆？《淮南子》中有："堪，天道也；舆，地道也。"堪即天，舆即地，堪舆学即天地之学。它是以河图洛书为基础，结合八卦九星和阴阳五行的生克制化，把天道运行和地气流转以及人在其中，完整地结合在一起，形成一套特殊的理论体系，从而推断或改变人的吉凶祸福，寿夭穷通。

堪舆学俗称风水学，由此可见风和水的重要性。其实，研究风和水的根本目的，是为了研究"气"。《易经》曰："星宿带动天气，山川带动地气，天气为阳，地气为阴，阴阳交泰，天地氤氲，万物滋生。"因此，可以看出气对人的重要性。气与风水有着千丝万缕的密切联系。古书载：气乘风则散，界水而止。古人聚之使不散，行之使有止，故谓之风水。又说："无水则风到而气散，有水则气止而风无，故风水二字为地学之最。而其中以得水之地为上等，以藏风之地为次等。"《水龙经》也有"水飞走则生气散，水融注则内气聚"、"未看山时先看水，有山无水休寻地"等等，都说明了风和水的重要性。在现实生活中，从宏观上讲，靠水的地方就比不靠水的地方要发展得快，比如我国香港、台湾，以及韩国、新加坡，在20世纪中叶，亚洲经济普遍不景气的情况下，得风气之先，于六七十年代经济飞速增长，一跃而成为亚洲经济的排头兵，给整个亚洲经济带来新的活力，为世界所瞩目，被称作"亚洲四小龙"。然而当你去研究他们时发现，他们所处位置不同，语言文化不同，经济体制也不同，但是却有一个惊人的共同点，那就是他们都是环海地区。这种现实情况与风水理论不谋而合。而今，经济发展日新月异的我国，也是沿海地区较内陆发展更为迅猛。

与太安堂相关之风水，非"三江二海"莫属，即长江、珠江、韩江、东海、南海，相关之水其势浩荡，九曲回肠。

地运有短长，最长者160年，最短者20年，两数相合共180年，玄学称为"小三元地运"。若地脉绵长，气势磅礴，八方中有左右城门二宫齐到，又是全局生成合十，其地运悠长，可得540年，或1080年。比如历代京都便是如此，此为"大三元地运"，太安堂"花舞茫茫珠江边"和"龙腾滚滚长江口"的上海、广州，亦属此相，这两地后坐地脉绵长，前方江海（或江河）三叉交会，地运长久，兴旺发达，延绵千年。

太安堂的极致造运术，还曾借鉴名城结构，造运太安堂新格局。美丽的杭州西湖三面环山，一面濒城，两堤卧波，三岛浮水，四时绝境，历代诗人对此

华章彩句吟咏不绝。

西湖中的苏堤和白堤，将整个西湖划分为外湖、北里湖、岳湖、西里湖、小南湖等5个湖面。后世所建的外湖中的小瀛洲、湖心亭及阮公墩3个人工岛屿，恰似神话中的蓬莱三岛，鼎足而立，让俗世之人萌生神仙之愿。

杭州西湖十景和名胜造就了"水光潋滟晴方好，山色空蒙雨亦奇"的诗情画意之境。

"欲把西湖比西子，浓妆淡抹总相宜"。西湖无论是阴晴显晦、雨雪雾霭，还是春、夏、秋、冬的季节变异，都堪称自然天成的人间"绝景"。

地势上，杭州北连太湖，南滨钱塘江，西接天目山，东向大海。杭州的"地望"襟江带湖，集山川江湖于一体，是难得的风水宝地。

这里山清水秀，人杰地灵，物华天宝，自古就带有煌煌赫赫的皇家之气。"上有天堂，下有苏杭"，这是中国妇孺皆知的赞美苏杭的民谚。13世纪意大利著名旅行家马可波罗则认为杭州是"世界上最美丽华贵的天城"。

杭州干龙天目山为杭州龙脉之始，吴山则为入城之龙，钱塘江为杭州之水龙，西湖之水则平添杭州风水之佳妙。

"大树华盖闻九州"的天目山树木以"古、大、高、稀、多、美"称绝于世，有四溪、五潭、六洞、七涧、八台、九池、十二岩、二十七石、二十八峰等。仙人顶有历代"天下奇观"之美名，登临此顶昂首远眺，顿觉天高地远，苍溟无极，必有"一览群山小"之感。

杭州西湖依山带水，山因水活，水随山转，纵横交错，人文并茂，对太安堂宏观整体格局、人才格局、营销格局、研发格局、生产格局、产品格局、管理格局、资本运作格局、生态格局的构筑有着深刻的悟意。太安堂的发展格局借鉴杭州的"硬件和软件"才成就杭州式的名局：地处南疆的太安堂在烽烟四起的全球商战中初期仅仅是一个弱小公司，能以最初的弱势逐渐成为中国皮肤外用药市场强势品牌之一，这与太安堂"山不过来，我就过去"的改运所带来的系统资源息息相关。

2011年，太安堂打造中国中医药产业的标志性建筑——麒麟园，以太安星象布局为指导，以"弯曲太极形，黄道十二宫，天罡二十八宿，北斗七颗星"进行布局，同样是太安堂变地运而生化无穷的极致造运术，必将提升太安堂的地运格局。

五、融入文化能

战略决定命运，文化决定成败。

当太安堂集团全面夺取"一五"发展战略规划既定目标的胜利之后，顺利进入"二五规划"发展时期，作为精神与灵魂的支撑，企业文化在战略实施中发挥重要作用。

400多年前，两名被奉为"医圣"和"大夫"的万邦宁和柯玉井公，在广西梧州边为官边行医，治政治病皆有建树，三年挑灯，编写集实践中的药方、医案及御方、祖训等汇成中医药宝典《万氏医贯》。翌年，皇帝御赐《万氏医贯》和太医院赠"太安堂"牌匾予柯玉井公，从此，太安堂便成为祖国中医药领域一朵瑰丽的、独特的"奇葩"，济世保赤，泽被福众。

国家领导人在政府工作报告中指出："要加快卫生事业改革发展，其中要大力扶持中医药和民族医药发展，充分发挥祖国传统医药在防病治病中的重要作用。"

太安堂集团在2004年迁总部于上海，在滔滔浦江边大展宏图；如今恢复启用百年老字号"太安堂"，正是响应国家"名医、名药、名企"战略的有力号角，是继承传统的发扬国粹，是爱国主义的文化展览，是能悬壶济世的泽被今人，是"岐黄薪火，代代相传"的精神彰显。

在这样意义重大、责任重大的历史性时刻，企业文化要以昂扬的正气形成主导型文化氛围，企业内刊首当其冲成为重要阵地。从2008年开始，柯树泉董事长亲自带领品牌文化部等总部相关部门成立编委会，出版《太安堂》特刊，全面介绍太安堂集团为弘扬国粹复兴百年老店的历史背景、现实意义，充分挖掘中华百年老字号太安堂那纵然在历史尘烟中都不能被湮灭的光芒。

跨越五千年时空，穿过五百年岁月，捧出镶嵌在祖国中华医药长河中的瑰丽画卷，在新的历史时期熠熠闪光的珍宝……

《太安堂》特刊顺利出版后，有惊叹，有钦佩，有"为之一振"，有自豪……总之，企业文化产生重要力量！

被管理界誉为"管理之神"的杰克·韦尔奇说：企业成功最重要的就是企业文化；企业的根本是战略，而战略的本质就是企业文化。

从战略的层面讲，内刊是企业文化外化的必然产物，它自身也是企业文化的一部分。

柯树泉董事长曾多次给员工讲《大国崛起》的故事。所谓大国是一个国家内部力量发展延伸的结果，企业文化也是这样。当企业发展到一定程度的时候，它需要借助现代传媒手段来整合、传播自己的声音、思想、智慧等，因此，内刊反映的企业文化是企业经营的结果，所以，企业经营自身造就了企业文化，优秀的企业产生优秀的文化，为内刊提供了丰富的养分。

从战术的层面讲，内刊是企业产品的延伸，它具有企业产品的一切特征，内刊也需要经营，记录企业行为，经营"企业思想"。"企业思想"也是企业的产品之一，重要的是，它具有文化的渗透力，是品牌文化的一个重要方面。

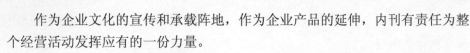

作为企业文化的宣传和承载阵地，作为企业产品的延伸，内刊有责任为整个经营活动发挥应有的一份力量。

《太安堂》内刊不仅做成企业文化在企业内部上下贯彻的有效沟通平台，而且力争成为企业管理和企业对外公关的有效工具，对社会或行业建立良好的公关形象，建设企业经营的软环境，为企业的整体发展提供强有力支持。

强化"服务"宗旨，服务企业文化、服务品牌、服务市场、服务一线、服务消费者，进一步推动企业形象的提升，增强企业的美誉度，让内刊成为企业的生产力，启发、引导员工多了解自己的企业，不断认识和提升自身的价值，凝聚所有员工的力量，为实现企业远景目标而共同努力。

企业文化只有上升到信仰才有力量，因为这时候它们才进入了员工的心，成为员工的行为指南，甚至是成为员工的自觉习惯，这样的员工，自然会按照企业文化的要求采取行动，企业文化也才能发挥作用。

当明代隆庆太医院院使万邦宁先生将皇帝御准的"太安堂"牌匾赠予柯玉井公时，柯玉井公望着镶金的"太安堂"牌匾，写下8个字："秉德济世，为而不争。"这就是太安堂的堂训，高挂在这座中医药圣殿"太安堂"3个金字的两侧，铭刻在世代太安堂传人的心中。

"秉德济世，为而不争"，这是太安堂的缔造者柯玉井公一生的实践总结，并把它作为太安堂的宗旨和训条；太安堂的继承人有责任把它作为一种信仰传承下来。

当2007年3月振奋的春雷炸响之后，4月，太安堂集团全体员工如沐温暖的春风，迅速掀起热潮，学习太安堂堂训，打造一支以堂训武装起来的德才兼备的高尚团队，使太安堂的企业文化提升为企业信仰，形成企业坚强的信仰力量。

太安堂的企业文化就是使全体员工有共同的使命感、有共同的愿景、有共同的价值观；在此基础上，以堂训武装头脑、以堂训为职业信条，建立崇高的信仰：

为创建世界一流的中药现代化大型制药企业而奋斗！

太安堂的企业信仰是企业文化的凝练和提升，太安堂的企业文化是以太安堂堂训为核心内涵，是"忠、仁、义、德"儒道文化精髓的精致传承。当400多年前柯玉井公把自己一生为官为医的光辉写照"秉德济世，为而不争"作为太安堂训条的时候，太安堂的企业文化就已经形成了；当100多年前清代太安堂传人将"医道即人道，尊德性而道学问；药理亦哲理，致广大而尽精微"融入太安堂堂训时，太安堂的企业文化得到进一步延伸和丰富；当20世纪90年代，太安堂第十三代传人柯树泉集祖传秘方精髓，以"做中国最好的皮肤药"为愿景，用"一支药膏打天下"造福民众，太安堂企业文化不断传承和发扬；

当21世纪柯树泉率全体员工复兴"太安堂"，公司更名"太安堂集团"，以"弘扬中医药国粹"为使命，太安堂企业文化以昂扬正气为未来的大发展铺垫雄厚基石；太安堂的企业信仰不是凭空创造，也不是闭门杜撰，是吸收历史、总结现在，立志未来所提炼和升华出来的，是水到渠成，是顺理成章。

太安堂集团不仅传承500年中医药核心技术底蕴，更承继中华传统文化底蕴，新的经济形式下，太安堂走相关多元化经营之路，富有独特精神特质和厚实底蕴的太安堂企业文化定将成为太安堂集团的特异竞争力，成为企业差别化战略的核心，成为创建世界一流的中药现代化大型制药企业的独有优势。

春风化雨，春雨滋润。董事长柯树泉强调指出，要将太安堂人的信仰写进员工心里、铭刻在骨髓深处、落实在工作中、体现在效益上。集团各平台开展形式多样的"学习堂训，建立信仰"系列活动。品牌文化部在总部领导下，对企业文化有意识地进行了梳理，逐步提炼出企业文化中优秀因子，逐步构建企业文化理念体系，形成企业文化的系统，在此基础上，进行企业文化的宣传、沟通、反馈、培育、行为转换和长期建设，完善制度，加强领导，使得企业文化在企业中落到实处。企业文化的推进过程就是一个春风化雨、润物无声的过程，通过这个过程使堂训精神和太安堂人信仰逐渐牢固地扎根在员工的心里，并不断成为员工自觉的下意识的行为习惯。

2007年11月26日，太安堂集团"二五规划"暨2008年发展战略实施大会胜利召开，大会出台了《太安堂基本法》、《太安堂集团管理机制》、《太安堂集团"二五规划"发展战略总纲》、《太安堂集团2008年发展战略》4个历史性重要文献。"太安堂核心价值观"作为第一章的首要内容写进《太安堂基本法》，这是太安堂文化战略的具体实施。"太安堂核心价值观是太安堂集团笃定恪守的价值标准和行为准则，是太安堂安身立命的根本，是全体员工都必须信奉的信条，从而融入太安堂人的骨髓里，催化成为员工的新鲜血液"。

同时，"构建企业文化理念体系、实施企业文化推进系统"作为文化战略写进《太安堂集团"二五规划"发展战略总纲》，成为公司发展战略的有力支撑：

太安堂集团开始了真正构建企业文化理念体系、实施企业文化推进系统的宏大工程。

企业文化是作为管理手段来运用的，是用来指导企业运营实践、规范员工行为的，是实实在在、可见可闻可感的，是企业在长期的生产经营实践中，逐步形成的、为全体员工所认同并遵守的带有本组织特点的使命与愿景、精神与价值观、运营理念，及其在生产实践、管理制度、员工行为方式上的体现和企业对外形象的总和。

作为一种文化氛围，企业文化不是管理方法，而是形成管理方法的理念；不是行为活动，而是产生行为活动的原因；不是人际关系，而是人际关系反映

的处世哲学；不是工作，而是对工作的感情；不是地位，而是对地位的心态；不是服务，而是服务中体现的精神境界。总之，企业文化渗透于企业一切活动之中，而又流溢于一切活动之上。企业文化是企业的灵魂，是推动企业发展的不竭动力。

因此，构建企业文化理念体系、实施企业文化推进系统非常重要。

用树做比喻，描述企业文化的4个层面：形象、行为、制度、价值观之间的关系：

价值观是根：价值观是企业安身立命的根本。

制度是树干和树皮：没有完备良好的制度支撑，再好的价值观也会像没有健康粗壮的树干一样，只能匍匐在地上，长不高也长不大。

行为是枝丫：树干和枝丫很难分开，就像制度和行为很难分开一样，在适应过程中学习、创造，在潜意识中影响着行为方式。

形象是叶子、花和果：企业在形象上如何做文章、做多少文章，对企业发展有重要影响。

十年树木，百年树人。太安堂要创建世界一流的中药现代化大型制药企业，就要建立战略导向型企业文化理念体系，这是一项长期的系统工程。

1.导入与内宣阶段　在公司系统建立企业文化建设工作网络，通过组织上的保障，以多样化的宣传、培训与讨论等进行内部宣传与贯彻。各级领导干部和管理层干部员工是企业文化导入的主体，要带头精读、精通公司企业文化，把握实质和精髓，以其指导工作和行为，并由上而下推及全体员工，使公司文化体系及其内涵传达到公司每一位员工，使员工全面掌握、深刻领会、高度认同企业文化，自觉按企业文化要求规范自身言行。

2.完善与深化阶段　根据新的形势任务和公司战略管理体系，完善、强化公司企业文化建设的工作机制，以企业文化理念体系为指导，完善公司组织结构、运营机制、管理机制和各项规章制度，改善公司的沟通渠道，通过开展各种类型的活动，营造和谐、学习、创新的浓厚组织氛围，提高公司向心力与凝聚力，促进公司系统文化建设的不断深化。

在这一阶段，力争使企业文化成为员工的内在属性，按照企业文化的要求采取行动成为员工的习惯和自然，使企业文化建设取得阶段性的成果。

3.推进与提高阶段　根据公司的发展状况与环境的变化，吸收有利于公司企业文化的新思想、新理念，完善公司企业文化体系和建设、实施是手段。发挥企业文化的导向作用、凝聚作用和激励作用，激发员工潜能，提高企业竞争力，树立公司的机关内政优势与品牌形象，提升企业价值。深入探索公司企业文化建设的规律，建成符合世界一流的中药现代化大型制药企业要求的企业文化。

"企业文化不是企业王冠上的装饰品，更不是企业成功之后的附庸风雅。

企业文化需要融入企业的骨肉，成为员工的血液。"

"太安堂升华核心价值观，要实现伟大的目标，必须有一种大市场、大手笔的战略。我国新型医疗体制改革、国家的扶持政策、政府不断加大对医疗卫生事业的投入，给太安堂提供了前所未有的发展机遇，大市场的观念、'二五规划'的'五大计划'将似朝阳喷薄而出，红遍东方！"

柯树泉董事长曾经这样说。

第五节　奉赤诚丹心

"秉德济世，为而不争"，杏林宗师柯玉井公1567年始创太安堂，祈天安、地安、人安，祈国泰民安，奠定了太安堂永恒的发展主题。500年前的浩浩堂训衍变为今天的企业精神，决定着太安堂的价值取向与兴旺，千古一诺，山高水远。

秉德济世，指具有精湛的医术，遵循道德，保持、继承先祖遗传下来的优良品行、高尚节操，是一种责任感，从事医药工作者首要的就是做一个品德高尚的人。"德"是天地灵气之"德"，是中心的体现，是积累智慧的场所，表现在人类身上就是悟性和理性；表现在太安堂身上就是恭谨、宽厚、信实、勤敏、慈惠、坚持真理、品行正义、先难后获、对社会多作贡献的理想追求。继承并发扬"秉德"精神，对内修身敬业，精益求精；对外报效国家，奉献社会。"秉德济世"表明太安堂作为医药企业以提高人类健康水平和生命质量为己任，秉承道德规范和精湛的技术，医济苍生，爱泽天下。坚持以义取利、以诚守信的经营之道，以爱国爱人之心，仁心仁术之本，为天地立心、为生民立命，为往圣继绝学，造福全人类！

太安堂尊崇"医道即人道，尊德性而道学问；药理亦哲理，致广大而尽精微"。把行医问药作为一种养生济世、效力于社会的高尚事业来做，对求医购药的八方来客，无论是达官贵人，还是平民百姓，一律以诚相待，对症用药，一视同仁。宽厚相济，施医舍药，百姓无不赞誉。五百年来，堂训精神深深影响着太安堂历代经营者，并升华为太安堂职业道德的精髓而代代流传，铭记在心，付诸实践，中华民族悠久的传统文化和高尚美德，伴随着太安堂厚重的历史积淀熔铸于企业的生产经营与职工的思想言行之中，形成了中药行业特色十分鲜明的太安堂文化，并得到进一步延伸和丰富，可以说，太安堂的历史就是一部经济与文化交相辉映的发展史。

如今的太安堂，继承"秉德济世，为而不争"的精神，在实践中遵循"遵古重拓，方经药典，精微极致，大道无形"十六字真言。在市场经济迅速发展

的今天，太安堂深在知义和利天平上的轻重，以义为先，不能见利忘义。正因为如此珍视信誉，才使太安堂的金字招牌越来越响亮、越来越辉煌。在产品质量上，保证质量第一，以名牌药品保金字招牌；在商务合作上，以诚待人，以优质服务保金字招牌；在社会公益事业上，每遇灾情疫情就毫不犹豫地伸出援助之手，以奉献社会的高尚情操保金字招牌。

2007年3月，五百年老字号"太安堂"盛大光复，复名启用老字号使企业有了品牌文化的支撑点，在历史的传承中清晰了定位，也找到了企业创新的新思路，以此为契机走上品牌发展的康庄大道。太安堂人将全力弘扬中医药国粹，大批的秘传御方、秘方、验方等医药资源将研发陆续上市，焕发"太安堂"中医药青春，闪烁细分领域强势品牌群体，为民造福。

近年来，太安堂又加大了在各种媒体上的宣传力度。通过投资拍摄电视剧、编纂《太安大典》等多种形式，面向社会广泛宣传太安堂形象，扩大名牌产品的宣传渠道，系统介绍治病用药的知识以及太安堂悠久的历史，受到普遍欢迎。让更多的人了解太安堂、了解太安堂的各种名牌产品。

"太安堂总有一天会非常强大，要把99%拿出来奉献社会！"柯树泉董事长的话犹如铮铮誓言，掷地有声，迸发出了太安堂人的心声：怀着一颗感恩的心去回报社会。

在实现自身发展的同时，太安堂始终以"秉德济世，为而不争"的济世情怀，积极承担社会责任，多年来坚持向贫困家庭、偏远地区送医送药，用无疆的大爱温暖百万民众，多次荣获 "热心公益事业"、"抗震救灾社会捐赠先进集体"等称号。

席卷全国的"中医中药中国行"活动开展以来，太安堂积极响应并投身其中。在上海，太安堂集团在相关领导和部门的支持下，开展"迎世博中医药进社区"系列活动；在广东，开展中药健康教育进郊区(进农村)活动；为社区居民开设心血管健康教育、皮肤健康教育专题讲座；发放中医药科普知识、中医药养生保健知识宣传手册；在潮汕，为孤寡老人免费送医送药、关注100对不孕不育夫妇等一系列惠民活动。

16年来，太安堂人的身影出现在中国的每个角落，真情回报社会，举行各种慈善公益活动，履行企业的社会责任：抗震救灾、捐药赠车、出资办学、建桥修路，无不留下太安堂人的足迹与汗水，无不留下太安堂人的爱心与奉献。

2011年5月22日，纪念柯玉井诞辰500周年暨太安堂中医药文化科普公益活动在北京钓鱼台国宾馆隆重举行，这是太安堂集团积极响应国家号召，投身弘扬中医药国粹事业的又一重要举措，印证了为弘扬中医药国粹、振兴中医药事业太安堂作出的不懈努力。

2010年4月26日，"太安堂优生优育高峰论坛"暨"感恩母亲，感动生

命，麒麟宝宝潮汕行"活动在汕头市太安堂中医药博物馆隆重举行，太安堂不孕不育用药开发研究有着悠久的历史，担负着提高生命质量、提高人口素质的重要使命。

太安堂充分挖掘祖国医学的宝库，充分利用"中国中药协会嗣寿法、皮肤药研究中心"、博士后工作站等前沿技术开发平台，致力于不孕不育用药领域的技术开发和优生优育文化传播，不但为无数家庭带来了欢乐和幸福，而且极大推动了优生优育学术理论的纵深发展。

太安堂开发的独家生产品种麒麟丸被列为国家二级中药保护品种，是治疗不孕不育中成药物的杰出代表，麒麟丸适用患者范围广，系目前国内稀缺的治疗男女不孕不育症的药物。男子不育症及女子不孕症均可治疗，且技术风险低，副作用小。根据广州中医药大学附属医院等6家医院研究基地对麒麟丸的试验结果表明：麒麟丸对男女两性由于肾脾两虚、肝肾不足引起的生殖功能及性功能减退有良好的治疗效果，治疗总有效率达86.5%。数年来为无数不孕不育症患者带来福音，圆了他们的宝宝梦，为他们的家庭带来了幸福和欢乐。无数成功案例，证明了其在治疗不孕不育病症领域的卓越疗效，成为众多医生和患者首选药物，并凭借确切的疗效和优质的售后跟踪服务，在患者中形成了很好的品牌影响力。

麒麟宝宝家庭代表王丽的家长激动地说："感恩太安堂，如果不是麒麟丸，我们全家可能还在治病的路上。我的第一个孩子长到16岁的时候因为患了脑瘤去世了，当时我连死的心都有了，后来想无论如何也要再要一个孩子，到医院摘除节育环的时候，发现输卵管严重堵塞，医生让我服用麒麟丸，7个疗程后让我就怀上了现在的女儿，感谢麒麟丸让我又有了一个健康可爱的孩子，让我们全家重拾天伦之乐。这份恩情，我们怎么报答不够啊！"

其他家庭都有类似的经历，有的夫妇是妻子患有不孕症，有的是丈夫患有不育症，甚至夫妻双方都有生育障碍。他们尝试过无数种治疗方法，但最终都是服用了太安堂集团的治疗不孕不育药"麒麟丸"而喜得好孕，喜圆"亲子梦"。各位麒麟宝宝的家长都表示很愿意将自己的求子经历分享给大家，他们详细的讲述了自己的当时的病状和服用麒麟丸的体会，希望能帮助更多的不孕不育患者和希望优生优育的夫妇们。

在本次太安堂优生优育高峰论坛上，中国中药协会嗣寿法皮肤药研究中心有关领导、专家、中国中医科学院专家、全国有关专家以及太安堂科研人员针对目前不孕不育的常见症状、治疗方法及治疗经验，以及如何倡导优生优育等展开热烈的研讨，激荡思想，迸发创新的思维。本次论坛中国优生优育学前沿专家提供了交流的平台也让社会大众认识到对不孕不育弱势群体要加以关注和关爱，同时也让正在经历不孕不育煎熬的人意识到要直面疾病、恢复信心，更

让社会看到信赖中医药的良好效果。专家们一致肯定了麒麟丸的良好疗效，总结了不孕不育的常见症状与治疗重点，他们认为："优生优育只有在治愈不孕不育病因的基础上谈才有意义，临床上不孕不育病因复杂、病程较长，需整体考虑，辨证施治。优生优育要注意的问题比治疗不孕不育还要多，通过良好生活习惯的培养和药物的使用进行内外调理，这更是一个长期坚持的过程，新婚夫妇很难坚持下去，希望通过这次会议的影响，使人们知道优生优育的重要性。"

柯树泉董事长深情说道："优生优育关系到国家人口素质的提高，关系到国家富强，太安堂深感责任重大，我们将不吝与社会一起分享太安堂近500年医药传承精华，为振兴中医药国粹、为人类优生优育、健康美丽事业作出重大贡献！"

太安堂利用各种渠道和方式，向社会各界捐款捐物，得到了社会各界的广泛赞誉，获得了长足的发展，公司被国家科技部授予"高新技术企业"，上海市"高新技术企业"、广东省知识产权优势企业、广东省创新试点企业；企业科研项目被批准列入"国家火炬计划"、"上海市高新技术成果转换项目"；"丽人"、"铍宝"被认定为广东省著名商标，"消炎癣湿药膏"被评为广东省著名产品，"太安堂中医药文化"被列入广东省非物质文化遗产；太安堂中医药博物馆被授予"广东省科技旅游示范基地"、连续多年被评为市"重合同守信用企业"、纳税"AAA级企业"等荣誉称号。

在新的历史条件和机遇面前，太安堂弘扬中医药国粹，复兴百年老字号太安堂，以一往无前的勇气、奋力开拓的锐气，向着"创建世界一流的中药现代化大型制药企业！"的目标前进。

为人类健康，为人类美丽，做中国最好的皮肤药；

为中华繁荣，为中华昌盛，做世界最好的中成药！

每日清晨，太安堂人都要高唱这首由柯树泉董事长亲自填词的《太安堂进行曲》，铿锵有力、激越雄浑的乐曲，从南海之畔响彻到东海之滨，从西部的崇山峻岭穿越北国莽莽雪原，飘扬在中华大地，飘扬在太安堂人目光所及的地方，飘扬在太安堂人心灵所及的地方，响彻云霄，缭绕不绝！

结语　太安经略

春光怀玉阙，万里起鹏程。

中华民族穿越五千年光辉岁月，在20世纪的最后20多年，进行了一场举世瞩目的社会变革，改变了自己的命运，改变了世界的格局，书写了一个时代的经典传奇。

太安堂集团植根于民族文化的大背景，顺天承运，顺势而为，1995年创业致力复兴五百年中医药老字号太安堂，谱写了一曲优美动听的民族乐章。

太安堂"一五计划"成就着集团发展史上的一个造局发展期，从"凤起滔滔韩江畔"到"花舞茫茫珠江边"再到"龙腾滚滚长江口"、"迁都上海"的决策，一个崛起中的民族医药企业宛如旭日东升，光耀神州。

太安堂"二五计划"，走上了"从农业文明到工业文明，从产品经营到产业经营，从产业扩张到资本运作，从走向社会化到科技进步，从道术融通，争雄天下，成就霸业到超越物欲，知性知天，修身奉献"致力拓展人类健康美丽事业的金光大道。

目前，太安堂集团已经进入了一个全面复兴的"黄金发展期"，即将发展成为"世界一流的中药现代化中型制药企业"，以太安经略作为本书的结语，旨在总结历史，开拓未来。

经略：经营治理，运筹谋划。

太安经略：其意是"经营太安，略有四海；登俊良，黜庸回；总揽众才，经略太安"。

一、改命造运，人才战略

人的命运，取决于其先天生理素质和后天文化素质为代表的命，与以无意志的自然规律和有意志的社会规律为代表的运，在或自主或不自主的碰撞结合中所产生的结果。

所谓："好命造好运，好运得好福，种瓜得瓜，种豆得豆，善有善报，恶有恶报。" 这是命运的普遍规律。而命运的特殊规律则是："善不一定得善报，恶不一定得恶报，好命也不一定造好运，好运也不一定得好福。"反之，

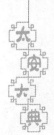

劣命也不一定无好运，厄运也不一定无后福，一切都有反常变化。命运特殊规律几乎渗透了人生以至社会命运的各个层面，甚至有时让人难以接受，故对命运人们常有问天之怒，此皆由这特殊规律所致。

命运普遍规律、特殊规律两个流域为何都是江水滔滔，其根本的成因在于"肉体、灵魂、欲望、情感、智力、气魄、胆略、德性、性格以及意志、气质、血统"等命的要素与"天运、地运、家运、国运、必然机运、偶然机运以及气数、定数、劫数"等运的要素运动变化的结局，包括命与运各自内部运动变化和命与运之间的运动变化所导致的结局。如灵魂和肉体的冲突而致善恶之报的后果，国运和天运的悖谬，时运和机运的乖戾，导致气数与命运的结局，而气数与命运既有定数又有再生的规律，又引起了不同的结果。复杂的运动玄机，对抗的运动强度，纷繁的运动变化，规律的必然导向以及不可抗拒的自然灾害和战争，导致出现了"吉、凶、祸、福，成、败、得、失"的结局，从而形成了普遍规律和特殊规律两个流域。这就是命运变化的原理，这就是命运的辩证法。

太安堂人的先天生理素质和后天文化素质传承着"太安堂记""太安堂堂训""太安堂十六字真言"、《宫廷御方秘法》和《万氏医贯》的精髓，也传承着来自全国各地炎黄优秀精英的绝技和才华，发扬着儒表法里道本兵用的中国传统哲学的精神，开拓着"太安堂核心价值观"，以"太安堂人信仰"的无穷动力，以《太安大典》为载体，推动核心技术的升华，通过产业化、规模化、集约化转化为无穷的价值奉献社会。这就是太安堂百年字号命运机制的内在密码。

太安堂以中医药核心技术为依托，以现代科技文明之光为手段，弘扬中医药国粹，秉德济世。太安堂人的命运，取决于"改命"和"造运"的能力。命是改的，运是造的。改命的核心是提高个体生命质量、提高文化内涵；造运的核心是如何创造群体的社会福运。太安堂人遵循社会规律和自然规律，抓住时机，顺应形势，顺应改革，开拓前景，从凤起滔滔韩江畔到花舞茫茫珠江边，再到龙腾滚滚长江口，积极改命造运。

人的命运，取决于领会命运辩证法的核心实质，就是从"自然——社会——人"天、地、人三才关系中，划分并驾驭好"自然辩证法"和"人文辩证法"两个范畴。

天运是永恒的存在，天运不可逆，但天道可以转轨；天运不可逆，地运却可变迁，地运则既有灭而复生的规律，也有灭而不再复生的规律；必然机运又与生命同步，人生命精神不灭，必然机运就永远存在着再生的无穷变化，而且再生现象为诸运之首。

先天家运先你而在，后天家运由你主宰，家运的气数又取决于代代命质的遗传变异和与身外储运的碰撞结果，可以有川流不息的千年血统，也可一朝中断而永久寂灭，命质从根本上决定了大局。

人才战略是太安堂发展战略中极其重要的组成部分，公司根据自身发展阶段的需要，制定不同时期的人才战略。太安堂一贯重视吸收中药加工炮制方面的实用型核心技术人才。公司除拥有"太安堂"中药制药秘传技术人才，汇集了来自全国各地国内知名中成药企业一流的制剂工艺专业人才。

"兵不在多在于精，将不在勇在于谋"，太安堂尊重人才，理解人才，大胆授权，激发潜能，将人才的价值最大化，让人才与企业一同成长。以优厚的待遇和渗透人心的企业文化、企业精神吸引人才。诚集天下贤能权贵，汇华夏精英，集大成于太安堂，隐聚人才，纳百川，星辰万盏。

二、日月星辰，产品战略

老子曰："专而为一分而为二，合之上下不失。"太安堂专而为一：专做中药产业；太安堂分而为二："做中国最好皮肤药"！"做世界最特效中成药"！

"日月星辰，九天布局"大产品体系，是太安堂为而不争打天下核心技术的产品典范，是太安堂打天下不可模仿的第一个核心竞争力，是太安堂为而不争鼎立中型制药企业的坚实基础。

日：中药优生优育药：麒麟牌麒麟丸。

月：中药外用内治药：皮宝牌痛经软膏。

星辰，即七星：

中药心脑血管药体系；

中药皮肤外用药体系；

少数民族特效药体系；

中药优生优育药体系；

中药妇科美容药体系；

中药外用药药妆体系；

中药其他特效药体系。

太安堂七个大产品体系，像北斗七星一般，运行有序，各行其职，日月拱照，形成"日月星辰，九天布局"大产品体系。

三、集成聚焦，利基战略

(1)聚焦创业：利基战略，皮宝制药，专做皮肤药，做中国最好的皮肤

结语　太安经略

  (2)聚焦营销"从儒术打市场到法家夺品牌"。

  (3)聚焦上市：资本、金钱是一台魔鬼式的核动力。

  (4)聚焦兼并。

  (5)聚焦哲学。

四、五行生制，营销战略

  1．五大维度 是指资本运作维度、业务活动维度、营销空间维度、组建方式维度、五行生制维度。

  2．和于术数 七星伴月——五凤朝阳——三足鼎立——一统华夏——五维操盘。

  3．五行生制 五行相生；五行相制。

五、复名太安，定位战略

  2007年3月，五百年老字号"太安堂"盛大光复，复名启用老字号使企业有了品牌文化的支撑点，在历史的传承中清晰了定位，也找到了企业创新的新思路，以此为契机走上品牌发展的康庄大道。太安堂人将全力弘扬中医药国粹，大批的秘传御方、秘方、验方等医药资源将研发陆续上市，焕发"太安堂"中医药青春，闪烁细分领域强势品牌群体，为民造福。

六、立体金字，品牌战略

  太安堂集团的品牌，可分三个层次。

  第一层次：是集团公司品牌"太安堂"。

  在公司所有产品的外包装上都或大或小地印有"太安堂"这一品牌名称，从而使其良好的品牌形象和巨大的品牌魅力扩及公司所有产品，为它们提供信任、质量保证和竞争能力。

  第二层次：是太安堂家族品牌。铍宝、麒麟、宏兴……

  家族品牌为它所包括的一系列产品提供信任、信誉、质量保证和竞争能力等；同时家族品牌的良好业绩也强化了公司品牌的形象，提升了公司品牌的市场地位。

  第三层次：是产品品牌。产品品牌由家族品牌加具体产品名称组成，为细分市场、专科领域提供具有特殊价值的产品吸引消费者。

如铍宝牌消炎癣湿药膏、铍宝牌蛇脂软膏……

麒麟牌心宝丸、麒麟牌麒麟丸……

产品品牌的经营成功又可以强化家族品牌和公司品牌的良好形象。

这三个层次之间相辅相成，从而在整体上提高了太安堂公司的整体形象和市场竞争力。同时，各家族品牌之间又相对独立，"分工"明确、"权责范围"划分清楚，只在各自的产品领域内进行延伸，从而避免了资源重叠浪费等消极因素的蔓延。

七、"五一工程"，文化战略

太安堂文化建设"五个一"工程

太安堂的文化是心灵的核心，太安堂的一切突破均从观念突破开始，太安堂的一切崛起也均从观念崛起开始！

1.**一个五百年老字号** 一个大品牌，"太安堂"荣获"潮汕老字号"称号、获得岭南中药文化遗产、被认定为广东省非物质文化遗产。

2.**一座博物馆** 太安堂中医药博物馆——规模最大的中医药家族展示馆。

3.**一部电视剧** 《太安堂·玉井传奇》——医案最多的弘扬中医药堂文化电视剧。

4.**一部大巨著** 《太安大典》——卷数最多的弘扬中医药堂文化系列图书，民族医药文化的发展史、奋进史。

5.**一颗奉献心** 太安堂勇于承担中医药企业的社会责任。

八、大国崛起，做强战略

"得水生灵气，柳垂成诗意；解事宜读史，狂啸宜登台。"

治企如治国，世界强国从成功走向辉煌的历史,对企业来说不仅具有非凡的吸引力，也具有非凡的借鉴价值。

太安堂首先应学习研究大国崛起的是思想的开放。只有将开放思想、开阔视野、变革创新的观念深入人心、融入血液，变成基因，企业才能不断进步不断发展。

第二，要学习的是产业和企业要有一个"宪法宪章"。实际上法国大革命，英国、美国大革命的成功就是一个大宪章，一个产业发展和企业发展要有一个根本大法和根本的核心理念。在这个大框架的指导下，我们再对制度、体制和系统进行改革和创新，这种"大法"实际上一种经营方向策略的选择或者抉择，做什么不做什么？这么做而不那么做？都是一种选择或取舍。太安堂制

定《太安堂基本法》，在其指导下实施"利基战略"、"特效中成药战略"、"品牌战略"、"人才战略"、"产业经营和资本运作战略"等一系列战略。

第三，要充分认识关键技术创新对于企业乃至产业的巨大推动作用，不能"头疼医头，脚疼医脚"，而是要提前预见未来市场，调研潜在需求，对技术障碍进行突破。世界上每次工业革命都起源于技术的突破，这种突破都给国家和人类带来了丰厚的回报，也让技术变革的国家在某一时期在世界上起到了绝对的领导地位，太安堂一定要具备技术上的前瞻性。

九、资本运作，做大战略

资本时代是太安堂发展升级的时代。我们正在逐步从技术创新到市场创新再到资本创新的升华过程，正在以前所未有的凝聚力、辐射力、扩张力与驱动力承载起整个集团的资源配置，有效地引导整个太安堂经济的发展方向与发展进程。

从经济学的角度来看，资本的唯一冲动就是挣取剩余价值；从公司的使命上看，利润就是第一法则；明而了之，上市后的太安堂，创造价值、效益、利润三个最大化是公司的唯一目标。

太安堂在发展历程中，完成了五大兼并：揭阳新华、汕头中药、上海今丰、韶关中药、广东宏兴。

融资兼并，构筑太安堂三足鼎立的生产基地，彻底清除工业化障碍，开始工业革命，扩大产能，道化经营管理；实施"工商联盟计划"，构筑太安堂"特效中药营销组织"，建立立体营销网络，强势专利品牌，形成太安堂医药产业新的盈利机制；同时融进睿化的资本运作，兵化经济形态，实施"三五新政"，儒化信仰价值，造福社会，这就是太安堂的基本战略。

十、传统哲学，持久战略

非德不昌，非德不久。道德学既是生命的哲学，也是智慧学，本义上的道德之心，乃是道身与德身的完整统一，是生命的成熟境界，也是生命的智慧。道德观就是价值观，中国传统的道德观念与行为方式就是中庸之道

太安堂堂训"秉德济世，为而不争"。"为而不争"是一种大智慧，是一种深沉宁静，与人为善，对人宽容，避高趋下，不求报答，恪守信用，清正廉洁。"为而不争"是一种最高行为准则，这就是"以其不争，故天下莫能与之争"。

"秉德济世、为而不争"的堂训精神始终警示着世代传人牢记奋斗之方

向、处世之方法，恪守济世之信仰，主动承担起社会责任。一代又一代太安堂人不断为太安堂文化注入富有时代特色的新鲜血液，用堂训之魂推动太安堂金字招牌在新世纪熠熠生辉。

《黄帝内经》云："法于阴阳，和于术数。""术"为驾驭社会统一的能力，"善数不用筹策"好的计算者不用工具，指人计算事物能力。"术数"，老子概括为"专而为一分而为二反而合之上下不失，专而为一分而为五反而合之必中规矩。"阴阳不失的数术和五行驾驭的术数。

"和于术数"当是指和于五行生克之理。进而言之，便是和于自然界万物潜在的制化之道。如五行生克之道、五运六气之道、七损八益之道等。

"法于阴阳，和于术数"就是研究自然之道，让人自身去适应它，去符合它，去跟随它。最大程度的达到"天人相应"，不仅是养生，治病、处事亦然。

智者无惑、勇者无畏、仁者无敌。《易经》云："易与天地准，故能弥纶天地之道。仰以观于天文，俯以察于地理，是故知幽明之故。原始反终，故知死生之说……"

"易之不易"，是说虽然一切事物都在不停地变化当中，但可不是没有遵循地胡乱变化，千变万化当中，有一样东西是不变的。这不变的东西就是规律，规律不变，一切事物都是遵循着规律变的。

利他之心，是打开"智慧的宝库"大门的钥匙。自利则生，利他则久。

整套的儒家学说源于易理，自然科学也源于易理，基础科学和实用科学无不源于易理。因此易被人们喻为"群经之首，大道之源"。学习周易，研究周易，正确运用周易是太安堂做久的根本战略。

哲学管理是高等的管理，然太安堂人不能停留在哲学管理的版本上，决定胜利的关键更在于将哲学管理转化成价值，只有资本、金钱这魔鬼式的核动力才能实现太安堂的信仰，才能实现太安堂人的伟大愿景。

文化是能循环的。太安堂运的本体说到底也是人命的集合，个体生命是一个小单元，太安堂生命是一个小群体，国家生命是一个大群体，它们之间就必然有一个运动、反应、变化的过程和结果。从个体到群体之间，又有一个天大的不同归宿，那就是个体生命是有限的，群体生命则是无限的。个体生命的文化能容易随着自然能的终结而中断，或处于无群体状态而稍稍地流入文化场且渐渐消失，而太安堂虽是小群体，但这载体有其特殊的医药核心技术和核心价值灵魂，就是有着特殊的文化能，其文化能随着其生命、其成果继续传承于世且被世人珍爱拥护，这对其子孙后代和群体生命及事业发展发生了不可估量的生命力，从而融入了国家群体生命的浩大文化能海洋，而这文化能海洋正是千万年来一代一代的生者与死者共同创造、共同积累的一个取之不尽、用之不

竭与天地共存的宝库，国运气数之源就在这里！

太安堂缘何如是？群体生命的文化能缘何近500年持续发展？其原因就是太安堂人将其文化能融入国家浩涵文化能海洋后又而自立于太安堂，融进太安堂的灵魂——"秉德济世，为而不争"堂训之中——承担社会责任，服务社会，以对社会的贡献为最高价值——再融入国家浩涵文化能海洋三者周而复始，永远循环传承。这就是太安堂百年字号命运机制的内在机密。

忆往昔，天蓝水碧，商烟滚滚，太安堂人凤起滔滔韩江畔，花舞茫茫珠江边，荟萃精英，开疆辟土，从"七星伴月"到"五凤朝阳"，从"三足鼎立"到"一统华厦"，龙腾大江南北，凤舞长城内外。

看今朝，中华复兴，国运鼎盛。太安堂，龙腾滚滚长江口，勇立时代潮头，龙凤同舞，决胜千秋！

展未来，上下同欲，誓"做中国最好的皮肤药"，"做世界最特效的中成药"！锁定辉煌，龙飞凤舞，打造国家五个中药细分第一品牌！

静水深流，厚德载物。复兴强盛的中国赋予了太安堂复兴的机会与舞台，与充满希望和变革的新世界同步，太安堂上演的是一场养精蓄锐后的蝶变，它的力量从500年的历史深处传来，同时代的脉搏相互激荡，喷涌而出，源源不绝，奔腾不息。

目前，太安堂即将步入"三五规划"时期，一个为太安堂在未来继续腾飞的"三五规划"即将出台，预示着这个500年中医老字号的崛起腾飞正在拉开序幕，在三五规划时期，太安堂必将带来更加令世人惊叹的奇迹！